文春文庫

キャッチ・アンド・キル

#MeTooを潰せ

ローナン・ファロー
関　美和訳

JN138393

文藝春秋

ジョナサンへ

キャッチ・アンド・キル　#MeTooを潰せ

目次

PART V 決裂

キャッチ・アンド・キル

#MeTooを潰せ

〈主な登場人物一覧〉

ローナン・ファロー　本書の著者。テレビ局NBCで働くジャーナリスト

マット・ラウアー　NBC番組トゥデイの人気司会者
ノア・オッペンハイム　NBC番組トゥデイの担当重役
リッチ・マクヒュー　NBCニュースのプロデューサー
リチャード・グリーンバーグ　NBC調査部門の統括責任者
アンディ・ラック　NBCニュースとMSNBCを統括する重役
フィル・グリフィン　MSNBC社長
メーガン・ケリー　人気司会者。フォックスニュースからNBCに移籍
ブルック・ネビルズ　NBC社員

ハーヴェイ・ワインスタイン　ハリウッドの大御所プロデューサー

ローズ・マッゴーワン　女優
アンブラ・グティエレス　モデル
アーシア・アルジェント　女優
ロザンナ・アークエット　女優
ミラ・ソルヴィーノ　女優

ウディ・アレン　映画監督。著者の父親

ミア・ファロー　女優。著者の母親
ディラン・ファロー　著者の義姉
ドナルド・トランプ　アメリカ大統領（当時）
メリル・ストリープ　女優

ヒラリー・クリントン　元大統領候補
デビッド・ボイーズ　ワインスタインの弁護士
リサ・ブルーム　著名な人権派弁護士

ディラン・ハワード　ナショナル・エンクワイヤラー紙編集長
デビッド・ペッカー　アメリカン・メディア社（AMI）CEO

ローマン・ハイキン　ロシア人私立探偵
イゴール・オストロフスキー　ハイキンの仕事請負人。ウクライナ人

ケン・オーレッタ　ニューヨーカー誌ジャーナリスト
デビッド・レムニック　ニューヨーカー誌編集長
ディアドル・フォーリー＝メンデルソン　ニューヨーカー誌編集部員

ジョディ・カンター　ニューヨーク・タイムズ紙記者
ミーガン・トゥーイ　ニューヨーク・タイムズ紙記者

ジョナサン　著者の恋人

本書『キャッチ・アンド・キル　#MeTooを潰せ』は二年にわたる調査報道をもとに書き上げた。二〇〇人を超える情報提供者にインタビューし、数百ページもの契約書や電子メールやメッセージに目を通し、何十時間にもわたって音声を確認した。本書のもとになったニューヨーカー誌の記事と同じ厳格な基準で、この本についても事実確認が行われた。

本書に記された会話は、同時進行していたいくつかの証言や記録をそのまま引用している。これは「監視」について描いた本でもある。第三者の目撃証言や密録された会話も数多く存在し、僕はそうした証言や記録を手に入れることができた。僕自身についての記録も、法律面と倫理面の厳格な基準に基づいて書き記した。

本書の情報提供者の多くは、本名を使うことを許してくれた。だが、訴訟の恐れや身体的な安全が脅かされる危険があるため、本名を明かせない人たちもいる。そういう場合には、調査報道の過程で使っていた仮名を、この本の中でも使わせてもらった。本書の出版前に主な登場人物全員に連絡を取り、ここに書かれた告発に反論する機会を提供した。返事があった場合には、彼らの話を本の中に取り入れている。返事がなかった場合には、すでに公表されているコメントをできる限り取り入れた。書面を引用する場合には、綴りや写しの間違いも含めてすべて元の書面の言葉をそのまま使っている。

本書『キャッチ・アンド・キル』は二〇一六年の終わりから二〇一九年のはじめにかけて起きた出来事の記述だ。この中には性暴力の描写が含まれている。こうした描写に動揺したり、トラウマを感じる読者がいるかもしれないことを、前もってお知らせしておきたい。

ローナン・ファロー

プロローグ

二人の男はナルギス・カフェの隅っこの席に座っていた。ナルギス・カフェはブルックリンのはずれにあるウズベキスタンとロシア料理の店だ。それは二〇一六年の終わりに近い寒い日だった。店の中には安物のシベリア土産が飾られている。バブーシュカを巻いた老女や羊を連れた農民などの人形が所狭しと置かれていた。

片方の男はロシア人で、もう片方はウクライナ人だが、たいした違いがあるわけではない。どちらも崩壊寸前の旧ソ連で子供時代を過ごした。二人とも三〇代半ばに見える。ロシア人の方、ローマン・ハイキンは背が低く痩せていてハゲ頭、けんかっ早そうな獅子鼻で目の色は暗かった。目以外はすべて青白い。眉毛はほとんどなく、顔色は血の気がなく、つるつるのスキンヘッドが光っている。

ウクライナ人の方、イゴール・オストロフスキーはハイキンより大柄で、ぽっちゃり型だ。髪を伸ばすと天然パーマが目立った。オストロフスキーは一九九〇年代に家族とアメリカに亡命してきた。ハイキンと同じで、オストロフスキーも昔からめざとかった。しかも、知りたがり屋で何にでも首をつっこんだ。高校時代に、同級生が盗んだクレジットカードの番号を転売しているのではないかと疑い、調査して証拠を集め、警察の捜査を助けて窃盗団《せっとうだん》を一網打尽《いちもうだじん》にしたこともあった。

ハイキンとオストロフスキーは、訛りの強い英語のところどころにロシア語の言い回しを混ぜる。「クラサビシュク！」はハイキンがよく使う言葉で、もともとは男前とい
う意味だが、才能や仕事を褒《ほ》める時に口にする。二人の仕事は監視と隠蔽《いんぺい》工作。私立探
偵の仕事をしていた二〇一一年に、オストロフスキーは「ロシア人私立探偵」をグーグ
ルで検索し、見ず知らずのハイキンにメールを送って仕事をくれと頼んでみた。ハイキ
ンはオストロフスキーの厚かましさを気に入って、監視の仕事にオストロフスキーを雇
いはじめた。だがハイキンのやり方をめぐって口論になり、しばらく疎遠になっていた。
ケバブ料理が運ばれると、ハイキンは昔一緒に働いていた頃よりも、このところかな
り大きな仕事を請け負うようになったと説明しはじめた。名前は明かせないが謎の新規
クライアントが現れ、下請けとして雇われていると言う。大きなヤマだ。「超イケてる
仕事だぜ」とハイキンは言った。「闇仕事だけどな」。新しい手法も取り入れた。銀行口
座記録や信用情報も闇ルートで手に入る。ターゲットに気付かれずに携帯の位置情報も
手に入れることができる。位置情報のハッキングにどれほど金がかかるかも教えてくれ
た。通常の収集法なら数千ドル。相手がうっかり残した足跡を追跡するだけならもっと
安いし、隠された位置情報を手に入れるにはもっと金がかかる。失踪人の家族から捜索
依頼を受けて、新しい方法を使ってみたらうまくいったとハイキンは言っていた。

　ハイキンが大風呂敷を広げていることはわかっていた。だが、オストロフスキーには
仕事が必要だった。ハイキンの方は、今回の謎の依頼主の要望に応えるために人手が必
要だった。

別れる前にオストロフスキーは携帯の位置追跡についてもう一度聞いてみた。「違法なんじゃないか？」

「さあね」とハイキンが言う。

横のタイル張りの壁に吊るされた青と白の邪視除けのお守りが、二人を見ていた。

PART I 毒の谷《ポイズン・バレー》

1章 トランプ動画

「明日オンエアしないって、どういうことだ？」人のいなくなった四階の報道局に、僕の言葉が虚しく響く。僕たちは、コムキャストビル、つまり30ロックフェラープラザの四階にいた。今はコムキャストビルと呼ばれているが、以前はゼネラル・エレクトリックのビルで、その前はRCAビルだった。電話の相手はNBCニュースのプロデューサー、リッチ・マクヒュー。電話の向こうでは、まるでドレスデンの爆撃のような音が聞こえてくるが、二組の双子を育児中のマクヒューの電話はいつもこんな感じだった。

「さっき電話があって、あっちは――イジーだめだめ、分けてあげなさい――ジャッキー嚙《か》み付かない！――パパはお話し中だからね――」

「でも、今回の報道シリーズの中であのエピソードが一番強烈じゃないか」と僕。「テレビ的な派手さはないかもしれないけど、最高の裏話だし――」

「上が動かせって言ってるんだ。ダメだっ――《ファカクト》」ヘブライ語の単語の語尾が切れている(マクヒューはよくヘブライ語を使いたがった。でも上手に言えたためしがない)。

マクヒューと僕がはじめようとしていた連続ものの調査報道は精緻な編集が必要だ。局の編集室でヘトヘトになりながら長時間かけて一話ごとに丁寧に作り込んでいく。オンエアの予定変更は一大事だ。「動かすって言っても、いつにするんだ?」僕は聞いた。

電話の向こうからは、くぐもったガチャガチャという音や、甲高い声が途切れることなく聞こえてくる。「ちょっとあとでかけ直す」マクヒューが言った。

マクヒューはベテランのテレビプロデューサーだ。以前はフォックスとMSNBCで働き、朝の人気番組の「グッド・モーニング・アメリカ」も一〇年近く担当していた。胸板が厚く、髪は赤毛で赤ら顔、仕事場ではチェックのシャツがトレードマークだ。忖《そん》度《たく》の多い官僚的な大企業の中でも、マクヒューはおべんちゃらを使わず、率直な物言いと潔《いさぎよ》い態度で知られていた。「農夫みたいな男」だと調査報道部の上司は言っていた。前年に僕とマクヒューを組ませたのが、この上司だった。「それに話し方も農夫みたいだ。お前とは水と油だな」

「ならどうして組ませるんですか?」僕は聞いた。

「お互いを補い合える」上司は肩をすくめてそう言った。

マクヒューは僕を信用していなかった。僕は家族の話をあまりしなかったが、周りはよく知っていた。母は女優のミア・ファローで、父は映画監督のウディ・アレン。父アレンには、当時七歳だった姉(養女)のディランに性的虐待《ぎゃくたい》を行ったとの疑惑が持ち上がり、アレンは義姉のスンイと関係を持ってその後結婚したこともあって、子供の頃の僕の写真があちこちのタブロイド紙に載っていた。僕がすごく若くして大学に入学した時もまたニュースになったし、国務省の下っ端官僚としてアフガニスタンとパキスタンに派遣されたときにも報道された。二〇一三年にNBCユニバーサルと四年契約を結び、その初年度にケーブルニュース局のMSNBCで昼間の番組のキャスターを任された。事実に基づく真面目な番組にしようと僕はやる気満々で、誰も見ていない時間帯なのに念入りに調査報道を編集し、放送していた。はじめは受けが悪かったが最後にはいい評価をもらった。とはいえ、視聴率は終わりまでずっと振るわなかった。僕の番組が打ち切られたことはほとんど話題にならなかった。打ち切りのあと何年も経ってから、たまたまパーティーで再会した調子のいい知人に、君の番組が好きで今も毎日見てるよと言われたこともある。「それはどうも」と僕は返した。

その後、僕はネットワーク局のNBC本体に移って調査報道記者として働きはじめた。リッチ・マクヒューから見ると、僕はただの有名人二世のひよっこ記者で、番組打ち切りのあとの残った契約期間に暇つぶしを探しているように見えただろう。僕の方もマクヒューを疑っていたが、僕はただみんなに好かれたいだけだった。

プロデューサーと組んで取材に出れば当然、飛行機やレンタカーで長時間一緒に過ごすことになる。ペアになってはじめの何度かの取材旅行では、レンタカーの中で高速道路のガードレールを見ながら重苦しい沈黙が立ち込めたり、隙間を埋めようとした僕が一方的にしゃべりすぎてマクヒューがうん、とか、ああ、とか言うだけのこともあった。だがそのうちに、朝の国民的な人気番組の「トゥデイ」や、夜の「ナイトリーニュース」での僕たちの調査報道特集から人々の記憶に残るニュースが生まれ、僕たちは少しずつお互いを尊敬しあうようになっていった。マクヒューは、僕が報道業界で出会った誰よりも頭が良く、鋭い編集センスの持ち主だった。それに、僕もマクヒューも硬派な調査報道に情熱を燃やしていた。

電話を切ったあと、報道局のテレビ画面に映る見出しを見ながら、マクヒューにメッセージを送った。「上層部は性的暴行の話題を避けたいのかな?」。放送日の変更を命じられた特集は、大学がキャンパス内の性的暴行の調査で手を抜いているというテーマだった。僕たちは被害者と、加害者とされた人物の両方に話を聞いていた。涙を流す人もいれば、顔がわからないように影をつけた人もいた。かなり深刻なテーマなので、朝の番組で流すには技がいる。人気司会者のマット・ラウアーなら、この話題に眉を曇らせて懸念《けねん》を表したあとすぐに、セレブリティのスキンケアの話題に切り替えることができるはずだった。

マクヒューから返事がきた。「ああ。すべてトランプ優先。性的暴行はあとまわし」

＊

それは二〇一六年一〇月はじめの日曜の夕方だった。前の週の金曜にワシントン・ポスト紙が、「二〇〇五年のトランプによる女性たちへの極めて無礼な会話の録画が浮上」という中身に比べて見出しだけは控えめな記事を掲載した。(注1) 記事は動画付きだったが、「職場で見ないほうがいい」たぐいの動画だ。「アクセス・ハリウッド」という有名人ゴシップを取り上げる番組の収録テープの中に、誰にも聞かれていないと思ったドナルド・トランプが女性の「お〇〇こ」を鷲掴《わしづか》みにしたと、延々自慢する声が収録されていた。(注2)「彼女とヤろうとしたんだ。人妻だったけどな」トランプはそう言っていた。「豊胸してオッパイがバカでかくなっててさ、すごかった」

この時にトランプの横で話を聞いていたのが、アクセス・ハリウッドの司会者を務めていたビリー・ブッシュだった。ブッシュはつやのある髪が取り柄の小柄な男だ。どんな有名人の脇においても、ちょっとした記憶に残らないコメントを引き出してくれるし、たまに内輪受けする妙なひやかしも提供してくれる。「自分のおケツをどう思ってます？」ジェニファー・ロペスにそう聞いたこともある。(注3) ジェニファー・ロペスは明らかにムカついてこう聞き返した。「マジで？　その質問、ありえないでしょ？」。するとブッシュは陽気にこう答えたのだ。「ありえまーす！」

そんなわけで、例の録画の中でもトランプが女をどう口説いたかを自慢しているあいだ、ブッシュは大はしゃぎで嬉しそうに合いの手を入れていた。「その調子！　ドナルドに座布団一枚！」

アクセス・ハリウッドはNBCユニバーサルの番組だった。ワシントン・ポスト紙が金曜にこの特ダネをすっぱ抜いたあと、NBCも自分たちの収録テープを追っかけで放送した。アクセス・ハリウッドの番組内でこの収録テープを放映した時には、ブッシュのやばそうな発言は編集で切られていた。NBCがいつこのテープの存在に気づいたのか、それともわざと隠していたのかを問い詰める声もあがった。(注4)外に漏れてきた証言によると、経緯はさまざまに違っている。(注5)NBCの上層部は記者たちに向けた説明の中で、法的な確認が終わらなかったのでテープを公開できなかったと言っていた(その点についてワシントン・ポスト紙の記者は、「現在の大統領候補が、収録されていると知りながら語った一一年前の発言を放送することに、どのような法的問題があるのかについて、当のNBC幹部は具体的に語ることを避けた」(注6)と辛辣《しんらつ》に書いていた)。NBCの弁護士二人、キム・ハリスとスーザン・ウィーナーはテープを見直して放送を許可したが、経営陣が二の足を踏んだために大統領選にまつわる世紀のスクープを逃してしまったのだ。

NBCにはもうひとつ別の問題があった。朝の人気番組「トゥディ」の司会者のひとりにビリー・ブッシュを加えることをちょうど決めたところだったのだ。その二カ月前には「ビリー・ブッシュってこんな人」という紹介ビデオを流し、ワックスで胸毛を脱毛する姿まで公開していた。(注7)

マクヒューと僕はこれまですでに数週間も費やして、今回の報道特集の編集と法的確認を済ませていた。トランプの動画が暴露されたのは、僕がちょうどSNSで今回の特集を宣伝しはじめた直後だった。「#ビリー・ブッシュの謝罪を見よう! なぜ謝罪すべきなのかを#ローナン・ファローがブッシュに説教するのを見よう!」とツイートした視聴者もいた。

「性的暴行の特集は変更されて当然ってわけか」一時間後、僕はマクヒューにそうメッセージを送った。「ビリー・ブッシュが例のお〇〇こ事件について謝罪したすぐあとに、僕らの特集なんて放送できないよな」

だがその日、ビリー・ブッシュの謝罪はなかった。翌朝メインスタジオの控え室で僕が台本を見ながら待っていると、司会のサバンナ・ガスリーの声が聞こえた。「今回の出来事についてはさらに詳しく調査中ですが、NBCニュースはトゥデイの三時間目の司会者であるビリー・ブッシュがドナルド・トランプと交わした会話を不適切であるとして、彼の出演をしばらく見合わせることに決定しました」[注8]。その後お料理コーナーへと流れ、浮かれた笑い声が続き、僕の報道特集コーナーになった。僕のコーナーでは性的暴行の特集は見送られ、大学構内でのアンフェタミン（覚醒剤）濫用《らんよう》についての報道に差し替えられた。

*

アクセス・ハリウッドのテープが浮上する数年前、大物コメディアンのビル・コスビーが性的暴行の疑いでふたたび訴えられた。二〇一六年七月には、フォックスニュースでキャスターを務めていたグレッチェン・カールソンが、同局の会長であるロジャー・エイルズを性的嫌がらせで告発した[注9]。アクセス・ハリウッドのテープが放映された直後、少なくとも一五の都市で女性たちがトランプ所有の建物前で抗議行進や座り込みをおこない、プラカードを掲げて女性解放の雄《お》叫《たけ》びをあげた[注10]。プラカードには、「お〇〇この復讐」という文字とともに、メス猫が吠えているイラストや、猫が背中を丸めて襲いかかりそうになっているイラストが描かれていた。四人の女性が、同意なくトランプに身体を触られたりキスをされたと訴え出た。トランプの手口は例のテープで語られていたとおりだった。トランプ陣営はこれを作り話だと切り捨てた。「#なぜ女性は語らないか」というハッシュタグを評論家のリズ・プランクが拡散し、多くの女性が体験を綴《つづ》った。(注11)「以前に映画でセックスシーンを演じたことのある私が、大手映画会社のトップを訴えても絶対に勝てないと、(女性の)弁護士に言われた」女優のローズ・マッゴーワンはそうツイートした。「業界では公然の秘密なのに、ハリウッドもマスコミも強姦魔《ごうかんま》をちやほやし、私を攻撃する。この世界は真っ正直になるべきよ」とマッゴーワンは付け加えた。(注12)

2章　誘い

ローズ・マッゴーワンがほのめかしていた人物は、みずから映画制作会社を設立して以来この業界を牛耳ってきた、横暴なことで有名な大物映画プロデューサーだった。その人物、ハーヴェイ・ワインスタインは、映画制作配給会社のミラマックスとワインスタイン・カンパニーを共同創業し、『セックスと嘘とビデオテープ』、『パルプ・フィクション』、『恋におちたシェイクスピア』といった独立映画を制作し、収益化する手法を確立した立役者だった。(注1) 彼の制作した映画はアカデミー賞各部門に三〇〇回以上ノミネートされ、授賞式のスピーチでは業界の誰よりも名指しで感謝されてきた。感謝された回数でワインスタインをほんの少し上回っているのはスティーブン・スピルバーグだけで、神様への感謝よりも多い回数だ。ワインスタインは業界では神様も同然だった。(注2) メリル・ストリープは冗談まじりにワインスタインを神様と呼んだことさえあった。

ワインスタインは身長一八〇センチを超える巨漢だった。顔は歪み、小さな目をいつも細めていた。ずり落ちそうなジーンズにダボダボのTシャツを着ていることも多く、余計に身体が膨らんで見えた。ワインスタインはダイヤモンドの研磨《けんま》職人の息子としてニューヨークのクイーンズで育った。中学生になると弟のボブとこっそり近所の芸術劇場に『大人は判ってくれない』を見に行った。ポルノ映画だと期待して見に行ったのだ。(注3) ポルノ映画のかわりに二人はこの映画でフランソワ・トリュフォーに出会い、芸術性の高い映画にのめり込んでいった。ワインスタインはニューヨーク州立大学バッファロー校に進学した。バッファローを選んだ理由のひとつは映画館がいくつもあったからだ。

一八歳になると、友達のコーキー・バーガーと共作で『スペクトラム』という連載小説を大学新聞に投稿した。主人公の「詐欺師《さぎし》デニー」が女性を脅かして服従させるのがいつもの筋書きだった。(注4)「詐欺師デニーはいやと言われても決して引き下がらなかった。心理的に相手を追い詰めるのが彼のいつもの手口だ。平たく言うと、『お嬢ちゃん、よく聞きな。俺はお前さんが求めてるような男の中でも、世界一男前で面白い人間だぜ。もし俺と踊らないってんならこのビール瓶でお前の頭をかち割ってやるぞ』」。そんな描写もあった。

ワインスタインは大学を中退し、弟のボブと友達のバーガーと一緒に起業した。「ハーヴェイ&コーキー・プレゼンツ」という社名で、コンサートの興行をはじめた。また、バッファローの映画館を買い取って、自分がのめり込んでいた独立映画や外国映画を上映した。その後、弟のボブとミラマックスを設立する。社名のミラマックスは、両親のミリアムとマックスにちなんだものだ。このミラマックスで二人は小粒の外国映画を買い付けはじめた。ワインスタインは話題作りにかけては天才的に鼻が利いた。二人は『セックスと嘘とビデオテープ』でカンヌ国際映画祭の最高賞《パルムドール》を獲得する。そして、九〇年代のはじめにミラマックスはディズニーに買収された。ワインスタインは金の卵を次々と産み出すガチョウとして、ここで一〇年を過ごした。二〇〇〇年代に入ってディズニーとの関係が悪化すると、二人は新会社を設立した。新会社のワインスタイン・カンパニーはあっというまに数百万ドルもの資金を調達する。(注5)絶頂期ほどではないにしろ、ワインスタインはふたたび二〇一〇年の『英国王のスピーチ』と二〇一一年の『アーティスト』でアカデミー賞を二年連続受賞した。業界で成功をおさめていくあいだに、ワインスタインはアシスタントの女性と結婚し、離婚し、その後自分の映画でちょい役を与えていた野心満々の女優と結婚した。

ワインスタインは高圧的で、時には脅しとも取れるような手口を使うことで知られていた。周囲を威嚇《いかく》し、ふぐのように膨《ふく》らんで相手を怖がらせた。ライバルや目下の人間には、鼻がくっつくほど赤ら顔を近づけて仁王立ちでよく怒鳴っていた。「ある日机の前に座っていたら、地震が起きたと思った」そう語るのは、『恋におちたシェイクスピア』でワインスタインと共にアカデミー賞を獲《と》った映画プロデューサーのドナ・ギグリオッティだ。(注6)「壁が揺れたの。私は椅子から立ち上がった。でも大理石の灰皿を彼が壁に投げつけたってことがあとでわかった」。もっと暗い噂もあった。ワインスタインが女性たちに陰湿《いんしつ》な暴行を加え、被害者の口を強引に封じているという話が囁《ささや》かれていた。そんな噂を聞きつけた記者が数年に一度はワインスタインの周囲を嗅《か》ぎまわり、噂が本当かを確かめようとした。

*

二〇一六年の大統領選の数カ月前、ワインスタインはいつもと変わらない日々を過ごしているようだった。ニューヨーク市の元警察署長であるウィリアム・J・ブラットンのカクテルパーティーに参加するワインスタインの姿があった。(注7)また、ラッパーのジェイ・Zと談笑し、ジェイ・Zと組んで映画とテレビ番組を作る契約を結んだことを発表する姿も見られた。(注8)ワインスタインがこれまで長年資金面で支援してきた民主党の政治家たちとの絆を深めている姿もあった。

ワインスタインは、ヒラリー・クリントンが信頼する参謀《さんぼう》のひとりとして、大統領選のあいだずっと彼女に知恵を貸してきた。「もうわかってることだとは思うが、あいつらを黙らせないとダメだ」ライバルのバーニー・サンダース陣営によるラテン系とアフリカ系有権者の囲い込み活動について、ワインスタインはクリントンのスタッフにこう書き送った。「昨日話したことが全部この記事に書いてある」。別のメールでは、サンダースに対する批判記事を添付して、ネガティブ・キャンペーンを張るべきだと強く勧めていた。「ちょうどいくつか広告デザインをお送りしようと思ってました。あなたのアイデアをいただいて、作ってみました」(注9)クリントンの選挙対策本部はそう返事を出した。その年の終わりまでに、ワインスタインはクリントンのために相当な額の寄付を集めていた。(注10)

一〇月にマッゴーワンが例のツイートをした数日後、ワインスタインはニューヨークのセント・ジェームズ劇場でクリントンのためにきらびやかな資金集めのパーティーを開いていた。このパーティーでクリントン陣営の金庫にさらに二〇〇万ドルが積み増されることになった。グラミー賞に輝いたシンガーソングライターのサラ・バレリスが紫の照明を浴びながら、こう歌っていた。(注11)「沈黙の歴史はあなたのためにならない／沈黙がいいことだと思ったの？／空っぽの言葉はやめよう／真実を話してみては？」（このあとに起きたことを考えると）あまりにドンピシャすぎて嘘のように思えるが、本当の話だ。

この数年でワインスタインの影響力は多少衰えていたとはいえ、インテリ層はまだこぞって彼を褒めそやしていた。その秋に賞レースがはじまると、ハリウッド・レポーター誌の映画評論家であるスティーブン・ギャロウェイは、「ハーヴェイ・ワインスタイン復活」(注12)の見出しの下に「特に今この時代に、彼のような映画人が求められている」と書いている。

＊

ちょうどその頃ワインスタインは自分の弁護士たちにメールを送っていた。その中のひとりがデビッド・ボイーズだ。ボイーズは二〇〇〇年の大統領選での法廷闘争においてアル・ゴアの弁護人になった高名な弁護士で、同性婚の承認を求めて最高裁で闘ったこともあった。(注13)ボイーズは長年ワインスタインの弁護人だった。その頃すでに七〇代の後半だったがまだ壮健で、年齢と共に刻まれた顔のシワが親しみやすさを醸《かも》し出していた。「エフード・バラック経由で、イスラエルのブラックキューブ・グループから連絡があった」ワインスタインはそう書き送った。「戦略コンサルタントとしておたくの事務所に雇われたことがあると言っている。時間があるときにメールをくれ」(注14)

エフード・バラックはイスラエルの元首相で、イスラエル国防軍の参謀総長だった。(注15)バラックがワインスタインに推薦したブラックキューブは、モサドやそのほかのイスラエル諜報機関出身の幹部が経営する組織だった。テルアビブとロンドンとパリに事務所があり、パンフレットには「イスラエルの国家軍や政府諜報機関で経験と訓練を積んだ」工作員の手腕をお客様に提供すると書かれていた。

その月、ボイーズの事務所とブラックキューブは秘密契約を結び、ボイーズの事務所から初期費用として一〇万ドルが送金された。この仕事に関する書類の中で、ワインスタインの身元は伏せられていた。「最終顧客」または「ミスターX」とだけ記されていた。ワインスタインの名前が書類にあると「彼がとんでもなく怒り出した」とブラックキューブのある工作員は言っていた。

ワインスタインは今回の工作に興奮しているようだった。一一月末のミーティングで、ワインスタインはブラックキューブに工作を続けるようはっぱをかけた。追加の費用が送金され、ブラックキューブは「フェーズ2A」と「フェーズ2B」と呼ばれる侵入工作をはじめた。

＊

記者のベン・ウォレスに、見知らぬ番号から電話がかかってきたのは、それから間もなくのことだ。その電話はイギリスの国番号から発信されていた。ウォレスは四〇代後半で、大学教授のような細い眼鏡をかけている。数年前に、史上最高額がつけられたワインの真贋論争を綴った『世界一高いワイン「ジェファーソン・ボトル」の酔えない事情』という本を出版していた。最近はニューヨーク・マガジン誌に寄稿していて、この数週間はワインスタインにまつわる噂を取材して回っていた。

「アナと呼んで下さい」電話の向こうの声には上品なヨーロッパ訛《なま》りがあった。ウォレスは大学を卒業したあと数年間チェコとハンガリーに住んでいたことがある。訛りを聞き分けるのは得意だったが、相手がどこの出身かはわからなかった。おそらくドイツ人だろうとあたりをつけた。

「友達から電話番号を教えてもらったんです」ウォレスがエンターテインメント業界について取材していることを知っている、とその女性は言う。どの友達の紹介だろうとウォレスは考えてみた。自分がこの件を調べていると知っている友達はそう多くない。

「あなたが欲しがっている情報を提供できるかもしれません」。もっと詳しく教えてほしいとウォレスが迫ると、女性は引き気味になった。慎重に扱わなければならない情報だから、と彼女が言う。女性はウォレスに会いたがった。ウォレスは一瞬躊躇《ちゅうちょ》した。だが、損にはならないだろうと思い直した。ウォレスは特ダネを探していた。彼女がそれかもしれない。

次の月曜の朝、ウォレスはソーホーの喫茶店で、この謎の女性の本音を探ろうとした。三〇代半ばだろうか。ブロンドの髪を長く伸ばし、目は茶色で頬骨が高く、鼻はわし鼻だ。コンバースのスニーカーを履《は》き、金のアクセサリーを身につけていた。まだ本名は明かしたくないと言う。ビクビクした態度で、秘密を打ち明けていいものかどうか思案していた。ウォレスが話を聞いたほかの女性たちも、彼女と同じ様子が窺えた。急がず時間をかけて下さいと彼女に言った。

それからまもなくまた彼女と会うことになり、前回会った場所に近いホテルのバーを指定された。ウォレスが待ち合わせの場所にやってくると、彼女は迎え入れるように、まるで誘いかけるような微笑《ほほえ》みを浮かべた。彼女は先にグラスワインを注文していた。「噛《か》みついたりしないから」隣の席をポンポンと触った。「隣に座って」。ウォレスは風邪を引いていると伝え、紅茶を頼んだ。もし協力するつもりなら、もっと詳しいことを教えてほしいと彼女に告げた。するとアナは辛そうに顔を歪めて崩れ落ちそうになった。ワインスタインとのあいだにあった出来事を話そうとして、涙をこらえているようだった。何らかの秘めごとがあり動転していることは明らかだったが、詳しいことは話したがらない。ウォレスの質問に全部答える前に、ウォレスからもっと情報を引き出そうとした。どうしてこのネタを追いかけているのか、どのくらい特ダネになりそうかを聞いてくる。ウォレスが答えていると、アナは体を傾けて何かをほのめかすように腕をウォレスの方に伸ばしてきた。

今回の調査は、どこか奇妙で緊迫感があった。外部の雑音が多く、ウォレスには馴染《なじ》みのない経験だった。ほかのジャーナリストもウォレスに連絡してきた。その後まもなく、ガーディアン紙に寄稿したこともあるセス・フリードマンというイギリス人の記者から、ウォレスがこの話題を追いかけていると噂を聞いたので手を貸したいと連絡があった。

3章　汚点

二〇一六年一一月の第一週、つまり大統領選挙の前の週に、ナショナル・エンクワイヤラー紙編集長のディラン・ハワードは、スタッフに珍しい命令を出した。「金庫の中の物をすべて運び出せ。それからシュレッダーをここに持ってこい」。ハワードはオーストラリアの南東部出身だ。丸顔の周りにぼさぼさの赤毛を伸ばし、ビン底メガネをかけ、派手なネクタイをしている。その日、ハワードはパニックに陥っているようだった。親会社のアメリカン・メディア社（AMI）のCEOであるデビッド・ペッカーとハワード自身の記事について、ウォール・ストリート・ジャーナル紙がエンクワイヤラー紙にコメントを求めてきたからだ。ＡＭＩがドナルド・トランプに頼まれて、報道の意図なく隠蔽のために取材対象を追いかけているという記事だった。（注1）

ハワードのスタッフは金庫を開け、書類を取り出し、きちんと閉めようとした。この話を聞いた記者たちは『インディ・ジョーンズ』に出てくるような聖なる櫃《ひつ》を納めた倉庫のような金庫を思い浮かべたようだが、実際の金庫は小さな古い安物だった。ここで働いていたベテラン編集者のバリー・レビーンのオフィスに何年も置きっ放しになっていたものだ。

何度か閉めようとしたが閉まらず、スタッフの近親者からフェイスタイムのビデオ電話でやり方を教えてもらい、やっと金庫をきちんと閉じることができた。その日の後になって、ゴミ収集の人たちがいつもより大量のゴミを運び出したと、ある社員は語っていた。金庫にあったトランプ関連の書類は、エンクワイヤラー紙が所有していたその他のトランプ関係の書類と一緒にシュレッダーにかけられた。

二〇一六年六月、ハワードはＡＭＩがこの数十年間に積み上げたトランプについてのスキャンダルの一覧を作った。選挙のあと、トランプの弁護士のマイケル・コーエンが、ＡＭＩがこれまでに握っていた新大統領に関するネタを全て引き渡せと要求してきた。社内では議論が起きた。ネタをすべて引き渡せば紙の証拠が残るため法的な問題が生じることに気づいて、引き渡しに反対する人もいた。それでもハワードと社の幹部は、例の小さな金庫に収まりきらなかった調査書類を、フロリダの収納庫からＡＭＩの本社に送るようスタッフに命じた。届いた書類を最初は小さな金庫に入れたが、トランプとエンクワイヤラー紙の関係が盛んに取り沙汰《ざた》されるようになると、今度は書類を人事部長のダニエル・ロットスタインのオフィスにある大きな金庫に移した（社内に詳しい人によると、噂と違って本社人事部はストリップバーの中にあるのではないらしい）。気になって調べてみた社員が奇妙なことに気づいたのは、しばらくあとになってからだ。トランプのスキャンダル一覧と物理的なファイルは一致していなかった。なくなっている書類があったのだ。ハワードは何も廃棄《はいき》してないと周囲に誓《ちか》っていたし、今もそう主張している。

昔から、違法行為はエンクワイヤラー紙とＡＭＩの十八番だと思われていたし、書類を廃棄したことはある意味でエンクワイヤラー紙らしい行動だ。「いつも犯罪すれすれのところにいる」と言うのはＡＭＩのある幹部だ。「だから興奮するんだ」。医療記録の不正入手はいつものことだった。(注2) エンクワイヤラー紙は有名人の訪れる大病院に情報提供者を囲い込んでいた。カリフォルニア大学ロサンゼルス校の大学付属病院からブリトニー・スピアーズ、ファラ・フォーセットその他の有名人の記録を持ち出したのも彼らの情報提供者のひとりで、のちに有罪となっていた。

ＡＭＩはしょっちゅう、スキャンダルを公表しないかわりに金や独占取材を求めていた。どの社員もこの手口を「恐喝」と呼んでいた。もっと暗い闇工作の噂もあった。ＡＭＩは裏金で下請けの工作員を雇い、工作員が不法な侵害に手を染めていると社員の中では囁かれていた。

だが今回は、マンハッタンの金融街にあるＡＭＩの本社の中でこれまでとは違う種類の何かが起きているようだった。ペッカーはドナルド・トランプの長年の知り合いだった。選挙後にある記者がペッカーに、トランプを批判してもＡＭＩを批判したことにはならないと言ったところ、ペッカーはこう答えた。「私にとっては同じことだ。あいつは個人的な友達だからな」(注3)。もう長いこと二人はつるんできたし、それがお互いの利益になっていた。ブロンクス出身の初老の元会計士で幅広の口髭《くちひげ》を蓄《たくわ》えたペッカーは、権力に近づき、トランプが手に入れた多くの特権の恩恵を受けていた。「ペッカーはトランプのプライベートジェットに乗せてもらっていた」と言うのは、中断も含めて二〇〇二年から二〇一二年までＡＭＩで働き、社のウェブサイトの編集長も務めたことのあるマキシン・ページだ。ディラン・ハワードもまたトランプのおすそ分けにあずかった。二〇一七年の大統領就任式前夜、ハワードは友達や仕事仲間に、祝賀イベントに参加した自分の写真を添えて嬉しげなメッセージを送っていた。

一方のトランプはＡＭＩとの関係からより重大な利益を得ており、それがもたらす結果は深刻だった。エンクワイヤラー紙のもうひとりの元編集長、ジェリー・ジョージによると、ペッカーが握りつぶしたトランプについてのスキャンダル記事はおそらく一〇件にのぼり、ジョージの二八年にわたるエンクワイヤラー紙での経験の中で無視を決めた潜在的なネタはもっと多いと言う(注4)。

トランプが大統領選に名乗りをあげると、両者の関係は深まり、性質が変わったように見えた。エンクワイヤラー紙は突然にトランプを公認候補として推薦し、自分たちの紙面でもＡＭＩ傘下のほかのメディアでも派手な見出しとごますり文句を並べはじめた。「トランプをイジると大変なことになるぞ！」ＡＭＩ傘下のタブロイド紙グローブはそうぶち上げた。「トランプの勝利は確実！」エンクワイヤラー紙は援護射撃に出た。「大統領候補の知られざる真実！」という記事の中で、トランプについての暴露話は「トランプ自身が認めるよりも支持率も人気もはるかに高い！」とのたまっていた。(注5)ヒラリー・クリントンの欺瞞《ぎまん》と体調不良がいつも一面にデカデカと躍っていた。「病的嘘つきヒラリー・クリントンの隠された嘘が明らかに！」と煽《あお》り立て、「ヒラリー、汚職まみれ、人種差別、犯罪者！」とぶち上げた。タブロイド紙によると、ヒラリーは今にも死にそうに書かれていた（タブロイド紙に臨終間近だと書かれたヒラリーは、その診断を奇跡的に覆して選挙日を迎えた）。有権者が投票に向かう日が近づくと、ハワードは部下に命じて一面を何種類も作らせ、ペッカーがそれをトランプに見せに行った。ビックリマークのせいで見出しは安っぽいミュージカルの題名のように見えた。

選挙戦のあいだ、マイケル・コーエンを含むトランプの側近たちはペッカーとハワードに連絡を取り続けた。共和党の予備選ではトランプの対抗馬に対する中傷記事が続けざまに一面を賑わせた。テッド・クルーズの父親がケネディ元大統領の暗殺に関係しているというとんでもない陰謀論を記事にさせたのは、トランプの参謀で政治コンサルタントのロジャー・ストーンだ。ハワードは、ラジオ番組の司会者でトランプ人気を煽っていた熱狂的な陰謀論者のアレックス・ジョーンズにも連絡し、(注6)のちに彼の番組にまで出演した。ＡＭＩのスタッフは、ご贔屓《ひいき》のトランプが不利になるようなネタを握り潰すだけでなく、悪ネタをみずから探してきて葬り去るよう命令された。「理不尽すぎる」スタッフのひとりはのちにそう語っていた。「ロシアのプロパガンダ紙じゃあるまいし」

*

ハワードとペッカーが温めていた友好関係は、トランプとの同盟だけではなかった。二〇一五年、AMIはハーヴェイ・ワインスタインと制作契約を結ぶ。[注7] 表面上は、この契約によって、発行部数の減っていたAMIは傘下のレイダー・オンラインでテレビ番組を制作放映するための強力な助っ人を得たことになる。その年、ハワードとワインスタインは親しくなった。あるモデルがワインスタインから身体をまさぐられたと訴えて警察に駆け込んだとき、ハワードは部下に命じてこの件を葬った——そのあと、このモデルから記事の権利を買い取り、その代わりに守秘義務契約に署名させた。女優のアシュレイ・ジャッドが、はっきりと名指しはせずにワインスタインであることを仄めかしながら、ある映画制作会社の社長からセクハラを受けたと訴え出たとき、[注8] AMIの記者たちはジャッドが更生施設に入っていたことについての中傷ネタを追いかけるように命じられた。マッゴーワンの訴えが表に出ると、ハワードは「あのクソ女の汚点を探せ」と言った。

二〇一六年の終わりには、ワインスタインとAMIの関係はさらに深くなった。ハワードはAMIの下請け工作員による最新の成果を得意げにワインスタインに転送していた。工作員がある女性に近づき、うまく誘導してマッゴーワンを貶《おとし》める発言をさせ、それを隠れて録音していたのだ。「すごく素敵なものを手に入れた」とハワードは書いた。

その女性は「ローズ（マッゴーワン）をボコボコに貶《けな》してた」と言う。「最高だ」とワインスタインは返した。「最高だな。俺の指図だって分からないところが特にいい」

「その通り」とハワード。「しかもここだけの話だが、録音もある」(注9)。ハワードは同じ手口で工作員に狙わせているターゲットの一覧も別メールで送っていた。「それぞれについて次の一手も話し合おう」とハワードは書いていた。

ナショナル・エンクワイヤラー紙は掃き溜めのような場所で、アメリカ中の醜いゴシップが最後にここに流れ込んでくる。権力の座にいるAMIの友人たちの頼みで、捨てられたり闇に葬られたりしたスキャンダルはすべて、エンクワイヤラーのいわゆる「処理ファイル」に収められ静かに眠っていた。ワインスタインとの関係が深まるにつれ、ハワードはこの過去の埋葬ファイルを事細かに調べはじめた。社員によると、その年の秋のある日、ハワードはあるニュースキャスターに関係するファイルを取り出すよう命じた。

4章　ボタン

マット・ラウアーはいつもの姿勢で足を組んで座っていた。左膝の上に右膝を重ね、少しだけ前かがみになり、右手を右膝の上に置いている。普通に話しているときでも、ラウアーはいかにも司会者然としていつも淀みなく、いつでもすぐにコマーシャルに切り替えられそうだった。僕が放送中のラウアーみたいにくつろぎながらかっこいい姿勢を決めようと思ったら、ヨガの初心者みたいに見えるはずだ。

それは二〇一六年一二月のことだった。NBCのスタジオがあるロックフェラープラザの三階のラウアーのオフィスに僕たちはいた。ラウアーはガラスの天板が乗った机の後ろに座っていた。僕は向かい側のソファに腰を下ろした。棚の上にはエミー賞のトロフィーが飾られている。ラウアーはウェスト・バージニアの地方局からはい上がり（注1）、全米ネットワーク局で最も実力と人気を兼ね備えたキャスターになっていた。NBCは年間二〇〇〇万ドルを超える報酬をラウアーに支払い、避暑地ハンプトンにある自宅からヘリコプターで局まで送迎していた（注2）。

「なかなかいいじゃないか」僕の最新の報道特集シリーズを、ラウアーは褒めてくれた。ほぼ丸刈りの頭はラウアーに似合っていたが、ごま塩のヒゲはあまり似合っていない。

「あの放射能漏《も》れがあった原子力施設、どこの――」

「ワシントン州です」僕が答える。

「ワシントン州。そうそう。あの冷や汗タラタラの役人ったら」ラウアーは含み笑いをしながら首を振った。

彼が話していたのはハンフォード・サイトという核処理施設のことで、マンハッタン計画後に残ったオリンピックプール数個分もの核廃棄物を政府はこの場所に埋めていた。ここで働く労働者はとんでもない頻度で放射能を浴びていた。

「この番組にもっと必要なのは、あの手の報道だ」ラウアーが言う。真面目な調査報道についてラウアーが信念を持っていることは、これまでに何度も聞いていた。「セットで映える。視聴率も取れる」ラウアーが続ける。「ほかにどんなネタを仕込んでる?」

僕は持ってきた紙の束にチラッと目をやった。「ダウ・ケミカルとシェル石油がカリフォルニアの農場向けに有害な化学物質を農薬に混ぜて売っている話があります」。ラウアーはべっ甲のメガネをかけながらコンピュータに向いて、なかなかいいというように頷《うなず》いた。画面上にスクロールされていくメールがメガネに反射している。「依存症の特集もあります。それからロビイストによる工作でトラックの安全改革法案が妨害された件」僕は続けた。「あとは、ハリウッドのセクハラについてのネタも」

ラウアーの視線がパッと僕に戻る。どのネタが彼の注意を引いたのかはわからなかった。

「ハリウッドの隠された物語についての特集で、小児性愛、人種差別、ハラスメント……」僕は話し続ける。

ラウアーはグレーの格子柄の超高級誂《あつら》えスーツに紺の縞模様のネクタイをしていた。ネクタイをまっすぐに直して、また僕の方に目を向けた。「どれもすごく良さそうじゃないか」値踏みするように僕を見る。「数年後はどうしていたい?」ラウアーが聞いた。

MSNBCが僕の番組を静かに打ち切ってからもうほぼ二年が経っていた。「ローナン・ファロー、キャスターから大部屋へ」(注3)有名人ゴシップサイトのページ・シックスはそんな見出しをつけた。実は、僕の机はMSNBCの昼間のニュースの背景に映り込む場所にあった。僕は昼間のキャスターをつとめるタムロン・ホールの後ろでタイプを打ったり、アリ・ベルシの後ろで電話を取ったりしていた。トゥデイの仕事を僕は誇りに思っていた。とはいえ、なかなか自分の得意分野を見つけられずに苦労してもいた。さまざまな道をあれこれ考えてはいた。ラジオも考えた。その秋、シリウスXMサテライトラジオとも会ってみた。副社長のメリッサ・ロナーはその数年前にトゥデイを卒業していた。僕は強気に見せようとして、ケーブルテレビよりトゥデイの方が調査報道に向いた番組だと思うと言った。「そうね」とロナーは強張った笑顔を浮かべた。「私もすごく楽しかった」。でも本音は先が見えずに不安だったし、マット・ラウアーがこうして僕のために時間を割いてくれたことが心から嬉しかった。

将来についてのラウアーの質問について僕は考え、こう答えた。「いつかキャスターの仕事に戻りたいです」

「そうだよな、わかってる」とラウアーが言う。「それが自分のやりたいことだと君は思い込んでる」。僕は口をひらいた。だがラウアーは遮《さえぎ》った。「何かを探してるんだ」メガネを外して、しげしげとメガネを見る。「いつかは見つかるかもしれない。でもまずは自分が何者かを知らないと。君が一番気にかけてるのは何だ?」ラウアーがにこりと笑う。「来週を楽しみにしてるかい?」

来週はラウアーとほかの司会者がクリスマス休暇でいなくなるので、僕が穴を埋めることになっていた。

「もちろんです！」

「君をはじめて見る視聴者もいるってことを忘れちゃいけないぞ。視聴者とのふれあいが何より大切だ。オレンジ・ルームのタグを自分で書いてそこに餌を仕込み、視聴者を会話に誘い込め」オレンジ・ルームとは、視聴者のフェイスブック投稿を放送するコーナーだ。「個人的なネタを原稿に書いておけ。私だったら、子供について触れるけどね。わかるだろ」。僕はいくつかの点を走り書きし、ラウアーに礼を言って部屋を出ようとした。

ドアにさしかかったとき、ラウアーがいたずらっぽく声をかけた。「がっかりさせないでくれよ。オンエアを見てるからね」

「ドアを閉めておきますか？」僕が聞く。

「いや、大丈夫だ」ラウアーはそう言った。そして机の上のボタンを押した。するとドアがパタンと閉まった。

＊

それからほどなくして、僕はラウアーのハンプトンズの自宅に『10代の脳　反抗期と思春期の子どもにどう対処するか』という本を送った。代役のオンエアでは、真剣に彼のアドバイスに従った。本社前の屋外セットに立ち、白い息を吐きながら、クリスマスらしい陽気さを振りまいた。ほかのピンチヒッターたちとメインスタジオの半円形のソファに座り、膝に手をあてて前振りや送り出しのコメントをつけたが、とてもマット・

ラウアーのようにはうまくできなかった。

ある朝、番組の締めにこの年に撮りためたNG場面とカットされた場面を特集した。僕たちキャストやスタッフはみんなこのビデオを見ていた。以前にも一度放送したことがあったし、番組の忘年会でも流した。録画が流れはじめてスタジオの照明が落ちると、スタッフのほとんどはあちこちに散らばったり携帯をチェックしたりしていた。でも、モニターの前に固まったように張り付いているベテランの社員がいた。彼女は僕がこの業界で出会った中で最も努力家の番組制作者のひとりだった。地方局から苦労して今の地位に登った人物だ。

「飽きたんじゃないですか？」と僕は声をかけた。「何度も何度も同じテープを見せられて」

「そんなことないわ」彼女はスクリーンにじっと目を据えてそう言った。「楽しいわ。ずっと夢みてた仕事だから」。彼女の瞳に光った涙を見て、僕ははっとした。

＊

NBCニュースの重役用の角部屋でマット・ラウアーと言葉を交わしてから数週間後、僕はトゥデイの担当重役であるノア・オッペンハイムの向かいに座っていた。オッペンハイムの角部屋から見えるロックフェラープラザは霧と雨で曇っていた。僕のそばにはマクヒューとジャック・レビーンがいた。レビーンは僕たちの次の短い調査報道特集を担当するシニア・プロデューサーだ。次は、ラウアーにも話したハリウッドの恥部について特集を組む予定だった。「さて、どんなネタを摑《つか》んだ？」ソファに寄りかかってオッペンハイムが聞く。僕は答える準備ができていた。

オッペンハイムもラウアーと同じく真面目な調査報道を支援してくれていた。トゥディの担当になったときには、まだデスクもないうちからわざわざ僕に会いに来てくれ、ほかの担当幹部を飛ばして自分に何でも話してくれと言ってくれた。オッペンハイムは頻繁に僕をトゥデイに出演させてくれたし、僕の野心的な調査報道に許可を与えてくれた。僕の番組「ローナン・ファロー・デイリー」が打ち切りになったときに、NBCに僕をとどめてくれ、トゥデイで報道コーナーを続けさせてくれたのもオッペンハイムだった。オッペンハイムは三〇代後半の、人あたりのいい童顔の人物で、いつも猫背でこちらが前かがみになるのを待っているように見えた。僕にないものを持っているオッペンハイムが僕は羨ましかった。彼は自然体でリラックスしていて、かっこよかった。あどけない目でハッパを吸い、決してムキにならない人間だった。ハイになってタイ料理屋の宅配メニューを全部注文した話に僕たちは大笑いし、いつか宅配を持ち寄って夜を過ごそうと計画していた。

オッペンハイムは一流大学出身の頭のいい人間だった。二〇〇〇年の大統領選がはじまった頃、MSNBCの司会者のクリス・マシューズと、当時エグゼクティブ・プロデューサーでのちにMSNBCの社長になったフィル・グリフィンは、ニューハンプシャーからニューヨークに戻る途中で吹雪に遭い、ハーバード大学に宿泊することになった。その夜、グリフィンと番組クルーが出会ったのが、当時ハーバードの四年生で大学新聞にも寄稿していたオッペンハイムだった。オッペンハイムは部屋の隅で酔っ払っていた。

グリフィンたちはオッペンハイムをテレビの仕事に誘った。「彼らがハーバード・スクエアに立ち寄って、バーで学部の女の子たちに話しかけていたんだ」のちに、オッペンハイムはある記者にそう語っている。(注4)「彼らは女の子たちを追っかけて、大学新聞ビルの深夜パーティーにやってきた。そこで、大学新聞を見つけて僕が大統領選について書いた記事を読んだ」

この偶然の出会いが、オッペンハイムを保守系の政治評論からMSNBCの番組制作へと導き、その後トゥデイの幹部プロデューサーの役割につながった。だが、オッペンハイムには昔からもっと幅広い興味と野心があった。これまでにも、『知の礼賛』というシリーズものの自己啓発書を共著していた（表紙の宣伝文句は、「プラトンの洞窟《どうくつ》の比喩《ひゆ》で友達を感心させ、オペラの話題でカクテルパーティーを盛り上げよう」だ）。スティーブン・スピルバーグがクリスマスプレゼントにこの本を配ったと聞いたオッペンハイムは、「もう死んでもいい」と自慢していた。(注5)二〇〇八年にNBCを辞め、ハリウッドでキャリアを積むために家族とサンタモニカに移った。報道については、「二〇代に報道の世界で素晴らしい経験をさせてもらったが、昔から大好きだったのは映画業界と映画とドラマだ」と語っていた。メディア界の帝王一族エリザベス・マードックの所有するリアリティ番組で短期間働き、その後脚本家に転身した。「リアリティ番組もやったけど、いやになってきた。本物の情熱、つまり脚本のあるドラマの仕事ができてなかったからね」と言う。(注6)

オッペンハイムはどの仕事でもするすると運良く上に登っていった。ケネディ暗殺から葬儀までの重苦しい日々を描いた『ジャッキー』という最初の脚本を、ハーバード時代の友達だった制作会社の重役に送った。「一週間もしないうちに、ユニバーサル映画の敷地にあるスティーブン・スピルバーグのオフィスで彼の横に座ってたんだ」のちにオッペンハイムはそう語っている。(注7) 会話もなく、涙でマスカラの跡が頬《ほお》に残ったジャッキーがただ動き回るだけの場面がふんだんに盛り込まれたこの映画は、評論家好みではあったけれど、一般受けはしなかった。「オッペンハイムがやった映画の題名、何だっけ?」ミーティングに向かいながらマクヒューが聞いた。

「ジャッキー」

「あー」

オッペンハイムはヤングアダルト向けの世界終焉SF冒険小説『メイズ・ランナー』の映画版脚本を共同執筆し、それはヒットしていた。『ダイバージェント』の続編も書いたが、こちらはヒットしなかった。

オッペンハイムがNBCを去ってから戻ってくるまでの数年間、トゥデイはゴタゴタ続きだった。視聴者には愛されていたがマット・ラウアーとそりの合わなかった人気女性キャスターのアン・カリーがクビになった。視聴率は、盛り上げ方のうまいライバル番組の「グッド・モーニング・アメリカ」に抜かれた。トゥデイはNBCの看板番組で、年間五億ドルもの広告収入をもたらしていた。そのトゥデイを立て直すため、NBCは二〇一五年にオッペンハイムを呼び戻したのだった。

＊

二〇一六年六月、僕が前からやりたいと言っていた特集にオッペンハイムがゴーサインを出してくれた。朝の番組用に少し大げさに「ハリウッドの暗い闇」と名付けていたが、テーマが具体的だったことから難航していたのだ。僕は上層部の前で、未成年への不適切な性的行為の疑いに焦点をあてた特集を組みたいと売り込んでいた。ブライアン・シンガー監督が未成年にセクハラをしているという噂もその中にあった。本人は長らく否定していたが、ずっと後になってこの件はアトランティック誌にすっぱ抜かれた。（注8）そのほかに、子役出身の俳優コリー・フェルドマンが小児性愛を告発していた。トゥデイのキャスティング責任者のマット・ジマーマンが話をつけてくれて、フェルドマンがスタジオで歌を披露したあとに、僕の質問に答えてくれる段取りになっていた。だがその後、オッペンハイムから小児性愛は「暗すぎる」とお達しがあったことをジマーマンから聞かされ、僕たちはその企画を取りやめた。

代わりの企画を提案したが、それはそれで障害があった。ジェニファー・ロペスが数億ドルという出演料をもらってトルクメニスタンの独裁者グルバングル・ベルディムハメドフ大統領のために公演を行ったというネタを僕とマクヒューは追いかけていたが、シニア・プロデューサーのレビーンから、ロペスとNBCの関係を考えるとはなっからありえないとダメ出しを食らった。僕が提案した、ハリウッドの人種差別については誰にも見向きさえされなかった。オッペンハイムはとうとう含み笑いを漏らしながらこう言った。「いいか、俺もわかってるけど、ウィル・スミスが仕事が大変だって愚痴《ぐち》ってる姿なんて、視聴者は見たくないはずだからな」

ネットワーク局は広告媒体だ。「おいしい」ネタかどうかがいつも話題になる。闘う価値のある企画を選ばなければならないし、僕たちの企画はどれも闘う価値のあるものではなかった。ハリウッド特集は数ヵ月脇に置いて、年末にもう一度企画を見直し、翌年あたまのアカデミー賞前後に放送する目算を立てた。

＊

その年の一月にオッペンハイムのオフィスに座って、僕たちは特集になりそうなネタをあれこれと検討した。美容整形のネタもあった。僕は以前に提案した企画の中で今まで話題になりそうなものに戻った。ハリウッドでの「性接待の強要」、つまり役をやるからとほのめかしたり、脅かしたりして役者に性的な行為を強要してきた問題を取り上げようと考えた。材料を握っていると言う数人の女優とすでに話をはじめていた。

「ローズ・マッゴーワンを当たってみるといい。映画制作会社の社長について何かツイートしていたから」オッペンハイムが言った。

「まだ見てなかった」僕は携帯を取り出して芸能誌の記事を見た。マッゴーワンのツイートが親指の下に現れた。「彼女が何か話してくれるかも。調べてみます」僕はそう答えた。

オッペンハイムは、ダメ元で聞いてみろ、とでも言いたげに肩をすくめた。

5章　カンダハール

数日後、ハーヴェイ・ワインスタインはロサンゼルスでブラックキューブの工作員に会っていた。作戦はうまく進んでいて、狙った数人のターゲットに接触したという報告があった。(注1)ワインスタインの弁護士は、前回のフェーズ2Aの支払いはすぐに済ませていたが、今回のフェーズ2Bの請求書は一カ月以上もほったらかしにしていた。(注2)何度か激しくやりあったあとに、やっと料金が送金され、これまでより強引でリスクの高い次の作戦がはじまった。

NBCでの僕たちの報道にも勢いがついていた。一月にはハリウッド特集が形になった。僕は賞レースの八百長問題について報道し、映画業界の女性蔑視の慣行や、中国がハリウッド映画にますます口を挟むようになったことも放送していた(『レッド・ドーン』の敵役が撮影後に中国から北朝鮮に変わったことや、中国版の『アイアンマン』には、北京の医師が中国ブランドの牛乳を飲み、アイアンマンを救うシーンがあったことも取り上げげた)。

セクハラの告発については、カメラの前で話をしてくれる人をなかなか見つけられずにいた。女優たちは次々と話を取り下げ、たいがいは大物広報担当者が取り下げに一枚嚙《か》んでいた。「その件についてはお話しできません」と断られる。それでも、取材を進めるうちに同じような話を聞くようになり、ハーヴェイ・ワインスタインの名前が何度も浮かび上がった。

ある日、映画プロデューサーのデデ・ニッカーソンがハリウッド映画における中国の影響について話してくれるため、NBCのスタジオにやってきた。報道番組の「デイトライン」でお馴染みの、鉢植えの観葉植物以外には何もない会議室の明るい照明の中で、インタビューを行った。インタビューのあとで、マクヒューとスタッフが機材を片付けているあいだ、急いで最寄りのエレベーターに向かうニッカーソンに、僕はついて行った。

「実はもうひとつ、聞きたいことがあったんです」ニッカーソンに追いついて、僕は切り出した。「映画業界のセクハラについて調査しています。以前にハーヴェイ・ワインスタインのところで働いていらっしゃいましたよね？」

ニッカーソンの笑顔が急に引っ込んだ。

「申し訳ないけど、お話しできないわ」

エレベーターの前まできた。

「わかりました。もしどなたかご紹介していただけたら——」

「飛行機に乗り遅れそうだから」とニッカーソンが言う。エレベーターに乗り込んだ彼女は少し考えてこう付け加えた。「でも……気をつけてね」

*

数日後、僕は報道局の隅っこにある、ガラスで仕切られた電話用の机にかじりついて、ローズ・マッゴーワンに電話をかけた。マッゴーワンとはツイッター経由で連絡はついていた。僕が国務省勤めの時に一度、マッゴーワンとは会ったことがある。マッゴーワンがペンタゴンを訪問するということで、高官が僕に昼食に同席できるかと聞いてきた。まるで言語の専門家を探していて、僕が流暢な「俳優語」を話せるとでも思っていたらしい。その高官は、最近のUFOツアーでマッゴーワンに出会っていた。カンダハールの空軍基地だかカブールだかわからないが、彼女は胸のはだけた蛍光色のTシャツにスキニージーンズ姿で写真に収まり、長い髪を風になびかせていた。[注3]「いかにもセクシー女優って感じね」のちにマッゴーワンは写真を見てそう言った。[注4]マッゴーワンは、デビュー間もない頃に一連の出演映画でカリスマ的な存在感を放ち、気の利いた言葉と棘《とげ》のあるジョークを口にして人気を得た。『ドゥーム・ジェネレーション』、『ハード・キャンディ』、『スクリーム』といった作品での演技で、インディ映画の女王になった。だが、このところは出演も減り、安っぽい役が多くなっていた。僕が連絡した時に彼女が最後に出演していたのは『プラネット・テラー』というB級のパロディー映画で、当時恋人だったロバート・ロドリゲスが監督した作品だった。マッゴーワンは片足にマシンガンをはめ込んだストリッパー役をやっていた。

その二〇一〇年の昼食で、僕とマッゴーワンはすぐに意気投合した。彼女は『俺たちニュースキャスター』のセリフを小声で囁《ささや》き、僕もセリフを返した。僕が映画一家に育ったことを彼女は知っていた。マッゴーワンは演技について話してくれた。楽しい役もあるけれど、性差別的な役も、男に弄《もてあそ》ばれる役もあり、そんな役がほとんどだった。映画業界にもうんざりだし、女性に対する抑圧的な狭い了見《りようけん》にもうんざりしていると、彼女は言っていた。翌日、マッゴーワンは僕にメールをくれた。「もしこの先何か私にできることがあったら、かならず手伝うから。絶対に教えてね」

＊

二〇一七年、僕が報道局から電話をかけると、マッゴーワンは電話に出てくれた。まだ反抗的な一面は健在だった。アマゾンで映画とテレビ制作の部門を率いていたロイ・プライスが、マッゴーワンが企画するカルトについてのドキュメンタリー番組の制作を許可してくれたと言っていた。マッゴーワンは、ハリウッドやほかの業界に根付いた男尊女卑の構造と戦うつもりだと言う。「ヒラリーの敗北が女性にとって何を意味するか、まだきちんと報道されてないじゃない」とマッゴーワンは言った。「女性への攻撃は現実に起きてる。今、この場所でね」ツイートに書いたよりもはっきりと具体的に、ワインスタインからレイプされたとマッゴーワンは話してくれた。

「カメラの前でワインスタインの名前を出してもらえますか?」僕は聞いた。

「考えさせて」とマッゴーワン。彼女は本を執筆中で、本の中でどこまで暴露するかを思案していた。だが出版より前にこの話を公表することも考えると言ってくれた。

メディアは私を拒絶した、とマッゴーワンは言っていたし、彼女もまたメディアを拒絶していた。

「ならどうして僕には話してくれたんですか？」

「あなた自身が経験者だから」と彼女は言った。「あなたの書いたもの、読んだわ」

一年ほど前、エンタメ雑誌のハリウッド・レポーターは父ウディ・アレンを褒め称える記事を掲載したが、その記事は姉ディランが起こした性的虐待の訴えにはほとんど触れていなかった。ハリウッド・レポーター誌に厳しい批判が集まり、編集長のジャニス・ミンはこの件に正面から取り組むために、今回の炎上から何を学んだらいいかについて僕に記事を書いてくれと頼んだ。

本当のことを言うと、僕はこれまでの人生のほとんどのあいだ、姉の告発について考えるのを避けてきた。自分の立場をおおやけにしなかっただけではない。両親のせいで僕が何者かを決めつけられるのがいやだったし、母の人生の最悪の時期や、姉や僕の人生の最悪の時期によって自分という存在が決まってしまうのがいやだった。ミア・ファローは彼女の世代の最高の俳優のひとりで、子供のために多くを犠牲にした素敵な母だ。それなのに、母の才能と評判は彼女の人生に現れた男たちによって傷つけられた。だからこそ僕は自分の力でひとり立ちしたかったし、どんな仕事をするにしろ僕自身の業績によって名を知られたかった。そんなわけで、僕は子供時代の家庭内の出来事を封印し、古いタブロイド紙の表紙の中に疑念を閉じ込めて凍らせたまま、それを解凍せず、解決もせずにいた。

そこで、僕ははじめて、姉に何が起きたかを詳しく取材することに決めた。まずは法廷記録やそのほかの見つけられる文書のすべてに目を通した。姉のディランは七歳の時に証言し、以来何度も同じ話を正確に繰り返していた。コネチカット州にある別邸で、父アレンは姉を半地下にある部屋に連れて行き、恥部に指を入れたと姉は証言していた。それ以前から、姉はセラピストにアレンが不適切な場所を触っていると訴えていた（父が雇ったセラピストはこの訴えを開示していなかったが、のちに法廷で明らかにした）。性的虐待《ぎゃくたい》があったとされる直前に、アレンが姉のひざの上に顔を乗せていた姿をベビーシッターが見ていた。小児科医がやっと姉の訴えを捜査当局に報告すると、父は弁護士の人脈やその下請けを通して一〇人を超える私立探偵を雇った。(注5) 父が雇った私立探偵は刑事を尾行し、飲酒やギャンブルの証拠を摑もうとした。コネチカット州の検察官、フランク・マコはのちに「捜査を妨害する大きな動きがあった」と言い、そのことに困惑したと語っていた。マコは結局アレンの起訴を見送った。アレンを訴追するだけの「相当な理由」は握っていたが、ディランに裁判のトラウマを味わわせたくないからだと理由を述べていた。

僕はハリウッド・レポーター誌に論説を書くと約束した。だが、中立的な第三者として書けるとは一度も言っていない。姉は僕にとって大切な存在だし、姉を信じてもいた。だがそれを差し引いても、姉の性的虐待の訴えは信用に足るものだった。なのに、いつもハリウッドも一般のマスコミもこうした告発に見て見ぬふりをしてきた。「メディアの沈黙は間違っている。危険だ」と僕は書いた。(注6)「（性的暴行の）被害者たちに、告発してもまったく意味がないと思わせてしまう。世間が何を受け入れ、何を見逃し、誰を無視するか、誰が重要で誰が重要でないかを、このメディアの沈黙が伝えることになる」

この件について僕がコメントするのはこれが最初で最後になることを願って、そう書いた。

「頼まれたから書いただけ」この話題から話を逸らしたくて、僕はマッゴーワンにそう言った。「あれで終わり」

マッゴーワンは痛々しげに笑った。「終わりなんてない」

＊

マッゴーワンに話を聞こうとしていたジャーナリストは僕だけではなかった。ガーディアン紙に寄稿していたイギリス人記者で、ベン・ウォレスに調査の手伝いを申し出ていたセス・フリードマンもまた、マッゴーワンの本を出版するハーパーコリンズにメールを送っていた。フリードマンはしつこくメールを送り続け、繰り返し支援を表明し、取材を申し込んでいた。マッゴーワンの書籍エージェントのレイシー・リンチはフリードマンと電話で話したが、ぼんやりとした話だった。何人かの記者と一緒にハリウッドについての記事を書いているところだとフリードマンは言うだけだ。具体的な媒体名は出さない。それでもリンチはマッゴーワンに、フリードマンの取材を受けても損にはならないし、いい機会かもしれないと伝えた。

僕と話してからまもなく、マッゴーワンはフリードマンからの電話に出た。フリードマンは家族が所有するイギリスの農園の田舎家にいて、家族を起こさないように家の外で小声で話しているとマッゴーワンに言った。「私と話したいことって何ですか？」とマッゴーワンは聞いた。

「二〇一六年から二〇一七年にかけての、ハリウッドの人々の人生模様を取材してるんですよ」とフリードマンは説明した。マッゴーワンがドナルド・トランプを鋭く批判していることを褒《ほ》め讃《たた》え、彼女の政治運動を「何らかの形で特集する」可能性があるかもしれないとほのめかした。フリードマンの今回の調査報道には多くの人材と予算が注ぎ込まれているようだった。名前は出さなかったが、ほかの記者たちも情報収集を助けていると繰り返し言っていた。

これまでいやというほど裏切られ、ひどい目にあわされてきたマッゴーワンは、普段から用心深かった。だが、フリードマンは温かく、率直で、個人的な話を打ち明けてくれた。妻や子供達の話もした。しだいにマッゴーワンも心を開き、過去の話をし、泣いてしまったこともある。マッゴーワンが鎧《よろい》を少しずつ脱いでいくにつれ、フリードマンの質問もだんだん具体的になっていった。「もちろんここでの話はすべてオフレコですが、これまでに、あの、たとえばミラマックスで働いていた人たちと話すと、『秘密保持契約があるから、何も話せない』と言われました。でもみんな話したくてうずうずしてたんですよ。『あの男が自分を虐待した、とか、あいつが私の人生を地獄にした』なんて言ってました」

「その類の話なら、私の本でもたくさん書くわ」マッゴーワンは言った。

フリードマンはマッゴーワンの本に非常に興味を持ったようで、どんな内容になるのかを聞いてきた。「出版社がよく許可してくれましたね?」ワインスタインの件について、フリードマンが聞く。

「相手の署名入りの書類があるから」とマッゴーワンが言った。「暴行を受けた時に、やつが署名した書類があるの」

でもそれを発表したら、もしマッゴーワンがしゃべりすぎたら、何らかの報復があるのではないかとフリードマンが聞く。「業界で私が取材したほとんどの人は、ね、ご存じでしょうが、おおやけに話すことを許されていませんよね」

「みんな怖がってるのよ」マッゴーワンが答える。

「それに、もし話したらもう一生働けないし、ほかにも絶対に――」フリードマンはほかに何があるかは口にしなかった。この時のマッゴーワンは話し続け、次の話題に移った。

一度、二度、そして三度と、フリードマンはしつこくマッゴーワンに出版前に誰と話すつもりか、どこまで打ち明けるつもりかを聞いた。「今、あなたの言い分を伝えるのに理想的な媒体はどこですかね？」とフリードマンは聞いてきた。「ということは、やはり報復があるかもしれないので加害者の名前は控えるということですか？」報復の可能性をしつこくフリードマンはほのめかしてくる。「相手の名前をおおやけにしたら、誰かに狙われるということですか？」

「わからない。自分がどんな気分になるか、試してみるわ」マッゴーワンが言った。

フリードマンは思いやりに溢れているようだったし、自分は味方だと言っているように感じられた。「では、どんなことがあったら話をやめたくなるでしょうね？」

6章　手がかり

「この問題については双方が長年にわたって争っています」僕はそうコメントした。マッゴーワンとの電話から一週間後、トゥデイのカメラが回る中、僕はメインスタジオのキャスター席に座っていた。トラック業界と交通安全推進派は、荷物運搬《うんぱん》トラックによる乗用車の巻き込み事故を防ぐためトラックの側面にサイドガードをつけるかどうかをめぐって争っていた。僕は結びの言葉で特集を締めくくった。安全推進派はサイドガードをつければ人命が救われると主張している。トラック業界のロビイストは安全装置は高すぎると言っていた。「ローナン、いいレポートだった」とマット・ラウアーが言い、スパッと次のコーナーに移った。「すごくよかったよ」次のCMの間にセットを降りながらラウアーはそう付け加えた。セットを降りたラウアーにアシスタントたちが駆け寄ってコートと手袋と台本を渡す。「番組後の視聴者の反応もいい。話題になってるぞ」

「ありがとうございます」僕は答える。ラウアーが僕に近づいた。

「ほかのネタはどうだ？　進んでる？」

どのネタのことかわからなかった。「カリフォルニアの農場の土壌汚染はかなりの大きなネタです。面白いですよ」

「そうだな、そうだな」とラウアーが言う。そして一瞬押し黙った。

「ああ、それからアカデミー賞の時期に、以前に話したハリウッドネタを持ってくるつもりです」とりあえず、そう口にした。

ラウアーは少し眉を寄せた。だがすぐにいつもの笑顔に戻る。「いいね」そう言いながら僕の背中を叩いた。ラウアーは出口に向かいながら、肩越しに付け加えた。「必要なことがあったら、いつでも来てくれ。いいな？」

ラウアーがビルの外の冷たい空気の中に出ていくのを僕は見送った。回転扉をくぐり抜けるラウアーに、待ち構えていたファンたちが一斉に黄色い声を上げた。

＊

二〇一七年二月のあたま。僕とマクヒューは、検証会議の席におとなしく座っていた。放送予定のハリウッド特集のすべての材料を、ＮＢＣの法務と放送倫理検証部門がひとつひとつチェックしていく。番組編集の監督責任を担っていたのは、ＮＢＣのベテランプロデューサーであるリチャード・グリーンバーグだ。グリーンバーグは最近、ＮＢＣ全体の調査部門の一時的な統括《とうかつ》責任者に任命されていた。一七年をＮＢＣで過ごし、そのうち一〇年は硬派の報道番組の「デイトライン」のプロデューサーを務め、数年は放送倫理検証部門で事実検証を行っていた。グリーンバーグは寡黙《かもく》でお固い人物だ。また高い職業倫理を持つ人物として知られていた。彼は「デイトライン」の制作ブログの中で、性的虐待の加害者を「変態」かつ「化け物」と呼んでいた。クリス・ハンセンと共に、カンボジアの売春宿を舞台にした「性犯罪者を捕まえる」という特集を制作したあと、グリーンバーグはこう書いた。「夜、ベッドに横になっても眠れず、救出されずに今も暴力を受けている女の子の顔が浮かんできてうなされることもある」(注1)。この特集で事実関係を検証したのはハーバード・ロースクール出身のスティーブ・チャンという弁護士で、チャンもまた四角四面の生真面目な人物だった。

　二月のその週、マクヒューと僕は四階の報道フロアに近いグリーンバーグのオフィスで、翌週の撮影スケジュールの概要をグリーンバーグに説明した。予定には、顔出しなしのインタビューの撮影も含まれている。デイトラインでのグリーンバーグの特集の多くもそうだったが、身元がばれないよう情報提供者の姿を影で隠すのは調査報道ではよく使われる手法だ。グリーンバーグはわかったというように頷《うなず》いた。「チャンにも話してあるな?」とグリーンバーグが聞く。僕はすでにチャンに確認していた。するとグリーンバーグがコンピュータのモニターをくるりと回して、ブラウザを開いた。「念のためもう一度チェックしておきたいんだ――」

　グリーンバーグは僕の両親の名前とワインスタインの名前を打ち込んだ。「確かに」僕が言う。「考えてなかった」。結果は予想通りだった。映画制作会社のトップのほとんどはそうだが、ワインスタインもまた父とも母とも仕事をしたことがあった。九〇年代にウディ・アレンの映画を何本か配給していて、二〇〇〇年代になると母の出演した作品も配給していた。配給元は監督や俳優とは直接関わることはない。父からも母からもワインスタインの名前を聞いたことはなかった。

「大丈夫そうだな」いくつかの記事をざっと見たあとに、グリーンバーグがそう言った。

「何か裏に確執がないか、念のために確かめただけだ。ないってことはわかった」

「この問題を気にかけていること以外は、関係ありません」。僕は一度だけワインスタインに会ったことがあった。CBSのニュース・キャスターのチャーリー・ローズの開いたイベントでのことだ。その時は、ワインスタインにいい印象を持った。

＊

数日後、僕はサンタモニカのホテルの一室にいた。広告宣伝のベテランで業界をよく知るデニス・ライスは滝のように汗をかいていた。照明の加減で、ライスの姿は四角い影の中に隠れて見えなくなっている。今回の取材では映画賞における八百長について話してもらう予定だった。だがついでに、九〇年代の終わりから二〇〇〇年代のはじめにかけてミラマックスでマーケティング責任者としてワインスタインのもとで働いた経験について訊《たず》ねてみた。するとライスは動揺しはじめた。「もしひとことでも口を開いたら、とんでもなく大変なことになってしまう」と言う。だが、何か大切なことについて自分が助けになれるかもしれないとライスは感じとり、日を改めて撮影に戻ってきてくれることになった。

「スキャンダルをもみ消すために使える資金がいつも準備されていた」ミラマックス時代を振り返って、ライスはそう言った。

「どんなたぐいのスキャンダルですか？」

「いじめ、暴行、セクハラ」

ライスは、ワインスタインが若い女性の「体をまさぐっていた」現場を自分の目で見たし、注意しなかったことを後悔していると語った。「女性たちはカネで黙らされた」そうライスは言う。「騒ぎ立てたらキャリアはおしまいだと言い含められた」実際に報復された女性もいると言う。カメラが止まるとライスは周りを見回してこう言った。「ロザンナ・アークエットを探すといい」。ロザンナ・アークエットは『マドンナのスーザンを探して』で主演を務め、その演技で一躍スターになった。ワインスタインが配給した『パルプ・フィクション』では、ちょい役だったがピアスだらけの麻薬の売人の妻を演じて強烈な印象を残していた。「確かなことはわからないが、彼女なら話してくれるかも」額に張り付いた汗をぬぐいながら、ライスが言った。

あとでこのインタビュー映像を見直しながら、ワインスタインがらみのやりとりまで巻きもどして、もういちど再生してみた。

「ワインスタインの周りにいる人たちはみんな、こういうことが起きていたのを見ていたわけですよね」僕は聞いた。「彼を止める人はいなかったんですか?」

「いない」とライスが言った。

＊

その晩とそれから数日間、僕は電話に張り付いていた。ワインスタインへの苦情を口にしたと噂される女優やモデルだけでなく、プロデューサーやアシスタントの女性の名前を聞き込んでいくと、かなりの数に膨れ上がった。たびたび耳にする名前もいくつかあった。マッゴーワンもそうだし、イタリア人女優で映画監督のアーシア・アルジェントもそのひとりだった。

以前、ワインスタインについて話すのをためらったプロデューサーのニッカーソンに僕は電話をかけた。

「この業界の女性の扱いにほとほと嫌気がさしてるの。助けになりたいと思ってる。本当に。私もこの目で見たわ。でも、契約書に署名させられてカネで追い払われた」ニッカーソンは言った。

「何を見たんですか？」

沈黙。「彼は自分を抑えられない。そういう人間だから。いつも獲物を狙ってる」

「見たことを証言してくれますか？」

「ええ」

ニッカーソンはカメラの前で取材に答えてくれることに合意した。その時に彼女が滞在していたロサンゼルスのエンシノにある邸宅で、照明の陰に座り、ライスが語った話と気味が悪いほどそっくりな性的搾取の手口を語った。「いちどきりじゃない。いち時期だけでもない。ずっと昔から続いてきたことよ。女を食い物にする行為はね。合意があろうとなかろうと」彼らの企業文化の中に性的搾取が当然のように組み入れられているとニッカーソンは言った。それに、女性を調達するためだけにワインスタインに雇われた、ポン引きのような人間が社内にいたとも言っていた。

「ワインスタインが、あなたの言葉を使うと『女を食い物にしていた』ことを、周囲も知っていたんでしょうか？」僕は聞いた。

「もちろん」とニッカーソン。「みんな知ってたわ」

「経過報告。例のハリウッドネタはHWに対する深刻な調査報道に進展中」僕はオッペンハイムにメッセージを送った。「業界の内通者二人がカメラの前で彼の名前を出したが、ひとりはその部分のインタビュー映像は出さないでほしいと言っている」ライスのことだ。「みんな報復を恐れてビクビクしてる」。オッペンハイムから返事がきた。「そりゃそうだろう」

＊

電話で話す人の数が増えるにつれ、ライスとニッカーソンの話がますます裏付けられていった。ワインスタインを擁護《ようご》する声がないかと、僕は探してみた。だが、話してみると中身がない。ワインスタインに食い物にされたらしい女性プロデューサーの名前を、ニッカーソンが教えてくれた。そのプロデューサーはすでにオーストラリアで新生活を始めていたが、彼女をやっと電話でつかまえることができた。ワインスタインについて何も話すことはないという彼女の声には、緊張と悲しみが感じられ、僕が彼女を難しい状況に追い込んだと責めているようだった。

『恋におちたシェイクスピア』のプロデューサー、ドナ・ギグリオッティと話した時も、ほぼ同じ答えが返ってきた。

「ええ、何か聞いたことがあるかって？　たぶんね。でも見たかっていうと、どうかしらね」ギグリオッティがつぶやく。

「何を聞いたんですか？」

その質問はバカバカしいとでもいうように、彼女が深いため息をついた。

「あの男は聖人じゃない。誓って言うけど、彼を尊敬できると思ったことなんてないわ。でもね、この業界ではほとんどの男がやってることよ。それ以上の罪はない」

「問題はないと言うんですか？」

「私が言いたいのは」ギグリオッティが言う。「ほかのことに時間を使った方がいいってこと。以前にもほかの記者たちがこの事件を追いかけてたわ。知ってるでしょ。でも、誰も尻尾を掴《つか》めなかった」

ほかにも追いかけていた記者がいたのは知らなかった。だがまもなく、以前にこの事件を追いかけていたほかのメディアの話も耳に入ってきた。ニューヨーク・マガジン誌の記者、ジェニファー・シニアは二年前にこんなツイートをしていた。「ハーヴェイ・ワインスタインを怖がって口を開けなかった女性たちが、いつかかならず全員で手を繋《つな》いで思い切って飛び出す日が来るはず」(注2)。このツイートに触発されたブログ記事が何本かあったが、しぼんで消えていった。僕はシニアに話したいとメッセージを送った。

「私が取材してたんじゃないの」シニアはそう教えてくれた。「ニューヨーク・マガジンで私の相棒だったデビッド・カーが、ワインスタインの特集を組んだの。(注3)その時に、ワインスタインがどれほど豚みたいにいやらしいかっていう話がわんさか出てきた」。エッセイストで記者でもあったデビッド・カーは二〇一五年に亡くなっていたが、ワインスタインが女性の前で陰部を露出したり女性の身体を触ったりしていた話をシニアに語っていた。だが証拠を固めるまでにはいかず、記事にはならなかった。「このネタを追いかけていた人はたくさんいる」シニアはそう言い、僕の幸運を祈ってくれたが、まるで風車に戦いを挑んだドン・キホーテを勇気づけているような言い方だった。

僕はカーに近しい人たちに電話をかけてみた。実は、カーの話にはおまけがあった。ワインスタインの記事を書いている最中に、カーは被害妄想になっていたらしい。未亡人のジル・ルーニー・カーによると、夫は誰かに監視されていると信じ込んでいたと言う。「夫はあとを尾《つ》けられてると思い込んでました」。しかし、カーが打ち明けたのはそれだけで、それ以外の秘密は墓場まで持っていったようだ。

ライスとニッカーソンのインタビューのあとで、僕はNBCユニバーサルの重役助手として働いていた友達に会い、新しい情報源になりそうな人たちの連絡先を教えてもらった。「でも」その友達はこう書いていた。「トゥデイはこんな特集を放送するかしらね？　朝の番組にはちょっと重い話じゃない？」

「ノアが新しくトゥデイの責任者になったんだ」僕は書き送った。「彼なら喜んで取り上げてくれるさ」

＊

その翌週、二月一四日の朝、イゴール・オストロフスキーはマンハッタンのミッドタウンにあるホテルのロビーに座っていた。以前にナルギス・カフェでローマン・ハイキンというハゲのロシア人と会っていた、あのずんぐりむっくりのウクライナ人が、オストロフスキーだ。例の謎の新しいクライアントの仕事で、ハイキンがオストロフスキーをこのホテルに遣わせたのだった。オストロフスキーは携帯電話で必死に話をしている風を装いながら、トレンチコートを着た白髪混じりの中年男性が、スーツ姿の背の高い浅黒の男性と握手している様子をひそかにビデオに収めた。それから二人の男性のあとを尾けてホテルのレストランに入り、近くのテーブルに腰を下ろした。

ここ数日、オストロフスキーは高級ホテルのロビーやレストランでの尾行と監視で忙しかった。謎の依頼主が送り込んだ工作員と、何も疑っていないターゲットの会合を監視していたのだ。オストロフスキーの仕事は「対監視」だった。つまり、クライアントの工作員が尾行されていないかどうかを確かめるのが彼の役目だ。

その日、オストロフスキーはホテルのレストランからハイキンに写真を送って進捗《しんちょく》を報告し、それからコンチネンタル・ブレックファーストを注文した。ご馳走はこの仕事の役得だ。「楽しんでこいよ」とハイキンは言っていた。「ご馳走を頼め」と。ジュースとパンがきた。オストロフスキーは気を引き締めて隣のテーブルの会話を聞こうとした。どちらも訛《なま》りがあるが、どこの出身かはわからない。おそらく東欧。切れ切れに遠い場所の地名が聞き取れた。キプロス。ルクセンブルクの銀行。ロシアの男性についての何か。

普段は足の不自由なふりをした労働者の補償金の回収屋を追いかけたり、養育費の支払いが滞った行方不明の配偶者を捕まえる仕事がほとんどだ。今回のヤマに関わっているスーツ姿の男たちの中には、軍隊出身と思われる人間もいた。これまでの仕事とはまったく違う。携帯に収めた男たちの画像を指でめくりながら、自分が監視している相手は誰だろう、依頼主は誰なのかとオストロフスキーは考えていた。

7章　ファントム

僕はウェストハリウッドの渋滞を抜けて、次の撮影に向かう車の中にいた。発表が飛び込んできたのはその時だ。ノア・オッペンハイムがNBCニュースの社長に昇格した。オッペンハイムは、NBCニュースとMSNBCの両方を統括していたアンディ・ラックと共に、社の命運を左右するような大型案件にいくつも挑戦していた。その第一弾が、フォックスニュースのキャスターだったメーガン・ケリーをNBCの番組に起用することだ。発表では、オッペンハイムの輝かしい学歴と脚本家としてのキャリア、そして競争熾烈なテレビ業界で彼がたちまち出世したことが取り上げられていた。オッペンハイムとラックの前任者はどちらも女性だった。オッペンハイムの前任者はデボラ・ターネスで、「ふんぞり返った偉そうな女」と言われていたが、(注1)たまにズボンを穿《は》いていたくらいで「偉そう」と言われているように僕には見えた。ラックの前任だったパトリシア・フィリ・クルーシェルは人事と昼間のテレビ番組を担当してきた重役だった。今回の人事で、指揮命令を下す経営陣が上から下まで全員、白人男性になった。ノア・オッペンハイムの上にアンディ・ラックが、その上にはNBCユニバーサルのCEOであるスティーブ・バークが、そしてその上には親会社コムキャストのCEOであるブライアン・ロバーツが立っている。「友人として、すごく、すごく、すごく嬉しいよ。おめでとう!!」オッペンハイムにそうメッセージを送った。ごまをする気が少しもなかったと言えば嘘になるが、僕は本心から彼の昇進を喜んだ。「まあ、ありがとうかな」そんな返事がきた。

僕は携帯のアドレス帳をスクロールし、姉のディランの名前のあたりで少し手を止めて、数カ月ぶりに電話をかけた。「今、インタビューに向かってるんだ」と姉に打ち明けた。「相手は有名な女優さん。ものすごく力のある人物をとても深刻な罪で訴えてる」ディランは僕より二歳半年上だが、家族写真ではいつも僕の陰に隠れていた。自宅の居間で趣味の悪い茶色のソファにつなぎの寝巻き姿で転がっている僕と姉。僕の幼稚園のはじめてのお遊戯《ゆうぎ》会の前に、うさぎの着ぐるみを着て僕の頭を拳《こぶし》でぐりぐりしている姉。あちこちの観光名所の前で、笑いながら抱き合っている僕たち。

姉が電話に出たので僕は驚いた。姉は普段、携帯を持ち歩かない。実は、電話の着信音を聞くと動揺するのだと教えてくれたことがある。電話越しに男性の声が聞こえると特に、心が乱れてしまうらしい。だから、電話を多用しなければならない仕事には、これまで一度も就いたことがない。姉は才能のある作家であり、ビジュアルアーティストでもあった。僕の仕事とは程遠い世界で働いていた。子供の頃はよく二人で夢の王国をくまなく空想し、ドラゴンや妖精の小さな合金フィギュアを並べて遊んだものだった。

それ以来ずっと、空想の世界は姉の隠れ家だった。姉は何百ページにもわたって精緻な物語を綴り、はるか遠い世界の風景を描いていた。でも姉の作品は引き出しにしまわれたままだった。作品集をまとめたり、原稿を出版社に送ったりしてみたらと僕が勧めると、姉は凍りつき、言い訳がましくなった。どうしよう、と姉は言った。

二月のその日、電話の向こうで姉は黙って考え込んだ。「私のアドバイスがほしい？」やっと口を開いた姉はそう聞いた。姉が父アレンを告発したこと、そして僕が姉の言うことをはじめからまともに信じていたわけではなかったことで、子供時代にあれほど親密だった姉とのあいだに隙間ができていた。

「うん、教えて」

「最悪なのはね、そのことを考えてるあいだなの。記事が出るのを待ってるとき。でも、声を上げたら、そのあとはずっと楽になる」姉はため息をついた。「心を強く持ってと彼女に伝えて。絆創膏《ばんそうこう》を引き剥がすようなものだから」僕は姉にありがとうとお礼を言った。姉がまた黙り込む。そして口を開いた。「もし捕まえたら、逃さないで。わかった？」

＊

ローズ・マッゴーワンの住処《すみか》は、いかにも映画スターが住んでいそうな家だった。茶色っぽいレトロモダンな角ばった建物で、ハリウッドヒルズの青々と茂った背の高い木々に囲まれてひっそりと建っている。屋外には広いベランダがあり、ベランダのお風呂からロサンゼルスが一望できる。屋内はまるで売却用のショールームのようだ。アートは飾られているが家族写真はない。玄関には廃物利用のネオンサインがかかり、「ザ・ダービー：女性用入り口」という文字が丸い山型に掲げられていた。玄関の奥には居間に続く階段があり、階段の上には檻に入った女性の絵が飾られ照明が当てられている。居間の白いレンガ造りの暖炉の横には、マッゴーワンが『プラネット・テラー』で演じた、片脚にマシンガンをはめ込んだキャラクターの銅像があった。

僕の向かいに座ったマッゴーワンは、七年前に会った女性とは別人になっていた。疲れと緊張が表情に滲《にじ》み出ている。だぼっとしたベージュのセーターを着て、ほぼすっぴんに近かった。頭は軍人のようなスキンヘッドになっている。俳優としてはほぼ休業状態で、今は音楽活動が中心になり、たまに音楽と自身の映像を使った風変わりな舞台パフォーマンスを行っていた。監督業にも挑戦していた。彼女が手がけた『ドーン』という短編映画は二〇一四年のサンダンス映画祭で上映された。一九六〇年代に生きる抑圧された思春期の女の子が、二人の若い男性に誘惑されて隠れ家に引き込まれ、岩で頭を殴られ最後に撃ち殺されるという映画だ。

マッゴーワンは過酷な幼少期を体験していた。イタリアの田舎で「神の子供達」というカルト教団の中で育てられた(注2)。教団の女性は厳しく、男性は暴力的だった。四歳の時、教団の男性からいきなり指のイボを切り落とされ、血を流しながら呆然としていたと言う。一〇代の一時期にはホームレスになったこともある。ハリウッドにたどり着いたとき、これでやっと虐待から逃れられると思った。ワインスタインから暴行を受ける直前、一九九七年のサンダンス映画祭では追いかけてくるカメラマンたちに振り向いて、「人生がやっと上向いてきた」と言っていた。

マッゴーワンは自宅の居間で、カメラが回る中、マネジャーがワインスタインとのミーティングをお膳立てしたこと、ミーティングの場所がホテルのレストランからスイートルームへと突然に変更されたこと、その場所で暴行にあったことを話してくれた。当時のマッゴーワンにとってワインスタインは仕事上のボスで、最初の一時間は普通に仕事の話をしたと言う。ワインスタインが制作した『スクリーム』や、その時制作中だった『ファントム』での演技を褒められた。その後に起きたことを、マッゴーワンは身震いしながら生々しく語ってくれた。「部屋を出て行こうとしたら、それがただの仕事じゃなかったことがわかった」マッゴーワンは言う。「すべてがあっという間だったし、すべてがスローモーションみたいだった。被害を受けた人はみんな同じだと思う。人生がいきなり逆さになったみたいな感じ。なんていうか……ショックで金縛りになるの。頭はそこで起きていることに必死に追いつこうとする。そして突然、自分は真っ裸にされてる」マッゴーワンは落ち着きを保とうと努力した。「私は泣きはじめた。自分に何が起きてるのか、理解できなかった。私はすごく小柄でしょ。あの男は巨漢。想像してみて」

「性的暴行でしたか？」僕が聞く。

「ええ」一言だけ。

「レイプでしたか？」

「ええ」

マッゴーワンは刑事事件を扱う弁護士に連絡し、訴え出ることを考えた。弁護士はマッゴーワンに口を閉じておけと言った。「私がセックスシーンを演じたことがあるから、絶対に誰も私を信じるはずがないって」弁護士はそうマッゴーワンに告げた。マッゴーワンは刑事告訴を諦め、金銭で和解することにし、ワインスタインを訴える権利を放棄《ほうき》した。「辛《つら》かった」とマッゴーワンは言う。「その頃の私にとって、一〇万ドルは大金だった。まだ子供だったから」そのカネは、ワインスタインが「罪を認めた証拠」だとマッゴーワンは思った。

マッゴーワンは、彼の手口を教えてくれた。アシスタントやマネジャーや業界の大物エージェントといった人たちはみんなグルなのだと、激しく訴えた。マッゴーワンがワインスタインとのミーティングに入っていく時も、出ていく時も、スタッフたちはわざと目を背《そむ》けていた。「私の方を見ようとしなかった」マッゴーワンは言う。「みんな下を向いてた。周囲の男は全員ね」。映画『ファントム』で共演したベン・アフレックは、マッゴーワンがワインスタインに暴行された直後の明らかに取り乱した姿を見て、こう答えた。「あいつふざけんな、もういい加減にやめろって言ったのに」

この事件のあと、マッゴーワンは自分が「要注意人物のリストに載せられた」と確信していた。「それからは映画の仕事がほとんどなくなった。あれほど乗りに乗ってたのに。しかも、次に出演した映画はあいつの会社が配給することになったの」。それが、『プラネット・テラー』だ。

性的暴行の被害者はみなそうだが、事件の記憶にいつまでも苛《さいな》まれる。しかも、加害者が有名人や権力者の場合はなおさら、いやでもその影から逃れられない。「新聞を開くと、グウィネス・パルトロウがあの男に何かの賞を手渡してた」。ワインスタインの話や姿はいやでも目に入ってくる。そのうえ、レッドカーペットや記者会見ではワインスタイン本人と一緒に笑顔でポーズを取らなければならなかった。「そのたびに、体と心を切り離したわ。顔に笑いを貼り付けてね」。暴行のあとはじめてワインスタインに会った時、食べ物をゴミ箱に吐いてしまった。

マッゴーワンはまだ、カメラの前でワインスタインの名前を口にしていなかった。少しずつ気持ちを固め、その名前を口に出す準備をしているところだった。それでもインタビューの中で繰り返し彼について触れ、視聴者に「点と点をつないでほしい」と懇願《こんがん》した。

「ハーヴェイ・ワインスタインはあなたをレイプしましたか?」僕は聞いた。針一本落ちても聞こえるほど、部屋の中が静まり返る。マッゴーワンが息を止めた。

「その名前が嫌でたまらない。口に出せない」とマッゴーワンが言う。

カメラが回っていない時には、僕の前でワインスタインの名前を出していた。マッゴーワンは、報道機関がこの事件のすべてを最後まで確実に報道してくれるかどうかを心配し、自分を法的なリスクにさらしてもいいと思っていた。僕は、NBCが訴訟リスクを慎重に考慮した上で、この件を報道するかどうか決めることをマッゴーワンにつつみ隠さず話していた。だから、マッゴーワンが話せる限りの事細かな情報を提供してもらい、武装を固める必要があった。

「もう社内の弁護士に見せた？」

「もちろん、見せないといけない」僕は暗い笑みを浮かべて言った。

「じゃあ、よく見て」そう言って、マッゴーワンは目に涙を浮かべ、カメラをじっと見《み》据《す》えた。「読むだけじゃだめ。これを見て、肝に銘《めい》じなさい。あなたの娘も、母親も、お姉さんも妹も、私と同じ目にあってるのよ。嘘じゃない」

8章　銃

「ローズのインタビューは衝撃だった」オッペンハイムにそう書き送った。「ワオ」とオッペンハイムから返事がくる。

「爆弾が爆発したみたいだった。そのうえ、ミラマックスの幹部が二人、同じような性的な嫌がらせを見たとカメラの前で証言してくれた。法務部が何て言うか楽しみだな」

「ったく」とオッペンハイム。「お楽しみってやつだ」

この件の撮影が終わりに近づいたところで、マクヒューと僕は調査部のグリーンバーグと電話でやり取りを交わし、社内弁護士のチャンとも話をした。それまでに、マッゴーワンがワインスタインに乱暴されたすぐ後に苦情を訴えた、二人のスタッフにも裏を取っていた。もし彼女が嘘をついているとしたら、一九九七年からずっと一貫して嘘をついていることになる。

「彼女は少し……尻軽っぽい感じだな」グリーンバーグが言った。

マクヒューと僕はサンタモニカのホテルに戻って、ある中国人映画監督のインタビューの準備をしていた。外は晴天だ。「だから、たくさんの人から裏を取りました」そうグリーンバーグに訴える。「それに、ワインスタインとの契約書も見せてくれると言ってます」

「その点だが、気をつけた方がいい」グリーンバーグが言う。

「どういう意味ですか?」マクヒューが聞いた。

「契約に抵触する可能性があるかも」とグリーンバーグ。「もし契約書を渡してもらえるとしたら、とにかく慎重に」

マクヒューは顔を曇らせた。「この事件はきちんと報道すべきです」とマクヒューが言う。「特ダネです。話題になります」

「まだ準備不足だ。放送日には間に合わない」グリーンバーグからの返信。今回の特集はアカデミー賞の直前に、つまり一週間後に放送される予定になっていた。

「放送日までに他の女性にも話してもらえると思います」と僕が返す。

「充分に時間をかけた方がいい」とグリーンバーグ。「まずは別のネタを放送して、こっちはもっと深掘りすればいいじゃないか」。僕はNBCの法務部のみんなといい関係を築いていた。自分の報道をいつも熱く守り通した。でも僕自身が弁護士だし、ナイトリーニュースのような真面目な報道番組の制作において、昔ながらの慎重な法的な検証や裏付けが行われていることは、心から素晴らしいと思っていた。NBCは真実を大事にする真面目な報道機関で、ラジオからテレビ、そしてケーブルからインターネットへと時代を超えて進化してきた。五〇年前には三大ネットワーク局のひとつとして人々に信頼され、今の多様な難しい時代においてもなお、社会に大きな影響を与える存在だった。もっと時間をかけて裏付けを固められるのなら、放送が遅れてもいいと思った。

「わかりました」僕は言った。「またにします」

＊

性的嫌がらせについての調査は、インクの染みが広がるように拡大していった。マッゴーワンを撮影した翌日、僕たちはハリウッド・レポーター誌のオフィスで、記者のスコット・ファインバーグにアカデミー賞レースの現状について取材した。だが、ハーヴェイ・ワインスタイン抜きにアカデミー賞は語れない。今どきの映画賞レースの戦い方を発明したのは、ワインスタインだった。ワインスタインにとって賞レースはゲリラ戦だった。ワインスタインが制作した『ギャング・オブ・ニューヨーク』を褒めちぎる映画評を、ミラマックスの広報担当者がゴーストライターとして裏で書き、『サウンド・オブ・ミュージック』を監督したロバート・ワイズに渡して、当時八十八歳になっていたワイズの映画評として新聞の論説に発表してもらったこともある。一騎打ちが予想されていた『ビューティフル・マインド』に対して、手の込んだ中傷作戦を裏で操り、主人公の数学者ジョン・ナッシュが同性愛者だったとマスコミに噂を流した（それがうまくいかないと、ナッシュが反ユダヤ主義者だったという噂をでっちあげた）。『パルプ・フィクション』がアカデミー賞最優秀作品賞を逃し、『フォレスト・ガンプ』が受賞した時、ワインスタインは『フォレスト・ガンプ』のロバート・ゼメキス監督の自宅に押しかけて「ブチのめす」と人前で脅かしたほどだった。(注1)ハリウッド・レポーター誌のオフィスを出る前に、僕は新しい編集長のマット・ベローニに会った。前編集長のジャニス・ミンはワインスタイン疑惑を何年も追いかけていたらしい。社会は性的暴行を厳しく追及すべきだという論説を書けと僕にけしかけたのはミンだった。何らかの尻尾を摑めたかとベローニに聞くと、彼は首を振った。「誰も口を開かない」

それでも、被害にあった女性を知っていそうな映画業界人の名前を数人は教えてくれた。かつてバニティ・フェア誌に「フェラーリに乗った辣腕《らつわん》エージェント」(注2)と呼ばれた、元タレントマネジャーのギャビン・ポローネに電話してみたらいいと勧められた。ポローネはその後プロデューサーとして成功し、大物としての評判を得ていた。二〇一四年に彼は、「ビル・コスビーとハリウッドのカネによる口封じ・レイプ・秘密主義の文化」と題したコラムをハリウッド・レポーター誌に寄せていた。そのコラムの中でポローネは、名指しはしなかったがある大物プロデューサーが「力とカネを使って全員の口を封じている」ことに触れていた。ジャーナリストが「訴えられることを恐れ、そのうえ広告を失うことを恐れて」この話題を避けていると、彼は責めていた。(注3)ポローネの挑戦を受けて立つジャーナリストはひとりもいないようだった。

ポローネは以前に僕のMSNBCの番組に時々コメンテーターとして出演してくれていた。その日が終わる前に、ポローネが電話に出てくれた。「表に出すべきだ」とポローネが言う。彼はワインスタインに対する告発を数多く耳にしていた。犠牲者から直接聞いた話もあれば、人を介して聞いた話もあった。「この疑惑の鍵になる一番悪質な事件はアナベラ・シオラだ」と教えてくれた。「性的嫌がらせじゃない。レイプだ」ポローネに性的暴行の話をした女性たちに、僕にも話してもらうよう聞いてくれないかとポローネに頼んだ。ポローネは聞いてみると請け合ってくれた。

「もうひとつ」僕が礼を言うと、彼が付け加えた。「用心しろよ。あの男の周囲には、危ない奴らがいる。彼らも身を守るのに必死だからな」

「気をつけます」

「君はわかってない。念のために準備しろと言ってるんだ。銃を手に入れておけ」

僕は笑った。ポローネは笑っていなかった。

＊

女性たちは震えあがっていた。みんな口を開きたがらなかった。だが、進んで話してくれる人が何人かいた。僕はマッゴーワンとほかの人が教えてくれた、イギリス人女優の代理人に連絡を取った。「一緒に仕事をしはじめてすぐ、彼女は事細かに話してくれた」と代理人はいう。「撮影中に彼はペニスを出して、デスクの周りで彼女を追い回したんだ。それから彼女の上に乗っかって押さえつけたが、彼女は何とか逃げ出した」その女優は僕に話してくれるだろうかと聞いてみた。「あの頃はおおっぴらにその話をしてた。大丈夫だと思うよ」と代理人から返事があった。翌日、代理人が彼女の電話番号とメールアドレスを教えてくれた。喜んでインタビューに応じてくれるとのことだった。ロザンナ・アークエットの元代理人にも連絡を取ってみたところ、すぐに用件がピンときたようだった。「彼女には辛い話だな」と元代理人が言う。「だけど、彼女がこの問題に心を砕いてることもわかってる。話してくれると思う」

アナベラ・シオラにはツイッターで連絡した。繊細な用件について話があると伝えた。シオラもピンときたようで、少し警戒していた。それでも、いつ電話で話すかを決めた。

もうひとつ追いかけていた材料があった。ワインスタインに対する訴えの中で唯一、刑事事件になりかけて捜査記録の残っていた事件があった。二〇一五年三月、ミス・イタリアコンテストのファイナリストに残ったことのあるフィリピン系イタリア人モデルのアンブラ・バッティラナ・グティエレスが、トライベッカでワインスタインと会ったあとそのまま警察署に直行し、体を触られたと訴えていた。ニューヨーク警察はワインスタインを連行し、尋問した。タブロイド紙はこの事件に飛びついた。

だがその後、奇妙なことが起きた。タブロイド紙はワインスタインよりも、グティエレスのスキャンダルを書き立てた。グティエレスがミス・イタリアコンテストに出場した二〇一〇年に、当時イタリア首相だったシルビオ・ベルルスコーニの開いた「乱交」パーティー（注4）に参加していたというのだ。ベルルスコーニはこのパーティーで売春婦を買ったとして追及されていた。タブロイド紙の記事では、グティエレス自身も売春婦で、イタリアで金持ちのパパに囲われていると伝えられた。ワインスタインを訴えた翌日に、グティエレスがワインスタインの制作したブロードウェイ・ミュージカルの『ファインディング・ネバーランド』を観劇していたとデイリー・メイル紙は報じていた。その後、グティエレスが映画への出演を要求したと、ゴシップコラムのページ・シックスは書いた。グティエレスは売春婦などではなく、ベルルスコーニのパーティーにも仕事として出席しただけで、いかがわしく感じてすぐに退出し、映画出演もまったく要求していないと訴えた。だが彼女の言葉はあと付けのように小さく取り上げられる以外は、ほぼ表に出なかった。メディアに出るグティエレスの写真も変わっていった。来る日も来る日も、下着姿かビキニ姿のグティエレスがタブロイド紙に載った。まるで彼女の方が加害者で、女の武器を使ってワインスタインを罠にかけたように見せていた。そして突然、訴えは煙《けむり》のように消え失せた。アンブラ・グティエレスもまた、姿を消した。

しかしグティエレスの代理人を務めた弁護士の名前は公的な記録に残っていた。弁護士の電話番号ならわかる。「その件については話せない」弁護士は言った。「わかりました」僕はそう答えた。秘密保持契約についてはロースクールでも学んでいたし、そういう契約がある場合はすぐに勘でわかった。「では、伝言を伝えていただけますか?」

グティエレスは速攻で返事をくれた。「あなたが私に連絡を取りたがっていると弁護士から聞きました。それで連絡しています」グティエレスはそう書いてきた。

「僕はNBCニュースの記者で、今はトゥデイで放送する特集について取材しています。もしよろしければ、電話でお話しできるとたぶん話が早いと思います」そう返信した。

「その『取材中の特集』が何かを、もう少し詳しく教えていただけますか?」とグティエレスから返事がきた。

彼女の頭の回転が遅くないことは、すぐにわかった。

「ある人物への告発に関する件です。おそらく数名からの訴えがありそうです。あなたが二〇一五年にニューヨーク市警に持ち込んだ事件と似た点がいくつかあるんです。もし事件のことを話して下されば、ほかの人たちの力にもなれると思います」

グティエレスは次の日に会う約束をしてくれた。

グティエレスと会う前に、僕はこの事件の関係者に順番に電話をしはじめた。地方検事局にいる知り合いから、検事局のスタッフはグティエレスが信頼できると考えていたと聞いた。「でも、彼女の過去についての暴露があった」その知人が言う。

「たとえばどんなことですか？」

「詳しいことは話せない。だが、そうした暴露話があっても、彼女が嘘をついているとはここの誰も思っていなかった。それに証拠があったとも聞いている」

「どんな証拠ですか？」

「はっきりとは知らない」

「調べてみてもらえますか？」

「気軽に言うね。クビになったらどうしてくれる？」

9章　ミニオンズ

僕が待ち合わせのレストランに着いた時、グティエレスはもう奥の隅の席に背筋をピンと伸ばして身じろぎもせずに座っていた。「いつも早めに来るタイプなの」と言う。時間に遅れないだけではない。隙のないほど整然として鋭い人物だということも、その後わかってきた。彼女によると「ジキル博士とハイド氏」のようなイタリア人の父親が、フィリピン人の母親を殴りつけるのを見て育ったと言う。あいだに入って止めようとすると、グティエレスも殴られた。思春期になると家族を守り、母親を支えて弟を暴力から遠ざけた。グティエレスにはまるでアニメのキャラクターのような、誇張《こちょう》された美しさがあった。消えてしまいそうなほど華奢《きゃしゃ》で、あり得ないほど目が大きい。待ち合わせの日、レストランで、グティエレスは落ち着かなそうだった。「力になりたいんです」イタリア訛りの英語が少し震えていた。「でも、微妙な立場だから」ワインスタインのしたことをカメラの前で話してくれた女性がいたこと、これからインタビューに応じてくれそうな女性が何人かいることを僕が話したところでやっと、グティエレスが自分の身に起きたことを話しはじめた。

二〇一五年三月、グティエレスはエージェントに招かれてニューヨークのラジオ・シティーで開かれる『ニューヨーク春の祭典』というミュージカルのオープニングパーティーに出席した。『ニューヨーク春の祭典』のプロデューサーが、ワインスタインだった。ワインスタインはこのミュージカルを盛り上げるため、いつものように業界の親しい大物を大勢招いていた。ワインスタインと話している人の中に、NBCユニバーサルのCEO、スティーブ・バークもいた。バークは大ヒットシリーズ『ミニオンズ』のキャラクター衣装を、このミュージカルに提供していた。パーティーのあいだ、ワインスタインは部屋の向かい側から明らかにグティエレスをじろじろと見つめていた。グティエレスとエージェントのところにワインスタインが近づいてきて、グティエレスが女優のミラ・クニスに似ていると何度も繰り返した。パーティーのあとでエージェント会社からメールがあり、ワインスタインが今すぐに仕事の件で会いたがっていると伝えられた。

翌日の夕方、グティエレスは履歴書《りれきしょ》と宣材写真を持ってトライベッカにあるワインスタインの事務所に行った。ワインスタインとグティエレスはソファに座って宣材写真をめくっていたが、そのうちワインスタインの目がグティエレスの胸に釘付けになり、その胸は本物かと聞いてきた。それからグティエレスに覆いかぶさって胸をまさぐり、いやがるグティエレスのスカートの中に手を入れようとした。必死に抵抗すると、ワインスタインはやっと引き下がり、その晩の『ファインディング・ネバーランド』のチケットをアシスタントが渡すと告げられた。ミュージカルで合流しようとワインスタインが言う。グティエレスはその時二二歳だった。「過去のトラウマのせいで、身体をまさぐられたことはとてもショックでした」。ワインスタインに会ったあとは震えが止まらず、化粧室に立ち寄って泣きはじめた。タクシーを拾ってエージェントの事務所に向かい、そこでもまた泣いた。それからエージェントと二人で最寄りの警察署に出向いた。警察署に着いて、警官たちにワインスタインの名前を出すと、「え、誰だって?」と聞き返された。

ワインスタインはその夜遅くにグティエレスに電話をかけてきた。彼女がミュージカルに来なかったので、彼は怒っていた。ワインスタインから電話があったのは、性犯罪特別捜査班の捜査官と話している時だった。捜査官はその電話の会話を横で聞き、計画を立てた。グティエレスが翌日ミュージカルを観に行き、ワインスタインと会う。グティエレスが盗聴器を身につけ、ワインスタインから自白を引き出す。

「もちろん、怖かった」とグティエレスは言う。「眠れなかったわ」。大切な何かを暴く役目を背負った人間は、自分の利益と社会の利益を秤にかけることになる。そのふたつが時に衝突することもある。今回はどっちに転んでも、グティエレスの得にはならない。法的にも仕事の上でも将来を棒に振る可能性が高かった。ただ、ワインスタインが二度と同じことをしないよう、彼を止めたかった。それだけだ。「ワインスタインに逆らったら、将来が閉ざされると言われたわ。それでも、この男がやったことは間違っているし、ふたたび同じことをさせないために、自分のキャリアを危険にさらしてもいいと思った」

翌日、グティエレスはトライベッカ・グランドホテルのチャーチ・バーでワインスタインと待ち合わせた。チャーチ・バーは青い壁に金の星と雲の模様が染め抜かれた、お洒落な場所だ。バーの中では覆面《ふくめん》捜査員のチームが二人を見張っていた。ワインスタインはグティエレスをおだてていた。グティエレスがどれほど美しいかを何度となく繰り返す。もし友達になってくれれば、女優の仕事を見つけてやると言い、何人かの有名女優の名を挙げて、彼が引き上げてやったのだと言っていた。もちろん訛りは何とかしないといけないが、講習を受けさせてあげるとも言った。

ワインスタインは一瞬トイレに行き、戻ってくると突然、ホテルの最上階にあるスイートルームに今すぐ一緒に来いと急かせはじめた。シャワーを浴びたくなったのだという。グティエレスは、また身体を触られたくなかったし、盗聴器をつけていることがバレるのが怖くて抵抗した。ワインスタインは引き下がらず、何度も一緒に上に連れて行こうとした。最初は捜査員のアドバイス通り、上着をわざと階下に忘れて取りに戻ることになった。二度目はゴシップ誌のカメラマンのふりをした捜査員がワインスタインに質問をしはじめたので、ワインスタインがホテルの従業員のところに行き、クレームをつけた。グティエレスは必死でワインスタインから離れようとしたがワインスタインは離してくれなかった。ワインスタインはグティエレスとエレベーターで上階に上り、彼女を部屋に連れ込もうとした。この時点で覆面捜査員は周りにいなかった。グティエレスは事前に捜査員から携帯をバッグに入れて録音し続けるように指示されていたが、最悪なことに彼女の携帯は電池切れになりそうだった。

ワインスタインはさらに激しくグティエレスに詰め寄り、部屋に入れと命令した。グティエレスは恐れおののき、逃げようとした。もみ合いの中で、ワインスタインは前日にグティエレスの身体に触ったことを認めていた。その時のワインスタインの劇的な告白のすべてがテープに録音されていた。グティエレスは離してくれと懇願し続け、ワインスタインはやっと諦めてふたりは下に戻ってきた。捜査員が覆面をほどいてワインスタインに近寄り、話を聞きたいと告げた。

もし起訴されていれば、ワインスタインは第三級性的虐待の罪に問われていたはずだ。有罪になると三カ月以内の懲役が科せられる。「証拠は山ほどあったのよ」とグティエレスは言う。「『おめでとう、怪物を止められた』ってみんなが私に言ってくれた」。しかしそれからタブロイド紙が、グティエレスがあたかも売春婦だったように書き立てた。しかも、マンハッタン地方検事のサイラス・バンス・ジュニア率いる検事局が、タブロイド紙と同じ点を問題にしはじめた。捜査員二人によると、バンス指揮下の性犯罪特別捜査班を率いるマーサ・バシュフォードはグティエレスを質問攻めにし、ベルルスコーニのことや個人的な性的履歴を尋常でない厳しさで問い詰めた。のちに、地方検事局はニューヨーク・タイムズ紙に対して、被害者への質問は「いつもと同じ通常通りの面談」で、裁判での被告弁護士からの反対尋問を想定したものだったと答えていた(注1)。捜査員たちの話は違っている。「ワインスタイン側の弁護士かと思うくらいに、検事が彼女をこてんぱんにやり込めていた」捜査員のひとりは僕にそう教えてくれた。「奇妙だったわ」検事の尋問について、グティエレスはそう言っていた。「何の関係があるの？って質問ばかり。わけがわからなかった。証拠を見てほしいと思った」

二〇一五年四月一〇日、地方検事局は不起訴を発表する。声明文は短かった。「本件は最初から重大事件として取り扱われ、性犯罪特別捜査班が徹底的な捜査を行いました。双方への聞き取りを含む、さまざまな証拠を分析した結果、刑事事件として起訴するには不十分であるという結論に至りました」

不起訴の発表に、ニューヨーク市警は怒りを露《あら》わにした。あまりに頭にきて、市警内の性犯罪特別捜査班はマンハッタンで起きた過去一〇件の同じような性的強要や接触の訴えを遡《さかのぼ》って検証してみたほどだった。「今回の件の四分の一も証拠のない事件がほとんどだった」捜査員のひとりはそう語っていた。「捜査員の監視下での接触も、やりとりもなかった」それなのにほかの事件では「いずれも加害者が逮捕された」。バンスが決定的な証拠を握っていたことは、世間に公表されないままだった。

地方検事局のおかしな振る舞いは、捜査員の中で噂になりはじめた。バンスの部下はグティエレスの過去について定期的に新しい情報を受け取っていたが、その出所は明らかにされなかった。ある検事局員に言わせると、まるでワインスタインがバンスのチームを個人的に掌握《しょうあく》しているようだった。

＊

グティエレスの事件が起きた頃、ワインスタインの弁護チームには数多くの政界の大物が名を連ねていた。元ニューヨーク市長で弁護士のルドルフ・ジュリアーニも深く関わっていた。「アンブラの事件のあと、ルディー（ジュリアーニ）はワインスタインの事務所に入り浸っていました」と言うのはワインスタイン・カンパニーの社員だ。「当時はまだまともでしたけどね」。ジュリアーニはグティエレスの事件に時間をかけすぎ、過剰請求をめぐってワインスタインと争いになったほどだった。ワインスタインの会社では、請求書をめぐるこうした争いは日常茶飯事になっていた。

ワインスタインの弁護チームの数人はバンスの選挙戦に資金を提供していた。その中のひとり、エルカン・アブラモウィッツはバンスのいた弁護士事務所のパートナーで、二〇〇八年以来二万六四五〇ドルをバンスに寄付していた。（注2）僕はアブラモウィッツの名前を知っていた。姉が父のウディ・アレンから性的暴行を受けたことをふたたび明らかにした時、アレンが使ったのがアブラモウィッツだった。アブラモウィッツは朝のワイドショーをはしごして、にこやかに姉の訴えを否定した。そんな過去の関わりがあったからむしろ、アブラモウィッツについて僕は個人的な感情ではなく、客観的な見方ができるようになっていた。この事件はひとりの被害者の話ではない。アブラモウィッツにとってもほかの多くの弁護士にとっても、性的暴行事件はドル箱ビジネスになっていた。デビッド・ボイーズもグティエレス事件に関わっていたし、ボイーズはマンハッタン地方検事と親密な仲だった。長年、寄付を続けてきた関係だったのだ。不起訴が決まってから数カ月もしないうちに、ボイーズはバンスの再選運動に一万ドルを寄付していた。（注3）

＊

不起訴が決まったあと、グティエレスは震え上がり、将来が不安になった。「眠れず、食べられなくなった」と言う。ワインスタインがタブロイド紙に働きかけてグティエレスをゆすり屋のように見せる工作を進めると、グティエレスは過去にあったことがまた起きていると思った。かつてベルルスコーニに対する収賄《しゅうわい》裁判で証言した時にも、いわれのない売春婦のレッテルを貼られた。その時の中傷がまたここで使われている。ベルルスコーニが権力を使って彼女を貶《おとし》めたとグティエレスは言う。「私がヤリマンで、金持ちのパパに囲われていると噂を流したの。知り合いはみんな、それが根も葉も無いことだとわかってた」。性暴力被害者への誹謗中傷攻撃は万国共通の現象のようだった。何人かのタブロイド紙の編集者がグティエレスについての記事を後悔していると僕に打ち明けたのは、ずっとあとになってからだ。ワインスタインが仕事と引き換えにセックスを強要していたのは明らかだった。

ワインスタインはとりわけ、ナショナル・エンクワイヤラー紙のペッカーやハワードとの結びつきを悪用していた。ワインスタインがペッカーに電話でけしかけていたのを元社員が聞いている。ハワードは部下にグティエレスの訴えを記事にしないよう命令し、一方で彼女の話を買い取ってそのまま隠蔽できないだろうかと打診していた。結局、エンクワイヤラー紙はグティエレスがワインスタインの一件をメディアに売り込もうとしていると書きたてたが、それは明らかに彼らの勝手な願望だった。

「私が下着モデルだったからだとか騒ぎ立てて、私のせいだと世間に思わせようとしてたの」グティエレスはそう語った。「身なりが悪かったのかも、ってたくさんの人に言われたわ」（ワインスタインに会った時、グティエレスは堅苦しい仕事着を着て、防寒のため分厚いタイツを穿いていた）。グティエレスの評判は地に堕《お》ちつつあった。「私の仕事はイメージがすべてなのに、そのイメージが壊されてしまった」とグティエレスは言う。オーディションにまったく声がかからなくなった。パパラッチが彼女のアパートの前で張り込んでいた。イタリアに住む弟から、記者たちに職場で待ち伏せされたと電話がかかった。

グティエレスが相談した弁護士は和解を受け入れるように強く勧めてきたが、最初はグティエレスが断った。だがそんな固い意志も、次第に崩れはじめる。「家族をこれ以上苦しめたくなかった」とグティエレスは言う。「まだ二三歳だったの。彼がこんな風にマスコミを操るなら、私に勝ち目がないのは明らかだった」。二〇一五年四月二〇日の朝、グティエレスは、マンハッタンのミッドタウンにある法律事務所で、分厚い契約書とペンを目の前にしていた。一〇〇万ドルと引き換えに、ワインスタインについて今後一切口外せず、彼を訴えもしないという契約に合意したのだ。「ものすごい量の書類で、ほとんど理解できなかった」とグティエレスは言っていた。「当時はすごく混乱していたし、英語もわからなかった。合意書に書いてある文言は私にとっては難しすぎた。今だっておそらくすべては理解できないと思う」。テーブルをはさんで向こう側には、ワインスタインの代理人でジュリアーニの事務所から来た弁護士のダニエル・S・コノリーが座っていた。グティエレスがペンを手に取ると、コノリーが目に見えて震えていた。「相手の弁護士が震えているのを見て、これがどれほどの大ごとか改めてわかった。でも、私は母と弟を支えなくちゃならなかったし、自分の人生が破壊されかけていることもわかっていたから、署名したの」

「署名した瞬間に、間違ったことをしたと感じた」自分が金目当ての女だと見られることがわかったのだ。「私に同情してくれる人はいなかった」とグティエレスは言う。「私みたいな立場に立たされることはないから」。契約に署名したあと、グティエレスは落ち込み、摂食障害になった。心配した弟がとうとうアメリカに来てくれた。「私がひどい状態だと弟はわかってた」。弟はグティエレスをイタリアへ連れて帰り、その後「再出発」するためにフィリピンに連れて行った。「完全に打ちのめされたわ」グティエレスはそう語った。

10章 ママ

それから二年が過ぎ、グティエレスは当時を思い出しながら目を閉じた。「その契約書は持っていますか?」僕は聞いた。彼女が目を開いて僕をじっと見据える。「約束します。今日ここで知ったことは、あなたが納得する形でしか使いません。たとえこの報道を諦めることになっても、あなたの意志は守ります」。グティエレスは白いiPhoneを取り出してクリックし、スクロールしはじめた。向かいに座っていた僕の方にiPhone

を押し出して、一〇〇万ドルの秘密保持契約書を読ませてくれた。

契約書は一八ページもの長さだった。最後のページにはグティエレスとワインスタインの署名がある。この契約書を作った弁護士たちは絶対にこれが外に出ないことを確信していたのだろう。これが表に出る可能性を考えもしなかったようだ。ワインスタインが猥褻《わいせつ》行為に及んだことを認めたテープの録音やそのコピーの一切を破棄《はき》することを、この契約は命じていた。グティエレスは自分の携帯と、証拠が残っていそうなほかの電子機器を、ワインスタインが雇ったセキュリティ会社のクロール社に差し出すことに合意した。自分のメールのパスワードと、記録が残ったほかの電子的な媒体も差し出した。

「あのワインスタインの秘密保持契約書は、これまで数十年弁護士をやってきた中でも見たことのないほど法外な要求だった」グティエレスについた弁護士はのちにそう僕に語った。グティエレスが署名した宣誓書《せんせいしょ》が契約書に添付され、契約違反があればその宣誓書が公表されることになっていた。ワインスタインがテープの中で告白した行為は、実際にはなかったということが宣誓書に書かれていた。

契約書を読みながら、焦ってメモを取っていた手を止め、僕は目を上げた。「アンブラ。録音テープのコピーは全部廃棄した？」

グティエレスは膝の上で手を握りしめ、その手を見つめた。

＊

そのすぐあと、僕はレストランから飛び出して地下鉄に向かいながらリッチ・マクヒューに急いで電話をかけた。マクヒューにさっき聞いたことを話す。「特ダネだ。彼がやったことを認めた告白テープがある」

ノア・オッペンハイムにもメッセージを送った。「念のため知らせておくと、HWの件について五人の女性と連絡がとれた。二〇一五年にニューヨーク市警の捜査で盗聴器をつけて彼と接触したモデルに今会ってきたところ。彼女は話したがってるが、秘密保持契約を結んでカネを受け取ってる。契約書を見せてもらった。本物だ。HWの署名入り、一〇〇万ドル」。数時間後に戻ってきた返信にはたった一言「この件のプロデューサーは誰だ？」と書かれていただけで、それ以降何の連絡もなかった。

本社に戻って、僕とマクヒューは四階にあるグリーンバーグの部屋に集まった。「すごい特ダネだな」メッシュのオフィスチェアに寄りかかってグリーンバーグが言う。

「爆弾です」とマクヒュー。「犯罪を認めてるんだから」

グリーンバーグが椅子をくるりと回転させてコンピュータのモニターに向かう。

「見てみよう……」グーグルの検索窓にグティエレスの名前を打ち込み、画像を見る。下着姿の誘いかけるようなグティエレスの画像をいくつか見て、「悪くない」と言った。

「大きな証拠に近づいてるんです」僕はイライラしながらそう言った。「彼女は録音テープを聞かせてくれると言ってます」

「それはどうかな」グリーンバーグが言う。

「契約書もあります」とマクヒューが援護射撃する。

「そこは複雑だな」とグリーンバーグ。「こちらが彼女に契約を破らせるのはまずい」

「彼女には何も強制してません」僕は言い返した。

その午後遅くに、NBCの弁護士であるチャンに電話をかけた。「理論的には、こちらが彼女に契約を破らせるように唆《そそのか》したと言えなくもない。でもそのあたりの法律論は解釈次第のところがある。教唆の証明に必要な要件については、さまざまに異なる解釈があるから。契約の破棄だけが目的だったと証明しなければならないという説もある。それが君の目的ではないことは確かだ」チャンはそう言った。「リッチはただ慎重になっているだけじゃないかな」

＊

その午後に何度かジョナサンに電話をしてみたけれど、捕まったのは日が暮れてちょうど僕が本社から出るときだった。「六回も電話してくるなんて！　何の緊急事態かと思ったよ」。ジョナサンはちょうど会議から出てきたところだった。「五回だよ！」僕は言い返した。僕たちが出会ったのは、彼が大統領のスピーチライターを辞めたばかりの頃だった。付き合いはじめてからこの数年のあいだに、彼はコメディ番組を制作してすぐ打ち切られたり、ツイートにハマって時間をつぶしたり、あれやこれやを転々と手がけていた。そして数カ月前に西海岸でポッドキャスト専門会社を友達と立ち上げていた。その会社が思いのほかすぐに成功しはじめた。彼がニューヨークに戻る頻度《ひんど》も滞在期間も減っていた。

「ちょっと待って」ジョナサンが言う。

「はいはい」と返事をして三〇秒待つ。「ジョナサン！」

「ごめん、そこにいたの忘れてた」。そんなことがしょっちゅうあった。このところはずっと会えずに長電話するしかなかった。たまに、ジョナサンは僕がポッドキャストじゃないことを忘れて、僕の話を止めようとした。

携帯の受信音が鳴る。二〇件から三〇件のインスタのメッセージが連続で入ってきた。相手のアカウントにはプロフィール写真がない。何度も「お前を見張っている、お前を見張っている、お前を見張っている」と繰り返している。とりあえずスワイプして削除。テレビに出ている限りはこういう嫌がらせがつきまとう。

「頭のおかしいやつらに愛されてるんだ」そう言って、変なメッセージをジョナサンに読み上げた。

「君のことを愛してるつもりなんだろうけど、付き合うまではわからないからな」

「どういう意味?」

「僕が君を愛してるってこと」

「ホントに?」

「結婚式の誓いの言葉を練習してたところさ。月で挙げよう。重力ブーツを履いてね」

いつもの冗談だ。ジョナサンの母親は孫の顔を見たがっていて、「月面基地ができるまで待ってられないわ」と言っていた。

「またそれ?」とりあえず彼の調子に合わせた。

「脅迫メッセージをNBCの人間に見せた方がいい。用心してくれよ。頼む」

＊

グティエレスと会ったあと、地方検事局の知り合いにまた連絡を入れた。「妙なんだ」と彼が言う。「あの録音。事件記録の中にはあの録音テープのことが書かれていた。だが、ここにはないと思う」。そんなのありえない。地方検事局は捜査が再開された場合に備えて、通常はすべての証拠を保管する決まりになっている。僕は「ありがとう」と礼を言って、たぶん探し方が悪いだけだろうと考えた。

一週間後、ユニオンスクエア近くのビルの地下にあるヌードル店でふたたびグティエレスに会った。オーディションの後でヘアメイクもそのままに彼女はやってきた。まるでシャンプーのコマーシャルから抜け出してきたようだ。彼女はベルルスコーニのメディア帝国がどれほど腐敗しているか、彼の悪事を暴くのを手助けするのに自分がどれほどの勇気を振り絞らなければならなかったかを語った。

その日、待ち合わせの前に、グティエレスが彼女の年代物のマックブックの写真を送ってきて、充電ケーブルを無くしてしまったと言っていた。僕はそれに合う古いケーブルを見つけて、二人で話すあいだに近くの椅子の上にマックブックを乗せて充電した。僕はそのマックブックをはらはらしながらずっとちらちら見続けていた。とうとう我慢しきれなくなって、僕はできるだけそれとなく、充電は終わったかなと聞いてみた。その店は騒がしかったので、僕たちは店を出て角の大きな本屋まで歩いた。本屋のカフェでグティエレスがラップトップを開ける。端から端に目を走らせながら、彼女はサブフォルダーをチェックし、自分の昔の画像やどうでもよさそうな文書を次々とスクロールしていった。

「すべての携帯とコンピュータを差し出せと命令される前に、自分あてのすべてのメールアドレスに録音を送っておいたの」ハードドライブの中を探りながら、グティエレスは教えてくれた。セキュリティ会社にすべてのアカウントのパスワードを教えることには合意していたし、もし隠れアカウントがあれば彼らが見つけることはわかっていた。そこで、時間稼ぎのためにグティエレスはひとつだけ思い出せないパスワードがあると伝えた。例のセキュリティ会社の人間がほかのアカウントをひとつずつ消去しているあいだに、彼女はパスワードが思い出せないと言ったアカウントにログインし、録音を「使い捨て」メールアカウントに送った上で、送信メールを消去した。あとでその音声ファイルをこの古いマックブックにダウンロードし、クローゼットの奥に隠しておいた。「うまくいくかどうか、自信はなかったわ」グティエレスはそう言った。「なんて言うか――」音を立てて息を吸い込み呼吸を止める。まるで最悪の事態を待ち構えるように。だが、セキュリティ会社がやってくることはなく、例のマックブックは二年間充電されることなく埃をかぶっていった。

目の前のコンピュータの画面に映った「ママ」という名前のフォルダーでグティエレスが手を止めた。フォルダーの中には、ママ1、ママ2、ママ3という音声ファイルがあった。捜査中に盗聴器をつけて録音している間に携帯のバッテリーが切れそうになっていることを知らせる警告が現れ、そのたびに焦ってスタートボタンを押して録音したのでファイルが三つに分かれたらしい。彼女が僕にヘッドフォンを渡してくれ、僕は録音を聞いた。そこにはすべてがあった。キャリアを助けるという約束も、彼が助けたほかの女優の名前も、ワインスタインがゴシップ紙の記者だと思い込んだ刑事とのやりとりも。録音の中で、グティエレスは明らかにパニック状態になっていた。「いやです」ワインスタインがだんだんと脅すような口調になる中で、グティエレスは部屋の外の廊下に立って、中に入りたくないと言っていた。「帰りたい。下に戻らせてください」と彼女は言っていた。押し問答の中で、グティエレスはどうしてワインスタインが前日に彼女の胸を触ったのかと聞いていた。

「そんなこと言うなよ、ごめん、中に入ってくれ」ワインスタインはそう答えていた。

「いつものことだ。さあ。頼む」

「いつものこと?」信じられないという様子でグティエレスが聞く。

「そうだ」とワインスタイン。「もうしないから」

廊下でほぼ二分近く押し問答を続けたあと、ワインスタインはやっとバーに戻ることにした。

ワインスタインはなだめ、脅し、苛《いじ》め、嫌だと言われても耳を貸さなかった。この録音が何より明らかな証拠だった。議論の余地はない。本人が犯罪を認めているばかりか、それが「いつものことだ」と告白していたのだ。

「アンブラ」ヘッドフォンを外しながら僕は言った。「これは表に出さないと」

僕はポケットからUSBを取り出して、カウンターの上でグティエレスの方に滑らせた。

「僕から君にどうしろと指示はできない。君の判断だ」僕はそう言った。

「わかってる」とグティエレスが答える。彼女は目を閉じ、一瞬たじろいでいるように見えた。「やるわ」とグティエレス。「でも今じゃない」

11章 弁護士リサ・ブルーム

グティエレスと二度目に会ったあとで、MSNBCで僕の上司だったフィル・グリフィンの元アシスタントと飲む約束をしていたが、待ち合わせに遅れてしまった。「これまでで一番重要なネタを仕込み中」だと彼女にはメッセージを送った。「もし待ち合わせに遅れたら、絶対にやむをえない事情だから」。ジャーナリズムと演劇の次に僕が熱を入れているのは、待ち合わせに遅れることだった。

「大丈夫よ。うまくいくことを願ってる」彼女は寛大にもそう返事をくれた。

待ち合わせ場所のこぢんまりしたビストロに着いた時にも、僕はまだ謝っていた。グリフィンの調子はどうかと彼女に聞くと、それは奇遇だわねと彼女は言った。グリフィンもまた僕の様子を彼女に聞いていたからだ。

新人の僕を起用してくれ、NBCに連れてきてくれたのはグリフィンだった。彼は才能あるプロデューサーで、CNNで様々な仕事をし、その後朝のトゥデイと夜のナイトリーニュースを担当して実力で上に登った人間だ。CNNではスポーツの担当だった。

野球が大好きで、彼の野球についての熱弁は僕にはちんぷんかんぷんだったけれど、そんな僕にも優しくしてくれた。いつも冗談っぽく、人生の夢はニューヨーク・メッツで働くことだと言っていた。ＭＳＮＢＣの頂点に立ったグリフィンはこのケーブル局を成功に導き、過酷な低迷期も乗り切った。グリフィンは老舗《しにせ》デパートのメイシーズの重役の息子で、ニューヨーク市とトレドの郊外の裕福な住宅街で育った（注1）。均整のとれた体つきにスキンヘッドのグリフィンは、成功者にありがちな陽気で屈託のない性格だった。

僕の番組が打ち切りになってからの二年は、たまに社内でばったり会うくらいの関係になっていた。グリフィンが僕の様子を訊ねたと聞いて、その元アシスタントが僕に気を使ってそう言ってくれているだけなのか、もし本当ならなぜ彼が僕のことを急に気にかけたのか不思議だった。

＊

ローズ・マッゴーワンが前年の秋に問題のツイートをした直後から、ハーヴェイ・ワインスタインは弁護士のボイーズに毎日のように電話をかけていた。だが、はじめてＮＢＣの話を持ち出したのは翌年の春になってからだ。

「奴らが動いてるらしい」ワインスタインは、ボイーズが何か聞いていないかを知りたがった。ボイーズは何も聞いてないと答えた。それから数日もしないうちにまた、ワインスタインはボイーズに電話して同じ質問を繰り返した。

二度目に電話をかけてきたときのワインスタインは、ボイーズの返事に満足していないようだった。「俺はＮＢＣに知り合いがいる」そうボイーズに念を押す。「調べるからな」

ワインスタインはもう何年にもわたって、自分のスキャンダルを追いかけている報道機関について弁護士に訊ねていた。だが、今回はいつもと何か違っていた。NBCの内部から直接情報を得ていると周囲に言いふらしていたのだ。その後まもなく、NBCがどんな材料を握っているか、この記事を追いかけている記者が誰かについても話すようになった。

＊

それから数週間にわたって、僕とグティエレスはユニオンスクエアのいつもの本屋で会い続けた。会うたびに、彼女はグリーンバーグと法務部門に録音テープを聞かせ、契約書を見せるつもりはあると言っていた。それでも、証拠を実際に手渡すべきかどうかで悩んでいた。

ある時、彼女と会ったあとで、僕は少し考えて姉のディランに電話をかけてみた。

「またわたしのアドバイスが聞きたい？」からかうような調子で姉が聞く。

僕は状況を説明した。情報提供者のこと、録音テープの存在、そして契約書。誰かに相談しても、ワインスタインに情報を漏らす可能性がある。いずれワインスタイン本人に内容を確認しコメントを求めるつもりだったが、それはすべての証拠を固めたあとだ。今はまだ固まっていないし、ワインスタインが汚い手口を使う人物だと警告されていたのでなおさら心配だった。「誰に相談したらいいと思う？　信頼できるのは誰だろう？」そう姉に訊ねた。

姉は一瞬考えを巡らせた。「リサ・ブルームがいいと思う」

リサ・ブルームはいかにもテレビドラマに出てきそうな弁護士で、その知名度を使って自分の依頼人を守るだけでなく、金持ちや権力者に立ち向かう性的暴行のサバイバーを守るという大義のために闘っているように見えた。誰も姉のことを気にかけていなかった時代に姉を擁護《ようご》する発言を繰り返し、メールを送ってきてくれた。「あなたとお姉さん、そしてお母さんは品格と威厳を持って嵐の中をくぐり抜け、世界中の性的暴行の被害者に勇気を与えてくれました」僕にそう書き送ってくれた。「私にできるのは、ディランが明らかに信頼に足る人物だと声をあげることくらいです[注2]」

ブルームは、ビル・オライリーやビル・コスビーの被害者の代理人として、僕の番組に何度も登場してくれていた。「金持ちや権力者は罪を免れているのです。そんな例を仕事の中で毎日のように目にします」コスビー事件の特集で、彼女はそう言った[注3]。「けだもののような金持ちや成功者に被害を受けた多くの女性を私は弁護しています。彼らがまず一番にやるのは被害者への攻撃です。被害者の人生の汚点を探し、女性たちを貶めようとするのです」。ブルームは、「女性たちが誹謗中傷を受けたり、二次被害の脅しをかけられたりする様子」をこれまで何度も目にしていた[注4]。

＊

ブルームが電話に出たとき、僕はオフレコでいいから話してくれないかと申し出た。だが、ブルームは自分のコメントを表に出してかまわないと言った。「その方がいいわ」と言う。彼女の声は少しかすれているが温かい。「いつも声を上げたいの。知ってるでしょ」

「ありがとう」と答えた。「でも、いずれにしろこの話は内密にしてほしいんです」

「もちろんよ」とブルーム。

「僕はあなたの依頼人じゃないので正式な守秘義務は成立しないのはわかってますが、同じ弁護士としてあなたを信頼します。秘密の情報についてあなたに質問した場合、公表されるまで誰にも話さないと約束してもらえますか？」

「約束するわ」

僕は厳格な秘密保持契約に守られた情報を追いかけていて、その契約の強制力について彼女の意見を聞きたいと打ち明けた。通常なら、そうした契約は有効で強制力があると彼女は言う。契約に違反すれば多額の損害賠償が発生し、法廷でなく秘密裏に協議を行う条件が付いているケースがほとんどだと言っていた（面白いことに、グティエレスの契約はほかには厳格な条件が定められていたのに、そのような協議条項はなかった）。だが最近、たとえばフォックスニュースなどの企業が性的嫌がらせを訴えた元社員との秘密保持契約を強制しなかった事例もあった。すべては加害者側、つまり契約を強制する側にかかっているとブルームは言った。

「誰の事件かがわかれば助かるわ、ローナン」ブルームはゆっくりと口にした。

「絶対に外に漏らさないと約束してくれますか？」

「絶対に誰にも言わない」

「ハーヴェイ・ワインスタインです」

僕は部屋の中で立ったまま携帯を握り、窓の外を見つめていた。向かいの倉庫風の壁には大きな格子《こうし》窓が並んでいる。その縦長の窓のひとつから、中のバレエ教室が見えた。背筋をピンと伸ばしたレオタード姿の一群が窓枠の中に現れては消えていく。

「情報がきちんと固まったところで、本人にもコメントを求めるつもりです」と僕は続ける。「でもそれまでは、女性たちを守るために、彼の周辺にこの話が漏れるとまずいので」

ふたたび話が途切れる。するとリサ・ブルームが言った。「よくわかるわ」

グティエレスもマッゴーワンも弁護士が必要だと言っていた。記者の僕は、情報提供者の法律問題から距離を置かなければならない。僕自身は法的な助言はできないし、直接に弁護士を紹介することもできない。だがこの分野の専門家にどういう人がいるかについて、すでに公開されている情報を指し示すことはできる。秘密保持契約の関わる事件を扱った経験のある弁護士を何人か教えてくれないかとブルームに聞いてみた。のちに、そのうちのひとりにマッゴーワンは連絡を取ることになった。

＊

ハーヴェイ・ワインスタインが誰かを電話口に呼び出したいときは、隣の部屋にいるアシスタントにその名前を怒鳴るだけでよかった。NBCについてボイーズと電話で話したすぐあと、二人の名前がワインスタインの口から飛び出した。「アンディ・ラックとつなげ！　今すぐ！　フィル・グリフィンもだ！」

ラックと電話がつながると、二人は軽く挨拶《あいさつ》を交わした。だがワインスタインは不安げな声ですぐに用件を切り出した。「なあ、お前んとこのローナンっていう坊やが俺の過去をほじくり返してるらしい。九〇年代とかそのあたりのな」

ラックは僕の名前をおぼろげにしか覚えていなかった。ワインスタインには僕の元上司のグリフィンにあたってくれと伝えた。するとワインスタインが、自分は何も悪いことはしていないしデタラメな話だと訴えはじめた。

「アンディ、大昔のイケイケ時代のことだ、わかってるだろ？　アシスタントのひとりやふたりと付き合ったか、ひとりやふたりと寝たかと聞かれれば、そりゃやっちゃいけないこともやったさ」

ラックは何も答えなかった。

「九〇年代だ、アンディ」ワインスタインは繰り返した。それがまっとうな言い訳になると思っているようだった。それから脅かすようにこう言った。「みんなやってたじゃないか」

アンディ・ラックは少し口をつぐんでから返事をした。「ハーヴェイ、もう口を開くな。この件については調べてみるから」

＊

ブルームがまた電話をよこしたのは夕方過ぎだった。僕は家に帰る途中で、地下鉄の駅からちょうど外に出たところだった。「調子はどう？」とブルームが聞く。「ちょっと考えてたんだけど。私ね、実はデビッド・ボイーズと顔見知りなの。それに……ハーヴェイも少しね」

「まさか誰にも口外してませんよね」僕は聞いた。

「もちろんよ！ でも、ちょっと考えてみたの。もしかしたら私が間に入って彼らとつなげるかもって」

「リサ、この件はまだ極秘だし、調査もはじめたばかりなんです。準備ができたらかならず本人に連絡しますから。お願いだから、誰にも言わないでください。約束しましたよね」

「考えてみる価値はあると思ったの」とブルーム。

「もし進展があったらお知らせします」そう答えた。

僕はアパートの近くにある、要塞のようなゴシック様式のセントポール十二使徒教会の前を通り過ぎるところだった。上を見上げて、建物の影から急いで離れた。

「もし必要なことがあったら力になるから、いい？」ブルームは言った。「何でも教えて」

12章 笑い話

その週、マクヒューと僕はグリーンバーグの部屋で、グティエレスとの会話を彼に報告していた。グティエレスはNBCの法務部に会って証拠を見せるつもりがあるとグリーンバーグに伝えた。「彼女がおびえて心変わりする前に、予定を立てましょう」と僕は言った。

グリーンバーグはグティエレスと会うとは言わなかった。テープを聞いただけではだめで、音声をこちらの手に入れる必要があると彼は言っていた。僕もそう思ったが、グティエレスはやっとテープを聞かせてくれる気になったばかりだし、NBCの人間に会えば彼女を説得しやすくなると訴えた。グリーンバーグはまたもや、契約を見れば自分たちに法的な責任が生じるかもしれないと懸念《けねん》した。彼はそのあいだずっと、机の上の目の前に置かれたペンをいじっていた。

僕が今回の調査のすべての段階で逐一法務部の了承を得てきたことをグリーンバーグにもういちど説明していたとき、机の上の電話が鳴った。グリーンバーグはスクリーンに現れた発信者の名前を見て、押し黙った。

「ハーヴェイ・ワインスタインだ。さっきも電話があった」とグリーンバーグ。

マクヒューと僕は顔を見合わせた。そのことをまったく知らされていなかった。ワインスタインは話の詳細を教えろと迫ったらしい。まず、ワインスタインは愛想を振りまき、僕のファンだしNBCを気に入っていると言いはじめた。それから脅しをかけてきた。

「弁護士を雇ったと言ってたぞ」とグリーンバーグ。

目の前のノートをめくりながらそう言う。

「デビッド・ボイーズ？」僕は聞いた。

「ボイーズの名前も出していたが、ほかの名前もあった。ああ、これだ。チャールズ・ハーダー」。ハーダーは億万長者のピーター・ティールに雇われてプライバシー侵害訴訟で勝訴した豪腕弁護士で、ゴシップニュースサイトのゴーカーを閉鎖に追い込んだことで名をあげていた。(注1)

「もちろん、詳細については話せないと伝えた」グリーンバーグはそう続けた。「きちんと手続きに従ってやるまでだ。彼が連絡したいなら、自由にさせておこう」

＊

僕たちの調査は行き詰まっていた。グティエレスはテープを渡そうかどうかまだ悩んでいた。ロザンナ・アークエットのエージェントは僕の電話に一切折り返してこなくなった。イギリス人女優の方は事件を認めたとエージェントは言っていたが、その後怖気づいて口を閉ざしてしまった。アシュレイ・ジャッドが告発していた匿名の映画プロデューサーの話には、マッゴーワンやグティエレスの話と重なる点がいくつかあった。ミーティングの場所がホテルのレストランから部屋に移動したことも、そのプロデューサーから自分がシャワーを浴びる姿を見ろと要求されたことも同じだった。だが、アシュレイ・ジャッドからも返事はないままだった。

その三月のある午後、改装のためにずらりと空席になっていた仕切り机の列の中の静かな一区画を見つけて、そこからアナベラ・シオラに電話をかけた。その前の何週間かのあいだに、アナベラ・シオラなら何か知っていることがあるかもしれないと教えてくれた人がいたのだ。イタリア人の両親のもとにブルックリンで育ったシオラは、映画『ゆりかごを揺らす手』で有名になり、その後人気テレビドラマ『ザ・ソプラノズ　哀愁のマフィア』のゲスト役でエミー賞にノミネートされていた。彼女は硬派でタフな役柄を演じることで定評があったが、電話口に出た声は小さくて疲れているようだった。

「あなたから電話をもらうのは、すごく不思議な感じ」。僕はその前にツイッターで彼女に連絡を取り、それがこの電話につながっていた。「何の件かよくわからないけど。でもMSNBCはいつも見てるから、あなたと話せてうれしいわ」

僕はハーヴェイ・ワインスタインに対する性的暴行の訴えについて調査していることを彼女に伝え、彼女なら何か話すことがあるかもしれないと二人から聞いたことを伝えた。

「ああ、そのこと」ふっと笑いながら彼女が言う。「変ね。その噂、私も聞いたことがあるわ。誰から聞いたの？」

許可がない限り情報源は明かせないと僕は言った。「もし何かご存知だったら、教えて頂けるとたくさんの人の助けになるかもしれません。たとえ匿名でしか話せないとしても」そう僕は伝えた。

電話口の向こう側のシオラは、ブルックリンの自宅の居間で、イーストリバーをじっと見つめていた。ためらったあと、こう言った。「いいえ、何もなかった」またふっと笑う。「どうしてかしらね。彼の好みじゃなかったのかも」。僕は礼を言い、もし何か思い出したら連絡を下さいと伝えた。「お力になれなくてごめんなさい」彼女はそう返した。

＊

その年の四月のあたま、僕が机の前にいるとき、メッセージを受信した。「やあ、マシュー・ヒルチックだ。ちょっと質問がある」。ヒルチックは有名な広報マンだ。多くのニュースキャスターが彼に信頼を寄せ、長年ケイティー・クーリックの広報を担当していた。数年前に僕と家族がタブロイド紙の餌食《えじき》になっていた時、MSNBCの勧めで短期間彼を雇った。ヒルチックは僕たちにとてもよくしてくれた。彼は党派を問わず誰のアドバイザーにもなった。クリントン一家とトランプ一家の両方に深く入り込んでもいた。イヴァンカ・トランプも彼の会社を雇っていたし、トランプが大統領になるとヒルチックの部下だったホープ・ヒックスとジョシュ・ラフェルがホワイトハウスで仕事を得た。

メッセージを受けとってすぐにヒルチックから電話があった。「やあ、元気かい？」と明るく話しかけてきた。ヒルチックの後ろでざわざわと声が聞こえる。パーティー会場の外から電話しているようだった。「今日はイベントに来てるんだ」とヒルチックが説明する。「ヒラリーがこれから話す」

ヒルチックは理由もなしに電話をよこしたりはしない。僕はわざと曖昧《あいまい》に「いくつか取材はありますけど、本の締め切りにも何とか間に合わせようと頑張ってますよ」と伝えた。僕は、仕事が終わると毎晩、長い間温めてきた本をせっせと書き進めていた。テーマはアメリカの対外政策における外交の役割の弱体化だ。

「するとほかの報道はちょっとあと回しになるってことかな」ヒルチックが言う。「さっきも言ったけど、ヒラリーが来てて、ハーヴェイもいる。彼とは長いつき合いなんだ」

僕は何も言わなかった。

「ああ、ちょうど今ハーヴェイが到着したところだ」ヒルチックが続ける。「ローナンって坊やを知ってるかって聞かれたよ。俺について聞き回ってるのか？　俺を調べてるのかってね」

「仕事で彼に雇われてるんですか？」

「いや、そういうわけじゃない。ただ昔からの知り合いだから。私が君と知り合いだってことをハーヴェイも知ってる。だから少し手を貸してあげることにした。『落ち着け、ハーヴェイ、ローナンはいい奴だから』って言い聞かせたんだ。私からちょっと君に話してみるとハーヴェイには言っておいた」

「僕はいつもたくさんのネタを追いかけてますし、表に出す準備ができるまではどの情報についても話はできません」

「これはNBCの仕事？」ヒルチックが訊ねる。

「それは——僕はNBCの報道記者ですとしか言えません」

「ローズ・マッゴーワンの件？」さらにヒルチックが探りを入れてくる。「それなら説明できるとハーヴェイは言ってる」。僕は言葉を慎重に選びながら、情報ならいつでもありがたく受け取ると伝えた。後ろでくぐもった怒鳴り声が聞こえる。「すごく変な奴でさ」とヒルチックが言う。「なんだかんだと」そこでわざと間をおいた。——「面白いことを言ってくれる」

二時間後、ヒルチックからメッセージがきた。「ハーヴェイって本当に笑えるな。君の言葉は伝えた。そしたらまた君と話して欲しいと頼まれた」。その後ヒルチックがまた電話をかけてきて、ワインスタインは「とんでもなくイラついてる」のだと言う。

「荒ぶってるんだ。気が立ってる」

「それは大変ですね」と僕。

「たまに、ハーヴェイに突っかかって、何かといちゃもんをつけてくる人もいる。いつも同じネタで絡まれて、最後には結局何もなかったか、ちょっとした誤解だったことがわかるんだ」ニューヨーカー誌も、ニューヨーク・マガジン誌も、以前にワインスタインの噂を追いかけたことがあるとヒルチックは言った。ある記者が「ワインスタインの知り合い全員に電話した」らしい。「ハーヴェイはビビり上がって」それ以来「この手の話にやたら神経質になった」と言う。

「神経質になったっていうのは、どういう意味ですか？」僕は聞いた。

「歳をとったってことだ。少し不安になってきたんだよ。今すぐ手を打つってわけじゃないが――」

「手を打つ？」僕が繰り返す。

「彼も間抜けじゃない。何らかの行動に出るはずだ。君も本を書き上げなくちゃならないんだろ？　だからこっちの件はあと回しにしたらどうだ」ヒルチックはそう言った。

僕は電話しながら走り書きしていたノートをちらっと見た。ある言葉で目が止まり、ハッとした。ヒルチックが口を滑らせた言葉の中に些細だが重大なヒントがあった。

ヒルチックが電話を切ろうとした時、後ろで大きな歓声が湧き上がった。「何のイベントですか？」と聞いてみた。

ヒラリー・クリントンが打ち合わせを終えたところだとヒルチックは教えてくれた。打ち合わせの相手はヒラリーの長年の友人であり資金の支援者でもあるワインスタインその人だ。それから、「世界の女性」と銘《めい》打ったイベントでスピーチをするために、ヒラリーは壇上に登っていった。

＊

ヒルチックから連絡があったことは、すぐにグリーンバーグに知らせた。翌日、グリーンバーグから電話があった。グリーンバーグはまず挨拶《あいさつ》がわりに僕の外交政策の本についておしゃべりをはじめたが、その話しぶりから何か別の話があるんだなと察しがついた。するとグリーンバーグがこう言った。「ところであれだ、今日ノアに会って、諸々話し合ってたんだ。特に例の件について話し合うために会ったわけじゃないが、ノアが君のお気にいりのあのネタについて聞いてきた」グリーンバーグのクスクス笑いが聞こえる。「だから、煙はあるが、火種があるかどうかはわからないと言っておいた。確たる証拠は摑んでないからな。『ノア、今の時点ではまだだと思う』と答えておいた」

僕はワインスタインが暴行を認めた音声も聞いたし、一〇〇万ドルの秘密保持契約に署名された彼の名前も見た。そのことをグリーンバーグに改めて訴えた。グティエレスとNBCの弁護士とのミーティングを設定する件についてもさらにグリーンバーグに念を押した。「まだニュースにはなってない。焦らなくてもいいだろう」とグリーンバーグは言う。「今の状況を考えると、小休止した方がいい」

「小休止ってどういう意味ですか？」

「わかってるだろ——あと回しにするだけだ」とグリーンバーグ。ヒルチックと同じ言い回しだ。「ローナン、君にはこれから素晴らしいことがたくさん待ってるぞ。うまくいってる調査がいくつもあるし、君の調査報道シリーズは好評だ。だから、この件に執着しなくてもいいだろ」

数分後、僕はマクヒューと電話で話した。マクヒューも困惑していた。「誰かが上に電話したようだな」とマクヒュー。「ヒルチックとハーヴェイから連絡があったあとに、これか？　偶然とは思えない」

「電話がかかってきたのは間違いないけど、うちの人たちならきっと跳ね返してくれるはずだ。ノアが後ろ盾になってくれる」

「でも、直属の上司は君に報道させたくないってことだ。言うことを聞くかどうか、決めなくちゃならないな」

「もっと証拠を集めて見せれば、話を聞いてくれるさ」と僕は言った。

だが、マクヒューがその日の午後いっぱいワインスタインのネタ集めに電話をかけまくるつもりだとグリーンバーグに伝えると、グリーンバーグは「あれはあと回しでいい」と言った。進むも地獄、引くも地獄という状態に陥ってしまった。もっと証拠が必要なのに、おおっぴらに証拠集めはできない。「インタビューを撮影しなくちゃならなくなったらどうする?」マクヒューが聞いた。

＊

「絶好調じゃないか」業界大手のタレントエージェンシー、クリエイティブ・アーティスト・エージェンシー、通称CAAのアラン・バーガーはそう言った。サン・アンドレアス断層がぱっくり割れようと、ロサンゼルスが太平洋にすっぽり飲み込まれようと、タレントエージェントたちは「絶好調」だと触れ回り、クライアントを安心させようとするに違いない。「あのナイトリーニュースの刑務所の話、すごかったな」バーガーが続ける。バーガーの声にはいかにも人が良さそうな温かい響きがあり、ロングアイランド訛りだった。業界では信頼できる仕事人として有名な人物だった。

「NBCとの契約はこの秋までだからな」

「わかってます」と僕は言う。僕は自分の部屋にいた。向かいのバレエ教室で誰かが床を磨いていた。ワインスタインの調査が拡大するにつれ、ほかの調査がおろそかになり、キャリアの選択肢も減っていった。外交の本では何度も締め切りを逃したあげく、出版社からとうとう見捨てられてその週に出版の中止を言い渡されたばかりだった。

「君は彼らのお気に入りだ」NBCが僕を気に入っているとバーガーは言った。「ノアは君のファンだ。みんなが君にもっと大きな役割を期待してるぞ」

「でも、今調査してる件でちょっと……」

「ちょっとどうした、ローナン?」

「話せないんですよ、アラン。何か変な動きがあったら教えてもらえるとありがたいです」

「ローナン、どうした、心配させないでくれよ」バーガーは笑いながら言った。「今の調子でやってればいい。誰かを怒らせないように気をつけて」

13章　大統領のイチモツ

ヒルチックとの電話中に走り書きしたメモを見直していたら、ニューヨーカー誌とニューヨーク・マガジン誌について彼が言ったことに目が止まった。ニューヨーク・マガジン誌の名物記者デビッド・カーが以前にこの件を追いかけたことがあったが、それは二〇〇〇年代のはじめだった。カーは自分が監視され脅かされていると感じていたようだった。だが、ヒルチックの話しぶりからすると、ワインスタインが神経を尖らせている理由は、もっと最近になって誰かがこの件を探っていたからだと思われた。

僕はカーと一緒に働いていた記者のジェニファー・シニアにもう一度メッセージを送ってみた。「このあいだ話した件だけど、ニューヨーク・マガジンの中でデビッドよりもっと最近に探っていた人がいないかわかるかな？　誰かが追いかけてるらしいって話を何度か聞いたんだ」

「わかったわ」と返事がきた。「自分のメールを見直したところよ。でも今回は誰かっていうことは私の口からは言いにくい」。誰かがこの件を追いかけてみたものの、結局うまくいかなかったということだろう。その謎の記者に僕からのメッセージを伝えてもらうよう、彼女に頼んだ。

ニューヨーカー誌のケン・オーレッタは、歯に衣《きぬ》着せずに企業経営者やメディア業界の大物を批判することで知られた記者だ。そのオーレッタが、二〇〇二年にワインスタインを取り上げていた。「美女と野獣」と題したその記事では、性的搾取という言葉こそなかったものの、ワインスタインがいかに残酷かが細かく描かれていた。ワインスタインは、「あきれるほど粗暴で脅迫的と言ってもいい」とオーレッタは書いていた。しかも面白いことに、もっと裏話があることを暗に示すような文章があった。ワインスタインのビジネスパートナーは「まるで『レイプ』されたように感じていて、ワインスタインと仕事をした人はよくその言葉を使っていた」とオーレッタは記していた(注1)。僕はニューヨーカー誌の知り合いにメッセージを送って、オーレッタのメールアドレスを聞いた。

＊

オーレッタは七五歳だった。ニューヨークのコニーアイランドでユダヤ人の母親とイタリア人の父親のもとで育った。彼の書き方や話し方には、どこかしら優雅な古き良き時代が感じられた。何より、彼は細心で経験豊富な記者だった。「もちろん、あの記事で表に出せなかった話はある」僕が調査報道デスクに近い空部屋から電話をすると、オーレッタはそう教えてくれた。二〇〇二年、オーレッタはワインスタインが女性を食い物にしているという訴えを調査し、報道前提《オンレコ》の公式取材の中でその訴えについて彼に質問までしていた。二人はトライベッカにあるワインスタインの事務所でインタビューを行った。ワインスタインは立ち上がり、顔を赤くしてオーレッタを怒鳴りつけた。「妻と別れさせようってのか!?」オーレッタも立ち上がった。「彼をコテンパンに言い負かすつもりでね」とオーレッタは言う。するとワインスタインはよろめき、椅子に腰を下ろしてしくしくと泣きはじめた。「まとめると、こんなことを言ってた。『昔からずっと素行が良かったわけじゃないが、妻を愛している』ってね」。ワインスタインは女性の訴えを否定しなかった。

オーレッタは、実名で訴え出たマッゴーワンのような被害者を確保できなかったし、グティエレスが持つ録音テープや契約書のような確たる証拠も手に入れられなかった。だが、ミラマックスの社員だったゼルダ・パーキンスとは話をしていた。ゼルダ・パーキンスは同僚だったロウェーナ・チューと共に、ワインスタインからの性的嫌がらせを訴え、その後示談にしていた。パーキンスは怖がって報道前提の取材は受けてくれなかったが、オーレッタはワインスタインにパーキンスの話をちらつかせ、ロンドンでパーキンスとチューに何らかの示談を交わしたことを白状させた。ワインスタインはその示談で使った換金済みの小切手をニューヨーカー誌に見せてくれさえもした。その小切手の振り出し主は、当時ミラマックスの親会社だったディズニーではなく、ワインスタインの弟のボブ個人で、示談金が個人のポケットから出ていた証拠だった。

だがその小切手はオフレコで見せてくれたものだったので、公式の取材記録に残すことはできなかった。オーレッタとニューヨーカー誌編集長のデビッド・レムニックが、ワインスタイン兄弟と弁護士のデビッド・ボイーズに会った時は、ワインスタイン側から追加の情報を何も得られず、女性たちの訴えを記事にできるだけの証拠を集められなかった。ワインスタインは頭から湯気を出して否定するばかりで、癇癪《かんしゃく》を抑えられない様子だった。

それから何年も経った今でも、オーレッタがむしゃくしゃした気持ちを抱いているのは明らかだった。まるで、自分が捕まえ損ねた犯罪者のことを考えて眠れない殺人課の刑事のようだった。「この件に執着してたんだ」とオーレッタは言っていた。調査と取材が終わる頃には、「彼が女性を食い物にしてきた連続強姦魔だと確信したし、彼の罪を暴くことが社会のためだと思うようになっていた」。それ以来、二度もこの話を記事にしようとした。そのうちのいちどはグティエレスの事件のあとだった。だが、誰も興味を持ってくれそうになかった。「私ができなかったことを君がやり遂げられる可能性が少しでもあるなら、諦めないでくれ」オーレッタはそう言った。

＊

ローズ・マッゴーワンとは連絡を取り合っていたが、彼女は追加の取材と撮影をしてほしいと僕たちにせっついていた。彼女を支援する声が増えてきたのだと言う。書籍エージェントのレイシー・リンチは、元ガーディアン紙記者のセス・フリードマンからの問い合わせをマッゴーワンに伝え、そのほかにも連帯を表す声を届けていた。僕がオーレッタと話したその日にも、そんなメールが彼女に届いていた。ロンドンに拠点を置くルーベン・キャピタル・パートナーズという資産運用会社が、マッゴーワンに「注目の女性」という慈善事業に参加してほしいと依頼してきたのだ。(注2) 年末にガラパーティーを計画中で、マッゴーワンに基調講演を頼みたいという話だった。「ローズ・マッゴーワン氏がおこなっている女性の権利促進活動に私たちは注目してきました。マッゴーワン氏が追い求める理想は、我々が掲げる目標と一致しています」メールには、そう書かれていた。

「なかなか良さそう」とリンチはマッゴーワンに書き送っている。「電話会議を開いて、もっと話を聞いてみましょう」

ルーベン・キャピタル・パートナーズからのメールの送り主は、ダイアナ・フィリップ。(注3) 持続可能で責任ある投資部門の副部長という肩書きだった。

＊

その翌朝、ハーヴェイ・ワインスタイン個人の受信箱に一通のメールが届いた。タイトルは「RF情報」。「法的に保護された秘《ひ》匿《とく》情報」と但し書きが付いている。僕がこのメールを入手したのは数カ月後のことだ。

「ハーヴェイ、ローナン・ファローについてこれまでに集めた情報をここにざっくりまとめておく」という書き出しだった。(注4) 添付書類は数十件にのぼっている。メールの中に「ファローが追いかけている人物一覧」という見出しがあり、その下に僕が見つけた告発者の一部と、僕が見つけていない人たちの名前が並んでいた。そのメールには、マクヒューと僕が、マッゴーワンを取材した日の前後にマッゴーワンの周囲の人たちのソーシャルメディアを「突然」フォローしはじめたことから、おそらく僕がマッゴーワンを説得して口を割らせたのだろうという憶測《おくそく》が書かれていた。また、僕がリサ・ブルームの「ファン」で、ブルームから僕に何らかの働きかけができるかもしれないとも触れていた。また僕がジャッドとシオラとアークエットに連絡を取ろうとしたことも書かれていた。そして、彼女たちが口を割る可能性についてもそれぞれ分析していた。これらの女性が性的暴行についておおやけに語ったことはいずれも、警戒すべき兆候だとされていた。

「ファローの職場」と見出しのついた章には、僕に関わりのある同僚や情報を提供できそうな人たちの名前がすべて網羅《もうら》されていた。たとえば、シンシア・マクファデンやステファニー・ゴスクといった僕と一緒にテレビに出ている調査報道記者たちはもちろん含まれている。だが、僕の机の隣で働いていたNBCのインターンといった、一般の人が知り得ない名前もあった。

経歴の章では、僕の弱みを探そうとしていたようだ。「家族の悲劇」として、「姉のディラン・ファローが父親のウディ・アレンをレイプで告発したこと」が描かれていた。長年僕が忘れようと努力してきた話題がまた、亡霊のように僕を追いかけてきた。

メールの送り主はサラ・ネス。PSOPSという会社の調査員だ。PSOPSの経営者はジャック・パラディーノとサンドラ・サザーランドという夫妻だった。夫妻について書かれた記事はあまりなかったが、ピープル誌の記事では、この二人は華やかではないものの、ダシール・ハメットの小説『影なき男』のニックとノラ・チャールズ夫妻のような存在だと書かれていた。(注5)ワシントン・ポスト紙によると、一九九二年の大統領選のあいだ、ビル・クリントンが「アーカンソー州の知事時代に関係を持ったとされる女性たちの告発を貶めるため」に雇ったのがパラディーノだった。(注6)九〇年代の終わりには、パラディーノは「大統領のイチモツ」とあだ名をつけられていた。(注7)法を犯したことは一度もない、と彼は言っていた。だが、「すれすれのことはやる」と誇らしげに語っていた。(注8)

「ジャックは今海外ですが、この調査については私が彼に逐一報告し、昨日話し合った問題点と今後の戦略について今週中にジャックと話し合うことになっています」四月のその日、ネスはワインスタインにそう書き送った。のちほどより詳しい正式な報告書を送るとネスは約束した。ネスのメールからわかるのは、次の二つの点だ。この調査はより大規模な企みを補うもので、そこにはパラディーノ以外の人たちが関わっているということ。そして、この報告書はほんのはじまりにすぎないということだ。

*

リッチ・マクヒューと僕はワインスタイン事件についてさらに調査を進めるためのアイデアをグリーンバーグに提案し続け、グリーンバーグは僕たちにほかの事件に集中しろと言い続けた。グリーンバーグは僕たちの上司だ。だんだんと話し合いが気まずくなってきた。だが、オーレッタと電話で話したあと、何十年も葬られ続けてきたこの事件について、以前には誰も摑めなかった確たる証拠を僕たちが押さえていることは明らかだった。

「どうしたらいい？」マクヒューに聞いてみた。僕たちは報道局の隅に身を寄せていた。

「わからない」とマクヒューが答える。「グリーンバーグに訴えても——あと回しにしろと言われるだけだ」

「止めろと命令されたわけじゃない」僕は疲れた声を出す。「また話し合おうと言われた」

「わかった」とマクヒュー。だが半信半疑のようだ。

「グリーンバーグと話し合う前にできるだけたくさん証拠を集めて武装しておいた方がいいかもな」僕は認めた。

「俺もそう思う。じゃあ、仕事にかかろう」マクヒューがそう言った。

僕たちは裏付け固めを急ぐことにした。鉄壁《てっぺき》の証拠を揃えてグリーンバーグのもとに戻り、事後報告で許しを乞うことに決めた。電話取材は周りに知られないように行える。だが、どうやってグリーンバーグに知られずにインタビューの撮影を行ったらいいかについて話し合った。

＊

翌日、マクヒューが僕を手招きして、自分のコンピュータの前に呼んだ。「撮影の許可をもらってる案件がいくつかあるよな。三つだっけ四つだっけ？」。依存症についての報道が数件と、ダウ・ケミカルとシェル石油がカリフォルニアの農地に有毒物質を流し込んでいるという件がひとつある。「こっちの事件の撮影日の前後にワインスタイン関係の取材を紛れ込ませられるかな？」マクヒューが聞いた。

「うん、そうだな。でも、ワインスタインの取材だって印がつくだろ？」と僕。

「いや、そうとも限らない」とマクヒュー。「あらかじめ予定されてた出張で突然別件の取材が入ることなんてしょっちゅうだろ。自分たちの好きに印はつけられる」

とはいえ、いつまでも隠し続けられるわけではない。新しいインタビュー相手の名前を費用明細に詳しく書き込まなければならないからだ。それでも、上層部に気づかれずにできると思った。

マクヒューはNBCのサーバーにアクセスしてデータベースを呼び出した。画面をスクロールし、僕たちの調査案件を含む報道案件一覧を見ていった。それから「大物メディア人」と名前のついたワインスタインのファイルをフォルダーから取り出して、別のフォルダーに落とした。僕は画面を見て笑った。マクヒューが選んだフォルダーの名前は「毒の谷」。有害物質が染み込んだカリフォルニアの農地の名前だった。

PART II 白鯨

14章 ひよっこ

男たちはトライベッカグリルの奥にある厨房《ちゅうぼう》に近い、ワインスタインのいつもの席に座った。四月二四日のことだ。そこにいたのはワインスタインと、ナショナル・エンクワイヤラー紙のディラン・ハワードと、ブラックキューブの工作員。工作員の見た目は若く、黒髪で言葉には強い訛りがあった。

ラニー・デイビスが店に入ってきて中を見回す。痩せ型のデイビスはもう七〇代前半で、白髪が増え目の下には隈《くま》ができていた。彼は歯科医の父親と歯科クリニックを経営していた母親のもとに、ジャージー・シティーで育った。イエール大学のロースクールでヒラリー・ロダムと友だちになり、その後ビル・クリントンと親しくなった。下院議員に立候補して落選し、数年間弁護士として働いたあと、人脈を仕事に利用して、友だちがスキャンダルや政治生命の危機に見舞われた際に頼れる守護神となった。(注1)

その後デイビスはさらにカネになる仕事に手をつけ、赤道ギニアにおける人権侵害から人々の目を逸らすためのロビー活動で一〇〇万ドルを稼ぎ、コートジボワールでの明らかな不正選挙への批判をかわす工作に力を貸して月に一〇万ドルを稼いだりしていた。(注2)クルーズ船の乗客が突然姿を消してデッキに血の跡が残った時や、大統領が人種差別的なアメフトチームの名称を批判したりした時に、陰で動くのがデイビスだった。のちに僕は何とかデイビスの連絡先を突き止めようとして、ジョナサンに相談した。「ラニー・デイビスの電話番号って、誰に聞いたらいいかな？」。ジョナサンの答えは、「さあ、わからないな。ポル・ポトとか？」。

ワインスタインは、ヒラリー・クリントンを讃《たた》えるイベントでデイビスと出会い、ビル・クリントンの危機管理担当者だったデイビスが不適切な性的行為の告発に通じていることを知り、その春にデイビスの助けを求めたのだった。

その朝トライベッカグリルでデイビスは、もしワインスタインが弁護士とクライアントの秘匿《ひとく》特権を守りたいなら、ブラックキューブの工作員の前では話せないと言った。「弁護士以外の人間がいると話せない」とデイビスは告げた。「部屋に誰か別の人間がいると、もし召喚されたら会話の内容を証言しなければならなくなる」

ワインスタインはその言葉にイラついた様子だった。

「そんなわけないだろ」とワインスタイン。「そいつが俺のために働いてる場合は秘匿特権が使える」。勝手に法律を単純化しすぎている。だがワインスタインがそう言い張るので、デイビスも折れた。

マッゴーワンは頭のイカれた嘘つきだとワインスタインは言い募った。ワインスタインは、自分に「嘘の訴え」を起こした女性をすべて貶めたがっていた。

「やめた方がいい」デイビスはワインスタインを諭した。「たとえ自分が正しいと思っていてもだ」

ワインスタインが怒鳴りはじめる。「なぜだ、なぜだ、なぜだ、なぜだ?」

「とんでもなくひどいやつだと思われるから」とデイビスが言う。

ディラン・ハワードがにやりとした。ハワードはしょっちゅうこの表情を見せる。ブラックキューブの工作員は表情を変えなかった。トライベッカグリルでの会合の数時間後、ブラックキューブの取締役で最高財務責任者のアビ・ヤヌスからワインスタインの代理人であるボイーズ・シラー・フレクスナー法律事務所宛に、「実りある」会合が持てたとメールが入った。ワインスタインがブラックキューブのサービスを一〇週間延長することに合意したと書いていた。請求書も添えられていた。メールはこう続いていた。

「我々はこの件で試合の流れを変えるような情報をお手元に届け、主たる目的のすべてを達成することに全力を尽くす所存です」(注3)

＊

僕はオーレッタが書いたワインスタインの記事をじっくりと読み返し、例の二件のロンドンでの示談につながる情報源をあたろうと、しらみつぶしに電話をかけてみた。

『恋におちたシェイクスピア』のプロデューサーのドナ・ギグリオッティと最初に話した時には、やめた方がいいと言われた。それでも、もう一度電話をかけてみると、少し教えてくれた。「示談書はどこかにあるはず」と言う。「彼は罪を認めてないけど、大金が支払われたことは事実よ。その文書を手に入れないとだめね。でも、被害者は示談書を手元に置くことは許されてない」それは、ロンドンで訴えを起こした二人の女性に関係する文書かとギグリオッティに聞いてみた。「もしあなたがあの二人を見つけられたら、私も話してもいいかもしれない。でもそれまでは申し訳ないけど話せないわ」彼女はそう言ったものの、当時ロンドン事務所にいて何か話してくれそうな元社員の名前を何人か教えてくれた。

僕はギグリオッティに礼を言った。彼女はうまくいくとは思っていなかった。「誰もハーヴェイを止められない」と言う。「今回も握りつぶすでしょうね」

＊

有名人がワゴン車からさっと降り立ち、土砂降りの中で頭をかがめながら建物の中に吸い込まれていく。彼らは、タイム誌の「世界で最も影響力のある一〇〇人」を祝う年に一度のガラパーティーに急いでいた。僕がその一〇〇人に選ばれていたわけではない。でも、僕はびしょ濡れだった。

「水族館なみだな」会場のタイム・ワーナー・センターに入りながらそう言った。『チャイナタウン』のワンシーンみたい」

母は肩をすくめる。「どの映画にもびしょ濡れのシーンがあるの。古典的な手よ」

パーティー会場はテレビ関係者で埋め尽くされていた。僕は招待客とぎこちない会話を交わし、ドジばかり踏んでいた。ラメ入りの垢抜《あかぬ》けたドレスに身を包んだ、人を惹きつけて離さない魅力のあるメーガン・ケリーが、これからはじまるNBCの彼女の冠《かんむり》番組について話してくれた。僕は彼女にお祝いを言い、「ツイッターの一件」は残念だったと口を滑らせた。すぐにそれが失言だったと気づいた。ケリーは、肌の色の違う人たちについて、見方によっては的外れとも悪意があるとも取れる発言を切り取られ、その動画のせいでフォックスニュースを去っていた。「ツイッターの一件」で、僕は放送中に彼女の発言を人種差別的だと言っていた。ケリーの首筋が浮き上がった。「私もあなたくらいの頃にはたくさん失敗したものよ」引きつった笑顔を浮かべながら彼女が言う。「あなた、まだひよっこね」

僕は足早にそこを離れ、トイレに行くか飲み物を探すかして、とにかく会話を避けたかったのに、アンディ・ラックに出くわしてしまった。握手をしながら、ラックは何かを思い出そうとしている様子で僕を見つめた。もじゃもじゃの白髪を蓄えたラックは、温かい笑みを浮かべながら、僕が誰かを思い出そうとしているようだった。七〇歳近いラックはこれまで多岐にわたる仕事で活躍してきたが、芸能分野の作品制作が常にその柱にあった。オッペンハイムと同じで、ラックもハリウッドに憧れていた。ボストン大学で演技を学び、大学卒業後は、ソ連のスパイと噂されたジュリアスとエセル・ローゼンバーグ夫妻を描いたブロードウェイ版の『検視査問』に出演し、いくつかのコマーシャルにも出た。(注4)「魅力的でカリスマ性があった」ラックに近しい人はそう言う。「舞台出身だということが、彼の独創性につながっていた」。CBSニュース時代、一九八〇年代に彼が制作した「西五七丁目」という報道番組がラックの出世作になった。伝統的な報道番組の形式に、現代的な鋭さとおしゃれさを加えた新しい番組だった。九〇年代に入るとNBCニュースの重役として手腕を振るい、低迷していた視聴率を回復させた。(注5)その後、ソニーミュージックとブルームバーグテレビで重役を歴任する。二〇一五年にNBCに呼び戻され、ふたたびこの会社の舵を取ることになった。

ラックはまだ僕に訝《いぶか》しげな視線を向けていた。

「ローナンです」僕はあわてて名乗った。

「そうだ」深い海の底から重いものでも引きずり上げたように、ラックはやっと口を開いた。「もちろん、知ってるよ」

オッペンハイムからいつも僕の話を聞いているとラックは言った。調査報道を応援してくださってありがとうございますと僕は礼を言った。個人的な知り合いの中でラックとつながっている人はいないかと考えをめぐらせた。僕の兄が最近ニューヨークのブロンクスビルにあるラックの家を買ったばかりだった。

「巨大な金庫を置いていかれましたよね。開け方がわからないって聞きました」

ラックは笑った。「そうなんだ。古い金庫でね」ラックが入居する前からあった金庫で、ラック自身も開けたことがないらしい。ラックが肩をすくめた。「手をつけない方がいいものもある」とラックは言った。

＊

夕食が準備されている隣の円形劇場に来客が流れると、人混みがまばらになった。僕は来客と同じ方向に向かおうとしていた母を見つけた。オッペンハイムが僕たちに近づいてきた。「あれがノアだ」と母に囁いた。「『ジャッキー』はよかったって言ってあげて」

「全然よくなかったけど」と母。

僕は母を睨《にら》みつけた。

ノアは母と挨拶を交わすと、僕を脇に引き寄せた。

「ハーヴェイが来てる」とノアが言った。「俺と同じテーブルだ」

僕はノアを見つめた。ノアにはこれまで調査の進展を逐一報告してきた。「彼が性的暴行を認めた録音テープを僕が聞いたことは知ってますよね」

オッペンハイムはおいおいと言うように両手を上げた。「君の話は信じてるさ!」とノアが言う。

「信じるとか信じないとかの問題じゃなくて……」僕の声が小さくなる。「当たり前ですけど、何も言わないで下さい」

「もちろんさ」とオッペンハイムは言った。

その後すぐ、オッペンハイムが円形劇場の入り口に立って、ブカブカの黒いタキシードを着た図体のでかい男と話しているのを見た。膝の手術から治りかけで松葉杖をついたハーヴェイ・ワインスタインだった。

＊

その五月の初週、ブラックキューブが好都合な情報を電話でワインスタインに伝えてきた。「我々の必死の努力によって、来週ロサンゼルスでミーティングをお膳立てすることができました。このミーティングが、我々の目的にとって有力な情報と物証の確保につながると思われます」(注6)ブラックキューブの取締役のヤヌスは、ボイーズ・シラーにいるワインスタインの弁護士にそう書き送った。新たな調査には新たな出費が必要になる。数日後の五月一二日、デビッド・ボイーズの息子で事務所のパートナーでもあるクリストファー・ボイーズの承認によって、五万ドルがブラックキューブに送金された。

その送金より前、ローズ・マッゴーワンのエージェントのリンチが、ルーベン・キャピタル・パートナーズのダイアナ・フィリップをマッゴーワンに紹介した。ダイアナ・フィリップはマッゴーワンに、例の「注目の女性」という活動への参加を求めていた。「ローズ、あなたと繋がることができて、大変嬉しく思います」フィリップはそう書いてきた。

「私も大変嬉しく思います」とマッゴーワンは返信した。

ボイーズ・シラーからの新たな送金がブラックキューブの口座に届いたその日、フィリップとマッゴーワンはやっと対面した。待ち合わせたのはビバリーヒルズのペニンシュラホテルにあるベルベデールという地中海レストランだ。フィリップは頬骨が高くワシ鼻で、くすんだ金髪だった。優雅な訛りがあったが、どこの出身かはわからなかった。いつもなら、マッゴーワンは知らない人を警戒する。だが、フィリップはマッゴーワンのことをなんでも知っていて、誰よりも彼女を理解しているようだった。マッゴーワンは警戒心をほどいた。ほんの少しだけ。

15章　妨害工作

ジェニファー・シニアは僕との約束を律儀に守ってくれ、ベン・ウォレスを紹介してくれた。ウォレスはニューヨーク・マガジン誌の記者で、ここ最近までワインスタインの事件を追いかけていた人物だ。五月のある午後、僕はNBCの本社を出ながらウォレスに電話をかけた。ウォレスは、ワインスタインの調査で相当に鬱憤《うっぷん》を溜め込んでいた。彼が得た情報はなぜか、すべてただちにワインスタインに漏れているようだった。「全員が二重スパイだったんだ」ウォレスはそう言った。

特に、情報があると売り込んできた人たちはかなり怪しげだった。ワインスタインの材料を握っていると語ったヨーロッパ人のアナという女性は、何か隠していたとウォレスは言う。彼女は妙なことを聞いてきた。ほかに何人くらいの女性から話を聞いたのか、相手は誰なのかを知りたがった。彼女自身はたいした情報を提供しない割に、こちらからたくさんの情報を引き出したがっているようだった。時にはウォレスに強く迫って、彼の偏見を白状させようとしたこともあった。ホテルのバーでやっと涙ながらにワインスタインのやったことを話しはじめたが、中身は薄くてどこにでもありそうな話だった。ワインスタインと関係を持ったが、うまくいかなかったと言うだけだ。復讐《ふくしゅう》したいと彼女は話していた。昼メロも顔負けのくさい演技だった。彼女がいかにもさりげなくウォレスの前に手を置いたので、隠し録音をされているのではないかと疑った。アナには、気持ちはわかるが合意の上で関係を持つのはワインスタインの勝手だと伝えた。ホテルのバーを出たあとは、アナからの電話には出なかった。

ガーディアン紙の元記者のセス・フリードマンからメールを受け取った時も、アナと同じような違和感をウォレスは感じた。フリードマンは、「各国のジャーナリストと一緒に映画業界についての重大な記事を書いています。ハリウッドやその他の映画産業の中心地における今日の風潮を伝えるような記事になるはずです」と書いていた。「私たちの記事では報道しきれない多くの情報を手に入れました。きっとあなたのお役に立つ情報があるはずです。もしご興味があれば、喜んで提供したいと思っています」(注1)。それからフリードマンと何度か話してはみたものの、役立つ情報は得られなかった。「彼の話はすでに聞いたことや知っていることばかりだった」とウォレスは言う。怪しいと感じてフリードマンとも連絡を絶った。

ワインスタインの仲間たちがニューヨーク・マガジン誌に電話をかけはじめ、その中には、具体的ではないもののウォレスについての個人情報をバラすという脅迫めいた電話もあった。ワインスタインは彼の法律顧問チームと、クロール社の調査員と一緒に、ニューヨーク・マガジン誌との面談を要求してきた。ウォレスはワインスタインが「女性たちと自分を貶めるような調査結果を見せにくる」つもりだろうと踏んだ。ウォレスと編集長のアダム・モスは撤退を決めた。「どこかの時点で決めなくちゃならない。無限に時間を使えるほど余裕があるわけじゃないからね」ウォレスはそう言っていた。

この一件でウォレスは精神的に追い詰められた。ワインスタインとその仲間たちがニューヨーク・マガジン誌に電話をかけてきて、ウォレスの情報提供者についてとんでもない誹謗中傷を吹聴しはじめたあたりで、ウォレスはシュレッダーを買って自分の取材記録を廃棄した。「これまでにないほど不安になりノイローゼ気味になった」とウォレスは言う。「ほかのどんな調査でも経験したことのないほどの妨害と邪魔が入った」

ウォレスはオンレコの取材に応じてくれる情報提供者を確保できず、証拠になりそうな文書や録音も発見できなかった。それでも、告発者の女性たちの名前をずらりと集めていた。ウォレスが思い出してくれた数人の中には、イタリア人女優のアーシア・アルジェントの名前もあったし、僕もその名前は聞いていた。ワインスタイン・カンパニーの元社員の何人かが僕にアルジェントにあたってみるといいと教えてくれたのだ。ウォレスに非公式に話をしてくれた女性も何人かいて、身元を明かさずに起きたことをすべて話してくれたと言う。その中には、ワインスタインの元アシスタントで、ハラスメントを受けて社の人事部に苦情を申し立てた女性がいた。

「お願いです」と僕は頼んだ。「僕に話してもらえるか、彼女に聞いていただけませんか？」

＊

本社四階の、調査報道部門の大部屋とスタジオの間にあるガラスの仕切り板に映った自分の姿をときどきチラッと見てみる。その春、僕は少しふっくらし、ロサンゼルスでたくさん取材をしたせいで日に焼けていた。マクヒューと僕は追い風を感じていた。僕たちが細々と行ってきた調査報道シリーズが次第に注目を集めはじめていたのだ。業界人以外は聞いたこともないようなテレビ報道に贈られる賞を受賞し、専門誌からは熱烈な高評価を得るようになっていた。NBCニュースの広報統括責任者のマーク・コーンブラウは僕と同時期に国務省で働いていた。僕がMSNBCからNBCへ移った時に一緒にお茶を飲んだり、局内でばったり顔を合わせたり、いつも僕によくしてくれていた。コーンブラウと彼のチームは僕たちの仕事を好意的に取り上げてくれ、僕に発言の機会を与えてくれていた。

社内のほかの人たちのあいだでも、僕たちへの好意的な評価は広がっているようだった。NBCのベテランプロデューサーのデビッド・コルボが廊下で僕を呼び止めてくれた。コルボは人気報道番組「デイトライン」のプロデューサーだ。もじゃもじゃヒゲを生やした小柄で元気のいいコルボは、九〇年代の半ばからNBCで仕事をしていた。ラックとも親しかった。「一度飯でも食いにいこう」とコルボは言った。「君たちの報道はまさに我が社が求めているものだぞ」

＊

夕方の早い時間に、劇場街のブラジル・ブラジルという静かなレストランで、アンブラ・グティエレスと待ち合わせた。僕は一カ月ほどかけて、彼女以外の誰かから録音を入手できる手はないかと探し回っていた。警察の知り合いはグティエレスの話は信用できると言っていた。警察はワインスタインを起訴できるだけの証拠は固めたと確信していたのに、地方検事は不起訴の決定を下した。誰と話してみても、僕は例の録音テープに近づけなかった。

グティエレスとも、僕に録音のコピーを手渡せる方法はないかと、あらゆる可能性を考えてみた。たとえば、彼女がトイレに行っているあいだに、僕がたまたまコンピュータを扱える場所にいたら、どうだろう？ それはダメだとグティエレスは言う。失うものが大きすぎる。彼女は弟を心配していた。「弟をフィリピンからここに連れて来ないといけないの」とグティエレスは言っていた。彼女はますます弱気になっていた。

その前の晩に、それなりに言い訳ができそうな新しい手を思いついてくれたのはジョナサンだった。

「彼女のテープを録音するのは？ 物理的にマイクをスピーカーに近づけて録音したらどうだろう？ それだったら彼女のものじゃなくて、別の新しい録音になる。彼女が何かを手渡したことにはならない」

「それって言い訳になる？」

「一段階遠回りしてる感じになる。ファイル自体を手渡したことにはならない。でもやっぱ無理か。ダメだな」

「ちょっと待って、それいけるかも」

「超いける」

僕は笑った。

それに、ほかにいいアイデアも思いつかなかった。レストランの中でグティエレスの方に身体を寄せ、ダメもとで思い切って提案した。「電子的な痕跡は残らない。USBを手渡さなくてもいい。僕が手に入れるのは君のハードドライブから引き出したファイルじゃない」

グティエレスは深呼吸した。僕は椅子に深く腰掛けて彼女を見ながら、絶対うまくいきっこないと考えていた。

「大丈夫かも」とグティエレスが言った。古いマックブックを鞄から取り出す。「わかった。それならやってみてもいい」

アドレナリンがどっと噴き出すのが感じられた。僕もグティエレスも、かなり危ない橋を渡っていることはわかっていた。グティエレスにとってリスクは大きい。

僕は彼女に礼を言った。彼女が頷いてラップトップを開け、僕は自分の携帯を取り出した。

「あら」グティエレスが声を出す。「困った」

その古いマックブックは、スピーカーが壊れていたのだ。僕はもう一度彼女の方に身を寄せて、急いで話した。「アンブラ、僕が外付けスピーカーを買ってくるから、戻るまでここで待っててもらえますか?」

グティエレスは周りを見回し、自信なさげな目つきで僕を見た。

「二〇分で戻りますから」

僕はレストランを走り出て西四六丁目の人混みに紛れた。どこに行けばいい？　ブロードウェイ沿いには、観光客向けに「アイ・ラブ・ニューヨーク」の帽子を並べた小さな土産屋で家電用品を売る店もあるはずだが、どこを探したらいいか僕にはわからなかった。携帯を出して、最寄りの大型家電量販店を検索する。少し遠いが、そこなら確実だ。観劇前の人で混雑する通りを抜けて角までたどり着き、やってくるタクシーに向かって必死に手を振った。

家電量販店に駆け込んだ時には汗だくになっていた。エスカレーターを駆け下りてスピーカーの棚の前で急ブレーキを踏む。目の前には数千個もスピーカーがあった。

「こんにちは、何かお探しですか？」

「スピーカーを」僕は息を切らしながらそう言った。

「何でも揃ってますよ」店員はハキハキと教えてくれた。「ブルートゥース、ワイファイ、USB。アレクサ連動のスピーカーは？　こっちはLEDライト付き」。僕は呆然と店員を見つめた。一五分後、ぼったくり価格の四種類のスピーカーをぐちゃっと両手に抱えてレストランに走り込んだ。グティエレスはまだそこにいた。神経質な笑みを僕に向ける。

レストランの奥にある庭でスピーカーの箱を開けた。ありがたいことに、年代もののマックのブルートゥースは生きていた。三つの音声ファイルのうち、真ん中のファイルを再生することにした。音声に切れ目があると、この録音がグティエレスの携帯から流出したものだとわかってしまう。警察のテープには切れ目がないからだ。グティエレスは深呼吸してこう言った。「ほかの女性たちが救われますように」。僕たちは覆いかぶさるようにしてマックを覗き込む。グティエレスが再生ボタンを押し、僕は二分間の音声を手に入れた。そこには、恐怖に怯える女性がホテルのスイートルームに入るまいと必死に逃げようとし、男性が女性に無理強いする荒々しい声が捉えられていた。「とにかく中に入るんだ」また同じ男性の言葉が聞こえる。「いつものことだから」

＊

誰かに相談しなくちゃならない。翌日、僕は本社ビルの五階にあるトム・ブロコウの部屋をノックした。NBCに移ったばかりの頃、本社ビルの地下街にある店でコーヒーの列に並んでいる時、ブロコウの方から僕に声をかけてくれた。僕の番組を見たと言う。あの手の報道番組にしては、斬新なことに挑戦していると思ってくれたようだった。「ありがとうございます」と僕。「あなたにそうおっしゃっていただけて、すごく光栄です」

「トムと呼んでくれ」とブロコウが言う。「校長先生と生徒じゃないんだから」

その後、ブロコウは義理堅く僕との出演に何度も応じてくれて、歴史的洞察に満ちた説得力のあるコメントを述べてくれていた。

その頃ブロコウはもう七〇代の後半だった。数年前に血液ガンの診断を受けていた。五月のその日、ブロコウは部屋の中をぶらついて、結婚して五〇年以上になる妻のメレディスの写真を見せてくれ、かつてのハリウッドにまつわる昔話をいくつか話してくれた。

僕は、極秘の報道案件を調査していること、なかなか上層部がこの報道を承認してくれないので心配していることを彼に打ち明けた。グリーンバーグから「あと回し」にしろと言われたことも伝えた。

「ノアが応援してくれることはわかっています。でもそこに上がるまでに邪魔が入るのが心配なんです」と話した。

「引き下がるんじゃないぞ、ローナン」ブロコウはそう言った。「もし引き下がったら、君の信用は地に堕ちる」。僕は笑った。上層部にもういちど掛け合う前に、ほかの持ち駒をすべて揃えておいた方がいいとブロコウは言った。僕が証拠を固めたら、彼がアンディ・ラックとノア・オッペンハイムに電話をしてくれると言ってくれた。

「ところで、誰の話だい?」最後にブロコウが聞いた。

僕は一瞬ためらったあとで、ワインスタインの件だと言った。潮が引くように、部屋の中にあった温かみが消えていく。「なるほど」とブロコウ。「それならローナン、君に知らせておかなければならないが、ハーヴェイ・ワインスタインは私の友人だ」

退役軍人についてのドキュメンタリー番組の制作でワインスタインから助言をもらったのがきっかけで、ブロコウとワインスタインは親しくなった。ワインスタインはこれまでブロコウによくしてくれていた。

「クソっ」と心の中でつぶやいた。ワインスタインとつながってない人間はいないのか?

「この話は内密にしてくださいますよね」ブロコウに聞いてみる。

「ああ」とブロコウは言った。僕を送り出すブロコウの表情は、曇り気味だった。

＊

ブロコウの部屋から出た途端に携帯が鳴った。リサ・ブルームからだ。「元気？」リサは明るくそう言ったあと、世間話のようにいま抱えている依頼人の話をはじめた。リベンジポルノの被害にあったモデルだと言う。「私たち、会って話さなくちゃね」とブルーム。「彼女のインタビューをお膳立てしてもいいわ」

「ありがとうございます」よくわからないままにそう答えた。

「ところで、まだ例の秘密保持契約について追いかけてる？」

ワインスタインや彼のチームメンバーと知り合いだとブルームが言う。ブルームは目立ちたがりで記者会見もお得意だ。それでも、彼女は信頼に足る倫理観の持ち主だと僕は思っていた。それに、何はさておきブルームは法律家だ。秘密を守ることは法律家という職業の基本中の基本だった。

「ええ」一瞬口ごもってから答えた。

「じゃあ、進んでるのね」とブルーム。

「というか――仕事はしています」

「あの事件の秘密保持契約書を見た？」

僕はまた口ごもった。「具体的な契約がいくつか存在することは知ってます」

「何人の女性と話してるの？　誰と話してるか教えてもらえる？」とブルームが聞く。

「誰と話してるのか教えてくれたら、役に立つ情報を提供できるかもしれないから」

「情報源については教えられません」と僕。「でも、何人もいますし、数は増えていま
す。彼女たちが守秘義務違反から逃れるにはどうしたらいいかをご存知なら、是非教え
て下さい」

「もちろんよ」とブルーム。

電話を切って携帯をチェックすると、いつもの謎の匿名アカウントからインスタグラムに大量のメッセージが送りつけられていた。今回は、その最後に拳銃《けんじゅう》の写真があった。「愛するものを傷つけなければならない時もある」と書かれたメッセージが添えられている。僕はその画像を保存して、警備の件でNBCの誰に話したらいいかを調べようと頭の中に書き留めた。

16章　ハーヴェイのおともだち

その次に携帯が鳴った時は、うれしい知らせだった。ニューヨーク・マガジン誌のベン・ウォレスが僕の頼みに応えてくれたのだ。ウォレスの取材時には公式記録に残すことを拒んでいた元アシスタントが、僕と話してもいいと言ってくれた。

その翌週の五月のおわりに、ビバリーヒルズホテルのロビーで彼女と待ち合わせた。

彼女の外見はあらかじめ調べなかったが、どの人かすぐにわかった。細くてブロンドで美しさが際立っていた。僕を見て神経質な笑顔を浮かべる。「こんにちは！」と彼女が言った。「エミリーです」

エミリー・ネスターは二〇代の後半で、ペパダイン大学で法律と経営の学位を取っていた。テクノロジーのスタートアップで働いていたが、もっとやりがいのある何かを探しているように見えた。数年前、教育分野で働きたい、恵まれない子供たちのために何かをしたいと話していた。憧れだった映画業界で映画制作にかかわり、いつか自分の制作会社を経営したいという夢を追いかけた。だがパートタイムのアシスタントを経験して、この業界への夢は砕けた。普段から頻繁《ひんぱん》に性的嫌がらせが横行し、それが日常茶飯事になっているようだった。事件を報告した自分への対応に、彼女は幻滅した。

僕はこれまでに摑んだことを彼女に話した。マッゴーワンとグティエレスが実名で証言してくれたこと、音声テープのこと、そして撮影に応じてくれる業界人が増えていること。でもまだとても盤石とは言えず、放送できるかどうかわからないことも正直に話した。

ネスターは考えてみると言ってくれたが、その時もまだ怯えているようだった。報復を恐れてビクビクしていた。それでも、彼女が強い信念の持ち主だということはわかったし、このまま引っ込んではいないだろうとも感じた。

数日後、ネスターが話すと言ってきた。撮影も許可してくれたが、まず最初は匿名でシルエットのみ顔なしで撮影をはじめ、そのあとどうするかは彼女の気持ち次第で決めることにした。しかも、ネスターには証拠があった。ワインスタインのもとで三〇年近く働いていたアーウィン・レイターという重役がこの事件を認めたばかりか、社内で女性を餌食《えじき》にするような行為が日常的に行われていたことを暗に示すようなメールを彼女に送っていたのだ。これで三人目が名乗り出たことになる。物証もある。待ち望んでいたものが手に入ったと思った。

「ノアにこれを見せたら、必ず手を尽くして放送まで持って行ってくれるはずだ。やらないって選択肢はないだろう」僕はマクヒューにそう伝えた。

この夜ニューヨークでは、動画博物館のガラパーティーにメディア界の重鎮がずらりと顔を揃え、ジャーナリスト兼人気ニュースキャスターのレスター・ホルトとアマゾンスタジオの社長であるロイ・プライスを讃《たた》えていた。アマゾンが制作したコメディドラマの『トランスペアレント』に出演中のジェフリー・タンバーがプライスのために乾杯を捧げた。ノア・オッペンハイムがホルトのために乾杯を捧げ、障害に屈せず多難な調査報道を貫くホルトを褒め称えた。乾杯のあとでオッペンハイムがNBCのテーブルに戻ると、デイトラインのプロデューサのデビッド・コルボもそこにいた。隣のアマゾンのテーブルでは、ハーヴェイ・ワインスタインが拍手を送っていた。(注1)

＊

それからまもなく、ネスターとマクヒューと僕は、きらきらと輝くサンタモニカのマリーナを見下ろすホテルの一室にいた。上層部に話す前に鉄壁の証拠を固めたかったので、彼女の撮影については周りに知られないよう慎重に行わなければならなかったのだ。

そこで、以前から取り組んでいたカリフォルニアのセントラルバレーでの有害物質による土壌汚染の取材旅行のあいだに、ネスターの撮影日を設定した。

彼女の背後に照明を設置し、彼女の顔が影の中に消えていくと、ネスターは、ワインスタインがこの映像を見たらおそらく「逆ギレして個人攻撃に出る」はずだと言った。二〇一四年の一二月、二五歳だったネスターはロサンゼルスにあるワインスタイン・カンパニーでアルバイトの受付係として働くことになった。彼女の学歴からすると取るに足らない仕事だが、エンターテインメント業界の内側を自分の目で見る機会だと思って、とりあえずやってみることにした。初日に二人の社員から、彼女の外見はワインスタインの「タイプ」だと言われた。ワインスタインは出社早々、ネスターの外見を褒めそやし「あのかわいい娘」と呼んだ。ネスターに年齢を聞き、部屋から人払いして、ネスターの電話番号を書き留めた。

その夜、ワインスタインは待ち合わせて一杯飲もうとネスターを誘った。ネスターはなんとか言い訳を捻《ひね》り出した。ワインスタインがどうしてもと言い張って引かないので、翌日早朝にお茶を飲むくらいならと答えた。ワインスタインがそれで諦めると思ったのだ。だが、ワインスタインは、常宿にしていたペニンシュラホテルに来いと言い渡した。それまでに、ワインスタインの評判については業界の友人やワインスタイン・カンパニーの社員から警告を受けていた。「すごく古風でダサい服を着て行きました」とネスターは言う。

ネスターと会ったワインスタインは彼女のキャリアを支援すると言い、ほかの女性との性的な関係を自慢しはじめた。その中には有名な女優の名前もあった。「『お楽しみがたくさん待ってるぞ、わかるか？』と言われました」ネスターが語る。「ロンドン事務所に駐在させてやってもいい。あっちで働いて、俺の彼女になったらどうだ」。ネスターは断った。手を握っていいかとワインスタインが聞いてくる。ネスターはいやですと言った。ワインスタインは「あぁ、女の子はみんないやいやって言うのさ。『いや、だめ』ってね。でもビールを一、二杯飲んだら俺に身体を投げ出してくる」と言う。ワインスタインは「俺はビル・コスビーみたいなことはやらなくてもいいんだ」とつけ加えた。ネスターによると、ワインスタインのその物言いは「妙に自慢げ」だった。おそらく、レイプドラッグなど使ったことはないと言いたかったのだろう。ワインスタインの行為は「どこから見ても典型的な性的嫌がらせ」だった。ネスターはワインスタインの誘いを少なくとも一〇回は断ったと言う。「でも、『いや』は彼にとって『いや』じゃないんです」

その朝ネスターと会っている最中にも、ワインスタインは途中で何度も携帯に向かって怒鳴り、わめき散らしていた。NBCの朝の番組トゥデイの上層部が、ワインスタインの制作した『ビッグ・アイズ』の主演女優であるエイミー・アダムズの出演を取りやめたことに怒り狂っていた。出演が取りやめになった理由は、先ごろのソニー・ピクチャーズの重役を狙ったハッキング事件についての質問にアダムズが答えることを拒否したからだ。その後、ワインスタインはネスターに、この件についてどんな報道が出るか見てるといいと言った。かならず俺たちに有利でNBCに不利な報道が出るぞと断言した。同じ日のあとになって、ワインスタインが断言したように、この件でNBCを批判する記事があちこちに載った。ワインスタインはネスターの机に立ち寄って、彼女がその記事を見たことを確かめた。

ワインスタインが報道機関を猛烈な勢いで恫喝《どうかつ》するのを目のあたりにして、ネスターの心は乱れた。その時点ですでに、「とても彼を恐れていました。彼が業界のみんなとつながっていることもわかっていました。彼を怒らせたらこの業界で絶対に成功できないと思いました」。それでも、友だちにワインスタインの行為を打ち明け、その友だちが社の人事に警告を送った。ネスターは社の重役とこの件で話し合ったが、彼女が言ったことはすべてワインスタインに知らせると聞いて、これ以上の追及はしなかった。のちに、ワインスタイン・カンパニーの社員たちも、人事部はただのお飾りにすぎず、あらゆる告発がここで葬られたと僕に教えてくれた。

ワインスタイン・カンパニーの重役で経理と財務を担当していたアーウィン・レイターは、リンクトイン経由でネスターに連絡してきた。「我々はこの件を真剣に捉えていますし、私個人としても入社初日にこのようなことが起きたことを残念に思います」レイターはそう書いてよこした。「もし今後さらに言い寄られるようなことがあったら、私たちに知らせて下さい」(注2)。二〇一六年の終わり、大統領選挙の直前に、レイターはふたたびネスターにこう書き送った。「トランプの女性問題の報道を見て、あなたのことを考えさせられました」ネスターが経験したことは、ワインスタインのいつもの手口だとレイターは言った。「三週間前にも、ワインスタインに女性に対する扱い方がひどすぎると申し立てたばかりでした。彼にメールまで書いたので、私はセックス取り締まり警察というレッテルを貼られてしまいました」メールはこう続いていた。「あなたの件ではこれまでにない大げんかに発展しました。もしあなたが私の娘だったら、ただじゃおかなかったはずだと告げました」[注3]。ネスターはそのメッセージを僕に託してくれ、最後には放送する許可も与えてくれた。

ネスターはアルバイト期間を終え、トラウマを感じながらそのまま立ち去った。「エンターテインメント業界に入らないと決めたのは、この事件のせいです」と僕に語った。彼女の背中ごしに、夕日がマリーナに沈んでいく。「世の中ってこういうもの？」と彼女がつぶやいた。「あの人たちはお咎めなしなの？」

＊

マクヒューと僕が毒物学者や地元政治家や有害廃棄物にさらされているセントラルバレーの住民に必死で取材をしている間にも、話をしたいと申し出てくれるミラマックスやワインスタイン・カンパニーの元社員の数は増え続けていた。ワインスタインと一緒に仕事をしていた、彼に近しい元社員と待ち合わせたのは、ウェストハリウッドのバーだった。ワインスタインにとっては、女性を食い物にすることが仕事の一部になっていたと彼女は言う。若い女性とのミーティングのはじめだけ彼女を同席させ、よく待ち合わせの時間が昼間から夜に移され、場所もホテルのロビーから部屋に移された。しかもワインスタインはそれを恥ずかしげもなく堂々とやっていた。あるモデルとのミーティングで、「俺がどれほど素敵な彼氏か教えてやれよ」とワインスタインに命じられた。

女性との待ち合わせに同席を断ると、ワインスタインはいきなりとんでもなく激怒した。ある時リムジンの中に座っていると、ワインスタインはドアを開け、激しい勢いでドアを何度もバタンと閉め、歪《ゆが》んだ顔を真っ赤にして「ふざけんな！　お前は俺の隠れ蓑なんだぞ！」と怒鳴りつけた。

　ワインスタインはアシスタントたちに女性を追跡させていた。話をしてくれた元社員は、すべての女性の連絡先をひとつのファイルに入れて、自分の携帯電話に保存していた。そのファイル名は「F.O.H」、つまり「ハーヴェイのおともだち《フレンド・オブ・ハーヴェイ》」の略語だ。「すごく長いあいだ、彼は組織的にあれをやり続けていたんです」と彼女は話していた。

　彼女は携帯を取り出して、数年前にノートのアプリに書き留めておいた文章を呼び出した。それはワインスタインが独り言のように呟いた言葉で、いつものように怒鳴り散らしたあとに言ったことだった。その言葉があまりに気味が悪かったので、彼女は携帯に一言一句たがわずメモしておいたのだ。「誰も知らない俺の秘密があるんだ」

　その元社員は手がかりになりそうな十数人の名前を教えてくれた。六月が終わって七月に入ると、そのうちの何人かがカメラの前で取材に応じてくれはじめた。「ハーヴェイは女優志望やモデル志望の女の子たちと、この手のミーティングをしょっちゅうやっていた」そう教えてくれたのは元重役のアビー・エックスだ。エックスは、ビバリーヒルズホテルの一室で、顔を隠して撮影に応じてくれた。「ミーティングと言って深夜に呼び出すの。たいていホテルのバーかホテルの部屋だった。相手を安心させるために、女性重役やアシスタントを最初だけ同席させていた」。彼女は同席しろと頼まれても断っていたが、ワインスタインがそうやって女性を罠にかける様子を見ていたし、身体と言葉による虐待も直接に見聞きしていた。

自分の弁護士からは、雇用契約に付随する秘密保持契約に違反すれば莫大な違約金を請求されるかもしれないと釘を刺されたとエックスは言っていた。それでも、「秘密保持契約を守るより、大切なことがあるから」と彼女は言った。

＊

一連のインタビューが終わって、僕はジョナサンの部屋に戻り、台所のテーブルの前に腰を下ろしてインタビュー原稿にじっくり目を通していた。ジョナサンは、宇宙飛行士のイラスト入りの科学オタクっぽいTシャツを着て、寝室から出てきた。

「ご飯食べた？」ジョナサンが聞く。

「まだ」僕は画面を見つめながらそう答える。

「ヘルシーでもジャンクでもいいから、外食しようよ」

「無理」僕は言った。そう言えば、ここしばらく一緒に何もやっていなかったことに気がついた。僕はメガネを外して目をこすった。「ごめん、今やらなくちゃいけないことがいっぱいで、ごめんね」

ジョナサンが僕の隣に座る。「ほんと、最近いっつもセクハラの話しかしてないよね。最高だな」

僕の携帯の着信音が鳴る。ショートメッセージ。「はい」と打ち込めば天気速報を受信できるというお知らせだった。意味がわからず、じっと見つめてしまった。ここはロサンゼルスで、天気予報なんて誰も気にしないのに。

「メッセージ送ってるじゃん!」ジョナサンが言う。「うまくいけばいいねー。僕をないがしろにするくらい大事なことなんだな」

「もちろん」僕はそう答えながら、そのショートメッセージを消した。

17章 666

ハーヴェイ・ワインスタインの元社員たちが次第に僕に話をしてくれるようになった一方で、ワインスタインはブラックキューブと連絡を取り合っていた。六月六日、ブラックキューブの工作員はニューヨークにあるボイーズ・シラーの事務所でワインスタインと弁護士に会い、たんまりと仕込んだ手柄を報告していた。ミーティングのあとで、ブラックキューブ代表のヤヌスは弁護士のクリストファー・ボイーズにこう書き送った。「本日は、貴殿と依頼主様にお目にかかれて非常に光栄でした。我々はこのプロジェクトの目標を達成し、成功報酬の三つの要件をすべて満たすことができました。中でも最重要の要件は、依頼主様の名誉を傷つけるような誹謗中傷に加担している人物を特定することです」。メールには六〇万ドルの請求書が添付されていた。(注1) ブラックキューブとの契約では、以下の場合には、ヤヌスの言う「成功報酬」が支払われることになっていた。まず、ブラックキューブの工作から得た情報をワインスタインが訴訟や広報に利用した場合。または、ブラックキューブが「ワインスタインへの誹謗中傷を止めることに成功した」場合。または、ブラックキューブの工作員が「そうした誹謗中傷に加担する人物または組織を特定した」場合だ。

一週間後、ヤヌスはふたたびお伺いを立てた。「おはようございます、クリスさん。お支払いの件に関して進展をお伺いしたく、メールを書いております[(注2)]」。どちらのメールにも返信はなかった。六月一八日、ワインスタインはロンドンでブラックキューブに会う。その直後、ヤヌスはボイーズに少しイラついた調子のメールを書き送っていた。「もういちど徹底的に我々の発見を双方で見直し、依頼主様を支えるために今後取るべき手段について話し合いました。依頼主様は我々の仕事を非常に高く評価しておられます[(注3)]」

ワインスタインがしばらく支払いをほったらかしにしておいたため、親密だったブラックキューブとのあいだに亀裂《きれつ》が入った。ヤヌスが電話をかけてきて、気を遣いながらこう告げた。「まだお支払いをいただいておりませんが」。機嫌がいい時のワインスタインは、気がつかなかった振りをして自社の法律顧問に電話をつないだ。「知らなかったぞ！ 支払え！」と社の弁護士を怒鳴りつけることもあった。だが、たいがいはブラックキューブを怒鳴りつけていた。「どうして俺がお前らに金を払わなくちゃならないんだ？ 仕事してないじゃないか！」

六月の終わりには激しい攻防が交わされるようになる。ワインスタインは、ブラックキューブに違法な工作をされたら、先々自分が困ると文句をつけた。それに、ヤヌスの部下が送りつけた要約メール(注4)は間違いで、ブラックキューブの工作で「問題が解決されたわけではない」とワインスタインは言い張った。しかも、危機解決を任せているのはブラックキューブだけでなく「ほかの情報機関も関わっていて、ブラックキューブははるかに大きなパズルの一片にすぎない」と念を押した。

とうとう七月のはじめに、ボイーズとブラックキューブは契約の改定に合意した。ワインスタインは、成功報酬にかかわる争いに折り合いをつけ、一九万ドルを支払うことに合意した。そして、ブラックキューブはその年の一一月まで新しい仕事を請け負うことになった。今回はより具体的な目標が定められた。

ブラックキューブの社内では、「人手が足りていなかった」とプロジェクトマネジャーは密かに認めていた。ワインスタインとの険悪な話し合いの中で、ブラックキューブはさらに努力することを約束した。まだ、彼らの力で問題を解決できるかもしれない。ただし、これまでよりさらに激しい工作が必要になる。

＊

マクヒューと僕がまだワインスタインの事件に注目していることをNBCの上層部に伝えるとそのたびに、ほかの調査の進展が遅いと指摘されるようになっていった。まもなくマクヒューは新しい仕事を言い渡されてほかの記者と組むことになった。NBCの社内弁護士のスティーブ・チャンは、グリーンバーグが懸念していた秘密保持契約について、これまでの判例はどっちつかずで報道機関にある程度の裁量が許されるという妥協案を提示していた。そのチャンが電話をかけてきて、会社を辞めると言う。「僕がいなくても、法務部はみんな優秀だから助けてくれるはずだ」と言っていた。

他社にこの特ダネを抜かれそうな予兆もあった。どうしてもアシュレイ・ジャッドと話したかったので、僕はとうとうニューヨーク・タイムズ紙のコラムニストのニコラス・クリストフに電話をかけた。クリストフが以前に制作したドキュメンタリー番組に、僕もジャッドも出演していた。難しい人権問題について報道してきたクリストフを、僕は心から尊敬していた。ジャッドに口を開いてもらえるよう説得できる人間がいるとしたら、クリストフしかいない。

ジャッドが気にかけている女性の権利や人権にかかわる事件を追いかけているとクリストフに打ち明けると、彼は即座にこう聞いてきた。「それは、Hではじまる人物の話か？」。僕がそうですと答えると、クリストフは一瞬押し黙り、ゆっくりと言った。「これ以上君とは話せない」。そしてすぐに電話が切れた。

ニューヨーク・タイムズ紙もワインスタインを追いかけている。マクヒューと僕が納得できる説明はそれしかなかった。ワインスタインを追いかけているのが僕たちだけじゃないことを知って嬉しかったが、あせりも感じた。グリーンバーグにそのことを告げると、彼はなぜか嬉しそうにこう言った。「たまには誰かに抜かれた方がいいこともあるのさ」

＊

これまでに僕たちが確保した情報提供者が離れていきそうな気配があった。ローズ・マッゴーワンはもう何カ月も僕たちに協力を惜しまなかった。インタビューのあとで連絡をくれ、「もっと話してもいい」と申し出てくれていた。「夜の特番で放送するべきよ。朝の番組で放送するなら、長尺にしてほしい。こっちにきてもっと撮影して」そうメールを寄こしていた。

だが、七月になるとマッゴーワンもしびれを切らした。「考えてみたんだけど、NBCの報道にはこれ以上協力できないわ」。僕は胸が苦しくなった。取材に応じてくれた女性は彼女だけではなかったけれど、彼女のインタビュー映像は強烈だった。断る前に、僕が発見したことを聞いてくれないかと頼み込んだ。彼女はもう一度会ってもいいと言ってくれた。

僕はハリウッドヒルズにある彼女の家をふたたび訪れた。玄関口で出迎えてくれたマッゴーワンは、すっぴんだった。疲れた表情だ。僕たちは台所の椅子に座り、彼女がコーヒーを僕に淹れてくれながら、ワインスタインの件を口外したことですでに大変な目にあっていると教えてくれた。マッゴーワンは、アマゾンスタジオの社長のプライスにワインスタインにレイプされたと告白した。その後まもなく、アマゾンとの仕事がキャンセルされた。

また、マッゴーワンは自分が尾行されているのではないかと疑っていた。誰を信頼していいのかわからなくなっていた。相談できる友だちや家族は周りにいるかと聞いてみた。マッゴーワンは肩をすくめた。支援者はいると言う。女性の権利にかかわるプロジェクトを率いていた資産運用会社のダイアナ・フィリップとは親しく付き合うようになっていた。それに、親身になってくれるジャーナリストもいる。たとえば、ガーディアン紙の元記者だったフリードマンがそうだ。

マッゴーワンはNBCへの不信感を募らせていた。話が前に進まないことにも苛立っていたし、そこで一旦言葉を止めて、NBC内部の噂も気になっていると言った。どういう意味かと聞いたところ、彼女は首を振ってこう言うだけだった。「朝の番組のお飾りは嫌なの」。僕は、そんなつもりはないと言った。この手の報道なら夜の看板番組のナイトリーニュースでも放送できるし、朝の番組だけじゃなくてどの時間帯でも放送してもらえると力説した。

NBCには善良な人たちがいる、と僕はマッゴーワンに語った。オッペンハイムのように脚本家として仕事をした人もいるし、全国ネットの報道機関にありがちな堅苦しい伝統にとらわれない人もいる、と。でもできるだけ万全の形にしてからワインスタインにすべてをぶつけなければならないし、そのためにはマッゴーワンの協力が必要だと頼んだ。それから、僕たちが手に入れた情報を彼女に教えた。マッゴーワン以外にもワインスタインについて話してくれる女性を何人も見つけたこと。噂やあやふやな伝聞ではない直接的な証言だということ。そして彼女たちが話すことに合意してくれた理由のひとつは、マッゴーワンが告白してくれたからだということ。僕がここまで話すと、マッゴーワンの目は涙でいっぱいになった。「ずっとひとりぼっちだと思ってた」マッゴーワンはそう言った。

このところ曲を作りながらたくさん考えごとをしていたとマッゴーワンは言う。はじめて会ったとき、僕たちは自作の曲の話で盛り上がった。その日、彼女の家でお互いの曲を披露しあった。彼女は『ロンリーハウス』という歌を歌いながら、目を閉じて自分の声に耳を傾けていた。

自分の心をありのままに打ち明ける
それができない女性のために
そして怖がっている男性のために
あの獣《けだもの》を倒し
奴が溺れるのを見るために

マッゴーワンは気を取り直した。彼女のインタビューを放送していいと僕たちに許可してくれた。もう一度カメラの前でワインスタインをはっきりと名指しすると言ってくれた。また、自分が記録に残る形でワインスタインを名指ししたことをNBCの法務部と電話で話して事前確認するとも申し出てくれた。

数分後、僕はオッペンハイムのアシスタントに電話をかけた。特ダネを摑んだことを伝え、夜行便で本社に戻るので翌日会いたいと頼んだ。オッペンハイムの空き時間にいつでもいいから伺うと伝えた。

「やっと捕まえたな」とマクヒューが言う。「もう時間がないぞ」

＊

ニューヨークに戻った日の翌朝、僕はバンク・オブ・アメリカの地下に続く螺旋《らせん》階段を降りていた。地下には、今や珍しい閂《かんぬき》の付いた丸い扉の古風な金庫室があり、扉をぐるぐると貸金庫のボックスがずらりと並んでいた。銀行員が薄い金属製の箱を引き出す。番号は「６６６」だ。

僕は一瞬その番号をじっと見つめて立ち尽くした。

「ああ、これはいけませんね。別の箱を探してきます」と銀行員が言う。

縁起が悪くなさそうな箱に、僕は数十人の情報提供者の一覧と、これまでに交わした会話の書き起こし原稿と、日常的な性的暴力行為の内容と示談について書いたものをしまった。そして警察の捜査で録音した音声入りのＵＳＢも一緒に入れた。最後に書類の一番上に遺言《ゆいごん》めいた指示書を乗せた。僕は疲れ切って、被害妄想と現実の区別がつかなくなっていたのかもしれないが、とりあえず何かを残しておきたかったのだ。

「もしあなたがこれを読んでいるとしたら、それは僕がこの情報を自分で公開できなくなったからです。ここに、連続暴行魔に正義を下せる証拠があります。この話を報道しようと試みた複数の記者は威嚇《いかく》され脅迫されてきました。僕にもすでに脅迫電話がかかっています。この件に関連する動画映像はＮＢＣニュースのノア・オッペンハイムの手元にあるはずです。もし僕に何かがあった場合には、この情報をきちんと公開してもらうようお願いします」

18章　クイディッチ

ノア・オッペンハイムは言葉が出ない様子だった。僕は報道の要旨を一覧にして印刷し、その紙を彼に渡していた。「すごいな」とノア。「飲み込むのに時間がかかりそうだ」。それが七月二日。オッペンハイムのオフィスの窓の外で、隣の建物越しに夕日が沈んでいく。確たる証拠を揃え信頼できる情報提供者を何人も確保したことを僕は説明した。情報提供者の中にはオッペンハイムの知り合いもいた。カメラの前で取材に答えてくれたワインスタイン・カンパニーの元重役のアビー・エックスは、ライアン・レイノルズ主演の『セルフレス　覚醒した記憶』の脚本のテコ入れのために、オッペンハイムを雇ったことがあった。

「これからグリーンバーグに持って行って、通常の手続きでチェックしてもらいます」僕は急いでそう言った。「その前にお知らせしておきたかったので」

オッペンハイムはもう一度表紙をめくってその下のページを見つめた。「もちろん、グリーンバーグに任せるが」書類の束を膝の上に乗せてため息をつく。「判断が必要だな」

「判断？」僕が聞く。

「たとえば、本当にやる価値があるかとか」

オッペンハイムはベージュのソファに座っていた。横の壁にはスクリーンがずらりと並びニュースの見出しが次々と流れていく。その横には折りたたみ板が額装されてかかっていた。壁にかかった板には茶色と緑のマジックでハリー・ポッターに登場するクィディッチのゲームが描かれ、オッペンハイムの八歳の息子のサインがあった。

「超特ダネです」と僕。「著名な男性が深刻な不正行為を告白した音声があるんですよ」

「ああ、だがそもそも」とオッペンハイム。「それが犯罪かどうか疑わしいな」

「軽犯罪です」と打ち返す。「数カ月の懲役《ちょうえき》に相当します」

「わかった、わかった。だが、報道する価値があるのか判断しないと」そうオッペンハイムが言う。僕は目が点になった。

「いいか、君はハーヴェイ・ワインスタインが誰かを知っている。俺も彼が何者かを知っている。だが、俺は業界の人間だ。普通のアメリカ人が彼を知ってるかどうかはわからん」

「セクハラで失脚したフォックス会長のロジャー・エイルズだって万人が知ってたわけじゃありません」僕はそう指摘した。「ワインスタインの方が有名です。それに、問題は業界の構造です。わかってるでしょう？　彼個人よりも大きな問題なんです」

「わかってるさ」とオッペンハイム。「ただ、法務部の連中に、報道するだけの価値があるってことを説得しなくちゃならないと言ってるんだ。これを放送したら、俺たちが矢面に立つんだから」。以前にワインスタインを追いかけたベン・ウォレスの被害妄想に近い告白からも、激しい反発があることは確かだった。

オッペンハイムの部屋から出ながら、僕は彼に礼を言いついでにひとこと付け加えた。「僕にもしものことがあったら……」

オッペンハイムは笑って僕が渡した書類の束をトントンと叩いた。「俺が責任を持って表に出す」

「ありがとう。あと、『セルフレス2』はやめといた方がいいですよ」

「どうかな」オッペンハイムの表情が消えた。「これを放送したら次の仕事が必要になるかもな」

その午後、またしても奇妙なインスタグラムのメッセージと拳銃の画像を連続で受け取った。僕はオッペンハイムのアシスタントのアナに連絡した。「ノアに知らせるほどのことじゃないとは思うけど、NBCの中で僕が相談できる警備の人間はいるかな？ストーカーがいるんだ。いつもよりちょっと危なそうな気がする」

アナは調べてみると言ってくれた。

＊

数時間後、以前に電話をかけてきた広報マンのマシュー・ヒルチックからまた電話があった。「ご機嫌伺いにいろんな人に連絡してるところさ」ヒルチックは陽気にそう言った。「君の様子も聞こうと思って」。前回電話を受けてから、ヒルチックから何度かメッセージを受け取っていた。一緒に食事でもして近況を話し合おうと誘われた。めったになく僕に興味を持っているようだ。その日の電話で、僕はまだ本の締め切りがあるしNBCの仕事もいくつか抱えていると話した。

「じゃあ、まだハーヴェイを追いかけてるのかい？」

僕はスタジオの中を見回した。孔雀《くじやく》のロゴのついたガラスの向こう側で、日中のニュースを担当するキャスターが見出しに合わせて口を動かしていた。「いくつか抱えている案件はあります」そう繰り返した。

「そうだよな！」ヒルチックは少し笑いながら言った。「君が必要ならいつでも情報をあげるよ。でも、ほかのことで忙しいってのはすごくいいことだ」

＊

その晩帰宅した時には、少し神経が立っていた。マンションのエレベーターの中で、管理人がいつも僕に似ていると言っていた隣の部屋の童顔の住人に挨拶《あいさつ》されただけでギョッとしてしまった。そのあとにすぐ西海岸のバンク・オブ・アメリカにいたジョナサンから電話がかかってきた。ジョナサンは僕が例の書類を入れた貸金庫の共同所有者になるための登録を終えたところだった。「絶対に鍵を失《な》くさないで」僕はそう言った。ジョナサンと話している途中で、柔らかい「ポン」という音が鳴った。お天気速報が自動で受信される。僕は指を滑らせてそのメッセージを消した。

ベッドに潜り込んだところで、リサ・ブルームからメッセージがきた。「元気？　まだ秘密保持契約について調べてる？　こっちは、カーダシアン家の新しい案件を引き受けたわ（もう聞いてるかもしれないけど、ブラック・チャイナの代理人になったの。K

一家は秘密保持契約を問題にしてる）。ともかく、明日トーク番組の『ザ・ビュー』の収録で市内に行くわ。木曜か金曜にお茶かランチでもいかが？」(注1)

僕は電話を放り出したが、眠ろうとしても眠れなかった。

＊

マクヒューと僕は朝の八時半にグリーンバーグに会うことになった。マクヒューが出社したとき、僕はもうへとへとに疲れて自分の机についていた。

「ひどい顔してるぞ」マクヒューが言う。

「ああ、わかってる」

数分後、僕たちはグリーンバーグの窮屈な部屋にいた。「すごい量だな」昨日オッペンハイムに渡したのと同じ材料一覧の束をめくりながらグリーンバーグが言う。それから顔を上げて聞いた。「テープを聞かせてもらえるか？」

僕は机の上に自分の携帯を滑らせてグリーンバーグの前に置き、再生ボタンを押した。ワインスタインがまた「いつものことだ」と言うのをみんなで聞く。

テープを聞くグリーンバーグの口元が上がって、やったなという笑みが広がった。「これが放送されたら奴は終わりだな」

「クソったれ。奴が訴えたけりゃ受けて立つ」テープが終わるとそう言った。

ワインスタインの元社員をもう何人か撮影つきで取材してから、放送原稿とウェブサイト用の記事を書くつもりだとグリーンバーグに説明した。グリーンバーグは興奮冷めやらぬ様子で、法務部とのミーティングに備えるようにと言った。マクヒューと僕は勝ち誇った気分でグリーンバーグの部屋を出た。

しばらくしてから、オッペンハイムのアシスタントのアナがストーカーの件で返事をくれた。「人事につないでおきますね。彼らが対応してくれます」と書いていた。「残念ながら、こういうことは結構しょっちゅう起きるので」。それから人事部が、トーマス・マクファデンという白髪混じりの元警官につないでくれた。「よくあるやつですね」狭い部屋の中で僕の携帯をスクロールしながらマクファデンは言った。「こういうのは何百万回も見ましたよ」

「でしょうね」と僕。

「調べてみます。たいていは嫌がらせの犯人を突き止めることができますし、そいつらに電話して注意するだけで嫌がらせは止まります。ごくたまにですが、警察の友だちに連絡することもありますが」とマクファデンは言った。

「ありがとう」と僕。「でも、ただのストーカーってだけじゃない別の何かもあるような気がして。妙な脅迫メッセージがきたり、何だかちょっと――」

「尾《つ》けられてる気がする？」

僕は笑った。「ええ、まあ……」

マクファデンは椅子の背にもたれて、何かじっくり考えているようだった。それから、可哀想にとでも言いたげに僕をじっと見つめた。「プレッシャーが大きいんですよ。この件は私に任せて、休んだ方がいい」

＊

マッゴーワンはこのところ親しくなったルーベン・キャピタル・パートナーズのダイアナ・フィリップと、数カ月間ずっとメールや電話でやりとりを続けていた。マッゴーワンの揺れる気持ちにフィリップはいつも寄り添ってくれた。僕がオッペンハイムと会った数日後、マッゴーワンとフィリップはニューヨークのペニンシュラホテルで女同士の気のおけない夜を楽しんでいた。フィリップが優しくそれとなく話を聞いてくれるので、マッゴーワンは気を許してレイプ事件をおおやけにするつもりだと話した。NBCニュースの記者と話をしていることまで口を滑らせてしまった。そのあいだずっと、フィリップはマッゴーワンに寄り添い、同情の表情を浮かべながら熱心に耳を傾けていた。

同じ日、サンフランシスコのジャック・パラディーノの会社の調査員、サラ・ネスはハーヴェイ・ワインスタインにもう一通メールを送信した。メールには別の、より詳しい調査記録が記されていた。(注2) 複数の調査員がこの数カ月にわたって僕の足取りをしらみつぶしに追跡し、多数の情報提供者を突き止めたことが、一五ページにわたって記録されていた。結論として「HWの敵対的な情報提供者」と見なされたシオラと僕が連絡をとったことも、その報告書に記載されていた。

僕が話したジャーナリストの数も膨らんでいた。報告書には、豪腕記者として知られるハリウッド・レポーター誌のキム・マスターズやベン・ウォレスの名前が加えられていた。ウォレスが「おそらくファローに手がかりを与えているだろう」とも書かれていた。報告書の最後にはもうひとつ、新たに注目すべき事項としてニューヨーク・タイムズ紙の記者であるジョディ・カンターの名前が添えられていた。

報告書にはワインスタイン側の数名の二重スパイの身元も記されていた。いずれも僕と話をしたあとに僕の活動についてワインスタインに報告していた。張り詰めた声で僕と話していたオーストラリアの女性プロデューサーもそのひとりだった。彼女は「ファローが連絡してきたことをHWに警告したが、HWについての悪い情報は何も与えていない」と報告書に書かれていた。

そのほかにも密かにワインスタインに協力していた人たちの記述もあったが、身元は明らかにされていなかった。「LB」とだけ記された人物が、告発者の弁護士と裏で連絡を取り、情報の探り出しに手を貸していることが記載されていた。

報告書の最後は「調査継続中」と締めくくられていた。

＊

その後もしょっちゅう、情報があると言ってきては連絡してきて僕たちを煙に巻いたり、ワインスタインに報告したりする人は絶えなかった。その一方で、本当にワインスタインに立ち向かおうとする勇気ある人たちにも出会えるようになっていた。ワインスタインのロンドン出張に付き添ったパートタイムの元アシスタントは、ワインスタインから性的嫌がらせを受けたが、最初は報復を恐れて口を開けなかったと言っていた。二〇年近く口を閉ざしていた彼女にワインスタインの仲間が「脅かすような」電話をかけてきたことで、彼女はますます怖くなった。「すごく気味が悪かった」と彼女は言っていた。「彼に目をつけられてるなんて」しかし電話がかかってきたことで、逆に口を開く気になった。「これまでは話したくなかった。でも、彼の声を聞いて怒りがこみ上げてきた。

彼がいまだに誰でも黙らせられると思ってることに、頭にきたの」

そのパートタイムのアシスタントは、ゼルダ・パーキンスの事件も知っていた。パーキンスはケン・オーレッタと話をしていた。また、パーキンスが同僚のロウェーナ・チューと共に性的嫌がらせの件で示談に応じたことも、そのアシスタントは聞いていた。ミラマックスの元アシスタントでのちに重役になったカトリーナ・ウルフもまた、パーキンスとチューの事件を知っていた。ウルフはこの月にカメラの前で顔なしインタビューに応じてくれた。「ミラマックスで働いていたとき、二人の女性社員がハーヴェイ・ワインスタインを性的暴行で告発したことを直接に知っていますし、この事件で示談が成立したことも知っています」ウルフはそう語った。ウルフの証言はまた聞きではなかった。この示談の計画と実行を彼女自身が目撃していた。

一九九八年のある夜、ワインスタインが頭から湯気を出しながら事務所に入ってきて、スティーブ・ヒューテンスキーはどこだと怒鳴った。ヒューテンスキーはミラマックスの弁護士で、「もみ消し屋」とあだ名されていたワインスタインの手下だ。二人は四五分にわたってひそひそと話し合っていたが、ワインスタインの不安げな声は近くにいた社員にも聞こえていた。話し合いのあと、ヒューテンスキーは秘書にパーキンスとチューの人事ファイルを持ってくるように命じた。『恋におちたシェイクスピア』のプロデューサーだったドナ・ギグリオッティのもとでアシスタントとして働いていたのがパーキンスだった。

その後数週間にわたり、ワインスタインはひどく取り乱した様子でアドバイザーに電話をかけまくっていた。ニューヨーク在住の著名な弁護士、ハーバート・ワックテルにも相談を持ちかけていた（僕がロースクールの学生だった頃、ワックテルの事務所は誰もが憧れる夏のインターン先だった。インターンに落とされた時には、世間知らずの僕はこの世の終わりだと思うほどに絶望した。仕方なく、がっくりと肩を落として夏はデイビス・ポーク法律事務所で働いた。まるで三流弁護士か、グローバー・クリーブランド大統領になった気分だった）。ワックテルとヒューテンスキーはイギリス人の弁護士を探した。ヒューテンスキーは「英国で最強の刑事弁護士」を見つけ、ワインスタインはコンコルドに飛び乗ってロンドンへ行き、みずから問題に対処した。

ロンドンの示談の件はあと一歩で報道できそうな形に固まりつつあった。

＊

カメラの前でインタビューに応じてくれる人の輪はますます広がっていた。ウルフとのインタビューの数日後、ワインスタイン・カンパニーの別のプロデューサーとのインタビューを行った。九〇年代以降も性的嫌がらせの苦情はあとを絶たなかったと彼は断言した。つい最近も、ほかの元社員が語っていたような「囮《おとり》ミーティング」に若い女性を連れてこいとワインスタインは命令していた。女性たちは「ミーティングが罠だと知らず、心底怖がっていた子もいる」と彼は語った。

彼はこうしたミーティングの後始末にも困っていた。「部屋から出てくる女性の様子を見て、いきなり大変なことになったと知らされる。『うまく処理する』って言葉は使いたくないが、そこで起きたことに対して女性たちがきちんと補償《ほしょう》されるか、仕事の面で報われるようにしなければならなかった」当時を思い出してそのプロデューサーは語っていた。「女性たちは震え上がっていた」ワインスタインは女性を「餌食にし」、しかも「ほとんどの人なら罪になることでも自分は免れると思っていた」と言う。

このインタビューを行ったのはビバリーヒルズのフォーシーズンズホテルだ。狭い部屋の中に照明や機材やカメラを置き、マクヒューと僕のほかにジャン＝ベルナール・ルタガラマというフリーランスのカメラマンがぎゅう詰めになった。

*

その月、ブラックキューブは最新の人物名リストを送信した。ブラックキューブのロンドン事務所にいるプロジェクトマネジャーがそのリストを確認する。オフィスはロープメーカー街にあるガラス張りの高層ビルの中層階にあり、壁にかかった絵画には高層ビル群の向こうに浮き上がる工作員たちのシルエットが描かれている。そのプロジェクトマネジャーは世界中の関係者にこのリストを転送した。

このリストに挙がった名前の多くは、ジャック・パラディーノの事務所がまとめた報告書にある名前と同じで、時には説明も同じだった。ただし、調査は広がっていた。マッゴーワンやネスターやグティエレスの話の裏付けに協力してくれた二次的な情報提供者もリストに挙がっていた。

その夏のあいだ、このリストはどんどん長くなり、重要な人名には黄色のハイライトが付けられ、緊急を要する場合には赤いハイライトが付けられた。その中の一部は別リストに分けられて人物説明が記された。フォーシーズンズホテルでのインタビューの直後にこの別リストに記載された人物の一人が「JB・ルタガラマ」だった。「関係者：HWの件でローナン・ファローおよびリッチ・マクヒューと一緒に仕事をしているカメラマン」(注3)とある。人物説明には、ルタガラマがルワンダで生まれ育ったことが記され、「この人物に近づく方法」が調べられていた。この書類の形式は独特で、見出しには青いタイムズ・ニュー・ローマンの斜体《イタリック》が使われ、英語の書き間違いもあった。ブラックキューブのプロジェクトマネジャーがこのリストとルタガラマの人物説明を送った関係者のひとりが、ガーディアンの元記者を名乗るセス・フリドーマンだった。

19章　スパイラル

その七月、僕はオーレッタに電話を返し、ロンドンの示談の件で追加の情報を手に入れたと伝えた。何か僕たちの調査を裏付ける情報はないかとオーレッタに聞いてみたりすると驚いたことに「実はあるんだ」と教えてくれた。オーレッタは取材記録と印刷された書類と録音をすべてニューヨーク公共図書館に寄贈していた。その収蔵物は一般公開されていない。だが僕たちに見せることは可能だと彼は言ってくれた。オーレッタのファイルは大ホールの奥にある「稀覯本《きこうぼん》および手書き原稿の読書室」の中に収蔵されていた。薄暗い部屋の中に、鍵のかかったガラスの戸棚と低い机が並び、読書灯がそれをぼんやりと照らしている。この図書館には、段ボール六〇個分のオーレッタの取材記録のすべてが所蔵されている。マクヒューと僕は名前を書いて中に入り、司書が段ボールを持って来てくれた。

マクヒューと僕はそれぞれ手分けして段ボールを手に取り、ひとつひとつ中身を調べていった。オーレッタは僕たちほどの情報は手に入れていなかった。それでも、パズルの核になるピースは捉えていた。一五年前にほぼ同じ情報を追いかけていた記者の取材メモを見るのは、妙な気分だった。あのオーレッタでさえ、もう一息というところで諦めた記事があったのだ。あるノートの一ページに、ほとんど読み取れないような字でこんな走り書きがしてあった。「デビッド・カー：性的嫌がらせを確信」

＊

オーレッタが書き込んだリング綴じノートの中に、また別の手がかりを見つけた。それは、僕が摑んでいた、ロンドンの二人のアシスタントとワインスタインとのあいだに起きた事件の記述だ。

ゼルダ・パーキンスは一九九〇年代の後半にギグリオッティのアシスタントとして働きはじめた。ギグリオッティの助手になるということは、実際にはワインスタインのために働くということだ。「最初にハーヴェイと二人きりになった時からいつも、彼が下着姿か真っ裸でそこにいることに我慢しなければなりませんでした」(注1)のちにパーキンスはそう語った。しょっちゅうベッドに引き入れられそうになった。パーキンスは小柄でブロンドで年齢より若く見える。だが同時に頭が切れて、その当時からきっぱりとした物言いができた。ワインスタインに身体的な暴行を受けることはなかった。それでも、日常的に繰り返される性的嫌がらせにほとほと疲れ果てた。しかもまもなく、別の形で消耗させられることになった。ワインスタインの元社員の多くと同じで、女優やモデル志望の女性たちとの性的関係をとりもつ囮の役目をさせられるようになったのだ。「彼に女性を献上させられていたんです」とパーキンスは言う。「最初はそのことに気がついていませんでした。でも、私は囮でした」。ワインスタインからコンドームを買ってこいと命じられたり、若い女性とミーティングをしたあとでホテルの部屋を片付けさせられることもあった。

パーキンスが自分のアシスタントを雇わせてもらうことになったのは一九九八年のことだ。これでワインスタインと自分のあいだに距離を置けると思った。ワインスタインが強引に性的な誘いかけをしてくることを、応募者には警告した。「明らかに外見が魅力的な」応募者は落とした。「ワインスタインがそんな女性を絶対に放っておかないことはわかっていたから。彼の行いが止まらないことは確かでした」。パーキンスが最後に選んだのは、オックスフォード大学を卒業した「天才的に頭のいい」チューだった。チューが報復の恐れを乗り越えて、ワインスタインを実名で告発したのは、それから何年も経ってからだった。

一九九八年九月に開かれたベネチア映画祭の期間中、ホテル・エクセルシオールで、チューはワインスタインの部屋から震えて泣きながら飛び出してきた。ワインスタインがチューをベッドに押し倒して暴行しようとしたと言う。パーキンスは、ホテルのテラスで有名な映画監督と昼食を取っていたワインスタインのところに行き、彼を問い詰めた。「彼は立ち上がって、嘘八百を並べ立てました」とパーキンスは言う。「『ハーヴェイ、嘘はやめて』と私が言うと、『嘘じゃない。子供達に誓って』と彼が言うんです」

チューは「ショックのあまりトラウマ状態」にあり、怯えきって警察に行くこともできなかった。警察に行こうにも、ベネチアのリド島にいたので難しかった。「どこに駆け込んだらいいのかわかりませんでした。ホテルの警備員？」

パーキンスにできたのは映画祭の残りの期間、ワインスタインをチューと引き離すくらいだった。イギリスに戻ってから、パーキンスは事件をギグリオッティに報告し、ギグリオッティから雇用関係専門の弁護士を紹介してもらった。その後、パーキンスとチューはミラマックスを辞職し法的措置を取る旨の通知を送りつけた。

二人の辞職通知によって、ミラマックス社内は大騒動になった。社員だったウルフが当時の様子を僕に話してくれていた。ワインスタインとほかの重役たちは何度もパーキンスに電話をかけた。彼らは「ますます死に物狂いになって」、パーキンスが辞職した夜には一七回も電話がかかってきた。ワインスタインは懇願と恫喝の入り混じったメッセージを残した。「頼む、頼む、頼む、頼む、電話をくれ。お願いだ」

パーキンスとチューはロンドンに拠点のあるシモンズ・ムアヘッド・アンド・バートンの弁護士を雇った。パーキンスは当初、示談金、つまり「血塗られた金」を受け取ることを拒み、警察に行くか、ミラマックスの親会社だったディズニーに報告したいと弁護士に打診した。だが報復や波紋を懸念した弁護士たちは、どんな告発もすべてに反対し、示談と秘密保持契約しかないと助言した。最終的にふたりは二五万ポンドの示談金をふたりで半分に分けることに同意した。この示談をディズニーに隠してハーヴェイとも切り離すために、ワインスタインの弟のボブがパーキンスたちの弁護士に小切手を振り出した。

パーキンスはへとへとになりながら四日にわたって厳しい交渉をおこなったすえに、ワインスタインの振る舞いを変えられるような条件を付け加えることに成功した。示談書で、三人の「監査人」とひとりの弁護士を任命し、性的嫌がらせの告発に対応するよう義務付けた。また、ミラマックスはワインスタインが三年間または「セラピストが必要と見なす期間」、カウンセリングを受け続けるという証拠を提出することも義務付けられた。その上で、もし今後二年のあいだに性的嫌がらせで示談が発生した場合には、ミラマックスがワインスタインの行為をディズニーに報告し彼を解雇することも条件に加えられた。

ミラマックスは人事の入れ替えは行ったものの、ほかの条件については実行せずじまいだった。パーキンスは何カ月も要求し続けたがそのうち諦めた。「疲れ果てました。辱《はずかし》めを受けたんです。事件の噂があちこちで出回ってイギリスの映画界で働くのは不可能になりました」と言う。結局、パーキンスは中央アメリカに引っ越した。もう関わり合いたくなかった。「金と権力がものを言うんです。法制度がそれを許してるんですよ。ハーヴェイ・ワインスタインがずっと同じことをやり続けられたのは、それが許されたからだし、それは私たちのせいなんです。そういう文化を作った私たちの責任です」

オーレッタはこの事件のすべての詳細を摑んでいたわけではなかったが、核心部分は把握していた。僕は細かく整理された彼の取材記録を見て、埃をかぶった段ボール箱とその中に隠された古い秘密に想いを馳せ、一瞬だけこみ上げるものがあった。これほど長いあいだ踏みつけにされ隠されたあとでも、この報道はまだ死んでいないと信じたかった。

＊

テレビ放送用の原稿とNBCニュースのウェブサイトに上げる六〇〇〇字の記事を書き上げるあいだ、過去にこの事件を報道しようとした記者たちの呪いが乗り移ったような気がしていた。七月末にやっと、ハリウッド・レポーター誌の元編集長のジャニス・ミンに電話をかけた。ワインスタインの件は本物の重大ニュースだと彼女は固く信じていたが、表に出させてもらえないだろうと踏んでいた。ミンはUSウィークリー誌からハリウッド・レポーター誌に移籍した記者だが、もともとはニューヨーク州北部のレポーター・ディスパッチという地方紙の犯罪事件記者だった。「告発が真実だってことはみんな知ってるわ」ミンはそう言った。「でも誰も最後まであの報道を支えきれなかった。誰もが恐れて口を閉ざしていた」。ミンの編集長時代にワインスタインを追っていたキム・マスターズにつないでもらうことになった。

「絶対に捕えられない事件なの」電話を切る直前にミンがそう言った。「報道界の白鯨よ」

「白鯨か」その日、あとでマクヒューがメッセージを送ってきた。「見出しとしちゃ、めっちゃ最高だな」

ミンが紹介してくれたマスターズはベテランのメディア記者として広く知られる存在だった。「ベテラン」じゃなくて「古株」なだけよ、と彼女は笑いながら流した。マスターズはかつてワシントン・ポスト紙で遊軍記者として働き、バニティ・フェア、タイム、エスクァイアといった雑誌にも寄稿してきた。ワインスタインの噂は「いにしえの昔から」しょっちゅう聞いていたと言う。何年も前に一度だけ本人に直接詰め寄ったこともある。

「なんで俺のくだらない話を書いてるんだ?」ビバリーヒルズのペニンシュラホテルで昼食をとりながら、ワインスタインはマスターズに噛み付いた。「どうして俺が乱暴者だって言いふらすんだ?」

「ハーヴェイ、それはね、あなたが女性をレイプしてるって聞いたからよ」マスターズはワインスタインに向かってそう言った。

「妻以外の女性と寝ることもあるし、その件で意見が食い違って金で解決しなくちゃならんこともある」ワインスタインは声を落とした。その日は広報マンのヒルチックもそこにいた。ヒルチックは愕然としていたとマスターズは言う。ヒルチックはのちに、レイプという言葉は聞いていないと言っている。

あれから長い年月を経た今でも、何も変わっていないとマスターズは感じていた。ほんの数カ月前、マスターズはアマゾンスタジオの社長ロイ・プライスに対する性的嫌がらせの告発について報道記事を書いた。プライスはマッゴーワンの仕事を取りやめにした張本人で、昔から性的嫌がらせの噂の絶えない人物だった。それなのに、マスターズが七年間も記事を掲載し続けてきたハリウッド・レポーター誌が、今回は記事の掲載を見送ったのだ。その夏、マスターズは何とかこの事件を表に出そうとして、バズフィードに話を持ちかけ、その後デイリー・ビースト誌に記事を持ちこんだ。(注2)プライスは、ワインスタインが使っていた豪腕弁護士でゴシップサイトのゴーカーを破産に追いやったチャールズ・ハーダーを使い、これらのメディアを抱きこんだ。「いつかダムは決壊《けっかい》するわ」マスターズはうんざりした様子で僕にそう言った。

*

僕はケン・オーレッタのところに戻って、インタビューを受けてくれないかと頼んだ。同じ事件を追いかけていた紙媒体の記者をカメラの前でインタビューするのは、テレビ報道ではお馴染みの手法だった。オーレッタにとって、死んだはずの大昔の事件をほじくり返すのは、かなり勇気のいることだった。だが、僕たちが探し出した数々の情報を彼に伝え、ワインスタインの告白テープがあることも告げると、彼は協力してくれることになった。僕たちは土砂降りの嵐の中でロングアイランドのオーレッタの自宅に到着し、雨に濡れながら機材を運んだ。オーレッタはロンドン事件の示談の証拠を目にしたことをはっきりと口にし、僕たちが考えていたようにワインスタインが繰り返し金で女性たちを黙らせてきたと結んだ。数十年ぶりにこの事件を見直したのは、道義的な理由からだとオーレッタは語った。ワインスタイン事件の報道は重要なことで、「もしかしたら彼を止められるかもしれないから」と言っていた。

オーレッタは突然、指示されたわけでもないのにカメラをじっと見据えた。

「アンディ・ラックは私の友人だ。ラックに伝えてくれ。この事件を報道すべきだと。ラックならやってくれる」

「わかりました」僕はそう言った。

「NBCには証拠がある。もしNBCがこの事件を表に出さなければ、それこそスキャンダルだ」。カメラマンがハラハラした様子でマクヒューをちらちらと見ていた。NBCが必ず表に出してくれますと僕はオーレッタに請け合った。「それなら急がないと」とオーレッタが返す。「ニューヨーク・タイムズも追いかけてる――」

「そうですね」僕は言った。そして僕たちは居間の外で吹き荒れる嵐に目をやった。

＊

僕たちがオーレッタを取材した日、ダイアナ・フィリップはローズ・マッゴーワンにふたたび連絡を取っていた。「帰宅しました。素敵な夜をありがとう！」フィリップはそう書き送った。「あなたとお会いして一緒にいるといつも楽しいわ:)またすぐにそちらに伺いたいです。次回はもっと長く一緒にいられますように！」

それから要点に入った。「この間話していたローナン・ファローについて考えてたの。彼の画像が頭から離れない。すごく頭が良くて優しい人みたいね。彼の記事を少し読んでみて、その仕事ぶりに感心したわ。ご家族は問題を抱えてるみたいだけど……彼みたいに女性を支援してくれる男性なら私たちのプロジェクトにすごく役に立つと思ってる

（カンファレンスの登壇ではなくて、二〇一八年の年間活動の中で）」[注3] フィリップはそう続けた。

「打診してみたいので、彼を紹介していただける？」

20章 困惑

七月の後半に僕たちが書き上げた原稿は、無駄なくコンパクトにまとまった内容だった。例の録音テープを取り上げ、グティエレスの名前を出して彼女が協力してくれたことに触れ、マッゴーワンの顔出しインタビューとネスターの顔なしインタビューも入れた。そのインタビューに、ワインスタインの行動は社内で何度も繰り返されてきた問題だということを記述する元幹部のアーウィン・レイターからのメールを添えた。僕たちが掘り出した、ロンドンでの二件の示談の証拠もあった。いずれも複数の元社員が直接に示談交渉を見聞きしていたし、弟のボブ・ワインスタインの口座から小切手が振り出されたことも原稿に加えた。その上、四人の元社員がカメラの前で語った証言もあった。

同じ時期に、マクヒューは偶然こぼれ話を耳にしていた。アイスホッケーの試合で——マクヒューは趣味でアイスホッケーをやっていて、氷上で怪我をして会社に足を引きずってくることがよくあった——たまたま映画業界にいる友だちから、ワインスタインが理事を務めるアムファーというエイズ研究財団で、ワインスタインに何らかの疑惑が持ち上がっているという話を小耳に挟んだのだ。ワインスタインが財団の資金を流用したのではないかとほかの理事たちが疑っているらしい。ワインスタインはほかの理事たちを説得して秘密保持契約に署名させようとしていた。

「第二波かも」マクヒューからそうメッセージがきた。「ここは攻撃に出るか」

「いや、慎重にいった方がいい」と僕は返事をする。「とにかく、性的暴行の報道に悪影響が出そうなことは避けたい」

マクヒューは僕の原稿への書き込みを送ってくれたあとに、こう添えていた。「そろそろ君と法務とグリーンバーグと俺とで本音を話し合った方がいい。NBCがどのくらい本気か探らないと」

「そうだな」と僕。

「俺たち、妙に相性がいいな」とマクヒュー。「仕事がやりやすいってことより、誰かが俺たちのスキャンダルや粗《あら》を探そうにもお互いに何もないから、奴らはきっと困ってるよ」。この時は僕もマクヒューも、マクヒューの名前や撮影スタッフの名前まで報告書に記載され世界中に送信されていたとはまったく知らなかった。

それでも、この調査を終える頃には僕たちのどちらもがかならず攻撃を受けるだろうとは予感していた。ただ、その攻撃がどんな形でやってくるのかはわからなかった。

「あいつが追い詰められたら、失うものは大きいからな」とマクヒューが言う。「戦争になるぞ」

＊

七月の最終週、リッチ・グリーンバーグとマクヒューと僕は、グリーンバーグの部屋でNBCニュースの法律顧問であるスーザン・ウィーナーと膝を突き合わせて原稿を一枚ずつめくりながら中身を確認していった。以前にも僕は、問題のありそうな調査報道や訴訟に発展しそうな報道でウィーナーの力を借りてきた。彼女は健全な直感を持つ優秀な弁護士だった。終末論を唱える韓国のカルト教団の事件など、訴訟リスクの大きな報道を支えてくれてきた。NBCではもう二十数年のベテランになるが、その前はニューヨーク州都市圏交通公社の次席法律顧問を務めていた。ウィーナーは細く色白で、ちりちりのくせっ毛がぼわっと広がっていた。その日グリーンバーグの部屋で彼女はメガネ越しに原稿を見つめながら口をすぼめた。「よくこれだけ集めたわね」ウィーナーはそう言った。

「彼女にテープを聞かせられるか？」グリーンバーグは興奮を隠そうともせずにそう聞いた。グリーンバーグ自身はすでに僕の原稿に目を通し、気に入ってくれていた。この日、ウィーナーに会う前に、マクヒューはグリーンバーグに会い、ウェブで流すことを念頭に置いて通常より長い原稿を準備したいとグリーンバーグを説き伏せていた。朝のトゥデイとナイトリーニュース向けに、それを短くするのは簡単だ。

録音テープの音声が終わりに近づくと、ウィーナーの厳しい表情がほぐれて半分笑顔になった。

「すごい」とウィーナーが言う。「この情報提供者は、あなたか、法務部の誰かに会ってワインスタインの署名の入った示談書を見せてくれると言っています」僕は付け加えた。

ここまでの原稿で何か法的な問題はありますかと聞いたところ、ウィーナーはないと答えた。「次の段階はワインスタイン本人にコメントを求めることね」とウィーナーが言う。マクヒューが僕にほっとした視線を向ける。報道局の法務責任者と放送基準部門のベテラン上司がゴーサインを出してくれたのだ。グリーンバーグはウィーナーに頷いた。「その前にノアに知らせておきたい」グリーンバーグはそう言った。

＊

その日のあとになって、グリーンバーグとマクヒューと僕がオッペンハイムの部屋に集合したとき、グリーンバーグはまだ興奮して笑顔を抑えることができないようだった。オッペンハイムは原稿とウェブ用の記事と情報の一覧をパラパラとめくった。オッペンハイムの眉間の皺《しわ》が深くなる。

「まだ下書きなので。もう少し引き締めるつもりです」と僕。

「そうか」オッペンハイムがそっけなく言った。

「音声も聞いてもらった方がいいと思って」とグリーンバーグ。オッペンハイムがまったく乗り気でないことにグリーンバーグはショックを受けているようだった。「度肝を抜かれますよ」

オッペンハイムは頷いた。原稿に目を落としたまま誰の顔も見ようとしない。グリーンバーグは僕に頷きかけた。僕は再生ボタンを押して携帯を差し出した。

「いやです」アンブラ・グティエレスが言う。声を通して彼女の恐れがひしひしと伝わってくる。「信用できない」

「いつものことだ」とワインスタインが繰り返す。

オッペンハイムが椅子に深く体を埋めた。まるで自分の中に縮んでいくように。

テープが終わると沈黙が部屋いっぱいに広がった。オッペンハイムの言葉を僕たちが息を飲んで待っているのに気づいたオッペンハイムは、うんざりしたようなため息と投げやりな「あー」という音の入り混じった声を出しながら肩をすくめた。「何て言うか……」言葉を引き延ばす。「何の証明になるのかわからないな」

「体をまさぐったことを告白してるんですよ」僕が言う。

「彼女を追い払おうとしてたんだよ。あの手の女を追い払うためなら何でも言うさ」

僕は目が点になった。グリーンバーグとウィーナーも目を丸くしてオッペンハイムを見つめた。

「いいか」オッペンハイムの声にイライラが混じりはじめた。「キモいのは確かだが、ニュースにするほどのことかな」

「権力者が深刻な不適切行為を録音テープで認めてるんですよ」と僕。「複数の情報提供者から五件の不適切行為について供述を得ています。二人は実名を出していいと言っています。複数の元社員が、こうした行為が日常的に行われていたと証言しています。それに彼が署名した一〇〇万ドルの示談書も手に入れました――」

オッペンハイムが僕に向けて手を振る。「示談書は報道できるかどうかわからない」と言った。マクヒューと僕は目を見合わせた。報道機関は、たとえ守秘義務で守られた情報であっても国家安全保障やビジネスに関わることならいつも報道している。それがなぜ突然、性的嫌がらせとなると示談の条件を守らなければならないのか？

「もちろん、示談書だけが頼りではありません」と僕は言った。「ですが、こうした示談が日常茶飯事になっていることにニュース価値があるんです。フォックスの報道を見て下さい――」

「フォックスとは違うだろ」オッペンハイムが言う。「トゥデイの視聴者がハーヴェイ・ワインスタインの名前を知っているとは思えないな」そしてまた原稿に目を落とした。「それに、一体いつ放送したらいいんだ？　これじゃ長すぎる」

「以前にトゥディで七分ものの調査報道をしたこともあります。そこまで縮めることはできますよ」

「メーガンの番組ならいいかもしれないが、あれは打ち切りになるから」オッペンハイムはそう言って、この線は諦めたようだった。メーガン・ケリーはついこのあいだ日曜夜の報道番組の司会者になったばかりだったが、その仕事はまもなく終わる予定だった。

「ウェブサイトに上げればいい」マクヒューが提案した。

僕も頷いた。「記事もオンラインで公開できます」

オッペンハイムはグリーンバーグの方を向いた。「君はどう思う？」

「ハーヴェイ・ワインスタインにコメントを求めたいと思います」とグリーンバーグが

言う。オッペンハイムはウィーナーを見た。ウィーナーも頷く。「これだけの材料が揃えば、彼に連絡する段階に進んでいいと思います」ウィーナーはそう言った。

オッペンハイムが目の前のページを見つめる。

「ダメ、ダメ、ダメ」神経質な忍び笑いがオッペンハイムの口から漏れた。「ハーヴェイに電話なんてダメだ。まずアンディに持っていかないと」

オッペンハイムが僕の原稿を持って立ち上がる。話し合いはここで打ち切るという仕草だ。

「ありがとうございます。どの媒体に載せるにしろ、きっと大きなニュースになると思います」オッペンハイムが僕たちを部屋から出すあいだ、僕は急いでそう付け加えた。

マクヒューが僕に信じられないという視線を向ける。僕もマクヒューも、オッペンハイムの反応に困惑していた。

＊

その年のはじめの数カ月間は、手慣れた仕事が多かった。浮気をしている配偶者を四時間も尾行したり、心配性の母親に頼まれて気まぐれな高校生の息子を六時間も尾けたりした。オストロフスキーが頼まれた仕事をすると、ハゲのロシア人、ハイキンが約束の時給三五ドルに実費をつけて支払ってくれた。だが、夏も盛りになるにつれ、ハイキンに頼まれる仕事がどうもいつもとは違うような気がしてきた。オストロフスキーは考えを巡らせた。何でも聞かずにいられないやっかいな性格が頭をもたげた。

七月二七日の夜明け前、そうしたいつもと違う次の仕事にオストロフスキーは向かっ

ていた。到着したのは住宅街で、ハイキンの銀色の日産パスファインダーが停まってい
た。オストロフスキーとハイキンは手分けして、オストロフスキーが標的の部屋を見張
り、ハイキンが仕事場まで尾行することにした。

この新しい仕事について、ハイキンは詳しいことを話してくれなかった。依頼人から送られてきた報告書らしきもののスクリーンショットをいくつか送ってくるだけだ。画像には住所と電話番号と誕生日と経歴が載っていた。配偶者やそのほかの家族の情報もそこにはあった。最初は親権争いかと思ったが、夏が過ぎるにつれて親権争いではなさそうだと気がついた。

オストロフスキーは身を潜めて指定の住所を見張りながら、送られてきた画像をめくっていった。見出しは青い斜体のタイムズ・ニュー・ローマンのフォントで英語はどこか怪しい。それはロンドンのロープメーカー街に届いた書類と全く同じ様式だった。その詳細を読むうちに、奇妙だと思いはじめた。記者を尾行することなんて、めったにない。

21章　スキャンダル

オッペンハイムとの話し合いのあとの蒸し暑い夏の朝、僕は汗だくの人混みをくぐり抜け、アスター・プレイスにある傾いたキューブ型オブジェを通り過ぎてイースト・ビレッジに向かっていた。僕の頼みに応じて、マッゴーワンが会ってくれることになっていたのだ。マッゴーワンは、泊まっていたエアビーの部屋からパジャマ姿で出てきた。両目の下に半月型のパックをしたままだ。彼女は趣味の悪い部屋を僕に見せてくれた。壁はパステル調のピンクで、ふわふわのクッションがあちこちに置いてある。「私が飾ったわけじゃないから」にこりともせずにマッゴーワンが言う。前回会ったときよりさらに疲れてイラ立っているようだった。僕は、これまでになく強力な材料を手に入れはしたけれど、彼女の話がとても大切になると話した。マッゴーワンはカメラの前でもっと話してくれると言っていたし、NBCの弁護士の前でワインスタインを名指しすると言ってくれていたので、その通りに進めたかった。

「NBCを信用できない」とマッゴーワンが言う。

「NBCは」僕は一瞬言葉に詰まった。「慎重なんです。でも善良ですし、かならずこの事件を正しく報道してくれます」

マッゴーワンは深呼吸した。勇気を振り絞ろうとしているようだった。「わかった。やるわ」

数日後に追加のインタビューを撮影することになった。その前に、ヴァル・キルマーの代役でフロリダのタンパベイで開催されるコミコンに行かなければならないと言う。「それは楽しそうですね」そう言って、僕は外の熱気に一歩足を踏み出した。「楽しかないわよ」マッゴーワンはそう返した。

*

僕が社に戻ってカフェテリアにいた時に携帯が鳴った。グリーンバーグからだった。

「いい知らせがあります」僕から切り出した。「ローズと話して――」

「こっちに来てもらえるか？」グリーンバーグが遮った。

グリーンバーグの狭い部屋で、僕はマッゴーワンとの進展をもごもごと報告した。

「この件を上がどう見てるか、君が知りたがっているのはわかってる」とグリーンバーグが言った。あのオッペンハイムとの話し合いのあと二日とたたないうちに、僕はグリーンバーグの部屋に三度も立ち寄ってラックから何か返事があったかと聞いたのだ。

グリーンバーグはまるで何かに身構えるように一度深呼吸した。「あの件は今NBCユニバーサルが審査している」グリーンバーグは奇妙な感じで最後の言葉を口から絞り出した。まるで外国語の歌詞を諳《そら》んじるように。「ドーモ、アリガト。ミスター・ロボット」

「NBCユニバーサル」僕が繰り返す。「NBCニュースじゃなくて」

「あの件は上が預かることになった。スティーブ・バークなのかブライアン・ロバーツなのか、誰が預かったかは知らない」バークはNBCユニバーサルのトップで、ロバーツは親会社コムキャストの社長だ。「法律面で審査中だ」グリーンバーグは落ち着かない様子で、机の下で膝を揺らしていた。「おそらく過去に一度、難しい話題の放送が近づいたときに親会社の上層部の審査があった。だが、普通はめったにない」グリーンバーグはそう言った。

「何に基づいて審査しているんですか?」原稿のコピーも音声も、誰も僕のところに取りにきていない。

「知らない」グリーンバーグがポカンとしてそう言った。

NBCユニバーサルが法的な審査をしているということは、親会社の法律顧問であるキム・ハリスが見直しているという意味だ。その前年、ハリスはウィーナーと共に、トランプの「お○○こ摑み」発言のテープの審査を担当していた。しかも何年も前、僕をデイビス・ポーク法律事務所の夏のインターンに雇ってくれたのが、ハリスだった。

「僕の持っている材料をキムに送らせてください」そう持ちかけた。「録音テープも聞いてほしいですし」

「とんでもない! ダメだ!」グリーンバーグは考えたくもないというように一蹴した。まるで、僕が彼の祖父母を乱交パーティーか何かに誘ったとでもいうように。「ありえない、ダメダメ! 頼むから——ここでは手続きが重んじられるんだ。距離を置かないと。上が必要なものはすべてスーザンから送らせるから」

自分たちの弁護士とどうして「距離を置け」と言われるのか理屈はわからなかったけれど、とりあえずこう伝えた。「できる限りのことを、なるべく早く知りたいです。ローズの追加取材についてはまた適宜お知らせしますから」

グリーンバーグがぎくりとした。「この件の調査はすべて一時停止することになってる」

「リッチ。ローズを繋ぎとめておくのにこれまで苦労してきたんです。やっと彼女がもっと話してくれる気になったのに、今さらキャンセルしろって言うんですか?」

「キャンセルじゃない。一時停止だ」

「もう撮影日も決まってるんです。止めるってことはキャンセルでしょう」一時停止とは、どのくらいの期間なのかと聞いた。

「それは——すぐに再開ってわけにはいかないと思う」とグリーンバーグが言う。「私は上がどんな手続きを踏むのかまったく知らない。だが、数日では終わらんはずだ」

「リッチ。必死で確保した取材を、親会社の審査中だからキャンセルしろと命令されたなんて、人聞きが悪いじゃないですか」

「取材のキャンセルなんてよくあることだ。社外の人に理由を知らせる必要はない」

「あなたが僕とマクヒューに言ってくれたことを、上の人たちも言ってくれたら、この調査の運命が変わると思います」僕が言っていたのは、「クソったれ。奴が訴えたけりゃ受けて立つ」というグリーンバーグの言葉と、ワインスタインにコメントを求めるという彼の判断だ。あの時のグリーンバーグと今目の前にいる人間が同一人物だとは思えなかった。

「スティーブ・バークが決めることだ。アンディが決めることなんだよ」とグリーンバーグが答える。彼が僕からさっと目を逸らす。「私の意見は関係ない」。ジャーナリズムを心から気にかけていると言ったリッチ・グリーンバーグを僕は信じた。たとえ軋轢《あつれき》があったとしても彼がこの事件の報道を支え、マッゴーワンとのインタビューを続けさせ立を避けて通る人間だと言っていた。だが、同僚の何人かはグリーンバーグはややこしい対立を避けて通る人間だと言っていた。「グリーンバーグはすごく優秀だよ。自分が矢面に立たずに済む限りはね」のちにベテラン記者はそう僕に話してくれた。「誰かを怒らせそうな調査報道を押し切るような勇気はない」。今回の事件ほどたくさんの人の怒りを買う報道もめずらしい。あの日、グリーンバーグの部屋で彼がすごく小さく見えたことを今も覚えている。彼が人生の一七年間を捧げた組織の中で、手足を縛られても文句も言わず居心地よく落ち着いているその姿は、小さく見えた。

僕はムカついてこう口走った。「いいですか、ケン・オーレッタがカメラに向かって言ったんですよ。アンディ・ラック、もしこれを放送しなかったらスキャンダルだぞって」

グリーンバーグは目をパチクリさせた。「そんな映像があるのか？　原稿の中に入ってる？」

僕は困惑して彼を見た。「原稿に書いてありますよ」

「すぐに送ってくれ」

＊

本社ビルの裏口のドアを押して熱波の中に出ていきながら、僕はマクヒューにメッセージを送って、これからどうするべきかを議論した。NBCの上層部は、あのテープを聞いても、報道の全容を摑んでも、この事件にまったく興味がなさそうだった。ただひとり、本社の審査に関わりがあり僕たちが連絡をとることをグリーンバーグが許してくれそうなのは、ウィーナーだった。ウィーナーは報道部門の法務責任者でハリスの部下だ。グリーンバーグと会ったあとすぐに僕はウィーナーに電話をかけた。彼女のアシスタントは僕に立ち寄るなと言った。何時間も電話し続けてやっと、ウィーナーがメールをよこし、今は立て込んでいて連休の週末は旅行に出かけると伝えてきた。

マッゴーワンとのインタビューをどうするかは悩ましかった。「ローズの撮影がある。キャンセルできない」マクヒューはそう書いてきた。延期すれば彼女の証言のすべてを失う可能性があった。一方でグリーンバーグの命令に背《そむ》いてインタビューを強行すれば、数少ない僕たちの味方を失う可能性があった。

法務部が僕たちの電話に応えてくれないので、誰に相談したらいいかを必死で考えた。自分の部屋に戻ってから、思い切ってトム・ブロコウに電話をかけてみた。「トム、以前の約束を覚えていらっしゃいますか?」と切り出した。「例の件について本人には話さないと信じていいですか?」

「もちろんだ」とブロコウが言う。

親会社から取材にストップをかけられたことを話した。僕はインタビューと証拠の一覧をブロコウに話して聞かせた。

「間違ってる」ブロコウは言った。そして局の上層部に彼がかけあうと言ってくれた。

「君がアンディと話さなければ。あの録音テープを彼に聞かせる必要がある」

さっきグリーンバーグから頼まれた、オーレッタの取材の文字起こしを準備し、その中の「放送しなければスキャンダルになる」という部分に蛍光マーカーで印をつけてグリーンバーグに送った。それから、同じものをオッペンハイムにも転送した。

＊

数時間後、電話が鳴った。

「メール見たよ」オッペンハイムが言った。「でさぁー」イキった高校生のように語尾を引き延ばす。「もう二年半も付き合ってきたからわかってると思うけど、俺が公正に処理するってことは信用してもらえるよな。『アンディがやりたがらない』とか『俺がやりたがらない』とか、そういうことじゃなくてさ。奴が——君に言わせると『ケダモノ』だってことが証明できたら——」

「お言葉ですが、ケダモノだって言ってるのは僕じゃありません。元社員がそう訴えてますし、書面の証拠もあります」

「ああ、わかったわかった」とオッペンハイム。「君のいいたいことはわかる。もし、彼が、何でもいいけどそういうことだと証明できたら、放送しよう。ただ、そうだな、うん、穴がないか厳しく審査しないと。君が一六歳かそこらの頃から知ってるキムが審査してくれて、裁判に耐えられるだけの鉄壁な報道かを教えてくれる」

それはすごくいいことだし賛成だと僕は言った。ただし調査の邪魔は困る。マッゴーワンとのインタビューが予定されていると伝えた。

「それはダメだ、ローナン」オッペンハイムが返す。「情報提供者に秘密保持契約を破らせるよう誘導したり不当に介入したりすることが局にとって大きなリスクだとキムが判断するかもしれない。彼女が判断を下す前に焦ってインタビューなんかやっちゃいけない」

「そんなのおかしいですよ」僕は言った。「まず撮影してからあとで審査すればいいでしょう。放送しなければ訴訟リスクはないんですから」

「どうかな、俺は弁護士じゃないから」オッペンハイムが言い訳がましく言う。「法務部が不当介入だって言うなら、こっちはその意見に従うしかない」

「僕は弁護士ですよ、ノア。そんなのは正当な理由じゃありません。秘密保持契約で縛られてる情報提供者と話せなかったら、政治報道の半分は不可能になってしまう」。これは本当だった。誠実に行動している報道機関が今回のようなケースで深刻な法的リスクに晒《さら》されたというような判例はほとんどなかった。

「ああ、君よりキムの法的助言を重く見ても悪く思うなよ」。それは辛辣《しんらつ》な皮肉だった。

僕は組織人だと伝えながらも、事の深刻さを強調するにはどう言ったらいいのかを考えた。「いずれこのことは表に出ます」と僕は言った。「表に出たときに、僕たちが証拠を握り潰したのか、そうでないのかが問題になるんですよ」

長い沈黙。「言葉に気をつけろ」オッペンハイムがやっと口を開いた。「君が脅しで言ってるんじゃないことは、俺はわかってる。だが、君がこの件を表に出すと脅かしてるように受け取る人もいるだろう」。オッペンハイムの意味するところはわかったが、その言葉遣いが妙にひっかかった。だって表に出すのが報道機関の仕事じゃないのか？

「そのことですけど」僕は口を挟んだ。「ケン・オーレッタが言ってるのは、まさにその脅迫ですよ。だからグリーンバーグが僕に書き起こしを送れと頼んだんです。あなたに送ったのもそういう理由からです。僕たちが証拠を握ってることをたくさんの人が知ってるんですよ」

「そうか」とオッペンハイム。「別に握りつぶそうとしてるわけじゃない。慎重に審査しているんだ」

オッペンハイムは少し態度を和らげ、別のやり方を試そうとした。「ローナン、なあ、俺がずっと君を支えてきたのはわかってるよな。訴訟リスクのある事件をいくつも放送してきたし、自分たちの報道を曲げなかった」

「あなたが正しいことをしてくれると信じています」と僕は言った。「ただ、妙な兆候がいくつかあったので」

「一時停止ボタンを押して、しばらく見守るだけだ」とオッペンハイムが言う。「俺が頼んでるのはそれだけだ」。そんな持って回った言い回し——「一時停止」とか、「しばらく見守る」とかいった表現が馬鹿げていることは、どこかで勘づいていた。取材のキャンセルは取材のキャンセルだ。頭の中に「ダブルプラス・アングッド」という言葉が浮かぶ。オーウェルの『一九八四』で使われていた「良いの反対の二倍増し」を意味する言い回しだ。それでもこの報道を放送まで持っていくには、オッペンハイムの助けが必要だった。

僕は窓の外を見た。通りの向かいのビルの電気は消え、バレエ教室は暗くなっていた。

「電話をくださってよかった。信頼しています」僕はそう言った。

「とにかく、待っててくれ」オッペンハイムが言う。「しばらく調査はなしだ」

22章　日産パスファインダー

「口を閉じてて正解だった」マクヒューからメッセージがきた。オッペンハイムにこれ以上ゴリ押しできないことはわかった。「僕はとりあえずおとなしくして、電話でも雑用でもしながらNBCのチームに任せることにする。君も意見は言ったし」。それでも、マッゴーワンの撮影を中止しろと命じられ、僕は難しい判断を迫られていた。

「ノアはやめろと言ったんだな？」マクヒューが聞いてくる。

「ああ」

「板挟みってやつだ」

「マッゴーワンを失うリスクはあるけど、やっぱり延期した方がいいかも」そう返信した。「ノアと戦いたくない。この件をグリーンバーグに相談しても大丈夫かな？」

「どうだろう、わからんな」とマクヒュー。

リスクはあるがマッゴーワンの取材日程を変更するしかないと僕たちは諦めはじめていた。「マッゴーワンの追加インタビューがこの報道に欠かせないかどうかはわからない。だが、NBCに支えてもらうことは、ある意味で必須になる」マクヒューはそう書いてよこした。「ロスで取材することにして、時間をかせいだらどうだろう？」

僕は思い切ってマッゴーワンに電話をかけた。「少しあとの日程にしたらどうかと考えてるんですが」マッゴーワンの様子を窺いながら僕は切り出した。「ロサンゼルスのお宅に伺わせてもらって撮影してもいいですか」

電話越しに聞こえるマッゴーワンの声は小さかった。「できるかどうかわからない」と言う。「いろいろ大変なのよ」

「ちょっと、もう少し辛抱してもらえませんか」と僕。「お願いです。ほかの情報提供者のためにも。ほんの少しだけでいいんです」

「NBCがこの件を真剣に受け止めるはずがないことはわかってた」

「いえ、局は真剣です。僕も真剣です」

「わざわざそっちの弁護士と直接話してもいいと言ったのに」

「彼ら——僕らもそのつもりです。今いろいろと見直し作業中なんです」と僕が言う。マッゴーワンは何も言わなかった。「もし火曜しか空いてらっしゃらないなら、火曜にしましょう」僕は急いでそう言った。「ご心配なく」

マッゴーワンはほかの曜日を見てみてもいいと言った。だが彼女の声に不安が忍び込むのが僕には聞こえた。

数分後、ロスにいるジョナサンは電話の向こうで次第に声を荒げていた。グリーンバーグの命令なんか無視してキム・ハリスに電話しろと言う。オッペンハイムの法律論はありえないと息巻いている。素人にとって「不当介入」とは、CBSの親会社がタバコ報道を握りつぶすためにに使ったおためごかしの言い訳くらいの意味でしかない。その日、ジョナサンはマクヒューとまったく同じたとえを口にした。「この会社で『インサイダー』を見た奴はいないのか?」ジョナサンはカンカンになっていた。

＊

翌朝、キム・ハリスに何度も電話をかけたあとで、やっと彼女からメールで返事をもらった。数日間出張中だと言う。翌週には会ってもらえるらしいが、確約ではない。でもそれではマッゴーワンのインタビューに間に合わない。僕は頼み込んだ。「キャンセルしたらもう二度と話してもらえないかもしれません」そう書いた。事前にハリスに内容を確認して、僕にインタビューの内容を指示してくれればいいと提案した。初期のインタビューではチャンに指示してもらったので、同じようにすればいいと思った。それからウィーナーに電話してもう一度同じメッセージを留守電に残した。

「スーザン、取材をキャンセルすれば社の信用に傷がつきます。お出かけなのはわかっていますが、お返事を下さい。お願いします」

電話を切ると、グリーンバーグが僕に部屋へ来いと手招きした。「ところで、ハーヴェイに電話を返した」とグリーンバーグ。

「何て言ったんですか?」僕が聞く。

「法務部が記事を審査中で、今のところ放送予定はないと言った」ワインスタインがNBCの法務部に手紙を送りたいと言うので、スーザン・ウィーナーに宛ててくれと伝えたらしい。「あいつは君が自分の悪口を広めていると言い立てるかもしれない」と付け加えた。

僕は笑ってしまった。グリーンバーグは真顔だった。「当たり前ですが、僕は慎重にも慎重を重ねて彼を悪く言わないようにしていますし、中立的な質問以外はしていません」僕は言った。「僕は自分の言葉にも記事にも万全の自信を持っています」

「とにかく気をつけろ」グリーンバーグはそう言った。

マッゴーワンのインタビューについて上から何か聞いていないかグリーンバーグに訊ねてみたが、それも法務部が審査中だと言うだけだった。マッゴーワンの決意が揺らいでいること、僕がキャンセルを打診した時に彼女が引いてしまったことを、僕は考えた。

だがそれからまもなくお達しがあった。僕の懇願がうまくいったのだ。法務部は翌週のインタビューを許可してくれた。それなのに、このあいだの延期の打診が尾を引いてしまっていた。許可が降りたところで、マッゴーワンからメッセージがきた。「撮影できない。あなたの番組に協力できないわ。ごめんなさい。法律問題で攻撃を受けてる。私には手立てがないわ」

それから数時間、僕はマッゴーワンを取り戻そうと押したり引いたりしてみたが、どうにもならなかった。「手足を縛られてるの」最後に彼女はそう言った。「もう話せない」。マッゴーワンは以前にも増して取り乱しているようだった。それから数週間して、マッゴーワンの弁護士から彼女との会話の使用差し止め命令が送られてきた。

僕はすぐにグリーンバーグの部屋に行き、このことを伝えた。「なんとか彼女をこちら側に取り戻そうと思ってます」僕がそう言うと、グリーンバーグは一瞬考えて肩をすくめた。「正直なところ、彼女が出ない方が私はハラハラしなくてすむがね。彼女はちょっと何て言うか――なあ、わかるだろ」

「あと一歩でエミリー・ネスターが顔出しの取材を受けてくれそうです。もう一度彼女に頼んでみることはできます」

「ちょっと待て」とグリーンバーグ。

「もうすでに話をしてくれた情報提供者に電話するだけですよ」

「ここからは手続きに従ってくれ。新しい調査はなし」オッペンハイムの言葉をグリーンバーグは繰り返した。

＊

帰宅したところで携帯の受信音が鳴った。またお天気速報の自動受信の誘いだ。スワイプして消す。するとまた受信音。こちらは学生時代の友人からだった。僕は目をしばたいた。「外に出られないんだ、エリン」。エリン・フィッツジェラルドは金持ち相手のコンサルティングらしき仕事をやっていたが、何度説明されてもどんな仕事なのか僕にはさっぱりわからなかった。

「このところまったく見かけないじゃない。半年くらい」電話の向こうでカクテルを交わしているらしきざわめきが聞こえた。「どうしてる？」

「わかってるだろ。超特ダネを追いかけてる」

「超特ダネねぇ」

「ああ」

「今夜は来るんでしょ」。ダメだと言っても聞き入れてくれなかった。そんなわけで、僕はエリンともうひとりの友だちと、ブルックリンの混み合った屋上に腰を下ろして街並みを眺めていた。その時、その夏ほとんど外出していなかったことに気が付いた。「今やってる仕事で、すべての退路を自分から塞いでるような気分。ひとつひとつ橋を燃やしてるみたい」僕がそう言うとエリンは肩をすくめた。「ほら、こっち来て」エリンは僕を手すりぎわに引き寄せた。僕たちはキラキラと輝くマンハッタンの夜景を背にして写真を撮った。

翌日、オストロフスキーはいつものように僕のソーシャルメディアをチェックし、僕の友人や親戚の動向も調べた。マンハッタンの夜景を背にした僕と可愛い女性の写真がインスタグラムにあがっているのを見て、オストロフスキーは手を止め、ひとときホッとした。僕がやっと外出したということだ。

それまでに、オストロフスキーとハイキンは新しく頼まれた任務に取り掛かっていたが、成果はほとんどあがっていなかった。ニューヨーク・タイムズ紙の女性を数時間尾行し、地下鉄に乗っている彼女の写真を撮り、同紙の本社ビルに彼女が消えたあとは諦めた。依頼人の関心はすぐに例のテレビ記者に移った。彼も同じ件を追いかけていて、報道はまだ固まっていないようだった。

だが、このテレビ記者の尾行もなかなか難しかった。ある朝トゥデイに出演している僕をテレビで見たオストロフスキーとハイキンは、このチャンスをどう生かすかで意見が分かれた。

「おい、あいつがテレビに出てるぞ」オストロフスキーがハイキンに伝えた。「スタジオまで行く方がいい？　あいつが出てくるところを捕まえられるかも」ハイキンはそう返した。

オストロフスキーはそれも考えてみた。だがなぜかしっくりこなかった。「あそこは人でごったがえしてる。ロックフェラーセンターだからな」とオストロフスキー。「車を停める場所もない。入り口も出口も多すぎる」

それからまもなく、暑かった七月が過ぎてさらに暑い八月が訪れた頃、僕は朝に自宅アパートを出て道路のちょうど反対側に停まっていた銀色の日産パスファインダーの横を通りすぎた。その中に男性が二人座っていたのを思い出したのは、しばらくあとになってからだ。ひとりはスキンヘッドの痩せた男性。もうひとりは小太りでくるくるの黒髪だった。

＊

その年の春と夏、性的嫌がらせと性暴力のニュースが見出しを飾る回数がますます増えていった。フォックスニュースの新たな事件も報道された。トランプ大統領への視線も厳しくなった。性差別を扱った僕の報道に賛同してくれた女性権利活動家たちからの問い合わせにも、僕は対応しはじめた。オストロフスキーとハイキンが、これからNBC本社付近で僕を待ちぶせた方がいいかどうかを話し合っていたちょうどその頃、ある資産運用会社での女性の権利推進運動を説明するメールが僕の受信箱に届いた。そのメールに、翌週僕に会いたいと書いている。僕はざっと見ただけで返信せずに次に移った。

「男性でありながら男女格差の解消を唱えている貴殿のお仕事ぶりに非常に感銘を受けました。貴殿が私たちの活動に加わって下さることは何ものにも代えがたい価値があると信じます」(注1)そう書いてよこしたのは、ルーベン・キャピタル・パートナーズのダイアナ・フィリップだった。

23章　キャンディ

八月の第一週目に、本社ビルの上階にある日当たりのいい重役階にあるハリスの部屋を訪ねた。部屋に入ろうとするとちょうど母から電話がかかった。電話には出ずに母にメッセージを送る。「これから親会社の弁護士とのミーティングなんだ。うまくいくよう祈ってて」。僕は上司の頭越しにハリスに連絡し、ハリスはほかの誰もメールに加えていなかった。だが数分後にグリーンバーグがやってきて、それからウィーナーが加わった。

ウィーナーとハリスはまったく違うタイプの女性で、対照的と言ってもいいほどだった。ウィーナーは口数が少なく官僚的。ハリスは堂々としてカリスマ性たっぷり。ハリスはアイビーリーグの一流大学を最優秀の成績で卒業し、またもや最高峰のアイビーリーグの大学院で法学の学位を取得した、文句のない経歴の持ち主だった。その上、オバマのホワイトハウスで働き、名門弁護士事務所のパートナーに上り詰めていた。そこにいた社のベテランの誰より頭の回転が速く、堅苦しい形式にはそれほどこだわらなかった。大柄で温かい雰囲気を漂わせ、いつも笑顔だった。弁護士としてのハリスは無敵で、いつ仕事をしているのかわからないほどさりげなかった。

ハリスは原稿のコピーを取り出して、言葉遣いについていくつかちょっとした意見を述べた。それからこう言った。「あと、不当介入で訴えられる可能性はあるわね」。僕は表情を変えなかった。親会社の法律顧問に判例を説いて聞かせるつもりはなかったが、彼女の言い分はデタラメだとわかっていた。

それでも、ハリスと話せてとりあえずほっとした。法的な見地からの彼女の意見は――報道局の編集判断はともかく――、撤退しなくていいというものだった。ここで話し合った修正を入れたあと、次の原稿を見たいと彼女は言った。

数時間後、社から出る時にウィーナーにばったり出くわした。ロビーの回転ドアに外の雨が打ちつけている。驚いたことにウィーナーは意味深な視線をじっと僕に向けてこう言った。「やり続けるのよ」

＊

僕とマクヒューは昼も夜もますますワインスタインの調査に没頭するようになり、僕は例のおじゃんになった外交本を最後まで書き上げることも新しい出版社を探すこともなかなかできなかった。現在存命中の国務長官は全員、僕の本のために報道を前提とした取材を受けてくれることになったので、僕はテレビの撮影を終えてから大急ぎで国務長官との取材に向かう日々を送っていた。僕が国務省で働いている時代からこの本のことを知っていたヒラリー・クリントンも、早くから熱心に取材に応じると約束してくれた。「ありがとう。友人のあなたからお便りをいただいてうれしいわ。本の完成が近づいていると知って喜んでいます」(注1)ヒラリーは七月にそう手紙に書いてくれた。彼女からの手紙は高級な型押し用紙に、まるでニューヨーカー誌の見出しか、人気のシューティングゲーム『バイオショック』の小道具のような、丸っこいアールデコ調のフォントが印刷されていた。とても優雅で、ウィスコンシンでは受けそうもない代物だった。それから何度か電話とメールでやりとりしたあとにやっと、その月に取材させてもらえることになった。取材日はヒラリーの最新の回想録の宣伝ツアーの前と決まった。

ハリスと会った日の午後、土砂降りの中を戻ってきて局の建物の玄関を入ったところで、電話が鳴った。クリントンの広報担当者のニック・メリルからだ。外交本の話を少し交わしたところで、メリルがこう切り出した。「ところで、特ダネを追いかけていると聞いたよ」

僕はロビーの椅子に座った。「ニック、僕はいつでもたくさんのネタを追いかけてますよ」

「私の言いたいことはわかるだろ」とメリルが言う。

「僕は何も話せません」

「ああ、わかってると思うが、私たちは心配してるんだ」

雨の雫が首に流れるのを感じた。「この件をどなたから聞いたのか教えてくださいますか?」と聞いてみた。

「たぶん、オフレコでなら。飲みながらね」とメリル。「噂になってる、とだけ言っておこう」

僕がクリントンの取材の件に話を戻すと、ヒラリーは「回想録の宣伝ですごく忙しいんだ」と返された。だからこそ宣伝ツアーの前に取材する予定を組んだんですよね、と僕が言う。「さっきも言ったが」これまでそんな話は聞いてなかったとでも言うように、メリルは話した。「すごく忙しいんだよ」。その後数週間にわたって取材日を決めようと申し込むたびに素っ気なくかわされた。ヒラリーは突然都合が悪くなってしまったのだ。「足を怪我した」「疲れきっている」と断られる。それなのに、その頃政界でもっとも頻繁にインタビューに応じていたのはヒラリーその人だった。

のちに、ヒラリーが突然都合がつかなくなったのは単なる偶然だとメリルは平身低頭で謝った。だが、どんな事情があったにせよ、不吉な予感がした。またひとつ扉が閉ざされて、ワインスタイン以外の僕の人生が縮んでいくようだった。ひとつのパターンが出来上がっていることに気づかないわけにいかなかった。上司に追加の材料を報告するたびに、噂が外に広がっていく。マクヒューと僕は情報提供者を守れるかどうか心配だった。

「クリントンに漏れてるってことは、ハーヴェイには全部漏れてるってことだ」マクヒューが頭を捻る。

「クソっ。でも上が漏らしてるなんてこと——」僕が答える。

「どうかな、わからん」とマクヒュー。「それが問題なんだ」

この件への圧力が強まるにつれ、マクヒューと僕のあいだにひびが入っていった。お互いへのやりとりが辛辣になっていく。マクヒューはハリスとの話し合いに呼ばれなかったことにムッとして、僕の忠誠心が誰に向いているのか疑問に思いはじめていた。

「単独行動なんて変だな」とマクヒューは言った。僕はただハリスと一対一で本音で話し合う機会が欲しかっただけで、グリーンバーグが来ることは知らなかったと説明した。

「孤立させられたくないってだけだ」マクヒューは心配そうに言った。

＊

八月のある日、僕がいつもより早く帰宅すると、白髪でエラの張ったアパートの管理人が建物の入り口のひさしのところで僕に近づいてきた。管理人はイラついていた。

「今日外にいた男たちは知り合いかね？」アルバニア訛りでそう聞いてきた。

「どの男たちです？」僕が聞き返す。

「ほら、二人組だよ。車に乗ってた。横でタバコを吸っている。しょっちゅうだ」

僕は前の道を端から端まで眺めてみた。誰もいない。

「どうして僕を待ってたと思うんです？」

管理人はぐるりと目を回した。「ローナン、あんたしかいないだろ。あんたが引っ越してきて、そこらじゅうに住所が出回って、こっちは平穏じゃなくなった」

たまたま暇なゴシップ誌の記者が来ただけだろうと僕は請け合った。「もしまた来たら、僕がコーヒーでもおごってどこかに行ってくれと頼みますよ」。管理人は首を振りながら、疑わしげに僕を見た。

＊

NBCが望めば、さらに材料を集められることは明らかだった。「顔出しでインタビューを行うことを考えてくださっていましたよね。勇気がいるのはわかります」親会社の審査が進むあいだ、僕はネスターに電話でそう伝えた。「あなたに負担をかけるのは申し訳ないのですが、顔を出していただけるとすごく助かります」

「今仕事を探してるんです。できるかどうか」ネスターが言う。

「この取材が大きな分かれ目になるので、お願いしてるんです」

ネスターはしばらく考えていた。「もしそれほど大切なら、考えてみます。いいですよ」

上司の反応は奇妙だったが、マクヒューと僕は取材を続けた。マクヒューが調査のためにあちこちのブラウザをクリックしているときちょうどグリーンバーグがそばを通りかかった。僕は夜更かしして世界中のあちこちにいるワインスタインの元社員に電話をかけまくっていた。一時停止を解除してもらうには、何らかの大きな突破口が必要だった。

＊

ある朝、アパートを出ようとして外の車に気づいて立ち止まった。銀色の日産パスファインダーだ。以前にも同じ場所に停まっていたのを確かに見た気がする。同じアパートの住人たちは陽の光の中に歩き出していく。僕に似た隣人が微笑みながら僕を追い越していった。僕は、まさかと思いながらそこに突っ立っていた。男二人がコロンバス・サークルの近くに週に数回車を停める理由なんて数えきれないほどある。僕は自分にそう言い聞かせた。それでも家で仕事をした方が安全だと思い、部屋に戻った。

グリーンバーグから電話がかかってきたのは正午を数分過ぎた頃だった。

「原稿はどうだ?」グリーンバーグが聞く。ハリスの具体的な指示に従って書き直しているところだった。

「鉄壁です」と答える。「当然ですが、情報提供者からの電話には引き続き応じています」

「法務から電話があって、調査を中断してほしいそうだ」グリーンバーグが言う。

またか、と思った。

「なぜですか?」と聞いた。「ローズのインタビューは許可してもらったので、調査は続けられるものだと――」

「だめ、一時停止だ。本の方はどうなってる? インタビューは進んでるのか?」

それまでグリーンバーグが僕の本に興味を示したことなど一度もなかった。数分間コンドリーザ・ライスの話をしたあとで、僕は切り出した。「リッチ、調査を止めるって話ですけど」

「もう行かないと」グリーンバーグが遮った。「父に会いに行くのに飛行機に乗らないと。週末はずっと出かけてる。来週話そう」

電話が切れた。

「グリーンバーグから電話があった」マクヒューにメッセージを送った。「法務部からストップがかかった。新しい調査はだめだって。気をつけて」

「クソっ」と返事がきた。「なぜだ?」

筋が通らなかった。この件に前向きじゃないのはまだわかるとしても、調査を止めろと命令されるのは、報道の観点からも法律の観点からも理屈に合わない。僕はグリーンバーグにもう一度電話した。

「リッチ、たびたび邪魔をして申し訳ないんですが、何らかのきちんとした説明がほしいんです。法務部は具体的に何て言ってるんですか? 法務部の誰ですか? なぜですか?」

「わからん。私は弁護士じゃないからな。もう出かけなくちゃならない。飛行機の時間があるから」グリーンバーグはそそくさとそう言った。そして申し訳なさそうに付け加えた。「すまんな」

僕が口を開くと同時にグリーンバーグが電話を切った。話せたのはわずか三七秒だ。

僕は部屋の中をうろうろと歩き回った。ハリスに電話をして緊急だと伝えたが返事はなかった。携帯の着信音が鳴った。ルーベン・キャピタル・パートナーズのダイアナ・フィリップからまたメッセージが届いていた。男女格差について僕が書いた記事のことでお会いしたいという依頼だった。

その午後、アパートを出ようとして、ビルの正面玄関の隅からさっき車が停まっていた場所を見た。誰もいなかった。「アホか、思い過ごしだ」そうつぶやいた。それでも、念のため警戒を続けた。僕は手書きの機密情報を暗記していった。新しい文書は貸金庫に移すことにした。そして最後に、元内部告発者のジョン・タイに相談した。タイは政府の監視システムを告発し、ウィッスルブロワー・エイドという非営利の弁護士事務所を設立していた。タイは暗号化されたメッセージアプリだけを搭載したiPod Touchを僕のために準備してくれ、現金払いでワイファイのホットスポットを通じてインターネットにつながるようにしてくれた。アカウント番号は匿名で登録されていた。僕の名前は「キャンディ」だった。

「マジですか」まさか、という感じで僕は言った。

「名前を選ぶのは俺じゃない」タイが真顔で言う。

「中西部の田舎からロスにやってきたうぶな女の子みたいじゃないですか」

「名前を選ぶのは俺じゃない」

24章　一時停止

「この電話をずっと待ってたわ」はっきりとしたイギリス英語が聞こえた。二〇一〇年からワインスタインのもとで働いていたアリー・カノーサは、女性をおびき寄せるために日常的に囮ミーティングがお膳立てされていたとすぐに明言した。それだけではなかった。「私はハーヴェイ・ワインスタインに性暴力を受けました」と言う。「何度もね」。僕は思い切って手の内を見せた。カノーサに僕が持っている情報を伝えたのだ。「あぁ、何てこと」カノーサは今にも崩れ落ちそうになった。「いよいよ表に出るのね」カメラの前でインタビューに応じてくれるかと訊ねると、怯えてはいたものの考えてみると言ってくれた。「力になりたいの」と言う。「まずは話しましょう」。ロサンゼルスで僕に会ってくれることになった。その週末なら空いていると言う。情報提供者がそんなチャンスを与えてくれるなら、乗らない手はない。

とりあえず飛行機の予約を取ろうと思ったが、そこではたと立ち止まった。今は木曜の午後。週末にカノーサに会うには、すぐに飛行機に飛び乗らなければならない。だが、今しがたグリーンバーグから調査を止めろと命令されたばかりだ。今回は法務部のお達しだと言う。

マクヒューはまたもや、許可なしでも事後報告で許しを乞おうと提案してきた。「誰にも言わずに会う約束を取り付けて、この週末に彼女に会って話せば、カメラの前でインタビューに応じてもらうよう説得できるかもしれないじゃないか。もし事前にお伺いを立てたら、止められる。これからすべて上が決めることになっちまう」。とはいえ、この春からやってきたように、目立たずに立ち回るくらいならまだいいが、上司の命令に真っ正面から背くのは、いかんせんやりすぎのように思えた。僕はウィーナーに電話して、この取材が重要であることを伝えた。それからメールを送って調査を継続させてほしいと頼み込んだ。

誰からも返信はない。「おそらくみんなで話し合ってるはずだ」マクヒューからメッセージが入る。「すべて追い払おうとしてるんだ」

僕は一日待って、ロス行きの飛行機を予約した。

＊

翌朝もまた雨だった。灰色の小雨が降りしきっている。僕がスーツケースに洋服をぐちゃっと放り込んでいる時、会社にいるマクヒューから電話がかかった。「昨日、グリーンバーグが飛行機に乗るところだって言ってなかったっけ？」マクヒューが聞く。ひそひそ声になっている。

「ああ」と答えた。「急いで電話を切られた」

「妙だな」とマクヒュー。「ここにいるぞ」

「フライトが欠航になったとか？」

「そうかも」

グリーンバーグから電話が入った時、僕は車の中にトランクを入れようとしていて電話を取り損ねた。グリーンバーグからメッセージが入る。「至急電話をくれ」

「こんにちは。今空港に向かっています」グリーンバーグに電話してそう伝えた。

「何だと？」心臓が口から飛び出しそうな勢いでグリーンバーグが聞く。「スーザンも電話に入ってもらわないと」。ウィーナーが電話に出て、ゆっくりと注意深く話しはじめた。「今週末の取材についてのあなたのメールをこちらで話し合ったわ。社としてはすべての調査と情報提供者との接触を一時的に停止することを望んでいるの」

「情報提供者との接触もすべてですか？」信じられなかった。今ここで行われている会話の重さを僕は感じていた。ただお互いに話をしているというよりも、いつの日かこの決定を検証するであろう人々に向かって話しているような感覚を少しだけ味わっていた。僕はその重みを感じたが、一方では自分を美化しすぎかもしれないとも思った。だが、その感覚が僕に奇妙な力を与えてくれた。彼らが口には出さずに僕に「空気を読んでほしい」と願っていることを、はっきりと彼らの口から言わせようと僕は粘った。

「理解できないんですが」僕は聞き続けた。「今回の報道や僕の行動に問題があるという人が、どこかの時点でひとりでもいたんでしょうか？」

「いや、そうじゃない」グリーンバーグが言う。

「ある権力者から性暴力を受けたという重大な告発に、ニュースとしての価値がないということですか？」

「それは――私より給料の多い人間が決定することだ」グリーンバーグが苦し紛れに答えた。

「わかりました。でしたら、この命令はどこから来てるんですか？　法務部のお達しですか？」僕は聞いた。

沈黙が流れる。その沈黙が永遠に続くように思われた。

「そうじゃなくて――」ウィーナーが口を開く。

「ノアじきじきの命令だ」グリーンバーグがそう遮った。

「では、調査を止めろというのは法務部の決定ではないんですね？」

「ノアが調査を止めて情報提供者と接触するなという決定を下したんだ」

「調査を続けることで僕たちにどんな危険があるのかについて、法務部の完全な見解と助言をまだ誰からも説明してもらっていません。ノアは理由をきちんと説明しましたか？」

「そうね、あの、私の立場で推測するとしたら――」ウィーナーがしどろもどろで話しはじめた。「えっと、あー、今ある材料をきちんと精査してからでないと、そう、あれ、新しい調査に取りかかれない、ということじゃないかと思うけれど」。ウィーナーはまるで発掘されたばかりの楔形文字を解読するかのように、言葉をつないでいた。

「今回は新しい取材じゃありません」カノーサと会う件について僕は頑固にそう言い張った。「以前から予定されてたんです」

携帯が振動した――マクヒューからの電話だ。電話はとらずにメッセージを送る。

「今グリーンバーグとウィーナーと話してるところ」

「俺も入った方がいい？」マクヒューから返信がきた。ありがたい救援隊。

「グリーンバーグの部屋に顔を出してくれる？」僕はそう返事を書いた。

「ノアの指示だから、情報提供者とは一切会うべきじゃないな」グリーンバーグが言う。マクヒューからまたメッセージ。グリーンバーグの部屋に入ろうとしたが手を振って追い返されたらしい。救援は届かなかった。

「情報提供者が僕に連絡してくるのは止められません」とグリーンバーグに訴える。

「それはわかってる」とグリーンバーグは言った。

一時停止の命令に従うかどうかについて僕は何も言わず、「もし」カノーサと何らかの連絡を取った場合にはその内容を彼らに報告し続けることには合意した。こんな経験ははじめてだ。僕からは情報提供者には連絡しないと嘘をつき、情報提供者からの連絡を拒んでいるふりをするなんて。

「彼女はカメラの前で取材に応じてくれる可能性が高いと思います。もし彼女がやってくれるなら、是非進めたいのですが」と僕。

「それは――その件はノアに聞いてみないと」とグリーンバーグが答えた。

僕はクラクラしながら電話を切った。ジョナサンに電話する。

「狂ってる」とジョナサンが言う。

「またひとつ取材をキャンセルするなんてリスクは取れないよ」と僕。

「君とマクヒューでお互いに備忘録を書いておいた方がいいな。この件に関するすべてのことを詳しく書き出して、リアルタイムでお互いに送信しあっておかないと。あいつらの言ってることはクソ犯罪だぞ」

車の窓から外をのぞくと、ジョン・F・ケネディ空港の外で車が鈴なりになって大渋滞しているのが見えた。「大丈夫さ」ジョナサンが言う。「そのまま進み続けて、取材を続ければいい」

「言うは易しだけどさ」と僕は返した。「上はこの件で僕におかんむりだよ。このままだとクビは近いな」

「構うもんか！　見てみろよ！　あの電話にいた誰も責任を取りたがらないじゃないか。明らかに悪いことしてるってわかってるからだろ。まるで『オリエント急行の殺人』の逆バージョンだな。全員がこの一件を殺したがってるのに、誰もとどめを刺さないんだから」

＊

本社ビルでは、マクヒューがまだグリーンバーグの部屋の外をうろついて、もう一度ノックしてみた。

「どうなってます？」

「今ある材料を見て法務部が審査するあいだ、調査を止めろとノアが言ってる」グリーンバーグはマクヒューに告げた。

「理解できません」マクヒューはそう返した。

僕との電話でグリーンバーグは何の説明もしてくれなかったし、マクヒューにもしなかった。ワインスタインの弁護士の名前をずらずらと早口で挙げただけだ。チャールズ・ハーダー、デビッド・ボイーズ、そしてここでマクヒューがはじめて聞いたラニー・デイビス。「この中の誰かを怖がってるわけじゃない」グリーンバーグが付け加えた。「ただ、今はこの件で誰にも連絡するなと言ってるだけだ」。僕と同じように、マクヒューも、入ってくる電話を止めることはできないと告げ、それ以上は言わなかった。

＊

僕がジョン・F・ケネディ空港に到着したところで、カノーサから電話があった。声が怯えている。「本当にこっちに来るつもり？」と聞いてきた。僕は一瞬足を止めた。旅行者たちが重い荷物を引きずりながら急ぎ足で僕を避けていく。「行かない」と言えたらどんなに楽だろうと思った。上司の命令に従って、グリーンバーグやオッペンハイムとの関係を守れたら楽なのに。

「ローナン？」カノーサが聞き直す。

「ええ、はい、伺います」そう伝えた。

飛行機の中で、僕のナレーション部分の言葉の選択や、音声部分の編集についてマクヒューと意見を交わしながら完成原稿を仕上げていった。法務部が見直して許可した部分も削り落としたが、それでも衝撃的な内容になった。パニック状態で逃げようとするグティエレスに向かって「いつものことだ」と言うワインスタインの音声を冒頭近くで流す。「NBCニュースはニューヨーク市警による捜査中に録音されたテープを独自に入手しました」僕のナレーションが入る。グティエレスの名前を出し、彼女の事件を詳細に描き、僕がまとめを話す。「NBCニュースはさらに、ワインスタインのもとで働いていたあいだに性的嫌がらせを受けたと告発する四人の女性に話を聞きました。一九九〇年代の終わりからつい三年前のあいだに起きた事件についての告発です」。ネスターのインタビューと彼女の証言を裏付けるレイターからのメッセージが映され、ワインスタインの不適切行為を直接見聞きした元重役たちの音声が流れる。

この原稿に僕の言葉で上書きを書いた。NBCの上層部にカノーサとのインタビューの件が伝わることを願っての上書きだった。

リッチへ

キムとスーザンの懸念点とあなたのご意見を正確に反映して、原稿を手直ししましたのでご覧下さい。

お知らせしておきたいのですが、もうひとり、直接に性暴力を受けたことを告発している元アシスタントがいます。彼女の訴えは信用できますし、我々の調査に関係のある文書を保有しているとも言っています。彼女は今回の報道に協力する意思を示しており、どのような形でそれを行うかを考慮している段階です。

ローナンより

そのメールをグリーンバーグとウィーナーに送ったあと、僕はそわそわして落ち着かなくなった。座席のボタンを押して背もたれがどこまで倒れるかを何度も試してみた。外の世界は高速で動いているのに、僕たちはぼーっと突っ立っているだけに思える。僕が飛行機の中にいるあいだに、フォックスニュースの司会者のエリック・ボーリングがわいせつなメッセージを同僚に送ったという告発をハフポストがすっぱ抜いていた。(注1)この記事に使われた告発はすべて匿名の情報提供者からのものだった。僕たちの報道原稿ではあり得ないことだ。ロサンゼルス記者クラブが主催する「真実の語り部賞」の初代受賞者に、「社会的議論と文化啓蒙《けいもう》に貢献した」ハーヴェイ・ワインスタインが選ばれたとハリウッド・レポーター誌が報じたのは、その日の午後だった。(注2)

25章 パンディット

アリー・カノーサと会ったのは、サンセット・ブルバードの東側の外れにあるレストランだった。カノーサは背筋をピンと伸ばして、体中の筋肉という筋肉をこわばらせていた。ワインスタインについて話してくれた多くの情報提供者と同じで、彼女もたいていの場所では目を引くほど美しいが、ハリウッドではどこにでもいそうなタイプの女性だった。

カノーサはどうすべきかまだ悩んでいた。ワインスタインの会社に入る条件として秘密保持契約に署名していた。今も映画プロデューサーとして独り立ちしようとしているところで、報復を心底恐れてもいた。ワインスタインが手を回せば誰からも雇ってもらえなくなる。その上、性暴力の被害者特有のためらいもあった。カノーサはかさぶたになった傷を抱えて、痛みと共に生きるすべを学んでいた。父親にも恋人にもこのことを打ち明けていなかった。一度だけ勇気を振り絞ってセラピストに相談したが、「ワインスタインの映画の上映会でそのセラピストを見かけた」と言う。「ハーヴェイの映画の出資者のひとりだったの」

カノーサがワインスタインに出会ったのは一〇年ほど前になる。ソーホーハウスという会員制クラブのウェストハリウッド支部でイベントプランナーとして働いていた時だった。ワインスタイン・カンパニーのイベントを彼女が担当した時にワインスタインから目をつけられた。ワインスタインはカノーサをじっと見つめ、名刺を手渡した。ワインスタインはまるでストーカーのようにカノーサを尾け回し、会いたい会いたいと何度も要求してきた。気味が悪いと感じたカノーサが返事をしないでいると、ワインスタインはソーホーハウスに掛け合って、次のイベントについて話し合いたいという名目で正式なミーティングを申し込んできた。

モンタージュホテルでの真っ昼間の打ち合わせはスイートルームへと移動になった。ワインスタインはいつものように彼女に仕事を助けてやると約束し、それから言い寄ってきた。「君は女優になるべきだ」ワインスタインはそう言った。「顔がいい」そして「キスしてくれないか?」と聞かれたのでカノーサは嫌だと言ってあわてて部屋を出た。

ワインスタインを無視しようと努力したが、ワインスタインはしつこくつきまとい、カノーサはもし突っぱねたら将来に支障が出るのではないかと恐れた。そしてもう一度会うことに同意した。ホテルのレストランで夕食をとっているとき、エバ・キャシディのカバーする『枯葉』がスピーカーから流れてきた。カノーサがキャシディの人生について話をするとワインスタインはキャシディの伝記映画を作ろうと提案し、カノーサに手を貸してくれと言った。食事が終わるとワインスタインはカノーサの手を摑み、外階段の手すりに彼女の体を押し付けて、手にキスをした。カノーサは恐れで凍りついた。だがその後、ワインスタインは「大げさに謝った」とカノーサは言う。「友だちになれるよな」ワインスタインはそう言った。「本当に君とこの映画を作りたいんだ」。ワインスタインは知り合いのベテランプロデューサーと打ち合わせの段取りをつけ、まもなく権利保有者に会い、脚本について意見を交換した。

「両親に電話して『どうしよう、すごいことになったの。ハーヴェイ・ワインスタインに映画制作を手伝ってほしいと言われたわ。私がその映画のアイデアを出したのよ』なんて浮かれてた」カノーサは言う。「うぶすぎるわよね。話してるだけで恥ずかしくなる。でもあの時は『夢がかなった！』と思ったわ」

＊

カノーサがここまで話そうと覚悟するには、時間がかかった。レストランで会ったあと、目立たない場所の方が落ち着くと彼女が言ったので、ウェストハリウッドにあるジョナサンの家に向かった。その後何度か、ジョナサンの家に情報提供者がやってきて、動揺しながらも話をしてくれたが、カノーサはその最初のひとりだった。僕の母がジョナサンにプレゼントしたゴールデンドゥードルが、話を続けるカノーサのそばで体を丸めていた。犬の名前はパンディットだ。

ワインスタインのもとで働きはじめた最初の年、カノーサは何度も性的な強要を撥《は》ね除けようとした。キャシディの伝記映画のミーティングの最中に、ワインスタインは何気ない感じでホテルの部屋に上がって何かを取ってこないといけないと言った。「昼下がりくらいだったの。別に何も考えなかった」。部屋に入るとワインスタインはシャワーを浴びると告げた。「俺と一緒に入らないか?」と誘われた。

「嫌です」とカノーサが言う。

「シャワーに入るだけでいいんだ。別に――セックスしたいわけじゃない。俺と一緒にシャワーに入ってほしいだけだ」

「お断りします」とまた言って居間に向かった。バスルームからワインスタインが大声で、「それじゃあマスかくからな」と告げ、カノーサが目を逸らすとドアを開いたままで実際にやりはじめた。カノーサは動転してホテルの部屋を出た。

また別の時には、ミーティングのあとワインスタインが上着を置いて出て行き、カノーサに預かっておいてくれと頼んだ。ポケットの中に注射針の箱があった。グーグルで検索して見ると、勃起不全の治療のためのものだった。ミーティングの前からセックスのために準備しておいたのだと思い、カノーサは動揺した。

その頃、カノーサはすでにワインスタインの映画制作の仕事に就いていた。彼女の仕事人生がワインスタインを中心に回っていたのだ。二人のあいだには歴然とした力の差があり、ワインスタインの性的な嫌がらせによって関係が捻《ねじ》れてはいたが、本物の友情も芽生えていた。その夏、たくさんの仕事仲間と夕食を共にしていた時、ワインスタインは、ディズニーがミラマックスを売却するというニュースにショックを受けて泣いていた。そしてまたもやカノーサにホテルの部屋に来てくれと頼んだ。いやですと断るとわめき散らした。「俺が泣いてる時に断るんじゃない、クソッタレが」。カノーサは折れて部屋に行ったが、何も起きなかった。ワインスタインはただメソメソと泣いていた。「幸せを感じたことがないんだ」とワインスタインは言った。「君は僕の親友だ。いつも僕の味方だ」。友だちだと言うことは一線を越えないということだろうとカノーサは期待した。

「でもその次に」そう言いながら、カノーサは泣きはじめた。「彼は私をレイプしたんです」。はじめの暴行は、ミーティングのあとで、ホテルの部屋で起きた。キャシディのプロジェクトについて話し合ったあと、脚本の中のあるシーンが名作映画のある場面を思い起こさせるとワインスタインが言い、ホテルの部屋でその場面を見てくれと彼女に頼んだ。その時までにワインスタインはこれまでの強引な行為について深く謝っていたし、何よりも彼は上司だった。「上手くあしらえると思ったの」とカノーサは言う。ホテルの部屋の中で、テレビは寝室にしかなかった。彼女はベッドに腰掛け、気まずい感じで映画を見ていた。「彼がにじり寄ってきたので、やめてくれと言った。また寄ってきたので、やめてと言った」。ワインスタインは怒り、攻撃的になった。「アホみたいな真似はやめろ」ワインスタインが怒鳴る。彼はトイレに入って、数分後に出てきた時にはバスローブ姿になっていた。そしてカノーサをベッドに押し倒した。「やめてと何度か言いましたが、体を押し付けてきたんです。叫んだりはしませんでした。でも、『やめてほしい』とはっきり言いました。それから私の上に覆いかぶさってきました」

それからしばらくのあいだ、自分がどうしていたら違う結果になっただろうとくよくよ考えた。「当時の私は頭の中で、十分に抵抗しなかった自分を責めた」カノーサは最後にはやめてとも言わなくなった。「ただ感覚を失ってたの。泣きもしなかった。天井をじっと見上げていただけ」。部屋を出てからやっと涙が出はじめ、止まらなくなった。ワインスタインはコンドームを使わなかった。気味の悪いことに、数カ月前、ワインスタインは彼女にパイプカットを受けたと言っていた。それでも、性感染症を移された可能性もあると思い、背筋が寒くなった。恋人に打ち明けようかとも思ったが、羞恥心が大きすぎた。「思い返せば、蹴《け》ったり叫んだりして自分を引きずってでもなんとか警察に行けばよかった」

そう話しながらカノーサが泣き崩れると、パンディットが心配して飛び上がり、カノーサの顔を舐めようとした。カノーサが笑い、張り詰めた雰囲気が緩んだ。「こんな優しい犬ははじめてよ」とカノーサが言った。

カノーサはワインスタインのもとで働き続けた。「私は弱い立場だったし、仕事が必要だった」。その後、ほかの制作会社をクビになり、ワインスタイン・カンパニーと正式に契約を結んで、『アーティスト』と『マーガレット・サッチャー　鉄の女の涙』の賞レースに向けた広報活動の仕事を請け負った。

ワインスタインは相変わらずひどい振る舞いを続けていた。ある時は整骨医についてくるようカノーサに命令し、悪化していく坐骨《ざこつ》神経痛の治療を彼が真っ裸で受けるあいだ、同じ部屋で待つように言われた。また、坐骨神経痛がひどくなると、太ももをマッサージしろと命令されることもあった。彼女が断ると、叫びはじめた。「何様のつもりだ？　なぜできない？　なぜだ？」

「安心できないからです。私はあなたの部下なんですよ」

「ふざけんな、アリー！」ワインスタインが叫ぶ。「太もものマッサージくらい何てことないだろ！」

「嫌です」

「なら今すぐ出て行け！　死ね！　ファック、ファック、ファック！」

ネットフリックスの『マルコ・ポーロ』の制作現場でカノーサが働いていた時、ワインスタインがマレーシアの撮影現場にやってきて、怒りをぶちまけた。監督やプロデューサーとの夕食の席で、ワインスタインは同僚たちの前でカノーサに自分のホテルの部屋に来いと命令した。彼女が従わずに自分の部屋に戻ると、彼のアシスタントから一斉射撃のようなメッセージが繰り返し届いた。「ハーヴェイがあなたに会いたがっていますす。ハーヴェイがあなたに会いたがっています」。避けようとしても避けきれないこともあった。そしてそのあとに暴行が続いた。のちに法廷に提出された資料には、「力による強要及び／又は原告の身体的無力さから同意が不可能な状態でのオーラルセックスまたはアナルセックスを行った」と記述されている。

カノーサのまわりで、ほかにも被害者がいる兆候はいくつもあった。ワインスタインが『マルコ・ポーロ』の撮影現場を訪れた時、ある女優の控え室に入って行き、一五分も出てこなかった。「その女優はそれから一週間、抜け殻のようだったわ」カノーサは倫理的な義務感から何かすべきだと感じたが、ワインスタインの強烈な復讐心に恐れ慄《おのの》いていた。「ワインスタインが人々の命を脅かし、家族を脅かし、評判を脅かすのを何度も見てきたの」カノーサはそう言いながら首を振った。

僕は、この報道がどう転ぶかわからないことも、この報道を外に出すために彼女の協力が必要なことも、正直に伝えようと務めた。その夏に何度も口にしてきたように、決断を下すのは彼女だと言った。僕にできるのは、彼女が声をあげれば多くの人の人生が変わると伝えることだけだ。話を終える頃には、カノーサはカメラの前で取材を受ける気持ちに限りなく近づいていた。

26章 小僧

その電話がかかってきたのは、陽が暮れはじめた頃だった。グリニッジ・ストリートにあるハーヴェイ・ワインスタインの事務所にさす影が長く伸びていた。「ハーヴェイはいるか?」電話をかけてきたのは元ニューヨーク州知事のジョージ・パタキ。秘書がワインスタインにつなぐ。「やあ、ハーヴェイ、ジョージだよ。ちょっと知らせておきたいと思ってね。ローナン・ファローがまだ例の件を追いかけてるぞ」

「俺が聞いてることと違うな」とワインスタイン。

複数の女性が僕と話をしているとパタキは言い張った。「外に出す準備ができてる。放送予定は――」

「いつだ?」ワインスタインが聞く。「いつ放送される?」

「二週間から三週間以内」とパタキ。

ワインスタインはニューヨークの政治に深く関わっていた。一九九九年から二〇一七年の夏までに、ワインスタインとその会社はニューヨークで少なくとも一三人の政治家または政治資金団体に献金していた。民主党のほとんどの政治家に献金していたし、たまにパタキのような共和党の政治家にも献金していた。(注1) 上院議員のカーステン・ギリブランドや州司法長官のエリック・シュナイダーマン、そしてアンドリュー・クオモ知事にも気前よく資金を提供していた。

ヒラリー・クリントンもそうだが、パタキとワインスタインのあいだでも選挙資金の提供が友情に発展していた。パタキはワインスタインが開くイベントでしょっちゅう写真に収まっていた。また、パタキの娘で歴史小説家のアリソンのキャリアを助けたのもワインスタインだった。一年ほど前に、ワインスタインはアリソンのために出版記念パーティーを催した。(注2) その前年にアリソンの夫が脳卒中で倒れた時には、一流の専門医を紹介した。アリソンの書籍エージェントはレイシー・リンチで、マッゴーワンのエージェントでもあった。夏の暑さが厳しくなるにつれ、ワインスタインのメールや電話の呼び出しリストにリンチの名前が表れはじめた。

NBCの問題について、ワインスタインはボイーズと密に連絡を取り合っていた。ラックと話したあと、NBCの重役たちに電話をかけ続け、この一件は死んだと周囲の人たちに自信満々に報告していた。だが、しばらくすると沈んだ声で、ボイーズにこう漏らした。「NBCはまだあの件を探ってるらしい」ワインスタインは怒っているようだった。「かならず白黒つけてやるからな」

パタキの電話のあとで、ワインスタインはフィル・グリフィン、アンディ・ラック、そしてノア・オッペンハイムに新たな電話攻勢を仕掛けはじめた。「フィルを出せ、アンディを出せ、ノアを出せ」。あまりにしょっちゅう三人の名前を叫ぶので、アシスタントたちはこの三人に「三頭政治」とあだ名をつけたほどだった。その八月には、ワインスタインの狙いはオッペンハイムに向くようになっていた。とはいえ、ワインスタインが一番親しいのはグリフィンだとスタッフには言っていたし、最初の頃からグリフィンを狙い、その後もグリフィンを頼みの綱にしていた。

＊

グリフィンは肩肘《かたひじ》張らない気楽な性格で、それが彼の大きな魅力だった。だがそのお気楽さがスタッフの戸惑いのたねになることもあった。グリフィンは癇癪《かんしゃく》持ちで、船乗りのように雑言を吐いた。仕事のあとで呑んだくれることでも悪評高かった。彼がナイトリーニュースのシニア・プロデューサーだった一九九〇年代には、仕事が終わるとミッドタウンのハーレーズというバーによく直行していた。ある晩何杯か引っ掛けたあと、一緒にいた三人の女性プロデューサーに、タイムズスクエアに行こうと誘った。

「タイムズスクエアの照明が見たいんだ！　あのキラキラが大好きなんだ」グリフィンはそう言った。

そこでタイムズスクエアのホテルで飲むことにした。そこから千鳥足《ちどりあし》でみんなで八番街に出た。そこでグリフィンが覗き見ストリップの店に女性たちを強引に誘った。女性二人は嫌そうな目つきを交わした。グリフィンは陽気になれよと二人に言った。店に入って上階の暗い円形ブースに入ると窓が開き、ハイヒールを履いた真っ裸の女性が目の前で足を広げ、現金をくれたらもっと見せてあげるとグリフィンに言った。

グリフィンは連れの女性たちを見た。その眼差《まなざ》しに「羞恥心《しゅうちしん》のかけら」があったとひとりは語っている。グリフィンはストリッパーにもう結構だと言った。窓が閉じ、みんなで外に出て気まずいさよならを交わした。女性プロデューサーたちにとっては気持ちの悪い体験だったが、特に珍しいわけでもなかった。この業界で育ってきた女性たちはみな、男性のそんな振る舞いには慣れていた。

メールでもグリフィンが猥褻《わいせつ》で下品な言葉を使うことはよく知られていたと四人のスタッフが証言している。タレントのマリア・メヌーノスの水着がずれて女性器が写真に写り込んでしまった事件があった。僕もいたミーティングで、グリフィンはその部分の拡大写真のコピーを手に持って、ニヤニヤ笑いながらひらひらと振り回していた。「見たいか？」と言ってフーッと強く息を吐いた。「悪くないだろ、悪くない」。そばのソファで、同席していた女性スタッフがうんざりしたようにグルリと目を回した。

グリフィンは報道を純粋に商売として見ているようだった。彼がスポーツにかける情熱のほんの一部でさえ、報道に対しては持ち合わせていないように見えた。党派色を際立たせたほうが視聴率が取れると思えば、ニュースキャスターに意見を主張させた。党派色を薄めた方が視聴者が喜ぶと思えば、いの一番に中立的な報道に切り替えた。報道のあるべき姿について厳格な議論をもちかけると、グリフィンは目を細めて困った顔をした。

＊

だが金儲けが関わっていれば、グリフィンは身を乗り出してきた。以前、僕はグローバル・シティズン・フェスティバルという慈善コンサートの共同司会者になり、コンサートの目玉アーティストだったノーダウトにインタビューした。慈善コンサートのその年の目標は予防接種の啓蒙だった。アメリカでは反ワクチン運動の信奉者がはしかの集団感染を引き起こしている最中だった。僕はボーカルのグウェン・ステファーニに、自分の子供たちに予防接種を受けさせたか、反ワクチン派をどう思うかと聞いてみた。ステファーニは予防接種を支持すると言い、人々にかかりつけ医と相談するよう勧めていた。もちろん、このインタビューは調査報道ではない。だが、本社に戻ってインタビューを編集していたとき、コンサートを担当していたMSNBCのプロデューサーから電話が入った。

「ステファーニのスタッフが原稿を見て、直しを入れたいらしいの」そのプロデューサーが言う。

「誰が彼女に原稿を送ったんですか？」

「それは——わからない」

僕の受信箱に届いた赤字入りの原稿では、ステファーニの音声が切り取られ、並べ替えられていて、あたかも彼女が予防接種を良し悪し半々と思っているか、どちらかというと否定的であるように編集されていた。これは放送できないと僕はそのプロデューサーに言った。

まもなく僕はグリフィンの部屋に呼ばれた。彼のチームのもうひとりの部下もいた。

「ったく、何をごちゃごちゃ文句つけてんだ?」イライラを隠そうともせずグリフィンはそう言った。

僕は目の前の原稿を見つめた。

「音声に小細工してインタビューの内容を変えるなんてできません」

「何でだよ⁉」僕が狂ってるとでも言わんばかりだ。

「倫理に反するから?」僕は自分の意見というより、常識を思い出させるためにそう言った。僕は、グリフィンが自問自答しているだけで、結論は出ていると思いたかった。

ところが、彼は椅子の背にもたれて、「呆れて物も言えない」とでも言いたげな視線をスタッフに向けた。

グリフィンの部下が僕をやんわりと論そうとする。「もちろん、あなたがすごく——」そこでためらい、感じのいい言い回しを探しているようだった。「——大文字のJではじまるジャーナリズムを大切に思っていることは私たちみんなわかってるけど、今回は政治的に微妙な配慮が必要な番組じゃないのよ」

「ただの広報番組じゃないか！」グリフィンが口を挟んだ。「勘弁してくれよ。何なんだいったい」

「この件で子供たちが実際に死んでるんですよ。グウェン・ステファーニは有名人です。そもそも、いつから社外にインタビュー原稿を送るようになったんですか？」

「どうしてそうなったのかはわからないけど――」部下が話し出す。

「別にどうでもいいだろ？」グリフィンが我慢できずにまた口を挟んだ。「向こうの言う通りに編集しなかったらどうなるかわかってるのか？　ステファーニは降りると脅してるんだぞ！　彼女のマネジャーがそう言ってる」

「マネジャーが書き直しを命じたんですか？」

グリフィンはその質問を完全に無視した。「要するにだな、ステファーニが降りたらスポンサーも降りはじめて、ネットワーク局のお偉いさんが怒る……」MSNBCがグローバル・シティズン・フェスティバルと手を組んでいるのはスポンサーを取り込むためだ。グリフィンはしょっちゅうそう言っていた。ユニリーバやキャタピラーといった企業が数週間ものあいだ番組スポンサーにつくことになっていた。

「じゃあ、インタビューは放送しないでおきましょう」と僕。

「放送しないわけにいかん」とグリフィン。

「なぜですか？」

「スポンサーとの契約があるし、彼女たちとの契約もある……」

「この話はもう上の了解済みよ」グリフィンの部下が言う。局の経営陣がもう決めたことだと言っていた。「あなたの懸念なんて誰も気にかけてない」

グリフィンは以前にネットの中立性についての難しい報道を流そうとしていた別の記者に話したことを、僕にも語った。インターネットプロバイダーはデータの種類によって料金体系を変えるべきではないとする原則に対して僕たちの親会社は反対し、規制撤廃のロビー活動を行っていた。「公共放送で働きたいなら勝手にしろ。年収一〇万ドルで生きていけるならやってみろ」。グリフィンは別の記者にこう言ったそうだ。「誰に食わしてもらってると思ってるんだ。お前の給料を公表してもいいんだぜ」

僕は辞めることも考えた。トム・ブロコウに電話をすると、どんなことがあっても音声を編集して中身を誤魔化すようなことはするなと言われた。のちにワインスタインの調査でも言われたとおり、そんなことをすれば信用に傷がつくと注意された。それからサバンナ・ガスリーに電話をかけた。ガスリーは勘が鋭くデタラメを見抜く力がある。

「インタビューのその部分だけ放送から削ったら？」そうアドバイスしてくれた。

「でも、その部分がインタビューのほとんどなんです」と打ち明けた。

「何か放送できる部分を探すのね」

彼女のアドバイスは簡潔で、振り返ってみると当然の結論だった。視聴者を欺くような部分は放送せず、かといって歌手の楽屋裏インタビューのために自分を犠牲にする必要はない。闘う価値のある闘いを選ぶべきなのに、僕はなかなかそれを学べずにいた。

結局、司会者席に座った僕は、ノーダウトとのちょっとしたおしゃべりを五分にまとめて放送した。最高の気分ではなかったけれど最悪というわけでもなかった。

＊

それから二年後、ワインスタインは「三頭政治」軍団に電話をかけ続け、グリフィンをつかまえた。

「もう終わったと思ってたが」ワインスタインが聞く。

「ハーヴェイ、もう終わったよ」グリフィンはそう答えた。

「お前んとこのあの小僧を抑えてくれ」怒った声でワインスタインが言う。

「ハーヴェイ」グリフィンが言い訳がましくなった。「うちではあの件は流さない」

のちにグリフィンはこの件が終わったとは約束していないと否定している。

ワインスタインの事務所の複数のスタッフによると、ワインスタインと三人のNBCの重役との電話は少なくとも一五回にのぼり、先ほどの会話はそのひとつだった。夏が終わる頃には、電話のあとのワインスタインはふたたび祝勝ムードになっていた。ワインスタインは、NBCの重役と話したあと、「彼らはこの件を報道しないと言っている」と弁護士のひとりに語っていた。

27章　祭壇

親会社の上層部からはじめに届いた知らせは希望が持てそうだった。その八月のはじめ、僕が削ぎ落としてまとめた原稿を法務部が承認したことをグリーンバーグが電話で知らせてくれた。編集局としては、「ここにあることはすべて報道可能だと考える」とグリーンバーグが付け加えた。

「では、ワインスタインにコメントを求めます。それから編集に入ります」と僕は伝えた。

「報道可能とは言ったが放送するとは言ってない。これからノアとアンディが見る」

「でも、法務部が承認して、あなたが報道可能だと考えているなら、もちろん――」

「それは私より給料の高い人間が決めることだ」とグリーンバーグは言った。「報道可能であるかどうかとはまったく関係のない問題があるかもしれない。テレビ向きかどうかについて懸念があるかもしれない。いいか、この記事は紙媒体にはもってこいだぞ。バニティ・フェアに載せたら最高じゃないか」

「あの――えぇ？」それしか言えなかった。

「いいか、バニティ・フェアなら完璧だ」グリーンバーグは同じ言葉を繰り返した。

そのあとで僕とマクヒューは会議室に入ってグリーンバーグの言ったことに頭を捻《ひね》った。「もしかしたら、もっともかも」マクヒューが沈んだ調子で言う。「君が別のメディアに持ち込んだら、この記事を救えるかもな」

「リッチ、もしそうなったら君の手柄が台無しじゃないか」。マクヒューはテレビ放用に大量の材料を仕入れていた。僕たちはこれまでに八件のインタビューを収録していた。グリーンバーグが持ちかけたとおりにしたら、彼の仕事のすべてが水の泡だ。それに、もし僕がよそに持ち込みたくても、そんなことが可能なのか？　収録された映像はNBCユニバーサルの所有物であり、つまるところ親会社のコムキャストの所有物だ。

「ここで報道する」僕はきっぱりと言った。「君がプロデューサーだ」

マクヒューは「わかった」と言ったが、その声はどこか自信なさげだった。

＊

その日はずっと雨が降っていた。メールの受信箱にはワインスタインとは無関係な問い合わせが溜まりに溜まっていた。女性の権利を応援している投資家のダイアナ・フィリップからまたメールがきていた。今回は僕のエージェントのCAA経由だ。だが、ワインスタインの件に関係するメールを読むと不安がむくむくと頭をもたげた。オーレッタからはこんな単刀直入なメールが届いた。

ローナン

ハーヴェイの件はどうなった？
ケン

僕は本社ビルの真下にある地下鉄の駅からD列車に乗り込んだ。外は雨なのに車両はガラガラだった。気のせいかもしれないが、あるものに目が止まって凍りついた。僕と同じ列の反対の隅っこに座っていたのは、日産の中にいたあのハゲ頭だ。青白い顔と団子鼻に見覚えがある。でも確信はない。「気のせいだ」と理性が僕に呼びかける。だが不安になって、電車が停まると自分の駅より前で降りてしまった。肩越しに振り返りながら、混雑したプラットフォームに降り立った。

外に出ると、ニューヨークの情景はまるで夢の中のようだった。霧と雨に霞んだ通りとビルと雨宿りする人たち。僕は足早に歩き、途中でドラッグストアに寄って、地下鉄かプラットフォームで見た顔がいないかチェックした。店から出ると、照明が落ちるところだった。アパートに近いお馴染みの要塞のような教会にたどり着き、急いで階段を登って入り口の扉を押して中に入った。濡れたシャツが体にまとわりつき、背中と胸と腕に水滴が流れ落ちるのを感じた。ベンチが並ぶ教会の内側は思ったより狭かった。荘厳なステンドグラスの大きな窓を背に祭壇がヌッとそびえている。僕は祭壇の前に立ち、場違いな気分になった。祭壇の横には大理石にはめ込まれた紋章がある。地球の模様の上に本と刀が描かれていた。これがセントポール教会の紋章だ。紋章の周りにはラテン語の文字が記されている。あとでグーグル翻訳で調べてみた。「真実を世界中に唱える者」という意味だった。

「あなたをずっと見てたのよ」隣で強い訛りのある声が聞こえて心臓が飛び出しそうになった。暗い髪色の年配の女性だった。横に若い女性が立っていた。僕が飛び上がりそうになったのを見て、逆にびっくりしたようだった。「いつも見てますよ」その女性が繰り返した。「最初からね。あなたの番組。娘が大ファンなんです」

「あぁ、どうもありがとうございます」そう言って何とか平静を装って笑顔を作り、定番の自虐ネタを口にした。「あなたと娘さん以外は誰も見てくれないんですけどね」

＊

部屋に戻った時ちょうど、CAAのエージェントのバーガーから電話が入った。「ローナン！」バーガーが明るく弾ける。「元気かい？」

「元気ですよ」と答えた。

「元気どころじゃないだろ、絶好調だろ」と言う。それから少し静かな調子で本題に入った。「例の大きなヤマについて詳しいことは知らないが――」

「ノアが話したんですか？」僕は訊ねた。バーガーはオッペンハイムのエージェントで、僕よりもオッペンハイムと親しい。

「ローナン、私は何も知らないよ」とバーガーが言う。僕の契約更新が近づいていると念を押した。「ただ、もしそれが問題のたねになってるなら、うまくいってることを優先させた方がいい」

＊

僕は一瞬唇を噛んで、それから姉に電話をかけた。

「それで、例の件はどう？」姉が聞いた。

「実はどうなってるのかわからないんだ」

「でも、彼が告白した音声テープを手に入れたんじゃなかったっけ？」

「うん」

「だったら——」

「何とか上を説得し続けてる。でもこれ以上どこまで頑張れるかわからない」

「だったら諦める？」

「そんなに単純じゃないよ。こっちの件を解決するあいだに、別のことを優先させた方がいいかも」

「自分のために闘ってくれる人がいなくなるとどんな気持ちか、わかってる」姉は静かにそう言った。それから長い沈黙が流れて僕たちは電話を切った。

外は暗くなっていた。携帯を見るとオッペンハイムからメッセージが入っていた。

「明日話そう。何時ならいい？」。僕はノートパソコンを開いて文章ファイルをあけた。「そのほかの報道」と打ち込んでみたが何度か消去キーを押して「そのほかの」を「今後の」に置き換えた。今ちょうど撮影中の医療業界の統合に関するトピックとオピオイド中毒の子供達に関する調査と、オッペンハイムが以前に気に入っていたいくつかのネタに関する箇条書きを貼り付けた。オッペンハイムのお気に入りのネタは、スウェーデンのルレオの永久凍土層に建つフェイスブックのサーバーファームへの「なんちゃって訪問記」だった。僕が以前にこのサーバーファームを「ジェームズ・ボンド映画に出てくるラスボスの要塞のよう」だと書いたら、他局の陰謀論好きなトンデモ娯楽番組がこのネタに飛びついた。ルレオはスウェーデンでもっとも栄えている港で鉄鋼産業の中心地だが、僕はそんなことはまったく知らなかった。僕が思い描いていたのは、だだっ広広くて風通しがよくて何もない場所だ。空気が澄んでいて、オーロラが見えるくらいしか知らなかった。

その頃、マクヒューが本社ビルのエレベーターに乗り込むと、ウィーナーがちょうど横に立っていたので会釈を交わした。ウィーナーはこんにちはと言いながら、少し縮こまって足元を見つめた。

28章 板挟み

僕がNBCで働いた数年間のあいだに、三階にある報道局の重役室の外の待合場所のインテリアは何度か変わっていた。その年の八月には、ローチェアと小さなテーブルが置かれ、待合室にありがちな数カ月前の雑誌がお飾りでいくつか並んでいた。タイム誌の表紙には、漆黒《しっこく》の地に「真実は死んだのか？」という真紅の文字が浮かんでいた。六

○年代に発行された「神は死んだのか？」という伝説的な号になぞらえた表紙だが、オリジナルほどは出来が良くない。そもそも無理なのだ。どんなに頑張って文字の版組を均等にしようとしても、「真実」という文字は「神」ほどきれいに収まらない。僕はその表紙を見て、オッペンハイムのアシスタントのアナとおしゃべりでもしようと近寄った。「何か大きなスクープを追いかけてるらしいじゃない」アナはそう言って、いたずらっぽい笑顔を僕に向けた。お母さんの言うことを聞きなさい、とでも言うように。

僕がオッペンハイムの部屋に入っても、彼は立ち上がりもせず、ソファの方に動くこともしなかった。いつものことだ。イラついているように見える。「何を考えてます？」僕は聞いた。片手には、ほかの報道案件のリストを印刷した紙を握っていた。バーガーは正しいかもしれない。この目の前の悲惨な事件に背を向け、しばらくほったらかして、別のことに力を注いだ方がいいのかもしれない。オッペンハイムが椅子の中でもぞもぞと体を動かした。「あぁ」オッペンハイムは原稿を手に取りながら言った。「この中に匿名の情報提供者が何人か混じってるな」

「名前を出してくれた女性を中心に持ってきてますし、彼女の顔も声も出しますよ」グティエレスの話だ。

オッペンハイムは「どうしようもないな」という感じで息を吐き出した。「彼女がどのくらい信用できるかわからん。二人だけの場所で会ってたわけじゃないし、実際には何も起きてないから、あちらの弁護士から叩かれる――」

「でも、前にやったことを本人が告白してるんですよ。深刻で具体的なことを」

「前にも話したじゃないか。あいつは女を追い払おうとしてたんだ。それに、ここに君も書いてる」。オッペンハイムが原稿をめくってその部分を出す。「彼女は信頼性に欠けるって」

「いいえ」と僕は返した。「警察でも地方検察局でも、彼女は信頼できると証言している人たちがいます」

「承認された原稿に、信頼できないと書いてある！」

「ノア、その原稿を書いたのは僕ですよ。彼女に投げつけられた誹謗中傷を開示したまでです。でも、地方検事も警察も——」

「地方検事は結局起訴しなかったじゃないか！　それに、あの女は売春婦だと彼は言うに決まってる——」

「わかりました。ならそれもすべて開示しましょう。視聴者に聞いてもらって、判断してもらえばいい」

オッペンハイムは首を振り、また原稿に目を落とした。

「それに——こんなものが本当に深刻な話なのか？」。ワインスタインの件を話し合うたびに毎回オッペンハイムはそう聞いてきた。また同じことの繰り返しだった。

＊

オッペンハイムと話をしているうち、一年前の大統領選挙戦の最中に彼と交わした会話を思い出した。NBCの食堂で僕はグリーンジュースを前にしてオッペンハイムと話していた。オッペンハイムは前かがみになり、いつもより少しヒソヒソ声で、NBCニュースの女性記者が遊説の同行取材中にトランプ陣営の役職者から性的嫌がらせを受けたと言う。「大ニュースじゃないですか！」僕は言った。

「表沙汰にできないんだ」オッペンハイムは肩をすくめてそう答えた。「いずれにしろ、上は公表したがらない」

「でも、プライバシーを侵害しない形で表に出す方法はあるんじゃ――」

「ないな」オッペンハイムはそう言った。まるで、「それが人生ってもんさ」とでも言うように。当時はそんな彼の斜に構えた態度と自信に僕は憧れていた。だから、その件についても、もっと広い意味での性的嫌がらせに対する彼の見方についても、それ以上深く考えてはみなかった。

ハーバード大学の有名な学生新聞であるハーバード・クリムゾン紙の記者だったオッペンハイムは、みずから「挑発者」と名乗っていた。フェミニスト団体の集まりに支援者を装って潜入し、こうした集まりがいかにアホくさいものかを辛辣に攻撃する論説を書いていた。論説者自身がいつも見出しをつけるわけではないが、オッペンハイムの論説には「ホリー・ヒューズの『クリトリス・ノート』を読み解く(注1)」とか「トランスジェンダーなんてバカバカしい(注2)」といった、内容そのものの見出しがついていた。「私の宿敵がフェミニズム団体の会員であることは間違いない(注3)」彼はそう書いた。「彼女たちの表現の過激さは、ほかに例を見ないほどだ。もちろん、彼女たちの偽善も。自分の傷のすべてを家父長制のせいにすることはたやすいし、女性差別を盾に敵の口を塞ぐことも簡単だが、家父長制のもとで育ったハンサムな息子といちゃつく楽しみを奪われたくはないらしい。ある有名な女性団体のリーダーが、男子オンリーのハーバードの名門クラブの控え室から出てきたところに僕は出くわした。あの運命の夜のことは決して忘れない。土曜の夜のお楽しみの邪魔にならない限りは、独断と偏見に満ちた思想信条を吐いてもいいということなのだろう」

若き日のオッペンハイムは、ハーバードの姉妹校である女子大のラドクリフ・カレッジとハーバード大学の統合に関するミーティングに参加した感想をこのように書いていた。「なぜ女性の会合だけ、ほかの人たちよりも守られた環境で行われなければならないのか?」(注4)。ハーバードで男女別にクラブが分かれていた古き良き時代を擁護するように、彼は論説でこう主張していた。「怒れるフェミニストへ。同性のみの教育機関には何の問題もない。男性も女性と同じように自分たちだけの空間が必要だ。野生の本能を解き放てる場所が、そして女性の繊細さを逆撫《さかな》でしないよう上っ面を整えるようなことをしなくて済む場所が必要なのだ」(注5)その上、オッペンハイムはこう付け加えていた。「このクラブの環境が怖いと感じる女性は、もっとおとなしい人たちばかりのお花畑にでも行けばいい。実のところ女性たちは、閉じ込められ、酒をふんだんに注がれ、餌食にされることを明らかに楽しんでいる。彼女たちはここで、辱められているとは感じず、求められていると感じている」

*

それから長い年月が過ぎ、ノア・オッペンハイムもいい大人になった。だが二〇一七年のその日、もじもじしながら目を伏せている彼を見ていると、この報道に彼が消極的なのは、これがたいしたことじゃないと純粋に信じているからだろうと感じた。ワインスタインなんてソーホーとカンヌでは有名人かもしれないが、映画業界の威張りくさったオヤジが一線を越えただけの話じゃないか、と。

「メーガン・ケリーがテクノロジー業界の女性特集をやってたよな。スタジオにたくさん女性を招いて――」オッペンハイムが言う。

「もし、もっと材料を集めろということなら、はっきりそう言ってください」と僕。

「すぐに証言を集められます」

オッペンハイムには僕の言葉が聞こえないようだった。「あのアルバイトの子は顔を出してなかった」とオッペンハイム。

「彼女は顔を出してくれますよ。もし必要ならやると言ってくれてます」

オッペンハイムはごくりと唾を飲み込んで、少し笑顔を浮かべた。「どうかな」と言う。「何を話すかにもよるが」

「彼女が何を話すかはわかっています。証拠もあります。社内の重役からのメールも――」

「そうか、でもそれがいいかわからん。どうだろう――」

「三人目の女性もいます。以前にも話しましたが、レイプの告発をしています。ノア、彼女はもう少しで撮影に応じてくれそうなんです。もっと材料が必要なら、いくらでも集めてきます」

「いや、ちょっと待て。その前に法務部に聞かないと」。オッペンハイムはいら立っているようだった。もっと簡単に済ませられると思っていたのだろう。例のテープを聞いた時のように顔面が蒼白になっていた。

「それが問題なんですよ、ノア。もっと材料を集めようとすると、そのたびにストップがかかるじゃないですか」

この言葉が彼を怒らせてしまった。「そんなのどうでもいい」とオッペンハイムが言う。「もっと大きな問題があるんだ」。何かのプリントアウトを机に叩きつけて椅子にふんぞり返った。

僕はその紙を手に取った。一九九〇年代はじめのロサンゼルス・タイムズ紙の記事だった。ワインスタインがウディ・アレンの映画配給に合意したという記事だ。

「ハーヴェイが言うには、君には大きな利益相反《そうはん》がある」とオッペンハイム。

僕は顔を上げた。「ハーヴェイが言うには？」

オッペンハイムがまた目を逸らす。「いや、ハーヴェイがグリーンバーグにそう言ったんだよ。私はハーヴェイとは話してない」

「でもこれはわかってたことですよ」。わけがわからない。「グリーンバーグとマクヒューと僕で検索して、ワインスタインが過去に僕の両親のどちらとも仕事をしたことがあるとわかりました。ハリウッドの全員と仕事をしてますからね」

「ウディ・アレンが干されてた時に一緒に仕事をしてたんだ！」オッペンハイムの声が上ずっていた。

「ウディ・アレンの映画を配給する会社はそれこそたくさんあります」

「そんなことは関係ない。そうじゃなくて——君のお姉さんは性暴力を受けてる。去年ハリウッド・レポーター誌に性暴力の記事を書いただろ。それが尾を引いてるんだよ」

「何が言いたいんですか?」僕は聞いた。「家族の中に性暴力を受けた人間がいると、性暴力の問題について報道しちゃいけないんですか?」

オッペンハイムが首を振る。「そうじゃない。この記事が君の——君の隠れたたくらみの本質を表してるってことだ」

「僕にたくらみがあると思ってるんですか?」。グリーンバーグと話している時に感じたことをまた感じた。はっきりと聞かなければ。彼がそれとなくほのめかしていることを、口から出させるには、はっきり訊ねるしかない。

「もちろん、思ってないさ!」オッペンハイムが言う。「でもそれは私が君を知ってるからだ。だがな、君がどう思うかより世間がどう思うかだ。世間は、ローナン・ファローは父親を憎み、性暴力の撲滅に身を投じた人間だと思うんだよ」

「これは撲滅運動じゃありません。仕事です。あなたに任された仕事なんですよ!」

「俺は任せた覚えはない。俺は頼んでないぞ」

「でも、僕は嘘は言ってません。僕がやりたいと売り込んだわけでもないし、これまでひとりで調査してきたわけでもありません。この局全体でやってきた仕事です」。さっき手に取ったプリントアウトを机の上に滑らせてオッペンハイムに突き返した。「彼が僕を何らかの手口で貶めようとすることはわかっていたはずです」僕は言った。「必死で粗探ししてこれしか出せないなら、正直ホッとしましたよ。あなたも安心していいはずですよ」

オッペンハイムはムッとして言った。「君が風呂場かどこかでやってるビデオの方が、よっぽど安心できるな」。これまでならそんなゲイネタでも呆れ顔で笑うことができたが、ここにきて僕たちのこれまでの友情は、別の何かに変わっていた。オッペンハイムは僕にとってはただの上司で局のトップというだけの存在になり、僕はそのことにイラついていた。

「狂ってる！」。あとでこの話をすると、ジョナサンは誰にともなくそう叫んだ。「そんな記事を真剣に見せること自体、おかしいよ。まともじゃないだろ。反論になってない。クソ怪しすぎるだろ！」。のちに僕が相談したジャーナリストはひとり残らず――オーレッタもブロコウでさえも――僕に利益相反はないし、それは論外だと言っていた。ジャーナリストがある問題を気にかけることがいけないと、オッペンハイムは言うのだ。利益相反はただの言い訳だ。それでも、僕は自分のことなら喜んで記事の中で開示すると言った。

オッペンハイムの顔に頼むよと言いたげな表情が浮かんだ。「材料が足りないと言ってるんじゃない。これは見事な――」オッペンハイムは言葉を探した。「見事なニューヨーク・マガジン向けの記事だ。もしニューヨーク・マガジンに持ち込みたければ、どうぞ行ってくれ。勝手にしろ」。オッペンハイムはお手上げだというように両手を上にあげた。

頭がいかれたかというように僕は一瞬オッペンハイムを見て、こう聞いた。「ノア、この記事は死んだんですか、死んでないんですか?」。オッペンハイムはもう一度原稿に目を落とした。彼の肩越しに、歴史あるロックフェラープラザのアールデコ建築が見えた。

姉のことが頭に浮かんだ。五年前、姉はウディ・アレンをもういちど性的暴行で告発したいとまず家族に打ち明けた。僕たちはコネチカットの自宅の、埃をかぶったＶＨＳの山が置いてあるテレビ部屋に集まった。

「どうして過去にこだわるの?」僕は姉にそう言った。

「あなたは先に進もうと思えば進める。私にその選択肢はなかった」

「もう何十年もこのことを忘れようとしてきたじゃないか。僕は今ちょうど新しいことをはじめようとしてるんだ。職場ではみんなが真剣に仕事に向き合ってる。それなのに、時計を巻き戻そうってつもりなの?」

「あなた、自分のことしか考えてないのね」と姉が言う。「わからないの?」

「わかってるよ。姉さんを心配してるんだ。姉さんは頭が良くて、才能があって、ほかにもたくさんのことができるのに」僕は言った。

「でも、できないの。あのことがいつもそこにある」姉はそう言って泣き出した。

「やらない方がいい。もしやったら人生がめちゃくちゃになる」

「もうほっといて」姉が言った。

「僕は姉さんの味方だよ。でもとにかく、――やめてくれ」

＊

オッペンハイムが原稿から顔を上げた。「もう一度検討してみる。でも今は放送できない」

アラン・バーガーの浮かれた声をふっと思い出した。「うまくいってることを優先しろ」。わかりましたと答えて、ほかのことに目を向け、未来だけに集中するという選択肢がはたしてあるのだろうかと考えた。今振り返ってみれば答えは明らかだ。でも渦中にいると、ある記事がどれほど重大なものかはわからない。自分が正しいから闘うのか、エゴのためか、勝ちたいからか、周囲の思い込みを覆したいからか——僕が若くて経験不足で実力不足だというみんなの考えを認めたくないから闘うのか、その瞬間にはわからないものだ。

僕は膝の上に置いた報道案件の一覧を見た。あまりにも強く握りしめていたので、紙がねじれて汗で湿っていた。「ジェームズ・ボンドに出てくるラスボスの要塞みたいだ」という言葉が急に頭に浮かぶ。オーロラが目の奥で輝いた。

オッペンハイムは僕の様子をじっと見ていた。NBCニュースはこれ以上の調査を承認できないとオッペンハイムは言っていた。「君を情報提供者のところに行かせるわけにいかない」と。

撮影用の照明の下で「彼らも勇敢であることを願うわ」と言ったマッゴーワンを思い出した。影の中に消えながら「世の中ってこんなものなの?」と言ったネスターを。ワインスタインの「いつものことだ」という言葉を聞いていたグティエレスを。僕に「ごめんなさい」と言ったアナベラ・シオラを。

僕はオッペンハイムを睨みつけた。「いやです」と言った。

オッペンハイムはムッとしたようだった。

「何だって?」

「いやです」もう一度言った。「僕は——あなたの言う通りにはできません。情報提供者と連絡を断つことは」。手に持っていた紙をくしゃくしゃに丸めた。「これを世に出すために、たくさんの女性が多くの犠牲を払ってきたんです。今も大きなリスクを負ってるんです——」

「それが問題だと言ってるんだ」オッペンハイムの声が大きくなる。「君はこの件に入れ込みすぎてる」

本当にそうなのかと考えた。オーレッタはこの件に「執着」していたと言った。おそらく僕もそうなんだろう。でも僕は情報提供者を厳しく問い詰めてもいた。何事も疑い、予断を持たずに事実を追いかけた。そしてワインスタインにも喜んで発言の機会を与えるつもりだった。だがそれも許されなくなった。

「そうですね。確かに僕は入れ込んでいます」僕は言った。「もちろん、気にかけています。ノア、僕たちには証拠があるんです。誰かにふたたび同じことが起きる前にこれを世に出せる可能性があるとしたら、僕は諦めません」。男らしくきっぱりと言うつもりが、声が震えてしまった。「もし僕をクビにするんでしたら、ここはあなたの報道局ですし、あなたの判断です。でも、はっきりとそう言ってください」

「クビにするつもりはないさ」オッペンハイムはそう言いながらまた目を逸らした。彼はしばらく黙り込んだあとに、弱々しく笑った。「話せてよかった。カリフォルニアの汚染水の調査に戻れるといいな、だろ?」

「ええ、たぶん」僕は立ち上がって礼を言った。

オッペンハイムの部屋から出て、エレベーターホールまで歩き、巨大なNBCのロゴの前を通り過ぎた。孔雀のトレードマークと共に「NBCは色付きになりました。カラー放送がご覧になれます。驚くべきことではありませんか?」と書かれていた。本当に驚くべきことだ。僕はトゥデイの報道フロアの机のあいだを通り抜け、階段を上って四階に戻った。口の中には酸っぱいつばが溜まり、手のひらには爪の食い込んだ場所に赤い半円形の痕が残っていた。

PART III スパイ軍団

29章 ファカクタ

「他社に持ち込め」とオッペンハイムは言っていた。しかもよりによってニューヨーク・マガジン誌の名前を出したのだ(マンハッタンの業界人のあいだでは、そこそこの知識人向け隔週雑誌は天国だと思われている)。でも、インタビュー映像はすべてNBCのサーバーに閉じ込められてるのに、どうやって他社に持ち込んだらいい? 僕はマクヒューを手招きして空いた部屋に入り、オッペンハイムとのあいだで今しがた起きたことを話して聞かせた。「だからあの男がいつまでも逃げ続けられるんだ」マクヒューが言う。「つまり、上は俺たちに隠れてワインスタインの弁護士と一緒に言い訳をでっちあげてるってわけだ。さんざん待たせてから、とどめを刺そうって魂胆《こんたん》だな。俺たちの調査を止めようとしてるんだ。だから、今俺たちが話してる新しい被害者に誰も興味を持たないんだ」。僕はマクヒューを見て頷いた。するとこれで終わりってことか。「すべて茶番だよ」とマクヒューが言う。「この会社で今起きてることがね。大スキャンダルだぞ」

「僕たちが集めた材料は全部、会社のものだ」

マクヒューが僕をじっと見つめた。

「こっちに来てくれ」

マクヒューは自分の机に戻り、周囲を見回して、引き出しを開けた。

「たとえば」。録画や録音の束をがさごそと手で探って、銀色で長方形のものを取り出した。「インタビューはここにあるぞ」マクヒューはそのUSBを机の上に滑らせた。USBの端っこに黒いマジックで「毒の谷」と書いてある。

「リッチ……」僕は声を出した。

マクヒューが肩をすくめる。「念のためさ」

僕は笑った。「クビになるぞ」

「どうせ、この報道が終わったら俺たちどっちも失業してるさ」

僕はハグしそうな勢いでマクヒューに近づいたが、マクヒューは手を振って僕をかわした。「わかった、わかったよ。とにかく奴らにこれを葬らせないでくれ」

*

数分後、僕は急ぎ足で銀行の貸金庫に向かっていた。他社に持ち込めばいいという提案をオッペンハイムが考え直す前に手を打たなければ。でも、誰に連絡したらいい？　携帯に目をやると、昨日のオーレッタからのメールが見えた。ワインスタインに歯向かう難しさを知っている報道機関があるとしたら、ニューヨーカー誌しかない。僕はオーレッタに電話した。

「NBCはやらないのか？　あれだけ材料があるのに？　テープがあっても？」オーレッタが聞く。「ありえんな」オーレッタはいくつか当たってみて返事をすると言ってくれた。

オッペンハイムとのミーティングが終わってからずっと、僕はジョナサンを捕まえようとしていた。「電話して」とメッセージを送る。それからぐずぐずと書き連ねた。「僕の人生最大のピンチなのに君は側《そば》にいてくれない。後戻りできないような決断をしようとしてるんだ。でも君なしで決めるなんて悲しすぎる。僕は君のために撮影も中断するのに、君はそうしてくれないんだね」

ジョナサンは電話をくれたが、イラついていた。

「君から矢のようにメールがきたからってミーティングを抜け出せないんだ。勘弁してくれよ」ジョナサンが言う。

「いろいろ考えなくちゃならないことが多くて」と僕。「でも、ひとりぼっちで立ち向かってる気分」

「ひとりぼっちじゃないよ」

「じゃあこっちに来て一緒にいてよ」

「できないよ。わかってるだろ。ここで会社を立ち上げてるんだ。君はどうも覚えてないみたいだけど――」

「僕の周りで妙なことが起きてるんだ」そう伝えた。「気が狂いそう」。僕たちはお互いにムッとして電話を切った。ちょうど地下の金庫室へ降りていくところだった。貸金庫の引き出しにUSBをしまって、その箱がギギギと耳ざわりな音を立てながら元の場所におさまるのを僕は見届けた。

＊

翌日、オーレッタがデビッド・レムニックを紹介してくれた。レムニックはニューヨーカー誌の編集長だ。翌週会って話すことにして、日を決めた。「このようなケースを、これまでに何度か扱ってきました」レムニックはそう書いていた(注1)。

局でのマクヒューと僕は、不安から挙動不審《きょどうふしん》になっていた。グリーンバーグは追い詰められているようだった。マクヒューはグリーンバーグを問い詰め、利益相反なんて言い訳はお粗末すぎると突き上げた。以前にワインスタインと僕の家族の仕事の関わりを調べて、利益相反がないことを全員で確認したはずだと念を押した。

グリーンバーグは何とか前に進む方法を探すというような意味のことをぼんやりと口にした。

「では、まだこの件はNBCでは死んでないと?」マクヒューが聞く。

「ここで議論するつもりはない」とグリーンバーグが返す。

「議論してません」とマクヒュー。「ですが、念のため私は反対したときちんと記録に残しておいてください」

　僕がグリーンバーグに会った時も、同じように問い詰めた。「利益相反の話ですけど」と聞いてみる。「ノアはハーヴェイがあなたに話したと言ってました」。グリーンバーグのパニックの表情が純粋な困惑に変わる。

「ハーヴェイとそんな話はしてない」グリーンバーグは言った。

＊

　オッペンハイムが会いたいとメッセージをよこしてきたのは午後の早い時間だった。

「この件で一日中話し合ってたんだ」。僕がオッペンハイムの部屋に着くと、彼はパッと覚醒したようだった。徹夜でもしたように見える。「何とかできるかもしれないとみんな思っている」――僕の飛び上がらんばかりの表情を見て、オッペンハイムは振り払うように繰り返した。「解決できるかもしれないということだ」。この事件を報道できないと判断した人たちは、報道しないとまずいことになりそうだとやっと気づいたらしい。少なくとも、オッペンハイムが昨日言い残した形のままではまずいと気づいたのだろう。

「社内で最も経験のあるシニア・プロデューサーに、君の調査をすべて遡って洗い直し、垢を落としてもらう。ここに二〇年、いや三〇年いるデイトラインのプロデューサーだ」

「誰ですか？」と聞いた。

「コルボだ。この件を担当するにはうってつけの人物だ。コルボが誰かを選ぶ」

　コルボの姿を思い浮かべた。夜のニュース番組デイトラインのベテランプロデューサー。企業人だが、僕が知るかぎり、報道の原則に忠実な人物だ。

「もしこれが、放送したいという純粋な希望から出たことなら、僕はもちろん大歓迎です。どこからでもアラ探ししてください。どんな検証にも耐えうる報道ですから」

「検証だけじゃない」とオッペンハイムが言った。「何年も前にハーヴェイ・ワインスタインが女性の胸をまさぐったという告白テープなど全国ニュースにはならないというのが私の見方だ」僕が口を開こうとすると、オッペンハイムが手で止めた。「よそでならニュースになる。ハリウッド・レポーターなら喜んで取り上げるだろう。映画プロデューサーが女性の体をまさぐった話はトゥデイ向けじゃない」

上はもっと材料を欲しがっているとオッペンハイムが言うので、それも大賛成ですと僕は答えた。グティエレスにここに来てもらって話してもらうこともできるし、カノーサの撮影もできるし、ネスターをもういちど撮影してもいい。

「いや、ダメダメ」とオッペンハイムが言う。「すべて洗い直してもらうために別のプロデューサーをつけたんだ。月曜までは全員休め。じっと待つんだ」

「ノア、もっと材料が必要って言うなら、僕が外に出て取ってこないと手に入りませんよ」

「わかってる、わかってる」とオッペンハイムは言った。「とにかく、月曜までじっと待ってろと言ってるだけだ」

＊

「ふざけてる、ファカクトだ」マクヒューが言った。

「リッチ、頼むよ。ヘブライ語は勘弁してくれ。それに正しくはファカクタだし――」

「俺が信頼できないって言われてるようなもんだ、ふざけんな――」

「違うよ」と僕が言う。

「どう違うんだ？　この記事のすべての材料はすでに信頼できるプロデューサーがくまなく検証してる。俺自身がずっとそこにいたんだから――」

「あら、ごめんなさい！」。若くてはきはきしたトゥデイのプロデューサーがドアを開けながらそう言った。僕たちはトゥデイの番組スタッフの大部屋に近い郵便室にいた。ほかの部屋はすべて埋まっていたのだ。そのプロデューサーはだらだらと郵便物を仕分けしたりフェデックスの送り状を扱ったりしていた。

僕たちはしばらく、気まずい感じでそこにつっ立っていた。

「元気？」僕はなんとか口に出した。

「ええ。最高よ。でも夏が終わって寂しいわね」

「だよね」僕は返事をした。

彼女が出ていってドアがバタンと閉まると、僕はマクヒューに向き直った。

「リッチ、君を追い出すようなことはさせない」

「でも、排除されるよ」マクヒューが小声で続ける。「いったいどういうことなんだ？」

「特別検察官を任命するようなもんだな。もし上がこの件を報道したくないなら、そう命令すればいい。でも誰かに検証させるってことは希望が持てると思うんだ」

リッチはまるで気がふれたかと言わんばかりに僕を見た。「奴ら、ダメだと言ったあとで、これが外に漏れたら会社のイメージダウンになると気がついただけだろ。だから、俺たちをこの件にくくりつけて飼い殺しにしてるんだよ。この分じゃ来年の春になってもまだ決着つかないぜ。『まだ足りない、まだ足りない』って言い続けて、絶対にダメとは言わないのさ——ああ、どうぞ、入っていいよ」

「あ、ごめんなさい！」さっきのプロデューサーが小さな声をあげて戻ってきて、つま先立ちで奥まで進んで先ほど忘れた書類を手に取った。

僕はこわばった笑顔を浮かべて、マクヒューに話しかけた。「それはちょっと考えすぎじゃない？　きっと放送させてくれるさ」

「結局、NBCニュースの社長がハーヴェイと裏で通じてて、俺たちに嘘をついてるってのが問題なんだ」マクヒューはむくれている。「来週のレムニックとの打ち合わせはどうする？」

僕もそのことは考えていた。「予定通り、レムニックに会う。逃げ道は残しておかないと。もしかしたら、両方で報道できるように提案してもいい。わからないけど」

「くれぐれも気をつけろよ」マクヒューが言う。「もし他社に抜かれてNBCのメンツが潰れたら、俺たちが責任とらされるかもしれん」

「こんにちはー！」。インターンが三人、笑いながらドアをあけ、その中のひとりが挨拶をした。「私たちのことは気にしないで」

＊

マクヒューは懐疑的だったけれど、僕は浮かれ気分で本社ビルを出て、タイムズスクエアのギラギラしたネオンサインの中を通りぬけた。希望が見えたような気がしたのだ。

「NBCはひとつの選択肢だぞ。報道を続けさせてくれる限りは、離れない方がいい」ロサンゼルスにいるジョナサンは電話でそう言った。「ノアにはどうしようもないんだ。悪意はないさ」

先月までのゴタゴタはただの思い過ごしだったに違いないという気分は、トーマス・マクファデンからの返事で裏付けられた。NBCで警備を担当しているマクファデンが調査の進展を報告してくれたのだ。僕に届いた脅迫メッセージの少なくとも一部の出どころを彼らが突き止めてくれた。それは、よくありがちな精神を病んだストーカーの仕業だった。壮大な陰謀なんかじゃなかった。アパートの外で物陰に隠れて見張っている人なんていない、と僕は自分に言い聞かせた。

＊

情報提供者の中で、ワインスタイン本人から、または彼の部下から気味の悪い電話がかかってきたと教えてくれる人の数が増えてきた。ロンドンでの示談の様子を直接見聞きしたとカメラの前で語ってくれたカトリーナ・ウルフは、デニス・ドイル・チェンバースというワインスタイン・カンパニーのベテランプロデューサーから電話がかかってきたことを、おずおずと僕に教えてくれた。チェンバースは、別のベテランプロデューサーのパム・ルベルと一緒にワインスタインのもとで書籍出版のための調査をしていると言っていた。「楽しい本よ。古き良きミラマックスの最盛期の話」だとルベルは話していた。ワインスタインはチェンバースとルベルに、二人の知る社員をすべて書き出して連絡を取ってほしいと頼んでいた。この二人の女性がワインスタインの作り話をどこまで信じていたのかが取り沙汰されたのは、あとのことだ。ルベルはかなり信じ切っていたようだ。本の提案書まで作っていた。本の表紙はボブとハーヴェイのワインスタイン兄弟が笑っているモノクロの写真。写真の上のタイトルは、『ミラマックス：永遠に続くと思われた日々』。

　だが、この作り話はそもそもお粗末で、すぐにぼろが出た。

　八月のはじめにワインスタインは二人を事務所に呼びつけた。「例の本は一時中止にする」と告げた。そしてチェンバースとルベルに、社員一覧にある人たちに電話をして、マスコミから連絡があったかを聞いてほしいと頼んだ。

　ウルフに電話してきたチェンバースは、懐かしい昔話もそこそこに本題に入った。記者から連絡があったかをワインスタインが知りたがっていると言う。特に、僕から連絡があったかを知りたがった。そしてウルフが受け取ったり送ったりしたメールのコピーをすべて欲しがった。ウルフは平静さを失って僕のメッセージをチェンバースに送り、返事はしていないと繕った。

　そのほかにもあることが起きていた。チェンバースとルベルが連絡した元社員らの名前は、より大きなマスターリストに加えられていた。だがこのリストには最盛期のミラマックス社員の名前は少なく、ワインスタインが一緒に働いた女性や、頭痛の種になりそうな記者の名前のほうがはるかに多かった。リストは色分けされていた。赤いハイライトがかかっていれば、緊急案件。特に女性は赤が多かった。チェンバースとルベルは電話の様子をもとにこのリストを更新したが、そのリストがテルアビブやロンドンにあるブラックキューブの事務所に送られ、そこから世界中の工作員に転送されて、秘密工作に使われることは知らなかった。

＊

この頃、僕の講演エージェントを務めていたジョン・クサルのもとに、ロンドンにある資産運用会社からの問い合わせが届いた。代表のダイアナ・フィリップは、職場の女性進出に焦点を当てたガラパーティーを企画していると言っていた。この問題に詳しい記者に講演を頼みたいとのことだった。もしかすると、講演は複数回になるかもしれないと言う。

クサルはこの業界が長く、怪しい相手かどうかを確かめることには長《た》けている。だが、ダイアナ・フィリップはすべての質問に答えを準備していた。パーティーに参加する投資家の名前など、具体的なことまで淀みなく話した。講演者の最終的な決定はこれから行うところだと言う。その前に僕に会いたいとのことだった。「今後数週のあいだにお会いできればありがたく存じます。来週ニューヨークに行く予定ですので、もしファロー様のご都合がよろしければお会いしたいのですが」(注2)と書いてきた。最初はすぐにでも会いたいと言っていたが、何度か返事をしないでいると電話でもいいと書いてきた。ダイアナ・フィリップはひと月以上もそんなメールを送り続けていた。この女性はよほど調査報道にご執心なんだなとクサルは思った。

30章　飲料ボトル

オッペンハイムと最後に会った日の翌朝早くに、僕のアパートの外に探偵が二人張り込んでいた。オストロフスキーが角のベーグル屋からぶらぶらと出てきた時には、ハイキンはもう張り込みをはじめていた。「何かいるか?」オストロフスキーがメッセージを送る。「いらん」とハイキンは返信した。数分後、二人は外の道端で見張りをはじめた。

オッペンハイムとの話し合いから出てきてすぐに、僕はデビッド・コルボにメールを送って会う約束を取り付けた。翌朝、白いボタンダウンのシャツを着てカバンにノートを詰め込み、アパートの外に出た。

八時半すぎ、ハイキンたちは白シャツにナップサックを背負った金髪の若い男性を見つけた。顔かたちをチェックする。二人はすでに僕の写真を受け取っていて、前日にはそのほかの情報も検索していた。監視の仕事に当てずっぽうはつきものだが、どうやらその若者がターゲットと見てよさそうだった。オストロフスキーは車でターゲットの後について角を曲がりながら、パナソニックのビデオカメラで録画をはじめた。「NBC

本社に向かうところ」とメッセージを送る。ハイキンは歩いて尾行をはじめ、コロンバス・サークルの地下鉄駅に降り、ダウンタウンに向かう列車に乗り込んだ。

日がな一日ずっと監視していなければならないと、なかなかトイレにも行けなくなってしまう。「あとどのくらいでこっちに着く?」。その日のあとになって、ターゲットが出てくるのを車で待っていたオストロフスキーはハイキンにメッセージを送った。「小便が漏れそうだ。もし近くにいるなら待てるけど」。ハイキンはまだ近くにはいなかった。オストロフスキーはさっき飲み干した飲料ボトルに目をやり、仕方ないなと覚悟してボトルを手に取り、その中に発射した。

「オーケー、すべてよし」ハイキンにそうメッセージを送った。

＊

NBCの本社ビルに着く頃には、白いシャツが汗でビショビショになっていた。コルボの部屋はディトラインのチームに近いところにある。僕が到着すると、コルボは「調子はどうだい?」と笑顔で聞いてくれた。

「一緒に働くことになると聞きました」と僕。

「ああ、その件か」とコルボ。「まだ大まかなことしか聞いてないんだ」

僕は基本的な要点を説明した。音声テープのこと、ハーヴェイ・ワインスタインに対する数多くの告発が法務部のチェックを経て原稿の中に入っていること、グティエレスが勇気を出して実名を出しこの報道の柱になってくれようとしていること、マッゴーワンのかわりにネスターが顔出しでインタビューに応じてくれる気持ちになっていること。

コルボは話を聞きながらにこやかに頷いていた。「説得力がありそうだな」彼はそう言って笑顔を見せた。

コルボはこれまでにも性暴力を告発する難しい報道を扱ったことがあった。アンディ・ラックがはじめてNBCニュースを率いていた一九九九年、コルボはワニタ・ブロデリックのインタビューをおこなった。ワニタ・ブロデリックは二一年前にビル・クリントンにレイプされたと告発していた。NBCはこのインタビューが撮影されたあと一カ月以上かけて検証し、業を煮やしたブロデリックがウォール・ストリート・ジャーナル紙とワシントン・ポスト紙とニューヨーク・タイムズ紙に話を持ち込んだあとになってようやく、インタビュー映像を公開した。「もしドロシー・ラビノウィッツが私にインタビューしてなかったら、NBCは絶対に私の話を握りつぶしていたはずです」ブロデリックはのちにそう語った。この特ダネを抜いたのは、ウォール・ストリート・ジャーナル紙の論説委員でピューリッツァー賞記者のドロシー・ラビノウィッツだった。(注1)

「私は完全に諦めていました」とブロデリックは言う。

コルボ自身にも過去に性的嫌がらせの問題があったことを僕は知らなかった。二〇〇七年、コルボはある社員にまとわりつき、いやらしいメッセージを送りつけていた。「これからのお互いの努力目標ってことで、ひとつ基本ルールをはっきり決めておいた方がいいな。プールに行く時は必ず私に知らせてくれ。遠くから水着姿を眺めるだけでも最高の気分になれるから」(注2)。ある暑い日に、コルボはこんなメッセージも送っていた。「暑いのは大好きだが、君のその格好は目の毒だな」(注3)。コルボは何度もその女性とふたりきりになろうと画策した。しまいにその女性が管理部門に苦情を訴えた。その女性は昇進して新しい仕事に就き、その後何年間もNBCにとどまった。コルボは順調に出世の階段をのぼっていった。

コルボとのミーティングが終わって、自信が戻ってきた。翌日、僕の知らないところで、NBCはコルボの告発者と一〇〇万ドル近い示談を成立させた。のちにデイリー・ビースト誌がこの告発について報じると、NBCは、金銭の支払いはたまたまで苦情とは関係ないと発表した。ただしその女性はNBCの悪口を言えない契約になっていた。

＊

数日後の朝ふたたび、ハイキンとオストロフスキーはアッパーウェストサイドで見張りをすることになった。今回はオストロフスキーが先に来ていた。「今のところはまだ見てない」とハイキンにメッセージを送る。すると、金髪の若い男性が出てきた。オストロフスキーは車から飛び出し、歩いて尾行した。触れるほどターゲットに近づく。それから眉をしかめて誰かに電話した。

僕はアパートの部屋で電話をとった。「誰ですか？」。相手はロシア語で短く声をあげ、電話を切った。オストロフスキーが尾行していたのは僕によく似た隣室の若者だ。その隣人はまったく何も気づかず、電話も取らずに歩き続けた。

「違ってたようだ」オストロフスキーがハイキンにメッセージを送る。「アパートに戻る」。車に戻ったオストロフスキーはもっとわかりやすい僕の写真をグーグルで検索した。「いい写真を見つけた」そう書いて僕が姉のディランと一緒に写っている写真を送った。おそらく僕が四歳で姉が六歳の時の写真だ。両親の腕に抱かれている。「これでばっちりだな」

「笑わせるな」ハイキンが返信する。オストロフスキーが冗談でやっていることを確かめるように、ハイキンは例の青い見出しのついた報告書のスクリーンショットを送った。そこには僕の誕生日が書かれていた。

＊

ニューヨーカー誌のオフィスはワン・ワールド・トレード・センターの三八階をぐるりと取り囲む形になっている。その輪の中に存在するのが調査報道と、洗練された論説と、あの有名なトートバッグだ。オフィスは近代的で明るく風通しがいい。レムニックとのミーティングの予定は昼間だった。オフィスに到着したときちょうど携帯から連続で着信音が聞こえた。今回のスパムメールは何かの政治的なアンケートを餌にした呼び込みだ。指を滑らせてスパムを消したところで、ひょろっとしたアシスタントが僕をレムニックの部屋の隣の小さな会議室に案内してくれた。

デビッド・レムニックは一〇〇歳になっても神童と呼ばれていそうな人物だ。まずワシントン・ポスト紙の記者としてスポーツと犯罪を担当し、それから同紙のモスクワ特派員となり、ロシアに関する本を書いてベストセラーとなり、三〇代でピューリッツァー賞を受賞した。僕が訪ねたその夏にはレムニックはもう五〇代の後半で、カールした黒髪には白髪が混じっていたが、どこか少年っぽさが残っていた。のちにレムニックの妻が、レムニックは背が高いと言うのを聞いて、僕はそうだったっけと意外に思った。

レムニックは身体も仕事ぶりもあれほど立派なのに、相手を小さく感じさせずにいることのできる、稀有な人物だった。ジーンズにジャケット姿で会議室の椅子に座ったレムニックは、くつろいではいたが興味津々といった様子だった。

ミーティングに同席したのはディアドル・フォーリー＝メンデルソンという若い編集者で、その年のはじめにニューヨーカー誌にやってきたばかりだった。ニューヨーカーの前にはハーパーズ・バザー誌とパリ・レビュー誌で仕事をしていた。フォーリー＝メンデルソンは痩せていて口数は少なく真面目そのものだった。前日の夜にレムニックが彼女のところにやってきて、ワインスタインについてのオーレッタの古い記事を見返してほしいと頼んでいた。だが彼女はオーレッタの記事にとどまらず、関連する記事を幅広く読んでいた。

みんなで席について、僕が概要を話しはじめると、レムニックが真剣に考えをめぐらせているのが見てとれた。「もっと材料を集められるんだね？」とレムニックが聞く。

「かならず」と僕は答え、NBCから足止めを食らったインタビューについて話した。テープを聞かせてもらえるかとレムニックが訊ねた。この夏、マスコミの幹部にこれを聞かせるのはこれで二度目になる。僕は机の上に携帯を置き再生ボタンを押した。レムニックとフォーリー＝メンデルソンは音声に聞き入った。彼らの反応はオッペンハイムと正反対だった。テープが終わると二人はショックで黙り込んだ。「告白してるってだけじゃない」。やっとフォーリー＝メンデルソンが口を開く。「あの話し方。相手が嫌がっても気にもかけてない」

「で、NBCは君がこの材料を他社に持ち込んでもいいと言ってるのか？」レムニックが聞く。「上司は誰なんだ？　オッペンハイム？」

「オッペンハイムです」

「脚本家だったと言ったかな？」

「『ジャッキー』の脚本家です」と返事をした。

「あれは」レムニックは暗い口調で言った。「つまらなかった」

＊

その朝、収穫のないまま、オストロフスキーともうひとりの仕事仲間はニューヨーク・タイムズ紙の本社ビルの外に車を停めた。するとハイキンから電話があり僕について新たな指令を出した。「やつの携帯を追え」。そういや、去年の秋にハイキンが携帯を追跡できるとか何とか大風呂敷を広げてたっけ、とオストロフスキーは思い出した。昼を少し過ぎた頃、ハイキンが地図のスクリーンショットをつぎつぎに送ってきた。移動中のターゲットの緯度と経度と高度が地図上にピン留めされている。ハイキンのあの話はホラじゃなかったのかもな。地図上のピンの動きはまさしく、レムニックとのミーティングに向かう僕の位置を示していた。

＊

僕はニューヨーカー誌の編集者にこの報道のすべての側面を正直に明かした。NBCでの将来をまだ諦めていないことも話した。「正直言って、あそこで何が起きているのか僕にはわかりません。ただ、NBCの社員ですし、今回の見直しが誠実なものだという可能性があるなら、諦めたくはありません。NBCで一緒に働いているプロデューサーへの義理があります」

レムニックははっきりと、もしNBCがこの報道を断念するか、他社に先駆けて放送する意思がないのなら、興味があると言った。もちろん、まだやることはある。僕がさらに証拠を集めれば集めるほど記事は堅固になる。ワインスタインと弁護士チームが闘いに備えていることを、レムニックは経験から知っていた。それでも、報道機関から励ましを受けたのは、僕にとってその夏ではじめてのことだった。レムニックは、今手元にある材料をフォーリー＝メンデルソンに引き続き検証させるよう指示を出した。まだ考慮中だったがカノーサのインタビューの撮影もその中に含まれた。

「今の時点であなたが何も約束できないことはわかっていますが、重要な報道を表に出せるだけの材料はあると思っています」僕はそう言った。

レムニックが頷く。「その可能性はあると私も思っている」

ロビーに降りたところで、二〇〇通はありそうなメッセージが洪水のように流れ込んできた。「(アンケート)トランプ弾劾に賛成ですか?」どれもすべてまったく同じ文言だ。「投票をご返信ください。メール配信を停止するには……」。発信者の番号はすべて違っている。僕はそこに立ち止まってメッセージを消去していったが、最後に諦めて配信停止の手続きをした。だがそれもどうやら無駄な抵抗に終わったようだった。

＊

「ワールド・トレード・センターの近くだな」地図を受け取ったオストロフスキーはハ

イキンにそうメッセージを送った。「今向かってる」それから続けて「どこから出てきそうか、追加情報は？」そして「そのビルの中？　それとも外の可能性はある？」と打ち込んだ。

「データなし」ハイキンが返信する。

「わかった。見てみる」

アンケートの洪水の中に、マクヒューからのメッセージがあった。社にいつ戻るかと聞いている。もうNBCに戻っていなければならない時間だ。僕は地下鉄の駅に下りようとして考え直した。尾けられているかもしれないと疑った日からずっと、僕は奇妙な不安を感じていた。結局、通りに出てタクシーを拾った。アップタウンに向かう僕の車は、オストロフスキーのすぐそばを走り抜けた。

＊

それからまもなく、僕とマクヒューはコルボが調査の見直しのために任命したプロデューサー二人と膝を突き合わせていた。どちらも本心から興味を持っているように見えたが、この件の運命を決めるのは彼らより給料がはるかに高い人たちなのは明らかだった。打ち合わせはせわしなかった。どちらのプロデューサーも夜の報道番組で放送するニュースの試写のために出たり入ったりしていた。僕とマクヒューはその場で印刷した材料を彼らに渡し、銀行の貸金庫にある極秘の資料も含めて、もっと材料を渡すことができるとはっきりと彼らに言った。例の音声テープを聞きたいとは頼まれなかった。あとで知ったことだが、彼らはいちどもあのテープを聞いていなかった。

プロデューサー二人との打ち合わせが終わって、マクヒューは知らない番号から電話がかかっていたことに気が付いた。それは弁護士で広報コンサルタントのラニー・デイビスからだった。

「ハーヴェイの件でローナン・ファローと一緒に仕事をしているそうですね」デイビスはそう聞いてきた。「本当ですか？　例の件でまだ調査を行っていますか？　いつ放送予定でしょう？」

調査中の報道については何も言えないとマクヒューは答えた。デイビスは、今は休暇中だがと断って、自分の携帯電話の番号をマクヒューに教えた。「長年、クリントン家と仕事をしてきましたし、今はハーヴェイと仕事をしています」とデイビスが言う。「お力になれればと思っています」。マクヒューは急いで電話を切ったが、その午後中ずっと少し様子がおかしかった。

＊

その晩僕はロサンゼルスに飛ぶ予定になっていた。カノーサを説得してカメラの前でインタビューに応じてもらえることを願っていた。ネスターにも会うことになっていて、顔出しのインタビューに応じてもらえるかどうかを話し合うつもりだった。

ジョン・F・ケネディ空港の出発ターミナルに入ったところで、カノーサから電話があった。怯えているようだ。「彼が何度も電話してきたわ」。ワインスタインはカノーサを味方につけようとして、彼女の忠誠を彼がどれほどありがたく思っているかを説いていた。

「もしできそうなら――」

「大丈夫」カノーサははっきりとそう言った。「顔は隠すけれども、絶対にやりたい。

「インタビューに応じるわ」。僕たちは取材の時間を決めた。

調査を止める理由としてオッペンハイムが一番最近僕に言ったこと――コルボがプロデューサーを任命するまで待て――は立ち消えになった。マクヒューと僕はインタビューを進めるとNBCに伝えた。

＊

ワールド・トレード・センターで近くをすれ違ったあと、ハイキンとオストロフスキーはあたりをぶらぶらしていた。ハイキンはずっとタバコを吸いながら、GPSの位置情報が入るのを待って携帯をチラチラと見ていたが、情報は入らなかった。オストロフスキーはまた僕のアパートの前で張り込んでいたがまったく収穫はなかった。「俺がローナンの監視に使った時間は気にしなくていい」とハイキンにメッセージを送る。「状況はわかっているし、ローナンを見つけなければ金が入ってこないことも承知してる」

31章 皆既日食

ハーヴェイ・ワインスタインもまた、進展がないことにイラついていた。デビッド・ボイーズは、ワインスタインに約束したとおりアンディ・ラックに電話をかけた。そして、ワインスタインに関する報道は進行中かとラックに聞いた。

ラックはボイーズの話に温かく耳を傾けた。自分からはあまり話さなかった。以前にワインスタインが電話で、社員と寝るのはよくあることだったと話した時も、ラックは黙っていた。一九八〇年代にCBSで放送されていたニュース番組の「西五七丁目」でプロデューサーを務めていた頃、ラックは既婚者でありながら部下やタレントと性的な関係を持っていた。「西五七丁目」で記者を務めたジェイン・ウォレスは、「ラックはしつこかった」と言っていた。働きはじめてすぐ、入社祝いという名目でラックから「ほぼ一カ月にわたって毎日」夕食に誘われたと言う。「上司にそんなことされて断れる?」のちに彼女はそう語っていた。「あなたとはお祝いしたくありません、なんて言ったらそれこそ問題でしょ」。ウォレスは「最後は合意の上だったけれど、口説かれたなんて軽いものじゃなかった。しつこく攻略された」と言う。二人はそのうちうまくいかなくなる。ラックは荒っぽくなった。ウォレスが辞めた時、ラックから「お前に手柄はやらないからな」と怒鳴られた。それから、CBSは当時一般の人がほとんど知らなかった作戦で彼女の口を封じた。彼女に大金を支払って秘密保持契約を結ばせたのだ[注1]。彼女はその金を受け取った。「あそこから抜け出してからはじめて、無理やりだったことに気がついたわ。自分がどれほどあの関係を嫌がってたかってことにね」とウォレスは言う。「もし彼があんな風じゃなければ、私は間違いなく仕事を続けられていた。あの仕事が本当に好きだった」

ラックはジェニファー・レアードという若いプロデューサー補とも関係を持っていたと数人の元部下は語っている。関係が終わるとラックは彼女に嫌がらせをするようになった。周囲はそれを報復だと見ていた。レアードが配置換えを頼んでも、ラックは許さなかった。彼女に長時間労働を強《し》い、週末も働かせ、休暇もキャンセルさせた。広報担当者を通じてラックはいかなる報復行動も否定している。レアードは関係を持ったことを認め、別れたあとは「尋常でないほど居心地が悪かった」と言っている。「上司とは関係を持つなって言うけど本当ね」

ラックが経営陣としてNBCに戻ってくる前から、彼のよくない評判は知られていた。親会社のCEOであるスティーブ・バークがラックを呼び戻すと決めたことを知ったある重役は、「なぜよりによって？」とバークに聞いた。「そもそもここの企業文化に問題があるのは——あいつが作り出したからだろう！」

その日、ボイーズとの電話で、NBCでこの事件をどう扱うかということに話が及ぶと、ラックはめずらしく口数が増えた。「うちでは放送しないとハーヴェイに伝えた。もしうちでやると決めたら、彼に教えるからと」

＊

ニューヨーカー誌とのミーティングのあとで僕がロサンゼルスへの夜行便に乗っているあいだ、グリーンバーグが取り乱した様子でマクヒューに電話をかけてきた。オッペンハイムから「調査を一時停止するように命令された」と言う。

「何もできないってことですか？」マクヒューが聞く。

「上司がそう言ってる」とグリーンバーグ。「これは命令だ」

翌朝グリーンバーグは僕に電話をよこして同じことを言った。

「ノアの指示は明確だ」とグリーンバーグ。「このインタビューは撮影するな。一時停止する」

僕はウェストハリウッドにあるジョナサンの部屋にいた。ジョナサンが信じられないとでも言うように大きな口をあけて僕に近づいてくる。「確認ですが、このインタビューをキャンセルしろと命令してるんですね」グリーンバーグにそう聞いた。

グリーンバーグがしばらくおし黙る。「一時停止だ」と言った。

「インタビューの予定はもう決まってたんですよ。その予定をなかったことにしろって命令してるんですよね。一時停止って言えるんですか？」

「ローナン、やめるんだ」グリーンバーグはムッとしてそう言った。

「一時停止はどのくらいの期間ですか？」僕は聞いた。「どうしてＮＢＣは調査を止めるよう命じてるんですか？」

　グリーンバーグは何と答えていいかわからないようだった。

「私は――彼は――ハーヴェイの弁護士が言うには、彼の会社の社員は全員守秘義務契約の対象になる。その契約を破れと唆かすことは許されない」

「リッチ、法的リスクはないはずです。インタビューをするだけなら――」

「ノアが決めたことだ」とグリーンバーグ。「君は嫌だろうが、私たちの誰も彼に反対する立場にない」

*

　僕は部屋の中を端から端まで歩きまわりながら、どうしたらいいかをジョナサンと話し合った。他社に持ち込めばいいというオッペンハイムの提案は、あてにならないような気がした。「他社が報じたら、ＮＢＣが握りつぶしたことがスキャンダルになるのは、ノアもわかってるはずだよな」ジョナサンが言う。僕は調査の停止命令に抵抗し続けたかった。でも、やりすぎると局と表立って敵対することになりかねず、そうなれば僕が集めた材料を他社に持ち込むことまで妨害されるかもしれない。

　僕はジョナサンのアドバイスに従った。オッペンハイムに電話して、紙媒体に「持ち込め」というオッペンハイム自身の提案をありがたく受け入れたいと申し込んだのだ。ただし、決して局を脅かす調子ではなく、好意を受け入れるという形にした。ある紙媒体が暫定《ざんてい》的ではあるものの興味を示していることも、正直に伝えた。だがどの媒体かは言わなかった。紙媒体でまず発表したあとに、引き続きＮＢＣでインタビューを撮影してテレビ版を放送することもできると提案した。

「君が他社に持ち込むのを邪魔するようなことはしたくない。今聞いた限りじゃ悪くない提案だと思う」とオッペンハイムが言う。ホッとしたようだった。「一〇分考えて深呼吸してから連絡させてくれ」

オッペンハイムは約束通り一〇分後にメッセージをくれて、いいだろうと言った。次のカノーサとのインタビューにNBCの撮影隊を使わせてもらえるかと打診してみた。撮影したからといって放送する義務はNBCにはなく、いつかのための選択肢を残しておくためだと伝えた。「残念だが、見直しが終わるまでNBCは何もできない」と返事がきた。(注2)

それから一日も経たないうちに、オッペンハイムはコルボとその下のプロデューサーたちに会い、見直しを中止させた。ネスターはまだ「名乗り出る準備ができていない」とプロデューサーのひとりがチームに伝えた。ネスターは必要なら名乗り出るつもりだとすでに僕に話していたし、「準備ができてない」などと言った覚えはないと話している。コルボは、この一件は見栄えが悪く、テレビ放送に向かないと言っていた。

その後、グリーンバーグがマクヒューに、この事件について電話を受けることも禁止した。「手を引け」とグリーンバーグは言った。マクヒューは、これまで長年にわたって繰り返しワインスタインが事件を握りつぶしてきたことを考えて、こう答えた。「彼を勝たせるんですね」

＊

会社の後ろ盾を失った僕は、身の安全について相談できる人もいなかった。もしワインスタインが僕を個人的に訴えると決めたら、守ってくれる人はいない。僕はフォーリー＝メンデルソンに電話した。「彼がすでにNBCに脅しをかけてきたのは明らかです。この報道が重要なのはわかっていますが、自分自身がどのくらいリスクに晒されているのかも知りたいんです」

「今手元にあるものをすべて私に送って」と彼女が言う。「この件について話をはじめましょう」

「報道機関の後ろ盾がなくても、インタビューを続けた方がいいと思いますか？」

フォーリー＝メンデルソンは考え込んだ。

「具体的な訴訟リスクについては、私はわからない。でも、インタビューをキャンセルしちゃいけないと思う。調査を止めないで」

フォーリー＝メンデルソンはニューヨーカー誌の弁護士であるファビオ・ベルトーニを紹介すると申し出てくれた。社の記者ではない人間に、非公式とはいえ法的なアドバイスを与えるのはかなり珍しいことだ。だが、僕が相当に追い詰められていたことをフォーリー＝メンデルソンは感じ取ってくれていた。

＊

レムニックからの返事を待つあいだ、僕は不安な気持ちからフォーリー＝メンデルソンにいくつもメッセージを送りつけた。情報提供者とのインタビューを進めることを伝え、目を皿にして彼女の返事を読み、彼らが後ろ盾になってくれる様子はないかとヒントを探した。

フォーリー＝メンデルソンが約束してくれたとおり、弁護士のファビオ・ベルトーニから連絡がきた。ベルトーニは以前にアメリカン・ローヤー誌と出版社のハーパーコリンズで、まさしく僕が抱えているような報道への脅迫に対応してきた人物だ。訴訟リスクがあるというもっともらしい理由でNBCが無理やり調査の中止を命じたことを説明すると、ベルトーニは純粋にわけがわからないという様子だった。「報道された場合にしか訴訟リスクは発生しない」とベルトーニは言った。「報道されない調査について法的な措置が取られることは極めてまれだ」不当介入だと言われたことを話すと、さらに頭を捻っていた。僕が局に主張したのと同じことをベルトーニも言っていた。守秘義務契約を結んだ社員と報道機関が話せなくなったら、政治報道や企業報道のほとんどが不可能になってしまう。ニューヨーカー誌にはじめて足を踏み入れた時の僕は、実験室で育った動物がはじめて草の上を歩いたような気分になっていた。

「ワインスタインが脅かしてくるとわかっていても、調査を続けていいということですか？」僕は聞いた。

「ああ、それなら」ベルトーニは教えてくれた。「訴えるぞと脅かすのは簡単だよ。実際に訴えるとなるとまったく別だがね」

＊

カノーサには撮影すると約束していたし、その計画を変更して彼女を怯えさせたくなかった。そこで、自分で個人的に撮影スタッフを雇うことにした。マクヒューは撮影に手を貸すなと命令されていたが、無理して僕を助けてくれ、雇えそうな人たちの名前を次から次へと送ってくれた。マクヒューはそんな心の大きな人間なのだ。だが、インタビューが予定された八月下旬の月曜はたまたま、約一〇〇年ぶりの皆既日食の日と重なっていた。僕たちが連絡したフリーランスのカメラマンはみんな、最高の位置から皆既日食を撮影するために、ワイオミングなどの地方に出かけていた。ロスに残っていたスタッフにはまた別の問題があった。ほとんど全員がワインスタインの制作会社と働いたことがあったり、これから働くことになっていたのだ。さんざん探し回ってやっと見つけたのが、ウリ・ボネカンプというカメラマンだった。僕が独りでやろうとしていることを知っていたからなのか、この撮影を気にかける価値があると感じ取ってくれたのかわからないが、お手頃な料金でやってくれることになった。

ホテルの部屋の方がくつろげるかとカノーサに聞いてみたところ、犬と仲良くなったこともあって、ジョナサンの家にまた行きたいと言う。皆既日食がはじまった頃に、僕たちはウェストハリウッドの部屋で撮影の準備に取り掛かった。砂袋と三脚を運び込み、窓を黒い布で覆って、ジョナサンの家具はあまり丁寧に扱わなかった。

＊

昼過ぎにオッペンハイムからメッセージがきた。「書いたもので確認しておきたいが、今日のインタビューも含めて、今後君が行う一切の調査はNBCのためではなく、NBCの許可も与えられていない。これは、君だけでなく、君が話をするすべての人に明らかにされなくてはならない(注3)」

「僕の考えはご存知ですよね」と返信した。「ですが、局の方針は理解していますし、それに従います」

カノーサが到着すると、僕はこの記事がこれからどうなるかわからないことを正直に打ち明けた。それでも、彼女のインタビューには価値があることも伝えた。何としてでもどこかでこの事件を表に出すと話した。カノーサの決心はゆるがず、その夜僕たちはカメラを回しはじめた。彼女のインタビューは衝撃的だった。「声をあげるより沈黙する方が被害者の得になるような状況を、彼が作り上げているんです」カノーサはそう言った。

「この報道が重要なものなのか、あなたの告発が本当に深刻なのか、信頼に足るものかを判断しかねている報道機関に、何と言いたいですか？」と聞いてみた。

「もしこれを報道しないなら、もしこの件を表に出さず彼のしたことを世間に晒《さら》さないとしたら、あなた方は歴史の間違った側に立っていると言いたいです。彼のしたことはいずれ明るみに出ます。誰かが表に出すのを待つより、自分で報道したほうがあなた方の得になるはずです。ほかの女性を救えたはずの情報をあなたたちが握り潰していたことを世間に知られる前にね」

32章 ハリケーン

八月の最終週、その後カテゴリー4となる大型ハリケーンがメキシコ湾岸を襲った。エミリー・ネスターとブレントウッドの喫茶店で話をしているあいだも、壊滅的な被害の映像が隅のテレビに映っていた。NBCが望めば顔を出すこともいとわないとネスターが僕に話してくれてからずっと、彼女は一度も引き下がる様子を見せなかった。でもそれは、NBCが手を引きそうになっていることや、これから名前を出すことになれば紙媒体の事実確認を経なくてはならないことを話す前のことだ。

「今も名前を出すつもりがあるかどうか、確かめたいんですが」と僕は聞いた。僕がインタビューの原稿をニューヨーカー誌に送ること、それをもとにニューヨーカー誌がこの報道を引き受けるかどうかを決めることを彼女に伝えた。名前を出してくれる情報提供者は極めて重要だということも話した。

「時間をかけてじっくり考えたの」とネスターが言う。僕は赤の他人の彼女に、人生がひっくり返るようなことを頼んでおきながら、数カ月も宙ぶらりんにしておいた。その彼女の心配顔をじっと見つめて彼女の頭の中を探ろうとした。ネスターはしばらく押し黙ってから口を開いた。「やるわ」

僕は喫茶店から転げるように走り出て、原稿をまとめた。これをもとにニューヨーカー誌が判断を下すことになる。そしてこれが、NBCニュースが手放した原稿なのだ。

九カ月にわたる調査の過程で、五人の女性がハーヴェイ・ワインスタインに性的嫌がらせや性的暴行を複数回にわたって受けたと語った。今回の告発は、社員に対する不適切な性的強要から、ニューヨーク市警が録音したテープで告白された体をまさぐったり摑んだりする行為、さらに二件のレイプに及んでいた。またこうした行為の期間はおよそ二〇年にわたる。告発者の多くはワインスタインのもとで働いており、明らかに仕事に関係する場面でこのような行為がなされた。告発者は、ワインスタインが女性をホテルに呼び出し、性的な行為を強要したと訴えている。少なくとも三件について、ワインスタインは刑事告発と事件の暴露を防ぐため、多額の示談金と引き換えに厳格な秘密保持契約を結ばせていた。

ワインスタインのもとで過去または現在働いている一六人の重役および社員が、今回の告発を裏付ける形で、ワインスタインによる性的な強要、不適切な接触行為、また告発の中で描かれているような企業ぐるみの性的搾取の企てを目撃したと証言している。

僕はこの原稿をフォーリー＝メンデルソンに送った。ジョナサンの部屋の居間にある消音にしたテレビには、ハリケーン・ハーヴェイが荒れ狂う様子が映し出されていた。

＊

一方、NBCニュースの本社ではワインスタインやその仲介者からの電話が鳴り続けていた。ある午後、ラニー・デイビスはワインスタインからあることを頼まれた。ボイーズも同じような頼みごとをされていた。デイビスは、エイズ研究の基金であるアムファーの資金をワインスタインが不正流用したとされる件で、ワインスタインのチームとニューヨーク・タイムズ誌のあいだのミーティングに入っていた。

ミーティングのあと、ワインスタインがデイビスに言った。「NBCとさっき話したところだ。NBCに行って例の件がどうなってるか聞いてきてもらえるか?」

「ハーヴェイ、私は女性問題には関わらないと言ったはずだ」とデイビスは答えた。

「ちょっとあっちに行って、ロビーで誰かと会って、どうなってるかを聞くだけだ」とワインスタインは言う。

「もし私が出向くとしたら、誰かを同行させてほしい」とデイビスが答える。

すると、ワインスタインは心配そうに聞く。「なぜだ?」

「私はこの件に関わるべきじゃないし、私が使った文言をその場で誰かに確認してほしいからだ」

ワインスタインは少しムッとして、わかったと言った。そこで、デイビスはワインスタインの社員と一緒にNBC本社に向かった。大理石の受付で、デイビスはノア・オッペンハイムに会いたいと告げた。

「オッペンハイム氏と約束があります」と受付係に伝えた。のちにNBCはデイビスがアポ無しでやって来たと主張した。NBCの主張に対して、デイビスはこう語った。「普通なら『嘘』という言葉は使いたくないが、今回は仕方がない。NBCの主張が意図的な間違いであることは確かだ」

ただし、数分後にオッペンハイムがロビーに降りてきたことは、NBCも認めている。デイビスに同行したワインスタイン・カンパニーの社員が、少し離れたところで見ていた。

「ローナン・ファローが調べてたハーヴェイの件はどうなってます？」デイビスは訊ねた。

オッペンハイムは間髪入れずに答えた。「調査してません。もうここにはいないので」。それを聞いたデイビスは、僕がクビになったのだろうかと考えた。

＊

僕がふたたびニューヨーカー誌を訪れたのは、まだ暑い九月五日のことだ。上にあがるエレベーターの中で僕はほとんど無意識に小さく十字を切っていた。レムニックとフォーリー＝メンデルソンのほかに、弁護士のベルトーニ、エグゼクティブ・エディターのドロシー・ウィケンデン、広報主任のナタリー・ラーベが会議室のテーブルを挟んで僕の向かいに座った。レムニックが何と言うか、僕には見当もつかなかった。

「この件についてはみんな知ってはいるが、君から今の時点でどうなっているかを教えてもらえないだろうか？」

僕は原稿の出だしとほとんど同じ要約を説明し、最後に、カノーサとのインタビューですべてが裏付けられたことを付け加えた。また、情報提供者に圧力がかかっていることことや、彼女たちがワインスタインから電話を受けたことも話した。

「情報提供者はあなたに話したことを法廷でも証言してくれますか？　それを確かめてもらえますか？」。僕はすでに数人の主な情報提供者にそのことは訊いていて、証言すると返事をもらっていた。

それから話の進行が早くなった。レムニックとベルトーニが交互に、いくつかのインタビューとそれを裏付ける証拠について質問する。レイターからのメッセージは手に入れたか？　重役のレイターは性的嫌がらせが常習化していたことを認めていた。僕はそのメッセージを手に入れていた。グティエレスは契約書をネスターに見せてくれるのか？　見せてくれる。すでにこの事件にかなり詳しくなっていたフォーリー＝メンデルソンが時々口を挟んで、二次的な情報提供者はここに、文書はあそこにあるとみんなに教えてくれた。

しばらくあとになって、その時会議室にいた何人かのメンバーは、僕の様子を同じ形容詞で表していた。悲しげで、絶望的で、必死に先回りしてすべての質問に答えようとしていた。まるで博士論文の審査会で自分の論文を弁護しているようだったと言った人もいた。

僕は、数週間前のミーティングを思い出していた。オッペンハイムが最初にこの報道を殺した時のことを。そして今、目の前にいる人たちの顔をしげしげと見つめて、どうやったらことの深刻さを伝えられるだろうと考えていた。雑誌業界で何十年と働いてきたベテランのウィケンデンが優しくこう言った。「長いことこの事件を調査してきたのね」

僕はまたしても、アナベラ・シオラの声を思い出した。ワインスタインのテープを聞きながら震えていたグティエレスの姿を。肚《はら》を括《くく》ったネスターのことを。「訴えられるかもしれないのはわかっています。ここに記事を持ち込めば、さらに見直しや事実確認があることもわかっています。ですが、そのリスクに値するだけの充分な材料があると思っています」

部屋が静まりかえり、数人が目配せをした。

「よし」レムニックが何事でもなさそうに言った。「君はディアドルと打ち合わせてくれ。事実確認が終わるまでは、何も保証できない」

レムニックは思慮深く、抑制の利いた人物だ。これまでにシーモア・ハーシュがアフガニスタンとパキスタンに関連する国家安全保障について書いた政権批判記事や、ローレンス・ライトが行ったサイエントロジーの調査を世に出してきたのがレムニックだった。だが今回の報道は、これまでにない特殊な難しさがあった。「まっすぐに正面から報道する」とレムニックは言った。「事実だけを」

＊

それからほどなくして、ハーヴェイ・ワインスタインはパークアベニューにあるロウズ・リージェンシーホテルで女優と待ち合わせたあと、馴染みの仲間と隅の方に引っ込んだ。一緒にいたのは、ナショナル・エンクワイヤラー紙のディラン・ハワードだ。その頃までにハワードとワインスタインは共に時間を過ごすことが多くなっていた。部下から電話がかかってくると、「今ハーヴェイと一緒だ」と言うこともよくあった。ハワードは分厚い茶封筒をいくつか取り出した。ワインスタインとハワードはそれから数時間かけて中身をじっくり見ながら、顔を寄せてひそひそと話し合っていた。途中でワインスタインの秘書が電話が入ったのを知らせるために二人のテーブルに近寄った。するとワインスタインはあわててその書類を隠した。「お前一体何やってるんだ⁉」ワインスタインが怒鳴った。ハワードはかわいそうにと言うように秘書を見た。あとでハワードはその秘書に、「君も大変だな」と小さく声をかけた。

ハワードはワインスタインの敵に目をつけ、追いかけ続けていた。ナショナル・エンクワイヤラー紙はマット・ラウアーにしつこく付きまとってもいた。ハワードはラウアーについて「握りつぶしたスキャンダル」のファイルを見直し、三本の中傷記事をエンクワイヤラー紙に掲載した。ロウズ・リージェンシーホテルでワインスタインと会ったあとまもなく、四本目が表に出た。いずれもラウアーの不倫、特に職場不倫についてしつこく書き立てていた。「女たらしラウアーをNBCはまた許した」(注1)「マット、奥さんは別にいるだろ！」(注2)。そんな見出しが躍っていた。

33章　最高級ウォッカ

その頃までに、ワインスタインは狂ったようにあちこちに電話をかけまくり、お馴染みの手を使ってメディアを脅し、圧力をかけていた。ハワードの上司であるアメリカン・メディア社のデビッド・ペッカーはワインスタインと昔から親しくしてきたが、このところ以前より頻繁にワインスタインからメールを受け取るようになっていた。「デビッド、さっき電話したが、つながらなかった。今話せるか？」九月の終わりにワインスタインがメールで聞いてきた。(注1)「いま仕事でサウジアラビアにいる」ペッカーはそう返信した。(注2)のちに、ワインスタインはペッカーと組んでローリング・ストーン誌を買収し、ペッカーのメディア帝国の傘下《さんか》に入れて、陰で雑誌運営を手伝おうと持ちかけた。(注3)ペッカーは最初は躊躇したが、その後申し出を受け入れた。「私ならコストを削減して一〇〇〇万ドルの利益をあげられる。君がその気なら、四五〇〇万ドルで五二パーセントを所有できる。君のために管理運営はすべてこちらで請け負い、紙とデジタルの業務を引き受けよう(注4)」

ワインスタインはNBCのほかの部署にも手を回していた。オッペンハイムの前任者で国際コンテンツの責任者になっていたデボラ・ターネスにメールと電話で売り込みをかけていた。ワインスタインが制作中のヒラリー・クリントンのドキュメンタリーを放送しないかと打診した。「ヒラリーの連続ドキュメンタリーのお話はまたとないような素晴らしいものだと思いました」ターネスはそう書いた。「この放送局を数夜連続でヒラリー専用チャンネルにすることをお約束するわ！」(注5)

その同じ月、ワインスタインは、ユニバーサル・スタジオのトップを長年務め当時まだNBCユニバーサルの副会長だったロン・メイヤーにこんなメールを送っていた。「親愛なるロンへ。我々のホームビデオとVOD《ビデオ・オン・デマンド》をユニバーサルで配給することについてお話しできればと思っています。私の部下が御社の方々と話を進めてはいますが、トップからの口添えがあれば助けになると感じております」(注6)。それに対してメイヤーはこう返信している。「ぜひこの件は実現させたいと思います」(注7)。ワインスタイン・カンパニーの最高業務責任者だったデビッド・グラッサーからのメールを見ると、取引が進んでいく様子がわかる。契約条件がまとまり、ワインスタイン・カンパニーの上層部に提出されて承認を待つばかりになっていた。(注8)グラッサーのチームはNBCユニバーサルのホームエンターテインメント部門の重役二人と細かい点を詰めはじめた。(注9)その後すぐに、「ご一緒に仕事ができることを楽しみにしています」とメイヤーは書き送った。(注10)「先日もお話ししたとおり、何か気になることがあったらご遠慮なくお知らせください」。だが、この案件は結局実現されなかった。

ラニー・デイビスからオッペンハイムの言葉を聞き、ボイーズからもラックとの電話での会話の内容を聞いたワインスタインは安心したようだった。二人からの報告によって、この報道が葬られ、おそらく僕も一緒に捨てられたことは間違いないと思ったのだ。ワインスタインは改めて、NBCの法務部に確認の電話を入れるように命じた。まもなく、デイビスの事務所の弁護士がスーザン・ウィーナーに問い合わせの電話をした。ローナン・ファローはもうNBCの仕事はしていない、とウィーナーは伝えた。

＊

僕はそんなことを何も知らされていなかった。NBCニュースとの契約はまだ残っていたし、僕が知る限りは契約が更新されることになっていた。ワインスタイン報道が切られたことにショックを受けてはいたものの、NBCに恩義を感じていたし、上司にも義理を感じていた。グリーンバーグはこれから僕の調査報道の枠を広げたいと熱心に語っていた。トゥデイのエグゼクティブ・プロデューサーのドン・ナッシュは、番組の調査報道主任としてより大きな役割を僕に提案してくれていた。

九月一一日、僕はマクヒューと一緒に医療問題の報道の撮影から社に戻ってきたあとに、オッペンハイムの部屋で話をした。まずオッペンハイムのハリウッドのプロジェクトについて短い世間話を交わした。彼が長いこと温めてきた奇術師ハリー・フーディーニを描いた脚本もそのひとつだった。主演を誰にするかで、オッペンハイムはあれこれと悩んでいた。僕はマイケル・ファスベンダーがいいと言った。オッペンハイムは、いかにもパロディーに出てくるハリウッドの脚本家が言いそうな感じで、あいつは主役の器じゃないと言った。僕が『アサシンクリード』のことを何かつぶやいて、やっと「ハリウッドで受けないもの」について意見が合った。彼は憐れむように僕を見て、考えてみると言った。「ただ、君のために取れる予算はもうないんだ」

「あー……」僕は声を出した。

単発の仕事ならたまにあるかも知れないとオッペンハイムは言う。「定期的な仕事は約束できない。すまんね。頑張ったんだけど」

そのあとで、僕はジョナサンに電話した。「クビだってさ。夢は叶わなそう。君がメディア王で僕は自分の番組を持って……なんてね」

「もともと、朝の番組には向いてなかったんだよ」ジョナサンはそう言った。

＊

ロサンゼルスのジョナサンの家に戻った僕のもとに、イギリスからの見知らぬ番号から電話がかかった。電話の主はセス・フリードマンと名乗り、ガーディアン紙によく寄稿している者だと言った。「他紙の記者たちと協力して、映画業界の人たちの生き様を描くような記事を書いている」と言っていた。彼の話は的外れで妙にぼんやりしていた。「調査の過程で材料をいくつか仕入れたが、自分たちの記事には使えない」とフリードマンは言う。「もしかしたらあなたのお役に立てるかもしれないと思って」

フリードマンはマッゴーワンについて訊ね、マッゴーワンは「とても力になってくれた」と言った。もし僕が今やっている仕事についてもっと教えてくれれば、別の有名な情報提供者を紹介すると言う。

「私が話したある方から、ファロー氏が関連する記事を書いているかもしれない、と聞きました」

「僕がこの話題に関心があるかもしれないと言ったのは誰ですか?」

「ご気分を損ねたくはないのですが、できれば名前はご勘弁願いたいと思います。その方は『ファロー氏がその件を調査しているかもしれない』とおっしゃっただけで、ご自身は関係したくないと思っていらっしゃるので」

手がかりをいただけるのならありがたいけれど、僕は何も話せないとフリードマンに伝えた。彼は一瞬不満げに押し黙った。「誰かが誰かを告発する場合、イギリスの名誉毀損法は非常に厳格で、なんらかの裏付けがない限り『SさんがY氏についてこう言った』とは書けないことになっています。アメリカでは違うのでしょうか? 『この人があの人についてこう言った』と書いていいんですか? それとも何らかの裏付けが必要なんでしょうかね?」。まるで警告のようだった。「あなたの記事の詳細がわからなければ、僕はアドバイスできかねます」僕はそう言って丁重に電話を切った。その月、フリードマンは同じような電話を方々にかけていた。フリードマンにメールとアプリ経由で指令を送っていたのは、ブラックキューブの担当者だった。

＊

オッペンハイムとの例の話し合いのあと二週間ほど経った頃、スーザン・ウィーナーから電話があった。「電話を差し上げたのは、ワインスタイン氏に関する報道の件で、こちらに懸念が寄せられたから」だと言う。「NBCがどのような形であれこの報道に関与しないことは、すでに明確にしたと思っていました」

オッペンハイムは他社より先に報道はできないとはっきり言ったが、紙媒体で発表したあとにテレビ向けに書き直す可能性はまだ検討中だと思っていた。グリーンバーグはマクヒューに、その可能性はまだ完全に排除されたわけではないと何度か語っていた。

「ノアとグリーンバーグが何と言っているかは知りませんが、私の理解ではNBCはこの報道に一切関与できません」とウィーナーは言う。「この件に関してNBCの社名を出すことは許されません。ですが、あなたがNBCの記者だと名乗っているという情報が寄せられています」

この時までにハーヴェイ・ワインスタインは僕が情報提供者に送った自己紹介メールをあちこちから手に入れていた。ウィーナーはそうした紹介メールの一通を声に出して読み上げた。「ここにNBCニュースと書かれていますよね」とウィーナーは言う。

「もちろん、本当のことですから」と僕は返した。僕は情報提供者にはすべてを包み隠さず打ち明けていた。この話を紙媒体に持ち込むことにしてから、NBCが引き続き関与するようなことはひとことも言っていない。だが、NBCで幅広い仕事をしてきたことは経歴の一部として書いている。オッペンハイムと予算の話をしたあとも、どれほど小さな単発の案件でもNBCから頼まれればやるつもりだった。

「あなたの契約は打ち切られたと、こちらでは理解しています」とウィーナーが言う。「この件でいかなる形でもNBCの関与をほのめかすようなことがあれば、こちらは契約打ち切りをおおやけに開示せざるを得なくなります」

「スーザン、もう何年も一緒に働いてきたからわかってると思いますが」僕は答えた。「NBCがこの報道に関わっているなんて僕が言わないことはノアにも再確認してもらっていいですし、そんな必要は——」

「もちろん、あなたの契約についておおやけにしたくはありませんが、またこうしたクレームを受けるようなことがあればやむをえず開示しなければならなくなります。ノアはワインスタインの報道に関してNBCという言葉が絶対にどこにも表れないようにしてほしいと求めています」

＊

ワインスタインは、有頂天で周囲の人たちに自慢していた。『ネットワーク局を黙らせられたんだから、新聞なんてチョロいもんだ』と言い続けていました」ある人はそう証言する。これはニューヨーク・タイムズ紙のことを言っていたようだ。「勝ち誇った様子だった」と言うのはワインスタイン・カンパニーのある重役だ。「よく私たちに大声で怒鳴ってた。『あのクソ記事を俺が奴らに握り潰させた。この中で仕事ができるのは俺だけだ』ってね」

ウィーナーが僕に電話をかけてくる前日の夕方、ワインスタインは敵意を隠した温かいメールをオッペンハイムに送っていた。

送信者：HW，オフィス〈[redacted]〉
日時：2017年9月25日4時53分

受信者：NBCユニバーサル〈noah[redacted]〉
タイトル：ハーヴェイ・ワインスタインより

親愛なるノアへ

これまでお互いに敵対してきたことはわかっているが、メーガン・ケリーの番組は素晴らしかったと言わせてほしい。おめでとう。お祝いの記念品を送らせてくれ。構成も見事だった。もし私たちに手伝えることがあったら教えてくれ。こちらは話題の映画とテレビ番組を続々と制作中だ。ウィル＆グレースのキャストインタビューには大笑いして心が温まったよ。本当に、あの番組構成は最高のひとことに尽きるね。素晴らしい。

心をこめて
ハーヴェイより

オッペンハイムはこう返信している。「ハーヴェイありがとう。お祝いの言葉に感謝する」[注11]

その後まもなく、ワインスタインのスタッフは贈答品のお届けを確認するいつものメッセージを受信した。タイトルは「受領確認」。そこには「ノア・オッペンハイムが最

高級ウォッカを受け取った」と書かれていた。(注12)

34章 手紙

その九月中はずっと、CAAのエージェントからの電話が鳴りっぱなしだった。まず僕の担当エージェントのアラン・バーガーから電話があり、その上司で経営陣のひとりのブライアン・ロードから電話があった。ワインスタインがギャンギャン騒ぎ立てていると言う。もしワインスタインの記事を公表する準備ができたら、できるだけ早い時点で彼に会うつもりだと二人に告げた。ロードがそうワインスタインに伝えても、ワインスタインは納得しなかった。ワインスタインはロサンゼルスにあるロードの事務所にいきなり現れて、一時間以上も文句をがなり立てた。

「自分は完璧な人間にはほど遠いが、長い間良くなろうと努力し続けてきたと言っていたよ。それなのに昔のイメージで烙印《らくいん》を押されているってことらしい」ロードはそう言っていた。「正直、こっちは『何でこんな話を聞かされてるんだろう？　訊ねてもいないのに』と思いながらずっと聞いてた。ワインスタインは弁護士を大勢雇ったと言っていた。私に面倒はかけたくないとも。すぐに君と会いたいと言ってるぞ」

翌週の火曜日、ウィーナーと話したその日に、ワインスタインから今すぐに話したい、進展を聞かせろとロードにまたメールが入った。ロードはこう返信した。

ファローは今すぐ君に会うつもりはない。
そのうち君に連絡すると言っている。
彼がまだこの事件を追いかけているのは確かだ。
B(注1)

その金曜日、ワインスタインはバーガーとロードに電話をかけ続けた。ワインスタインは、自分には最強の弁護チームがついているとバーガーに言ったらしい。ハーダーとボイーズの名前を出し、リサ・ブルームもいると言った。バーガーがその名前を出したとき、僕は頭にガツンと一発食らったような気分になった。

数時間後、CAAのエージェントたちにある手紙が次々に届きはじめた(注2)。それを聞いたとき、ハリー・ポッターのあの有名なシーンが僕の頭に浮かんだ。ホグワーツからの入学許可証が暖炉や郵便受けや窓から一斉に飛び込んでくる、あの場面だ。バーガーが僕に電話をくれ、手紙を読んで聞かせてくれた。その手紙は残念ながらホグワーツへの入学許可ではなかった。弁護士のチャールズ・ハーダーから、ワインスタインが僕を訴えると脅してきたのだ。その手紙は、NBCとの合意に基づいて、僕を訴えられると主張していた。

ファロー様

弊社はワインスタイン・カンパニーの訴訟を担当する弁護士事務所です。

貴殿がNBCユニバーサル・ニュース・グループ（以下NBCとする）のための報道と称して、ワインスタイン・カンパニー及び／又はその社員や重役（以下、TWCと総称する）と関わりのある特定の人々に取材を行い、またTWCに関わりのあるその他の人々に呼びかけ、追加的なインタビューを行おうとしていることを、我々は認識しております。NBCは我々に対して、TWC（社員と重役を含む）についての、あるいはこれに関わるどのような報道にも、もはや関与しておらず、この報道に関わるすべての活動を停止したことを書面で伝えております。従って、

1　これまでに貴殿が行った、または貴殿が関わったTWC（その社員および重役を含む）関連のすべてのインタビューはNBCの所有物であり、貴殿に属するものではなく、貴殿がNBCより使用許可を受けているものではない。

2　TWC（その社員および重役を含む）に関して貴殿が持つすべての職業上の成果物を以下の宛先に提出せよ。ニューヨーク州ニューヨーク市、ロックフェラープラザ30番地、NBCユニバーサル内法務部次席法律顧問、エグゼクティブ・バイ

ス・プレジデント、スーザン・ウィーナー宛。

3　もしNBCがいかなる目的でも貴殿にコンテンツの使用許可を与えた場合、TWCは貴殿の違法な行為に対してNBCにも共同で厳しく法的な責任を問うものである。

4　これまでに貴殿が行った、または貴殿が関わったTWC（その社員及び重役を含む）関連のすべてのインタビューは、これらのインタビューがNBCの報道として収集されたものであるため、無効となる。NBCはこの報道への関与を停止した。従って、貴殿にはいかなる目的でもこれらのインタビューを使用する権利はなく、もし使用した場合には、虚偽表示、不正、及び／又は詐欺にあたる。

5　もし貴殿がTWC（その社員及び重役を含む）についての調査報道に関して他の報道機関と協力している場合には、その報道機関及び貴殿が報告する人物（複数）の名称及び連絡先を我々に提供するように。我々はその会社に法的な対抗措置の通知を行う。

6　もし貴殿がTWC（その社員及び重役を含む）についての記事や発言を現在または未来において出版または拡散する意図がある場合、いかなる虚偽の主張や名誉毀損にあたる発言についてもクライアントが個別の通知を送り、そのような発言の出版または拡散の差し止め命令を出せるよう、貴殿が出版または拡散する意図を持つ、ＴＷＣ（その社員および重役を含む）についての貴殿および第三者によるすべての発言を我々の事務所を通してクライアントに提供することを要求する。もしこれを行わなければ数百万ドルにのぼる賠償請求を行う。また、いかなる記事や発言も出版または拡散される少なくとも一五日前にクライアントにこの通知を行い、返答の猶予を与えることを要求する。

７　ＴＷＣの現在および過去の社員および請負業者とのすべての連絡を停止することを要求する。これらの関係者はもれなく守秘義務契約に署名しており、この人々と貴殿の過去および未来のすべての情報共有は契約関係への意図的な不当介入とみなされる。

このあと何ページにもわたって要求が続いていた。訴訟になった時のために僕はこの書面を保存しておいた。ＮＢＣはのちにワインスタインと合意に至ったことを否定し、ハーダーの文言は誤りだと主張した。

僕はこの手紙をベルトーニに転送した。「軽く見てるわけじゃないが、これはお笑い草にしか思えないな」とベルトーニが言った。インタビューのもとになる報道の中身に対してＮＢＣが所有権を持つという主張は怪しいし、いずれにしろＮＢＣが実際にこの脅しを実行に移すことはほぼありえないだろうとベルトーニは考えていた。それでも、『この報道が停止されたことを確認する書面を受け取った』という一文は衝撃的だった」とベルトーニはのちに語っている。

＊

その夏、最後にリサ・ブルームからの電話を取った時、僕はショックを受けていると彼女に伝えた。

「リサ、あなたは弁護士としても友人としても、彼の仲間に話さないと誓いましたよね」と僕は言った。

「ローナン」ブルームが声を出す。「私自身が彼の仲間なのよ」

僕はブルームからの電話やメッセージや留守電を思い出した。僕から情報を引き出そうとし、餌をちらつかせ、ブラック・チャイナに引き合わせると誘った彼女の声を。ブルームは、ワインスタインとボイーズは知り合いだと僕に言ったはずだと答えた。だが彼女がそう教えてくれたのは、僕の話を絶対に他言しないと約束したあとだった。しかも、彼女は自分がワインスタインに雇われた弁護士であることを隠して、僕から情報を引き出そうとしていた。

ブルームは、ワインスタインが彼女の本の映画化権を手に入れているので、板挟みになっていると言っていた。「ローナン、こっちに来てちょうだい。力を貸せるわ。わたしならボイーズとハーヴェイを説得できる。あなたを楽にしてあげられる」

「リサ、不適切ですよ」

「あなたがどの女性と話しているのか知らないけれど」ブルームは続けた。「わたしなら彼女たちの情報を提供できる。もしローズ・マッゴーワンなら、山ほど情報があるわ。私も最初に告発があった時に彼女の言い分を調べてみたの。あの人、頭がおかしいのよ」

僕は何とか平静を装って、こう言った。「僕が追いかけている記事に関係する情報なら、歓迎します」そして電話を切った。結局ブルームはマッゴーワンの「汚点」らしき情報を送りつけてはこなかった。

35章　ミミック

僕はハーダーの脅しに屈さず、それどころかベルトーニの助言に従って返事さえ返さなかった。そしてひたすら調査を続けた。その月、とうとうミラ・ソルヴィーノと電話がつながった。ミラ・ソルヴィーノは俳優のポール・ソルヴィーノの娘で、一九九〇年代に人気女優になった。一九九五年には『魅惑のアフロディーテ』でアカデミー賞を受賞している。『魅惑のアフロディーテ』はウディ・アレンが監督しワインスタインが配給した作品で、NBCへの脅しの材料としてワインスタイン側が取り上げていたものだ。ソルヴィーノはその後一、二年のあいだは引っ張りだこのスターになり、次にワインスタインが制作した『ミミック』で主演したのが女優としてのピークだった。ミミックのあと、ソルヴィーノをスクリーンで見ることはほぼなくなった。

最初に電話がつながった時、ソルヴィーノは恐怖で縮みあがっているようだった。「あれでキャリアの多くを失ってしまった」と彼女は言った。「あれ」とは、ワインスタインと仕事をしているときに受けた性的嫌がらせのことだ。一九九五年九月に『魅惑のアフロディーテ』の宣伝活動でトロント国際映画祭に参加した時、ワインスタインとホテルの部屋で二人きりにされた。「彼が私の肩をマッサージしはじめて、すごく気味が悪かった。それから彼がもっと攻撃的になって逃げる私を追いかけ回したの」。逃れようとするソルヴィーノにワインスタインはキスを迫り、ソルヴィーノは何とか彼をかわそうとして、信仰があるから既婚男性とは付き合えないと苦しい言い逃れをした。そして部屋を出た。

数週間後、ニューヨークに戻ったソルヴィーノに深夜すぎに電話がかかった。ワインスタインからで、『魅惑のアフロディーテ』について新しい宣伝アイデアを思いついたので、会って話したいと言う。ソルヴィーノは深夜営業の食堂で会おうと頼んだが、ワインスタインはこれからお前の部屋に行くと言い置いて電話を切った。「心底、震えあがったわ」とソルヴィーノは言う。すぐに友達に電話して、部屋にきて恋人のふりをしてほしいと頼んだ。だが、その友達が到着しないうちにワインスタインが部屋の前でドアベルを鳴らした。「ハーヴェイは受付のドアマンをどうにかくぐり抜けて上がってきたの。私はビクビクしながらドアを開けた。お守りにもならないのに、大型のチワワを目の前で振りかざすように抱えてた」。新しい恋人がもうすぐここに来るとワインスタインに告げると、しゅんとして出ていった。

恐怖を感じ、脅されているように感じたとソルヴィーノは言う。その出来事をミラマックスの女性社員に話すと、その女性は「私がその件を口にしたことにショックを受けて恐れおののいていた」らしい。ソルヴィーノによると、「彼女の表情はまるで、私がいきなり有害な放射性物質になったみたいだった」と言う。

彼女がワインスタインを拒否したことで、ワインスタインは彼女に報復し、彼女に「わがまま女優」のレッテルを貼り、キャリアを妨害したと彼女は確信していた。だがそれを証明するのが難しいのはわかっていた。『魅惑のアフロディーテ』のあとソルヴィーノは何本かのワインスタイン作品に出演した。『ミミック』の監督だったギレルモ・デル・トロをワインスタインと弟のボブがクビにし、デル・トロの意に背《そむ》いて二人が映画を編集し直した時、ソルヴィーノは二人に異を唱えデル・トロのために闘った。「『ミミック』のゴタゴタのせいなのか、彼の誘いを断ったせいなのかははっきりと断言できないけど、彼を拒否して性的嫌がらせを報告したから報復を受けたのは間違いない」とソルヴィーノは語った。あとになって彼女の疑いは裏付けられた。映画監督のピーター・ジャクソンが『ロード・オブ・ザ・リング』のキャストにソルヴィーノとアシュレイ・ジャッドを考えていた時、ワインスタインが止めに入った。「ミラマックスから、あの二人はトラブルメーカーなので絶対に入れるなと言われたんだ」ジャクソンはのちにあるインタビューでそう語っていた。「当時は彼らの言葉を疑う理由もなかった。

だが今振り返ると、あれはミラマックスが組織的に中傷攻撃を仕掛けていたのだとわかる」(注1)

ソルヴィーノはこの話を表に出すべきかどうか何年も悩み続けたが、自分が受けた嫌がらせはそれほど深刻なものではないから暴露するまでもない、と僕に言ったし、彼女自身にもそう言い聞かせていた。それでも、ほかの女性と同じように、暴行とまではいかなくても性的な強要を受けたというソルヴィーノの訴えは、ワインスタインの手口を証明する上で決定的な証言になる。

ソルヴィーノは非の打ち所のない人物だ。ハーバードを最優等で卒業している。女性への虐待に反対する慈善活動に打ち込み、国連親善大使として人身売買と闘ってきた。最初に話した時から、彼女がこの件を深く考えていることは明らかだったし、社会全体に対する倫理的な義務を重く感じていることもわかった。

「あなたから最初にメールをもらった日、悪い夢を見たわ。あなたがビデオカメラを持って私の家にやって来て、ウディ・アレンと仕事をしてほしいと頼むの」。ソルヴィーノは姉に申し訳ないと感じていると言った。僕は気まずくなって話題を変えようとしながら、早口でこう言った。業界の友達の半分はアレンと仕事をしたことがあるし、あなたの演技が素晴らしいことには変わりないし、そもそもこれは姉の問題であって僕の問題ではないし、あなたが気にすることはありません、と。それでもまだ、ソルヴィーノが心配し、考え込んでいるのは見てとれた。

ソルヴィーノは力を貸してくれると決め、それから何度か電話で話すうちに、名前を出して証言してくれることになった。それでも、彼女の声の中の恐怖は消えなかった。「権力者に立ち向かえば、罰を受ける」と彼女は言った。彼女は仕事のことだけを心配していたのではない。僕に警備はついているかとソルヴィーノは訊ねた。いきなり姿を消してしまったり、「事故」が身に降りかかるかもしれないと考えたことはあるかと聞かれた。僕は大丈夫です、警戒していますから、と答えたものの、実際には何度も肩越しに後ろを振り返る以外に、どんな警戒をしてるんだろうと考えた。「気をつけないと」ソルヴィーノが言う。「彼には仕事以外のつながりがあるから。怖い人たちとつながってるの。人を傷つけかねないわ」

＊

告発の声は引き続き流れ込んできた。ロザンナ・アークエットの代理人が連絡を絶ったあと、僕は彼女の姉を見つけて、頼みを伝えてもらった。数日後、アークエットと電話でつながった。「いつかこの日がくるとわかってた」アークエットはそう言った。「心臓がバクバクして不安で破裂しそう」。彼女は椅子に座って、心を落ち着けようとした。「頭の中で『危険、危険』って警戒警報が鳴り響いてる感じ」

一九九〇年代のはじめに、アークエットは、新しい映画の脚本を受け取るためにビバリーヒルズホテルでワインスタインと待ち合わせて夕食をとることにした。ホテルに着くと、ワインスタインの部屋に行くように指示された。部屋に到着すると、白いバスローブを羽織ったワインスタインがドアを開けた。首が凝っているのでマッサージしてくれと言う。アークエットはいいマッサージ師を紹介すると言った。「そしたら彼が手を摑んで、首に押し当てた」アークエットが手を引っ込めると、ワインスタインはまた彼女の手を摑んでペニスに近づけた。バスローブからはみ出たペニスは勃起していた。「心臓が口から飛び出しそうになった。本能的に危ない、逃げろって感じた」。アークエットはワインスタインに向かって「絶対にイヤです」と言った。

ワインスタインは、自分を拒否するなんて大きな間違いだと言い、彼の誘いに乗ってキャリアを花開かせた女優やモデルの名前を挙げた。アークエットは「私はそんな女じゃありません」と言って部屋を出た。アークエットの話は重要だった。それは、僕が聞いたほかの女性たちの話とそっくりだったからだ。仕事の打ち合わせで呼び出す。ミーティングをホテルの部屋に移す。バスローブ姿でマッサージを頼む。

アークエットもソルヴィーノと同じで、ワインスタインを拒んだことでキャリアが傷ついたと信じていた。「長いあいだ、彼は私の邪魔をしてきた」とアークエットは言う。『パルプ・フィクション』でちょい役を得たのは、しばらくあとになってからだ。その役をもらえたのも、『パルプ・フィクション』の監督だったクエンティン・タランティーノに口を挟めなかったからだとアークエットは思った。ここにもまた、ちょっとした共通項がある。ソルヴィーノはタランティーノと付き合っているあいだは報復をまぬがれていたが、タランティーノと別れてからは保護を外されたと感じた。タランティーノはのちに、もっと何かできたはずだし、やるべきだったとおおやけに告白していた。(注2)

アークエットもまた、弱い立場の人々や搾取される側にいる人々のために声をあげてきた。彼女が見ていたのは、産業全体の問題だ。ワインスタインを超えた広く深い業界の問題について、彼女は語っていた。「映画業界は権力を持った男たちのクラブなの。ハリウッドマフィアのね。彼らはお互いにかばいあってる」。アークエットと何度か話をするうちに、彼女もこの記事に協力してくれることになった。

僕が追いかけていることをワインスタインはすでに知っているとアークエットに告げると、彼女はこう言った。「必死になって告発者をつきとめて黙らせようとするわよ。情報提供者を傷つけようとする。それが彼の手口なの」。アークエットはこの記事が日の目を見ることはないと思っていた。「名乗り出た女性の信用をズタズタにする。女性たちを貶めて追い詰める。犠牲者を略奪者に仕立てあげるのよ」

その頃、ブラックキューブはまた別の人物分析を一斉送信していた(注3)。それは、アークエットが名乗り出る可能性について分析したもので、アークエットとマッゴーワンの付き合いについて触れ、アークエットがソーシャルメディアに上げた性的嫌がらせについてのコメントや家族のひとりが虐待の被害にあっていたことについても言及していた。

＊

僕がアークエットとはじめて話した日、マッゴーワンの書籍エージェントのレイシー・リンチがワインスタインにメールを送り、会いましょうと持ちかけた。一週間後、ワインスタインとリンチと、リンチが所属する会社の創業者のジャン・ミラーはマンハッタンのミッドタウンにあるラムズクラブというレストランで落ち合った。このレストランには昔ながらのブロードウェイとハリウッドの写真が飾られている。リンチとミラーは、彼らが権利を手に入れたさまざまな書籍の筋書きをワインスタインに売り込んだ。「さっき、レイシー・リンチとジャンと一緒に飯を食ってきた」ワインスタインは夕食のあとに最高業務責任者のグラッサーに書き送った。リンチが売り込んでいた本の中にある、警察の暴力行為の話が気に入ったと言っていた。「ジェイ・Zにやらせたら完璧だと思う」とワインスタインは書いた。(注4)

その夏、リンチはワインスタインとよく会っていた。ワインスタインと関わりのある彼女のクライアントに、ワインスタインが報復することをリンチは恐れていた。のちに、ワインスタインが自分に興味を持ったのはマッゴーワンとのつながりがあったからだとわかっていたが、彼の調子に合わせていただけだとリンチは語っている。(注5)もしそれが本当だとしたら、ワインスタインは気づいていなかった。ラムズクラブで、ワインスタインとリンチとミラーは仕事の話で盛り上がった。それから、ワインスタインは二人にブロードウェイミュージカル『ディア・エヴァン・ハンセン』のチケットを渡した。

＊

リンチがマッゴーワンにダイアナ・フィリップを紹介してから数カ月のあいだ、マッゴーワンはフィリップと一緒に過ごすことが多くなった。ロサンゼルスやニューヨークのホテルのバーで会うこともあった。一緒に長い散歩に出かけることもあった。マッゴーワンはいちど、ベニスビーチの露店が並ぶボードウォークにフィリップを誘った。二人はアイスクリームを食べながら、海岸沿いをぶらぶらと歩いた。マッゴーワンのイベントでの講演はきっかけにすぎなかった。秋になる頃には、フィリップはマッゴーワンの制作会社への投資を真剣に語っていた。

その九月、ロサンゼルスで二人はルーベン・キャピタル・パートナーズのフィリップの同僚に会った。フィリップと同じく彼も魅力的で洗練されていて、どこの出身だかわからない訛りがあった。ポール・ローランと名乗っていた。フィリップと同じくらい、ローランもマッゴーワンに興味津々で熱心に話を聞いていた。三人は共同事業の可能性について話し、女性を守り女性に力を与えるような物語を人々に伝えたいという共通の夢を話しあった。マッゴーワンは自分がマスコミに何を話したか、自伝本に何を書いているかを彼らに詳しく打ち明けた。そうやって打ち明け話をしていた時、マッゴーワンはフィリップに、あなた以外に信頼できる人はこの世界にいないと語った。

36章　狩人

もう何カ月も複数の情報提供者から、イタリア人女優のアーシア・アルジェントに当たってみるといいと聞かされていた。アルジェントの父親のダリオは、ホラー映画の監督として有名だった。アルジェントは、ワインスタインが制作した、『Bモンキー』というサスペンス映画で妖艶なギャングを演じ、一時はハリウッドでも、ヴィン・ディーゼルの『トリプルX』で演じた、男をもてあそぶ魔性の女役にぴったりの有望株と見られていた。だが、結局うまくはいかなかった。アルジェントにはどこか暗い影があり、傷もののイメージがつきまとっていた。

ほかの多くの情報提供者もそうだったが、アルジェントの代理人やマネジャーと話しても、何も進まなかった。それでも僕はアルジェントをソーシャルメディアでフォローし、お互いの写真に「いいね」を交換し合うようになった。ロザンナ・アークエットとはじめて話した日にも、僕はアルジェントとメッセージを交換した。それからほどなくして、電話がつながった。

アルジェントは心底怖がっていて、声が震えていた。数回にわたっておこなった長いインタビューの中で、彼女は何度も感情的になりながら、ワインスタインと一緒に仕事をしている時に暴行をうけたと語ってくれた。一九九七年、アルジェントはフレンチ・リビエラの最高級ホテル、オテル・ドゥ・キャップ・エデン・ロックに招かれた。ミラマックスがそこでパーティーを開くと聞いていた。招待状の送り主はミラマックス・イタリアの社長だったファブリジオ・ロンバルドだ。元重役やアシスタントによると、ロンバルドは社長とは名ばかりで、実際にはヨーロッパにおけるワインスタインの「ポン引き」と言われていた人物だ。ロンバルドは当時も今もこれを否定している。

アルジェントが次に僕に教えてくれたことも、ロンバルドは否定した。それはロンバルドがアルジェントを、パーティーではなくワインスタインの部屋に連れて行ったことだ。ロンバルドは「あぁ、早く着きすぎてしまったね」と言って部屋を出て行き、アルジェントとワインスタインを二人きりにした。最初のうちはワインスタインは気遣いを表して、アルジェントの演技を褒めていた。それからワインスタインが部屋を出た。戻った時にはバスローブ姿でローションの瓶を握っていた。「マッサージをしてくれと頼まれたわ。『コイツ、あたしのことアホだと思ってんの？　ミエミエでしょ』って感じた」アルジェントはそう言う。「でも、今思うと、あたしがアホだった」

いやいやながらマッサージをしていると、ワインスタインがアルジェントのスカートをめくり、足を開かせて、口でやりはじめた。そのあいだ、彼女は何度もやめてと言った。「でもやめなかった。悪夢だった」とアルジェントは言う。そのうちアルジェントはやめてとも言わなくなり、喜んでいるふりをした。暴行を止めてもらうにはそうするしかないと思ったからだ。「喜んでなんかいなかった。やめて、やめて、やめてって言い続けた。変態よ。巨大なデブ男が自分を食べようとしてる。身も凍るようなおとぎ話」。アルジェントは、激しく抵抗はしなかった。だから自分が悪いとずっと感じてきたとも言っていた。彼女はその複雑な心情もすべて話したがっていた。

「被害にあったのに、自分のせいだと感じてしまう」とアルジェントは言っていた。「もし私がもっと強い女だったら、タマを蹴飛ばして逃げてたはず。でもそうしなかった。だから自分のせいだと感じていた」この出来事は「恐ろしいトラウマ」になったと彼女は言う。それからも「あいつは連絡してきた」。「まるでストーカーよ」とアルジェントは言っている。数カ月にわたってワインスタインはアルジェントにまとわりつき、高価な贈り物を送り続けた。アルジェントは結局、彼の誘いに応じた。そのことで話がややこしくなってしまったとアルジェント自身も認めている。「彼は友達のように親切にしてくれたり、私に感謝してくれてたようだった」アルジェントは数年にわたって時折ワインスタインと関係を持っていた。暴行から数カ月後にはじめて関係を持ったのは、『Bモンキー』の公開前だった。「やらないといけないと思った。映画の公開を控えて、彼を怒らせたくなかった」。もし言うことを聞かなければ、自分のキャリアを台無しにされると信じていた。それから何年も経ってアルジェントがシングルマザーとして子育てをしていたとき、ワインスタインはベビーシッターの費用を払ってくれると申し出た。アルジェントは誘いに乗る「義務がある」と感じたと言う。彼のセックスは一方的で「オナニーのよう」だったと言っていた。

性的暴行の被害者にとって、これが複雑な現実なのだ。暴行をおこなうのは上司や家族や、その後の人生で避けられない人たちであることが多い。暴行のあとで連絡をとっていたことが、告発の信頼性を損ね攻撃の材料にされることはわかっていたと言う。彼女がワインスタインのもとに戻ったのにはさまざまな理由があった。彼女は脅かされ、まとわりつかれてヘトヘトに疲れ切っていた。最初の暴行以来、何年経ってもワインスタインに会うたび自分の無力さを思い知らされた。「彼の前では自分が小さくてバカで弱い人間になった気がした」。彼女は何とか言葉にしようとして泣き崩れた。「レイプのあとは、彼が勝ったのよ」

事件の複雑さをどの情報提供者よりも体現していたのがアルジェントだった。僕の調査に協力したあとで、アルジェントは俳優のジミー・ベネットに示談金を支払うことに合意した。[注1] ベネットは一七歳の時にアルジェントと性的な関係を持ったと訴えていた。アルジェントはつまり、未成年者への性的虐待で告発されたのだ。二人が関係を持ったとされるカリフォルニアでは、一八歳未満の未成年との性交は法定強姦罪にあたる。アルジェントの弁護士はのちにベネットの告発に異を唱え、彼がアルジェントを「性的に攻撃した」と訴えていた。[注2] また、示談金は妥協策であって、ベネットの口を塞ぐものではないと言っていた。それでも、示談金で被害者の口を封じてきた人間に被害を受けたと訴えたアルジェント自身もまた示談金を支払っていたことで、マスコミは彼女の訴えを欺瞞だと決めつけた。

だが、アルジェントが示談金を支払ったからといって、ワインスタインの件が真実であることに変わりはない。彼女の話は当時それを見た人や聞いた人によって裏付けられている。性的虐待の被害者は、加害者にもなり得る。性犯罪に詳しい心理学者なら、そのケースが非常に多いことはわかっている。だが、今の世の中では被害者は聖人であることを求められ、聖人でなければ罪人扱いされてしまう。その夏に声をあげた女性たちは、ただの人間だった。アルジェントも含めて全員が勇気ある行動を取ったことは認めるとして、だからといって被害から何年も経って取った行動は言い訳できない。

ただしアルジェントの場合は、未成年とのスキャンダルが表に出る前から批判の的になっていた。この報道に協力してくれた情報提供者はみな社会に理不尽な烙印《らくいん》を押され苦しい思いをしていたが、グティエレスの件を見てもわかるようにイタリアでは特に女性を厳しく責める文化がある。アルジェントがワインスタインを告発すると、イタリアのマスコミはアルジェントに「売春婦」のレッテルを貼った。

その秋の電話のやりとりの中で、アルジェントは自分の評判が悪いこともイタリア社会が彼女に厳しいこともわかっていて、今回の事件を耐え抜くのは無理だと感じているようだった。「評判なんてどうでもいい。たくさんトラウマ体験がありすぎて、もうこれまでに自分で自分の評判を台無しにしちゃったから。これも含めてね」アルジェントはそう言っていた。「もし名乗りでたら、人生も仕事もすべてが破壊される」。僕は、決めるのは彼女だけど、もし話してくれたらほかの女性を助けることができるはずだと伝えた。アルジェントがどうしようかと悩んでいるあいだ、彼女のパートナーで有名タレントシェフのアンソニー・ボーディンが何度もとりなしてくれた。ボーディンはアルジェントを励まし、話せば報われるし人々の役に立てると説得していた。アルジェントは名前を出して話してくれることになった。

＊

そこからさらに、話をしてくれる人がひろがった。ソルヴィーノが、イギリス人女優のソフィー・ディックスから恐ろしい話を聞いたと教えてくれた。ディックスは、一九九〇年代のはじめにワインスタインが配給したコリン・ファース主演の『ザ・アドボケート』という映画に出演し、その後表舞台から消えてしまった。僕が連絡した時、彼女はまだビクビクしていた。「彼が追いかけてくるんじゃないかと震え上がってるんです」こう書いてきたこともあった。「私は立ち上がるべきじゃないかも。話す自信がないの」。それでも五、六回も電話で話しているうちに、ワインスタインがその映画の映像を見たいからと彼女をホテルの部屋に招き、ベッドに押し倒して服を引き剝がしたと教えてくれた。ディックスはバスルームに逃げてしばらくそこに隠れてからドアを開けると、ワインスタインが反対側でマスターベーションをしていた。「ノーという言葉が理解できない人間の典型例」だとディックスは言っていた。「一〇〇回はやめてと言ったのに」

僕の記事に掲載した告発はすべて同じだが、ディックスの証言も、彼女が当時克明に出来事を打ち明けていた人たちの話やそのほかの証拠によって裏付けられた。ディックスの友達や仕事仲間は同情はしても何もしてくれなかった。コリン・ファースはタランティーノと同じく、業界のほかの有力者にまじって、彼女の話を右から左に聞き流していたことをおおやけに謝罪した。(注3) その年のあとになってワインスタインが電話をかけてきて「申し訳なかった、私が力になれることはないか？」と聞いたことを、ディックスはたくさんの人に打ち明けていた。ワインスタインは謝ってはいたものの、どこか脅しているような感じがした。ディックスはすぐに電話を切った。そのことがあって、ディックスは映画業界に幻滅し、俳優の仕事から離れはじめた。僕が連絡を取った頃には脚本家兼プロデューサーとして働いていた。もし名乗り出れば業界の仲間から敬遠され、映画が作れなくなるのではないかと恐れていた。名乗り出る価値があるとディックスを説得した友達のひとりが女優のレイチェル・ウォレスだった。彼女も記事に名前を出してくれることになった。

*

アルジェントは、フランス人女優のエマ・ドゥ・コーヌと僕をつなぐ手伝いをしてくれた。ドゥ・コーヌは、二〇一〇年にカンヌ映画祭のパーティーでワインスタインに出会い、数カ月後にパリのリッツホテルでランチミーティングに招かれた。そのミーティングで、ワインスタインは、有名監督とフランスで映画を撮影する予定があり、強い女性の役があると言った。カノーサの話と同じで、ホテルの部屋に移動するための口実も用意されていた。この映画には原作本があるが、一緒に部屋に来ればそのタイトルを教えるとワインスタインは言った。

察しのいいドゥ・コーヌは、自分が司会をしているテレビ番組に遅れそうなのでもう出なければならないと答えた。だが、ワインスタインは彼女がうんというまで懇願し続けた。部屋に入ると彼はドアを開けたままでバスルームに姿を消した。手を洗っているのだろうと思っていたら、シャワーの音が聞こえはじめた。「一体何やってんの? なんでシャワー浴びてんの?って感じだった」

ワインスタインは裸で出てきた。勃起していた。ドゥ・コーヌにベッドに横になれと命令し、たくさんの女がそうしてきたと言った。「ショックで固まった」とドゥ・コーヌは言う。「でも私はビビってるところを見せたくなかった。私が怖がれば怖がるほど、あいつは興奮するのがわかってたから」ドゥ・コーヌはこう付け加えた。「野生動物の狩人みたいだった。恐怖が彼を興奮させるのよ」ドゥ・コーヌはワインスタインに帰ると言った。ワインスタインは半狂乱になった。「まだ何もしてないじゃないか！ ディズニー映画じゃないんだぞ！」。ワインスタインのその言葉をドゥ・コーヌは覚えていた。

ドゥ・コーヌは僕にこう話してくれた。「彼を見て言ったの。勇気を振り絞ってね。『ディズニー映画は大っ嫌いだけど』ってね。それから部屋を出た。ドアを思いっきり強く叩きつけたわ」。それから数時間、ワインスタインはしつこくドゥ・コーヌに電話し続け、贈り物を送ると言ったり、何もなかったことを繰り返し確認しようとした。彼女が司会をしていたテレビ番組のディレクターは、スタジオ入りした時の彼女は動転して、何が起きたかを話してくれたと証言している。

ドゥ・コーヌは当時三〇代のはじめで、すでに人気女優になっていた。だが、もっと若く弱い立場の女性が同じ状況に立たされたらどうなっていただろうと考えた。ドゥ・コーヌも最後には公開を前提に話してくれた。それは若く弱い女性のためだった。「ハリウッドでは全員が、本当に一人残らず、何が起きているかわかっていた」とドゥ・コーヌは言う。「彼は隠そうともしていない。やり方を見ればわかるでしょ。たくさんの人が関係してるし、何が起きてるかを見てる。でも、みんな怖くて何も言えないだけ」

37章　アナ

僕は毎日のように袋小路に突き当たった。僕と話すことをはなから拒否する人もいた。僕は、ワインスタイン・カンパニーで原作本の権利獲得を担当していたローレン・オコナーを、夏のあいだずっと追いかけていた。オコナーは二〇一五年、社員に対するワインスタインの振る舞いを告発する社内文書を書いていた。ワインスタインから言葉による虐待を受けていたオコナーは、彼が女性たちを餌食にしていることを知った。ある時、若い女性が震えて泣きながらオコナーのホテルの部屋のドアを叩き、あのお馴染みの話を打ち明けたのだ。ワインスタインが無理やりマッサージを迫ったと言う。「私は食べていくのに精一杯で何とかキャリアを築こうとしているだけの、二八歳の女性です」オコナーはそう書いていた。「ワインスタインは世界的に有名な六四歳の男性で、ここは彼の会社です。力関係で言うなら、私はゼロ、ハーヴェイ・ワインスタインは一〇です」オコナーはそう書いた。(注1)しかし、オコナーは秘密保持契約に署名していたため、怖がって話をしてくれなかった。その九月の終わりに仲介者から連絡があり、オコナーが弁護士に相談して最終的な決断を下したと伝えてきた。「彼女は怖がっていて、関わりを持ちたくないと言っています。誰ともね」。オコナーは名前を出されることも嫌がった。

これは痛かった。彼女には文書による証拠がある。だが、仲介者はオコナーが取り乱していると言っていた。僕は男性で、女性の同意について記事を書いていて、人生がひっくり返るようなことはしたくないと言っている女性を男の僕が追いかけるのは矛盾していると自分でもわかっていた。オコナーが自分からおおやけに話をしはじめたのは、あとになってからだ。だがこの時は、彼女の話は書かないと僕は約束した。当然ながら、ためらっている人たちもいた。女優のクレア・フォーラニもそのひとりだった。彼女はのちに、ワインスタインから性的な嫌がらせを受けたことを僕に話すべきか迷っていたとソーシャルメディアで告白した。「周囲の親しい男性に相談したら、全員から話すなと忠告された。ローナンに話をすると約束したのに、周囲の人たちに忠告されて結局電話をしなかった。面白いことに、そう忠告したのは全員男性だったわ」(注2)

＊

僕はさらなる手がかりを求めて、ハリウッド中に聞きまわった。ワインスタインの知り合いの中には、彼にまつわる黒い噂を本当にほとんど知らない人もいた。九月の終わりに、僕はメリル・ストリープに電話で話を聞くことができた。メリル・ストリープは長年ワインスタインと仕事をしていて、最近ではマーガレット・サッチャーの人生を描いた『鉄の女』でアカデミー賞を受賞していた。僕が連絡した時はちょうど、五〇周年の大学の同窓会を自宅で開くところだった。「同窓会の幹事だから、髪を振り乱してお料理してるわ」ストリープはそう書いていた。(注3)

「バタバタしてらっしゃるときにすみません」電話がつながって、僕はそう言った。

「バタバタじゃなくて、ジジババってところね」すぐに笑いで切り返してくれた。

ストリープは明るく浮かれた調子で鼻歌を歌いながら、誰の記事を書いているの？と聞いてきた。

ハーヴェイ・ワインスタインです、と答えた。ストリープが息を飲む。「でも、彼はすばらしいチャリティーを支援してるのに」と言った。ワインスタインはメリル・ストリープの前ではいつも行儀良く振る舞っていた。彼女はワインスタインが主催していた民主党の資金集めや慈善活動を見ていたし、そこに参加することもあった。ワインスタインが映画制作で荒っぽくなるのは知っていた。だが、それだけだと思っていた。

「彼女を信じるよ」あとでジョナサンにそう言った。

「どっちにしろ信じてただろ？」あくまで言ってみるだけだけど、というふうにジョナサンは聞いてきた。

「うん、そうだな」

「だって、彼女はメリル――」

「だって、メリル・ストリープだから、だろ？ わかってるよ」

＊

業界の大御所でも、違う話をする人たちもいた。彼らはワインスタインが女性を餌食にしていることは公然の秘密だと言っていた。実際に見たわけでなくても、少なくとも話には聞いていた。倫理面のご意見番的な存在であり、性的略奪者たちとの仕事を長年頑なに断ってきたスーザン・サランドンは、手がかりになりそうな人をいろいろと考えてくれた。僕が追いかけていることを話すと、ククと笑いを漏らした。「あら、ローナンったら」そう言って、からかうように言葉に節をつけた。バカにしているわけではなくて、僕の身に降りかかろうとしている悲喜劇を楽しんでいるようだった。「困ったことになりそうね」

ワインスタインに告げ口する人たちもいた。映画監督のブレット・ラトナーに連絡した時、この話を絶対に他言しないでほしいと僕はお願いした。ワインスタインが逆ギレすれば立場の弱い女性たちが攻撃を受ける恐れがあるからだと伝えた。「弱い女性のために、僕が話すことを他言しないでいただけますか？」とラトナーに聞いた。ラトナーは他言しないと約束した。ワインスタインから何かされたらしい女性を知っているとラトナーは言った。だがラトナーは気が立っているようだった。それから数カ月後に、六人の女性がラトナーを性的嫌がらせで告発したことを、ロサンゼルス・タイムズ紙が報じた。（注4）ラトナーはそのうちの数件については否定している。ラトナーは僕が連絡してきたことをすぐにワインスタインに注進していた。

「ブレット・ラトナーが電話してきて、ハーヴェイはカンカンになってるよ」エージェントのバーガーがそう教えてくれた。今や僕たちのあいだでお馴染みになった、「お前はもはや死んでいる」という口調だった。バーガーは僕がこの事件を追いかけることを応援してくれてはいたが、たまに僕の将来への影響を心配して文句をつけることもあった。「あちこちに差し障ってるぞ。さっさと報道するか、そうじゃなきゃ諦めろ」

*

ワインスタインもまた方々に手を回していた。九月が終わって一〇月に入る頃、僕と利益相反のある、彼の主張を支持してくれそうなある人物に相談を持ちかけた。ワインスタインはアシスタントに電話をかけさせた。セントラル・パークに設置された映画のセットで、別のアシスタントが電話を持って行った相手はウディ・アレンだった。

ワインスタインは虎の巻がほしかったようだ。性的暴行の告発をもみ消すため、そして僕をどう扱ったらいいかを知るために。「どう処理したんだい?」ワインスタインは聞いた。アレンがワインスタインのために僕とのあいだを取り持ってくれるかを打診したかったらしい。アレンは断った。だがアレンが授けた知恵を、ワインスタインはそのあとで使った。その週、ワインスタインはアレンおたくがまとめた、アレンのインタビュー集を買った。そこには、アレンと彼が雇った探偵軍団と広報担当者が姉の信用を貶めるために作り出したあらゆる言い草と、地方検事の言い分と、姉が真実を語っているとした裁判官の主張がすべて記録されていた。

「なんと、そりゃ大変だな」アレンは電話でワインスタインにそう言った。「うまくいくといいね」。ワインスタインは僕の情報提供者にも電話をし、彼女たちを脅かしていた。ハーダーと彼の事務所からの法的な要求書を受け取った翌日、ワインスタインはふたたびカノーサに電話した。その日はユダヤ教の贖罪《しょくざい》の日に当たるヨム・キプルだったが、そんなことは気にもとめない調子の電話だった。告発した女性がいるのは知っているとワインスタインは言った。「お前はそんなことはしないよな」とワインスタインが言う。質問なのか脅しなのかわからなかったが、電話が切れてもカノーサは震えていた。

僕はレムニックに、ワインスタインが人々の口を封じるために一層圧力をかけてきて、情報提供者たちがますます不安になっていると伝えた。「私は断食し、奴は脅す」レムニックは言った。「ユダヤ教の信仰表現は人それぞれだからな」

＊

その月のおわり、ワインスタインはトライベッカグリルの奥の部屋でふたたびチームの面々と落ちあった。ワインスタインはかなり長い時間、弁護士たちとそこにこもって、アムファー関連の記事について進展を話し合っていた。そのあとでブラックキューブの工作員が数名やってくると、アムファー関連のメンバーは出ていった。ブラックキューブの工作員は勝ち誇った様子だった。以前は満足な報告ができなかった自覚があり、今回は攻撃を仕掛けたのだ。ワインスタインが夏のあいだずっと追いかけていた、貴重な情報を彼らは手に入れていた。そして、彼らが実行した綿密な作戦を話して聞かせた。「いい材料を仕入れました」ひとりが笑顔で言った。

その日やって来たブラックキューブの工作員は三人。ひとりはディレクターのヤヌスでもう一人はヤヌスの下で働いていたプロジェクトマネジャー。そして三人目は工作に深く関わっていた現場の工作員だ。白シャツにブレザー姿のその女性は、バリバリのキャリアウーマン風だった。髪はブロンドで頰骨は高く、ワシ鼻で、優雅だがどこの出身かわからない訛りがある。ワインスタインとのミーティングでは、アナと紹介された。

アナはヤヌスとプロジェクトマネジャーの前ではおとなしく、彼らに話を進めさせた。二人が彼女に話を振ると、彼女は数カ月かけて重要なターゲットの信頼を得ることに成功し、何時間にもわたる会話を密かに録音してきたことを熱心に説明した。するとワインスタインが目を見開いて、つぶやいた。「すごいぞ、すごいぞ」。ブラックキューブの工作員が手に入れたのは、出版予定のマッゴーワンの本の中のワインスタインについての文章だった。

38章　セレブ

九月のあいだにニューヨーカー誌での調査は加速し熱を帯びてきた。フォーリー＝メンデルソンとレムニックとチームの面々は積み上がっていくインタビューを精査し、原稿の一言一句を確かめていった。僕はオフィスのあるワールド・トレード・センターに遅くまで居残って、電話をかけまくっていた。ある日夜明け近くに帰宅すると、外に銀色の日産パスファインダーが停まっていたのを見て、背筋が寒くなった。尾行されている証拠はなかったが、いつも心の中でビクついていた。

その夏、数人の友達が泊まっていいよと申し出てくれたが、その話になるとたいがい笑いでごまかして、大丈夫さと言っていた。そんな友達のひとりで、ソフィーというある裕福なビジネスマンの娘はこれまでに何度も危ない目にあっていて、僕にも真剣に気をつけた方がいいと教えてくれた。もし安全な宿泊場所が必要だったらいつでも電話してと彼女は言ってくれた。そこで彼女に頼ることにした。

その月の終わり、僕は身の回りの物をカバンに詰めて、「隠れ家」に移り、しばらくそこが僕のアジトになった。その「隠れ家」はチェルシーにある建物の一区画で、ソフィーの家族が数フロアを所有していた。知り合い全員が楽に泊まれるくらいに広かった。部屋の中は飛行機の格納庫のように整然としていた。座ることが憚《はばか》られるような、どっしりとした美しいソファが並び、触るのも恐ろしい芸術作品が置かれていた。

建物には幾重にも警備が施されていた。中に入るにはカードと物理的な鍵とコードが必要になる。これで少しは安心できた。それでも、見張られているという被害妄想は抜けなかった。「銃を手に入れて」とポローネは言っていた。僕は笑い飛ばした。でもそのあとで別の人からも同じことを言われて、そうした方がいいかもと考えはじめた。ニュージャージーの射撃練習場に行き、ピストルとリボルバーの撃ち方を習った。これはただの遊びだと自分に言い聞かせた。だが的《まと》に向かってグロック19を構え、その重みを感じ、引き金を引くと、心臓がバクバクして頭に血がのぼり、お遊び気分が消えた。

＊

ニューヨーク・タイムズ紙もペースをあげてゴールに近づいているらしいことがよりはっきりしてきた。同紙でこの事件を担当していたのは、業界で尊敬される二人の記者——工作員が作った例の報告書にも名前の上がっていたカンターと、ミーガン・トゥーイー——だった。二人は誰もが認める優秀な記者で、僕と同じくらい熱心に情報提供者を追いかけていた。アークエットとネスターもニューヨーク・タイムズ紙からの電話を受けていて、僕はどちらでも話しやすい方に協力してほしいと伝えた。「複数のメディアが報道するほうが、結局みんなのためになりますから」とネスターにメッセージを送った。僕の努力が実るかはさておいても、ニューヨーク・タイムズ紙がこの件に世間の注目をもたらしてくれ、記事が日の目をみるのはいいことだと真剣に思っていた。とはいえ、内心では負けたくないという気持ちがあったし、どこかで自分を憐《あわ》れんでもいた。半年ものあいだ誰も僕を支えてくれず、上司のノア・オッペンハイムは鼻に皺《しわ》を寄せて保身のためにこの事件を遠ざけていた。最後にやっとニューヨーカー誌という後ろ盾を得たものの、間に合わないかもしれない。向こうがどんな材料を摑んでいるのか、僕には予想もつかなかった。僕にわかっていたのは、もしニューヨーク・タイムズ紙に抜かれたら、僕の記事には価値がなくなるということだ。抜くか抜かれるかの競争でさらにプレッシャーがかかった。まるでエアロックの中にいて、いつ宇宙に放り出されるかとハラハラしながら仕事をしているような気分だった。

マクヒューもまた、ニューヨーク・タイムズ紙が今にも特ダネを抜こうとしていることを方々から聞きつけて、九月末に僕にメッセージを送ってきた。マクヒューは、性的暴行の告発者から電話を受けることはNBCから禁じられていたものの、エイズの支援団体であるアムファァーの件はまだ追いかけていた。アムファァーの税務申告書の中に埋もれていたある項目から、六〇万ドルがアメリカン・レパートリー・シアターという団体に流れたという情報が寄せられていた。ワインスタインがのちに制作したブロードウェイミュージカルの『ファインディング・ネバーランド』に資金を提供していたのが、このアメリカン・レパートリー・シアターだったのだ。ワインスタインがはじめて会ったグティエレスを招待したミュージカルが、『ファインディング・ネバーランド』だ。マクヒューはこの資金流用事件を調査させてほしいと願い出た。グリーンバーグは、オッペンハイムと話したあとで許可を与えてくれたように見えた。だが、許可してもらうのも大変だったし、最後には局に足を引っ張られたとマクヒューは感じていた。「とにかく動きが遅かった」マクヒューはのちにそう嘆いていた。NBCはマクヒューに調査させたがっているのか、ワインスタイン関連の事件を二つ続けて握りつぶしたと見られたくないだけなのか、マクヒューは測りかねていた。

「トゥーイーが今日記事をあげる」マクヒューがそう書いてきた。僕たちは向こうの記事の中身をあれこれと推測した。果たして本丸の性的嫌がらせ事件に踏み込むのか？

「いずれにしろ、ハーヴェイの力の見せどころだな」マクヒューはそう書いていた。

ワインスタインとディラン・ハワードもその日、同じような話をしていた。二人の男同士の絆は強まっていた。「ディラン」トゥーイーが記事をあげると知ってワインスタインはこう書き送った。「ニューヨーク・タイムズが今日記事を掲載するから、知らせておきたいと思ったんだ」(注1)

翌日、ニューヨーク・タイムズ紙がワインスタインについてのニュース速報を流した。(注2)僕はその記事をクリックした。「アムファーだけだ」マクヒューからメッセージが入る。ほっと胸を撫《な》で下ろした。

*

「あとどのくらいで出せるんだ？」マクヒューが聞いてきた。「他社に抜かれそうだとレムニックに伝えろ。もう記事は出来上がってる。表に出す時だ」オーレッタも気が気でない様子で電話をかけてきて、僕を急かせた。「急げ！　今すぐレムニックのところへ行って、ウェブに上げるんだ」

僕はフォーリー＝メンデルソンをつつき、それからレムニックをつついた。レムニックはものすごい負けず嫌いだが、ニューヨーカー誌では正確性と慎重さが優先された。「速さを競ってるわけじゃない」レムニックはそう言った。厳しい事実確認《ファクトチェック》の過程を経てはじめて記事を外に出せるし、準備ができたら外に出すと言っていた。「我々はスピードボートじゃなくて外洋船だから。ニューヨーク・タイムズに抜かれるのは覚悟の上だ」

そうは言いながらもレムニックは編集に没頭し、僕にあれこれと質問をしながら記事を完成させていった（「ワインスタイン・カンパニーの場所は？」「どうしていつもホテルに泊まってるんだ？」）。僕も、情報提供者に会ったり電話をしていない時はずっとフォーリー＝メンデルソンかレムニックの部屋にこもって一緒に文言を吟味《ぎんみ》していた。いつワインスタインにコメントを求めるかで議論になった。「早いほうがいいと思います」と僕はエディターたちに書き送った。

レムニックは、公平さの観点からも、また記事に名前を出してくれた女性たちをワインスタインが脅かせないようにという点からも、できる限り事実確認を終わらせてからワインスタインに連絡すると決めた。事実確認部門の責任者でベテランのピーター・キャンビーは、速さと厳密さを確保するためさらに二人のチェッカーをつけた。そのひとりは、フォーリー＝メンデルソンが推薦した元弁護士で、冷静沈着なE・タミー・キムだ。キムに仕事を打診すると、彼女は腕を組んで真顔で聞いた。「セレブのゴシップか何かですか?」。もうひとりは、オックスフォード大学を卒業して二年前に入社したばかりの若いスコットランド人、ファーガス・マッキントッシュだ。マッキントッシュはイギリス人らしく奥ゆかしくはにかみ屋だった。キムとマッキントッシュは九月二七日に仕事に取りかかり、猛烈なスピードで朝から晩まで休みなく次々に情報提供者に電話をかけていった。

39章　核シェルター

ニューヨークシティでは、灼熱の日差しは弱まってはきたものの、まだ完全に収まりきってはいなかった。僕の情報提供者も、また彼女たちに時々脅しのように電話をしていたワインスタインの手下たちも、ヨーロッパ、オーストラリア、中国と、世界中のさまざまな時間帯に散らばっていた。僕の携帯はまるで一日中チクタクと期限を刻む時限爆弾のようだった。眠るといっても無意識にうとうとするだけで、電気のスイッチの音で目を覚まし、影の形が変わっていることに気がついて、一時間ほど気を失っていたとわかる。顔には、ニューヨーカー誌でその晩借りた机の上のものの跡が残っていた。ジェフリー・トゥービンやデクスター・フィルキンスやそのほかの記者たちが、マウスパッドに残った僕のよだれに気づきませんようにと願っていた。たまにチェルシーの隠れ家に戻って横になり、夜明け前にうとうとすることもあった。部屋の中の鏡に映った僕の顔は、疲れて青白く、夏のはじめより細くなって、ビクトリア朝のシロップ薬の広告に出てくる病み上がりの子供のようだった。

ニューヨーカー誌の事実確認の担当者が世界中の情報提供者に電話をかけはじめると、ワインスタインがますます強い脅しをかけてきた。一〇月の最初の月曜に、ワインスタインは第一弾の法的文書をニューヨーカー誌に送りつけた。「当法律事務所は、共同代理人であるボイーズ・シラー・フレクスナー法律事務所のデビッド・ボイーズ弁護士およびブルーム弁護士事務所のリサ・ブルーム氏と共に、ワインスタイン・カンパニーの訴訟代理人を務めております」チャールズ・ハーダーはそう書いていた。「貴社の記事は名誉毀損に当たります」と主張した。「以下のことを要求いたします。当該記事の報道を控えること。TWC（その社員及び／又は重役を含む）に関して貴社が公表を予定する全ての発言の一覧をTWCに提出すること（注1）」そしてまた、お馴染みのNBCという呪文も出た。「重要なことですが、NBCニュースは以前にローナン・ファローとTWCに関する報道の可能性について共同で調査しておりました。しかしながら、ファロー氏の記事を精査した結果、NBCニュースは当報道を却下し本調査を打ち切りました。もしNBCニュースが却下したファロー氏の記事をニューヨーカー誌が利用し公表した場合、ニューヨーカー誌は法的な責任と莫大な損害賠償の義務を負うことになるでしょう」

ワインスタインは先日ウディ・アレンと交わした会話から得た情報も、この手紙に盛り込んだようだった。ハーダーは数ページを割いて、姉への性的暴行のせいで僕にはワインスタインの事件を報道する資格がないと主張していた。「ファロー氏が個人的な恨みを持つ権利は否定されるものではありません。しかしながら、報道機関はこうした個人的な感情から生まれた根拠なき名誉毀損に当たる報道を許すべきではありません」。それからワインスタインが買ったウディ・アレンの伝記本を引用し、僕が姉の告発を真に受けるよう洗脳されているという主張を繰り返した。

それ以外にも、的外れな個人攻撃もあった。「第二の事例として、ローナン・ファロー氏の叔父であるジョン・チャールズ・ビラーズ＝ファローは少年二人に性的虐待を加えたとして起訴され、有罪を宣告され、一〇年の懲役刑を言い渡されています。しかしながら、ローナン・ファロー氏がこの叔父をおおやけに非難したといういかなる証拠も我々は見つけておりません。いずれにせよ、縁を切った父親に対するファロー氏の厳しい批判に照らすと、ファロー氏の行動はジャーナリストとしての信頼性と見識に疑問を抱かせるものであることは間違いありません」

僕が覚えている限り、その叔父という人物には会ったことがない。この叔父の事件は本当のことだと僕は理解している。母と叔父の娘は叔父とは縁を切っていた。これまで、著名人でない親戚のことについて、聞かれたこともなかった。もし聞かれていたら、その話題を避けることはなかったはずだ。だがこの話のどこがワインスタインに対する告発と関係があるのかはわからなかった。

この手紙で主張されていることが、オッペンハイムが僕に繰り返し言っていたことのほぼ丸写しだということに、僕はショックを受けていた。そして、リサ・ブルームが論説の執筆やテレビ出演を通して姉の信用を守り、女性の権利活動家として自らのブランドを築きあげたことを僕は思い返していた。人々がハーヴェイ・ワインスタインという機械の部品になり変わるさまは、僕にとってはお馴染みになりつつあった。それでもまだ、この手紙の最後にハーダーの名前と併記されたブルームの名前を見て、少しだけ考え込んだ。

＊

十月の最初の週、ワインスタインのアシスタントは、ナショナル・エンクワイヤラー紙編集長のディラン・ハワードにこんなメールを送った。「さっき電話をおかけしましたが、ハーヴェイがあなたとの待ち合わせ場所を八番街の四三丁目にあるニューヨーク・タイムズビルの前に変えて欲しいそうです。そちらに向かっているので、あと三〇分程度で到着するはずです」(注2)。もともとはハワードにワインスタインの事務所に来てもらって、そこからリサ・ブルームも一緒にタイムズ紙のビルまで車で向かう予定だった。だが、ブルームとワインスタインが先に出てしまったので、ハワードはワインスタインの告発者の「汚点」が入った茶封筒を手に持って慌てて出かけて行ったとある人は証言している。のちにハワードは、ニューヨーク・タイムズ紙のビルに向かったことも否定している。だが、ワインスタインがその後まもなくミーティングに入り、彼の性的不適切行為についての記事を同紙が報道する準備を整えていることを聞いたのは議論の余地のない事実だ。

ニューヨーク・タイムズ紙の報道が近いと僕が聞いたのは、タクシーの中だった。僕はジョナサンに電話したが、捕まらなかったのでまたかけた。ジョナサンは仕事でますます忙しくなっていて、僕のほうはますます彼にウザったくまとわりつくようになっていた。

「何だよ！」やっとかけ直してくれたジョナサンは、声を荒げた。彼はちょうどミーティングから出てくるところだった。

「タイムズが先に抜くんだ」僕は言った。

「そうか」少しイラついてジョナサンが言う。「でもそうなるかもしれないとわかってたじゃないか」

「事件が表沙汰になるのはいいことだよ――でも――何ヵ月もやってきたから。一年間ずっとこればかり。おかげで失業したし」。僕は情けなくなって、泣きはじめた。「思いっきり振りすぎたんだ。入れ込みすぎた。それなのに、結局記事にもならないかも。話してくれた女性をみんながっかりさせちゃうよ――」

「落ち着け！」ジョナサンが大声で僕の目を覚ましてくれた。「もう二週間もまともに寝てないし食べてないってだけだよ」

外でクラクションの音がする。

「タクシーの中なの？」ジョナサンが聞く。

「うん」僕はメソメソ声で答えた。

「ったく。あとでゆっくり話そうね。でもまず、運転手にチップを弾むんだよ」

＊

ワインスタインとハーダーからの手紙がきたあと、レムニックは僕を部屋に呼んだ。ベルトーニとフォーリー＝メンデルソンもそこにいた。ワインスタインの主張はバカバカしさを増し、深刻さは減っていた。まとめると、彼についての告発はすべて名誉毀損で、秘密保持契約を使っている会社の報道は許されず、NBCとは話をつけているし、僕の姉は性的暴行を受けていて、遠い親戚に児童虐待の犯罪者がいるということだった（ジョナサンは手紙を読んで大笑いした。『かわいいもんじゃないか。気に入ったよ』と言っていた）。でも僕は、報道機関が荒唐無稽な主張を受け入れる姿を見てきた。レムニックの部屋に入りながら、心のどこかでダメかもしれないと身構え、不安でドキドキしていた。レムニックはこともなげに、「これまでに受け取った中で最も不快な手紙だ」と切り捨てた。それでもまだ不安だった僕は、ワインスタインは僕個人を訴えると脅しているし、僕には弁護士もいないとレムニックに伝えた。「はっきりさせておくが」とレムニックが言う。「ハーヴェイ・ワインスタインがどれほど脅しをかけても、私たちは君を法的に守る」。ベルトーニはハーダーに短い返答を送った。「ファロー氏の独立性と倫理観に関する貴殿の主張については、何の根拠もないものと考えます」(注3)

その夜、会社を出たあとでレムニックから電話があった。アーシア・アルジェントのパートナーのアンソニー・ボーディンがレムニックに連絡してきたと言う。ボーディンは以前、アルジェントの告発を支えていた。それでも、僕の心は沈んだ。これまでに、夫や恋人や父親に止められて話を引っ込める女性を繰り返し見てきたからだ。親しい人間からの連絡はいい知らせだったためしがない。だが、どんなルールにも例外があるものだ。ワインスタインの行為にはヘドが出るし、あまりにも長いあいだ「誰もが」そのことを知っていたとボーディンは言った。「俺は信心深くはないが、君がこの事件を報道する勇気を持てるよう祈っている」そうボーディンは書いていた。

＊

ニューヨーカー誌のチームは力を合わせてこの報道に立ち向かった。事実確認担当者のもとで、告発はひとつひとつ証明されていった。僕たちはすべての告発が完全に確認されてからワインスタインのコメントを求めようと、待ち構えていた。だが、ワインスタインの代理人の何人かはすでにこちらに連絡を入れてきた。彼らの態度はけんか腰ではなく、どちらといえば諦めているようだった。ハーダーの手紙が届いてまもなく、ワインスタインの法律チームのひとりがわざわざ電話をかけてきて、手紙の中の脅迫は間違いで助言に背くものだったと言ってきた。「あなたがたの報道が間違いだというつもりはありません」その弁護士は言った。「あってはならない醜悪な行為の告発──その大多数は真実です」

気温が上がってきたせいで、フォーリー＝メンデルソンの部屋は蒸し風呂のようになった。僕とメンデルソンは原稿のプリントアウトに覆いかぶさるようにして文言を確認した。玉のような汗が額を流れる。言葉の選択について、全員で熱くやり合った。レムニックはできる限り慎重な言葉遣いを呼びかけた。当初僕たちは「レイプ」という言葉をあえて取り除いていた。気持ちのいい表現ではないし偏向と見られることを恐れたからだ。だが、フォーリー＝メンデルソンと事実確認担当のキムは、レイプという言葉を戻したほうがいいと強く推した。この言葉を取り除くことは、むしろごまかしになると言い張った。最終的にはレムニックとベルトーニも賛成し、レイプという表現を残すことになった。

この時期、僕は暑さを避けて、アッパーウェストサイドにあるレムニックの家に避難することもあった。建物の外側の石灰岩の正面玄関の脇に、ブリキの核シェルターの看板がかかっていた。中に入ると天井が吹き抜けになっていて、壁一面が本で埋まっていた。レムニックの妻はタイムズ紙で記者をしていたエスター・フェインで、僕を台所に呼び入れて、とにかく何か食べなさいと言い張った。二人は八〇年代の終わりに出会い、ライバル紙の特派員としてモスクワに駐在した。レムニックは当時ワシントン・ポスト紙の記者だった。二人の息子とひとりの娘の成長の記録として身長をきざんだ柱を壁の一部に残していた。まるで映画のようだった。レムニックの狭い仕事部屋で、僕は彼と一緒に原稿の文言を調整していった。僕は睡眠不足でふらふらしていたのに、レムニックは寛容に接してくれた。記事の編集について僕がとんちんかんなことを言っても許してくれた。

この時期が嵐の前の静けさで、これから大嵐がやってくるという予感はあった。一〇月の最初の週に、キム・マスターズが「ハーヴェイ・ワインスタインの弁護士が、大スキャンダルになりそうな記事をめぐってニューヨーク・タイムズとニューヨーカーに宣戦布告」という見出しの記事をハリウッド・レポーター誌に掲載した。(注4)バラエティ誌も数分後に同じような記事をあげた。(注5)ケーブルニュースでも取り上げられはじめた。このことで、情報提供者たちは大胆になった。『テッド』でセス・マクファーレンと共演した女優のジェシカ・バースが僕に連絡してきて、ホテルの部屋でのミーティング中にワインスタインから性的な嫌がらせを受けたと教えてくれた。この話はのちに裏が取れた。だが、こうした記事のせいで、僕のプレッシャーも高まった。次に何が起きるにしろ、大勢の目が注がれることになりそうだった。

40章 恐竜

その一〇月、ハーヴェイ・ワインスタインの周りの世界は変わりつつあった。ワインスタインはやつれて見えた。癇癪《かんしゃく》はいつものことだが、その月はいつ爆発するかわからない不安定な状態になっていた。ワインスタイン・カンパニーの社員を疑うようにもなっていた。この頃、ネスターに同情的なメッセージを送ったアーウィン・レイターの電話やメールを監視していたことがあとになってわかった。ワインスタインはレイターを「セックス警察」と呼んでいた。一〇月三日、ワインスタインはITの専門家を雇い、

「ハーヴェイのおともだち」という名のファイルを引っ張り出して消去した。そこには世界中のさまざまな都市に住んでいた数十人にのぼる女性の住所と連絡先が記録されていた(注1)。

一〇月五日、ワインスタインはグリニッジ・ストリートの事務所に弁護チームの大半を招集した。控え室は臨時の作戦司令室に変わった。ブルームとハワードもそこにいた。標的リストをまとめるために呼び戻されていたベテラン社員のパム・ルベルとデニス・ドイル・チェンバースもそこにいたが、これが書籍の仕事でないことはわかっていた。デイビスとハーダーも電話で参加し、秘書が二人をスピーカーフォンにつないだ。ワインスタインは半狂乱で怒鳴りまくっていた。ニューヨーク・タイムズ紙の記事はまだ出ていなかったが、もうすぐ出ることは教えられていた。記事が出たあとに自分を庇《かば》ってくれそうな取締役や業界の味方の名前を、ルベルとドイル・チェンバースとアシスタントに向けて次から次へと大声で怒鳴っていた。ブルームとほかの弁護士は、標的リストの女性たちとワインスタインが一緒に写っている写真を紙やスクリーンで見ていた。マッゴーワンとジャッドがワインスタインの腕にもたれて礼儀正しく笑顔を浮かべている。『取締役にこの写真を送れ』って私たちに叫びまくってたわ」ルベルはのちにそう語っていた。ルベルはワインスタインの指示におとなしく従った。

＊

ワインスタインの事務所よりさらに南のダウンタウンにあるニューヨーカー誌のオフィスでは、僕が空いた机について、ワインスタイン・カンパニーに電話でコメントを求めた。僕の電話に出た受付のアシスタントは、おどおどした声で、ワインスタインが電話に出られるかどうか調べますと言った。それから、ワインスタインの低いガラガラ声が聞こえた。「こりゃ驚いた」バカにする調子でワインスタインが言う。「何かご用かい？」この事件の前にしろ後にしろ、ワインスタインについての記事にはほとんど描かれていない彼の一面が現れていた。ワインスタインはひょうきんなのだ。だが、すぐに癇癪を起こすので、ひょうきんな面は忘れられてしまう。その秋、ワインスタインは何度か僕からの電話を切った。この最初の電話の時もそうだった。僕は、公平を期して彼の言い分を記事に入れたいと伝え、それから録音してもいいかと聞いた。ワインスタインはパニックになったらしく、電話はカチリと切れた。その午後、同じやりとりを何度か繰り返した。ある程度の長時間彼に話をさせることができると、彼は当初の警戒を投げ捨て、会話をオフレコにもせず、激しい口調で攻撃しはじめた。

「お前、女たちにどう名乗った？」ワインスタインが答えろと迫る。

僕は少したじろいだ。

「時期によって正確にどの報道機関かを伝えました」。それは女性たちの告発とは関係のないことだと言おうとすると、ワインスタインはまた飛びついた。

「ほお、そうかい？　NBCの記者だと言ったんだよな。NBCのお前のオトモダチはどう言うかな？」。自分の顔に血がのぼるのを感じた。

「お電話差し上げたのは、あなたの言い分を伺うためです」僕は言った。

「違うな。お前のほしいものはわかってるんだ。お前は独りぼっちで、ビクついてる。

上司はお前を見捨て、父親も――」

レムニックはこの時部屋の外にいて、静かにガラスを指で叩いた。首を振りながら、「そろそろまとめろ」という身振りをした。

「あなたの話でも、またはチームのどなたかのお話でも喜んで伺います」

ワインスタインは笑った。「お前は愛する家族を救えなかった。そのかわり、今はみんなを救いたいと思ってるんだろ」嘘ではなく、本当にそう言ったのだ。アクアマンに起爆装置を突きつけているワインスタインを想像してほしい。

質問はすべてリサ・ブルームに送ってくれとワインスタインは言った。電話が終わるころにはまた愛嬌を振りまき、丁寧に僕に礼を言った。

＊

二時を少し回った頃、着信音が鳴った。ワインスタイン・カンパニーではアシスタントが臨時の作戦司令室に入っていき、ニューヨーク・タイムズ紙の速報を知らせた。「記事が出ました」アシスタントが言う。「クソっ」ディラン・ハワードがそう言って、全員にコピーを持ってくるようにスタッフに命じた。チームの面々は同紙の記事を読み、緊張が解けた。一瞬だが、ワインスタインは胸をなでおろした。日曜ではなく木曜に記事が出たのはいい知らせだと集まったスタッフにワインスタインは言った。特ダネは日曜版に載せるのがニューヨーク・タイムズ紙の流儀だと思っていたからだ。それからワインスタインは妻のジョージナ・チャップマンのもとに向かった。チャップマンは自身のブランド、マルケッサのファッションショーに出席していた。「あなたについていくと言ってくれた」ショーから戻ってきたワインスタインはチームメンバーの何人かにそう言っていた。それでも、彼の頭はすでに、これから出るはずの次の記事でいっぱいになっていた。ニューヨーカー誌の記事が出たら、「離婚される」と悲しそうに言っていた。

フォーリー＝メンデルソンと僕は、レムニックの部屋で彼の向かいに座ってニューヨーク・タイムズ紙の記事を読んでいた。レムニックはモニターを見つめる。僕たちは携帯をスクロールした。記事は衝撃的だった。この記事で、アシュレイ・ジャッドはとうとうワインスタインを名指しで告発した。二年前のバラエティ誌のインタビューで、あるプロデューサーから性的行為を強要されたと言っていた、その件だった。そして、僕が数カ月前にニック・クリストフと交わした奇妙な会話が腑に落ちた。ニューヨーク・タイムズ紙の記事ではオコナーが言っていた言葉の虐待と、ネスターが話していた職場での性的な強要についても触れていたが、二人の名前は伏せられていた。

性的暴行やレイプの告発はここには描かれていなかった。リサ・ブルームはすぐに声明を出し、告発のほとんどは「誤解」に基づくものだと述べていた。「ワインスタインのような大物プロデューサーと、業界のそのほかの人たちとでは力の差がありすぎるのだと彼に説明しました。彼の動機が何であれ、彼の言葉と行動は不適切で脅しだと受け止められる可能性があると教えました」ワインスタインはただ「時代遅れの恐竜のような人物で、新しいやり方を学んでいるところだ」(注2)とブルームは言っていた。翌朝のトーク番組に出演したブルームはニューヨーク・タイムズ紙の記事に載った告発を「軽率な言動」と印象づけようと必死だった。「性的嫌がらせ、という言葉を使っていますが、これは法律用語なんです」ブルームは司会者のジョージ・ステファノポロスに言った。「私なら、職場での不適切行為と言いますね。一般の方にはあまり違いがないように聞こえるかもしれませんが、性的嫌がらせはより深刻で習慣的な行為を意味します」(注3)。ブルームはワインスタインに、「男友達と飲みにいくときのような言動は止めるよう」厳しく指導したと言う。ワインスタイン自身も声明を出し、「職場のルールや言動が今とはまったく違っていた六〇年代や七〇年代に育ち」、「リサ・ブルームの指導を受けて自分自身について学ぶ旅の途中にいる」(注4)と告白していた。そして、全米ライフル協会との闘いに邁進することを誓った。ワインスタインはセラピーを受け、南カリフォルニア大学で女性監督向けの基金を立ち上げると発表したが、それだけだった。

レムニックの部屋で僕はニューヨーク・タイムズ紙の記事を読み終わって顔を上げた。机の上の携帯電話が震えた。ジョナサンからのメッセージだ。「タイムズの記事読んだよ。性的嫌がらせだけだった。暴行は入ってない」と書いていた。「急げ、急げ、急げ」。マクヒューからも同じ内容のメッセージが入った。同紙は「俺たちが止められた時よりも少ない材料しか持ってない」と付け加えていた。

「とても強力な記事だ」レムニックが顔を上げながら言う。

「でも彼らの材料は私たちの握っている材料の足元にもおよびませんよ」フォーリー＝メンデルソンは明らかにホッとした様子でそう言った。

「じゃあ、このまま進めていいですね」僕は思い切って切り出した。

「もちろんだ」レムニックが言った。

41章　戦闘開始

ニューヨーク・タイムズ紙の記事の内容とそのタイミングにほっとしたワインスタインは、激励のつもりでスタッフにメッセージを送った。「さあ、いよいよきたぞ。戦闘開始だ」。あるアシスタントは「私は抜けます」と返信して出ていった。ワインスタインは、辞めるなと止め、ピカピカの推薦状を書くと申し出た。「なめんなって目で睨みつけてやったわ」そのアシスタントはそう振り返っていた。

その晩、ワインスタイン・カンパニーの取締役会が招集され緊急の電話会議が開かれた。九人の取締役はすべて男性で、ワインスタインを含めて全員が電話でつながった。この数年間、ワインスタインの追放を求める少数派の取締役と、この会社の成功にワインスタインが欠かせないと考える多数派との関係はますます険悪になっていた。権力者による力の濫用《らんよう》は、驚くほど多くの場合、取締役会の機能不全と表裏一体になっている。ワインスタインと弟のボブは取締役会で二つの議席を占め、定款によって三人目の取締役を指名できることになっていた。長年のあいだにワインスタインは残りの議席にも自分のシンパを据えることに成功していた。ワインスタインの契約が更新期限を迎える二〇一五年までには、九人のうち六人を支配下に置き、その力を使って説明責任を免れてきた。ワインスタインに敵対的な取締役のランス・マエロフが、ワインスタイン個人の素行調査を開示するように要求したとき、ボイーズとワインスタインはその要求を回避して、外部の弁護士にいい加減な要約を作らせ、お茶を濁したこともあった。マエロフはのちにフォーチュン誌の記者に、社内で隠蔽があったことを認めた。(注1)

一〇月はじめのその夜、ワインスタインは電話に出て取締役たちに申し開きをおこなった。すべてを否認し、騒ぎはすぐにおさまると言い張った。電話会議は、取締役会の派閥同士の激しい非難合戦になり、ワインスタイン兄弟のあいだの罵り合いに発展した。「あれほど意地の悪い人たちばかりが集まってるところなんてほかにないと思った」ルベルはそう言う。「ボブが『お前を終わらせてやる、ハーヴェイ。もうお前は終わりだ』と言うと、ハーヴェイは『お前の悪事のすべてをバラしてやる』と返した」

＊

緊急取締役会の数時間後、翌朝早くから、ワインスタインは業界の仲間たちに電話やメールで涙ながらの訴えを繰り返していた。その中にはNBCや親会社のコムキャストの重役たちもいた。NBCユニバーサルの副会長だったメイヤーは、自分からワインスタインに連絡していた。「親愛なるロン」その朝ワインスタインはこう返信している。「さっき君からのメッセージを受け取った。ありがとう——君の言う通りだ。これからロサンゼルスに向かう。感謝している。ハーヴェイより」。二人はまた話をしようと誓い合った。

一〇月六日の午後一時四〇分、ワインスタインはコムキャスト会長のブライアン・ロバーツにメールを送り、助けを求めた。ロバーツはノア・オッペンハイムの上司の上司の上司である。「親愛なるブライアン」とワインスタインは書いた。「どんな人の人生にも、誰かの助けが必要になる瞬間がある、私にとっては今がその時だ」(注2)オーレッタのファイルには、ロバーツとの珍しいインタビュー映像があった。インタビューの中でロバーツは、ワインスタインを威張り屋と批判する人たちに対して、彼を庇っていた。「これまで楽しく付き合ってきた」ワインスタインとの友情や、ニューヨークやマーサズ・ビニヤードでの交遊について、ロバーツはそう語っていた。「ハリウッド的なものに対して僕は特に抵抗はないんだ」。ワインスタインの性格は気にならないと言う。「偉大な仕事をし、会社を築いた男だと思っている」。ワインスタインは良き父親だし善人だとロバーツは言っていた。「テディー・ベアみたいだと思ってる」

＊

NBCの親会社であるコムキャストは、ロバーツの父親が創業した同族会社だった。(注3)社の定款によりロバーツは絶対的な権限を与えられていた。(注4)「ブライアン・L・ロバーツ氏にその意思があり可能である限り、ロバーツ氏が会長に任命される。ブライアン・L・ロバーツ氏にその意思があり可能である限り、ロバーツ氏が最高経営責任者に任命される」。ロバーツのもとで働いた何人かの重役は、彼を柔和で優しい人物だと言っていた。上層部の中でのちに僕にわざわざ連絡をくれて謝ってくれたのは、ロバーツだけだった。彼にも娘がいるし、僕の報道を信じると言っていた。だが彼と働いた重役の中には、ロバーツは衝突を避ける人間だと言う人もいる。争いが起きても、「ロバーツは矢面に立たない」と言う人もいた。「スティーブの汚れ仕事を止めることもない」。スティーブとは、ＮＢＣユニバーサルの最高経営責任者であるスティーブ・バークのことだ。

バークもまたワインスタインに親しみを感じていた。ワインスタインが制作したラジオシティ・ミュージック・ホールのショーではバークがミニオンズのコスチュームを提供した。この仕事に関わった元社員は、バークを「ワインスタインの手先」だと言う。ワインスタインがアンブラ・グティエレスに出会ったのもこのショーだった。ロバーツのもとにいたある重役は、バークもまた対立を避けたがるタイプだったと言っている。以前にも、別のハリウッドの大物とその弁護士がＮＢＣニュースに電話してきてインタビューを放送するなと圧力をかけたことがあった。局はこのインタビューを放送する予定だとバークに伝えると、「中止しろ」とバークが言い、そのハリウッドの大物に「一生恩を売れる」と付け加えた。

「スティーブ、勘弁してくれ。ＮＢＣニュースの評判を破壊することになるぞ」その重役は言った。別のメンバーもあいだに入って、同じことを言ったので、バークは折れて放送を許可した。ＮＢＣユニバーサルにくる前、バークはディズニーのキャラクターグッズやテーマパーク事業で大きな業績をあげていた(注5)。だが、報道機関というものがあまりよくわかっていなかったのではないかとその重役は言う。「友人を庇《かば》っていたわけでなくて、ただ『この男は権力者で、自分に文句を言ってきた。面倒は願い下げだ』くらいの感じだと思う。彼はそれが倫理に反するとは思っていなかったのだろう」インタビューを棚上げしろと言うバークの指示を押し返した重役はそう語っていた。

＊

NBCニュースでは、ワインスタインの件でさらに不穏な空気が広がっていた。ニューヨーク・タイムズ紙がアムファーのスキャンダルを報じたあとで、マクヒューは独自の調査に基づいて中身の濃い追加報道を行う準備を整えていた。しかし、放送間際になって、上からの横槍が入った。それまでマクヒューの調査を熱心に支持してきたグリーンバーグは手のひらを返したように、新しい材料が足りないと言った。ハリウッド・レポーター誌の記者だったジャニス・ミンが、ワインスタイン関係の追加ニュースをNBCが棚上げにしていることをツイートしたあとでやっと、グリンバーグがマクヒューのところに戻ってきて、すぐに放送できるかと頼んだ。

オッペンハイムは、僕がNBCで以前から取り組んでいた残りの仕事を最後までやっていいと言っていた。だが次の放送日がくると僕の出演時間はないと言われた。予定を変えてまた次の放送日がくると、同じ言い訳をされた。「ローナンを現場に入れるなとノアに言われたんだ。何かあったのかい？」マクヒューはシニア・プロデューサーにそう聞かれた。ラウアーがかわりに僕のナレーション部分を読み上げた。

＊

ニューヨーク・タイムズ紙の記事が出た翌日、CBSニュースとABCニュースは夜の報道番組で、ますます広がっていくスキャンダルを大々的に報道した。どちらのネットワーク局も、次の朝また、独自インタビューを交えてこの事件を詳しく報じた。NBCだけが最初の夜にこのニュースを報道せず、翌朝も独自インタビューを報じなかった。そのかわりに、ラウアーの代役を務めていたクレイグ・メルビンが一分にも満たない原稿を読んだが、その大部分はワインスタイン側の反論だった。(注6) その週末も同じパターンが繰り返された。ビル・オライリーやロジャー・エイルズやドナルド・トランプの同じようなスキャンダルをここぞとばかりにネタにしていた「サタデー・ナイト・ライブ」も、ワインスタインについては一言も触れなかった。(注7)

その一方で、NBCニュースはこの件について、ひそかに外向きの筋書きを整えようとしていた。オッペンハイムと広報部長のコーンブラウはほかのマスコミと話しはじめた。NBCはこの件に一瞬だけかかわっただけだと二人は話していた。「ローナンが数カ月前にやってきて、性的嫌がらせについて取材をしたいと言ったが二カ月たっても三カ月たっても何の証拠書類も得られず、ひとりの女性もカメラの前で話すよう説得できなかった」オッペンハイムとコーンブラウが話したある報道機関の社内メモにはそう書かれていた。「あいつは何も摑めなかった」マスコミ他社への電話の中でオッペンハイムはそう言っていた。「これが彼にとってすごく個人的なことだったのはわかるし、感情的になってるのかもしれないな」ワインスタインと連絡をとったかという質問に対して、オッペンハイムは笑ってこう言った。「私はああいう人たちとの付き合いはないんでね」

ニューヨーク・タイムズ紙の記事が出た直後の数日間、NBCはオッペンハイムの指示でワインスタインの報道を避けていたとのちに私に教えてくれた関係者も数名いる。「ノアが直接担当者のところに行って、『この件はやるな』と言い渡したんだ」。当時のオッペンハイムとプロデューサーの会話を教えてくれた人もいた。その後次々と新たな事実が表に出てくるあいだにも、オッペンハイムはシニアスタッフを集めて報道ネタを決めるいつものミーティングを開いた。「我々もこの件について何かやるべきでは?」そこにいたプロデューサーのひとりが聞いた。オッペンハイムは首を振った。「気にするな」オッペンハイムはワインスタインについてこう言った。「一年半もしたらあいつはかならず戻ってくる。ハリウッドだからな」

PART Ⅳ スリーパー

42章 説教

ニューヨーク・タイムズ紙の記事が出たあとで、もうひとり僕の記事に加わった情報提供者がいる。マーケティング・コンサルタントのルシア・エバンズだ。彼女のことを知ったのは、共通の知人がいたからだ。二〇〇四年の夏、ルシアはマンハッタンの会員制クラブでワインスタインから声をかけられた。彼女は当時、名門ミドルベリー・カレッジの四年生で、俳優になろうとしていた。ワインスタインに電話番号を渡すと、まもなく深夜に本人から電話がかかってくるようになり、アシスタントからも電話があって会いたいと告げられた。深夜の誘いは断ったが、昼間にキャスティング担当者に会うことには同意した。

キャスティング担当者とのミーティング場所に着くと、たくさんの人がいた。ルシアはジムのような運動器具の置いてある部屋に通された。床にはテイクアウト容器が転がっている。そこにいたのは、ワインスタインだけだった。ルシアは震えあがった。「彼がそこにいるだけで怖くてたまりませんでした」と言う。そこで、ワインスタインは「私を褒めたかと思うとすぐにけなして、自分はダメなんだって思わせられたんです」。ワインスタインが制作に関わり、その年の後半に放送されることになっていた「プロジェクト・ランウェイ」という番組にルシアはぴったりだと言う。出してやってもいいが、もっと痩せないとだめだ、と言われた。ワインスタインは、ほかに考えている脚本が二つあるとも言った。ひとつはホラーもので、もうひとつは一〇代の恋愛もの。その脚本についてあとで部下から君に話してもらおう、と言った。

「暴行を受けたのは、そのあとでした」とルシアは言う。「無理やり口淫《こういん》させられたんです」。ワインスタインはズボンからペニスを出し、いやがるルシアの頭を押さえつけた。「何度も何度も、やめて、いやですと言い続けました。逃げようとしたけど、たぶんもっと強く抵抗すればよかった。蹴ったり、叩いたりはできませんでした」結局、「大男ですから。力に負けました」と言っていた。「途中で諦めたんです。それが最悪なところなの。だからあいつがこんなに長いあいだ、これほどたくさんの女性にあんなことができたんです。みんな仕方ないって諦めて、まるで自分が悪かったみたいに思ってしまうから」

そこで起きたことは、慣れた手口のように感じられたとルシアは言う。「周到に準備されていました。女性のキャスティング担当者と会う予定になっていて。何もかも私を安心させるための小道具だったんです。しかも、私に罪悪感を持たせて黙らせることも計算に入ってたんですね」

＊

その金曜、僕たちはリサ・ブルームに詳細な事実確認の文書を送り、リサは返答を約束していた。土曜になっても返事がこないので、リサに電話をかけた。すると留守電につながって、それから「今日は出られない」とショートメールが届いた。何度目かにリサと電話がつながったとき、僕はレムニックの家で彼と一緒に原稿に手を入れながら、二人であちこちに電話を入れているところだった。リサの声は暗かった。「何の用?」ムカついているようだ。そこで、ワインスタインからあなたと話すように言われていると念を押すと、リサは「話せないわよ！　もう私はコメントできないわ！」と返す。ハーダーかボイーズか、誰かほかの人に電話してくれと言われた。

リサの声には僕を責めるような口調が混じり、まるで彼女自身が被害者のような調子だった。僕に何度も連絡を取ろうとしたのに、と恨めしそうに言う。「何カ月もよ!」。もし僕がもっと情報をくれていたらワインスタインから距離を置いたのに、とでも言いたげだった。でも、リサと僕が以前に話をしたとき、彼女は被害女性たちの汚点をあげつらっただけで、ワインスタインが何をしたかを知ろうとはしなかった。この夏、リサはひっぱりだこだった。アマゾンスタジオのトップでハラスメントの告発を受けたロイ・プライスの弁護も引き受けたのだ。だが批判を受けて秋には弁護を降りていた。僕からの電話を切ってから四五分後、リサはワインスタインの弁護から手を引いたことをツイッターで発表した。だが、辞任の直前まで、告発者の信用を傷つける作戦についてのメールをワインスタイン・カンパニーの取締役会に向けて書き送っていた(注1)。

＊

ワインスタインのチームは大混乱していたので、僕たちはまた本人に直接連絡を取ることにした。その週末と次の週末にまず僕がはじめに非公式に軽く話をしてみて、それから公式に長い話し合いの機会を持つことにした。僕たちの方はレムニックとフォーリー＝メンデルソンとベルトーニに参加してもらい、ワインスタイン側からは本人に加えて弁護士と危機管理アドバイザーも参加した。ワインスタインのチームは新たにシトリック・アンド・カンパニーという広報会社を雇っていた。担当についたのは、ロサンゼルス・タイムズ紙のやり手記者だったサリー・ホフマイスターという落ち着いた女性だった。

ワインスタインとの話し合いのほとんどはオフレコが前提だった。だが中には、特にルールを決めずに交わされたやりとりもあったし、報道を前提にすることをあらかじめ明らかにして話し合ったこともある。ワインスタインがもうお手上げだと諦めたように聞こえたときもあった。電話会議のたび、ワインスタインはいつもまずかわいらしく、小さな男の子のような声で「やあ、ローナン」と挨拶してくる。かと思うと、尊大で癇癪持ちのハーヴェイ・ワインスタイン節が出ることも多かった。「お前にいいことを教えてやろう」と説教のように切り出す。「俺が知恵を授けてやるよ」

被害を受けたと訴えても、その女性が自分のところに戻ってきたらレイプではない、とワインスタインは繰り返していた。だが、職場や家庭で避けられない相手から性的暴行を受けた場合に、女性が戻ってくることは珍しくないし、むしろその方が普通だという ことは、全く頭にないようだった。女性が報復を恐れて従わざるを得なかったという訴えも、ワインスタインは否定していた。「ハリウッドでは報復なんてありえない」と言う。映画業界の権力者が女性を脅かして言いなりにさせるなどという考えは、ただの「都市伝説」だと語っていた。その根拠を聞いてみると、ローナン・ファローやジョディ・カンターやキム・マスターズに電話をすれば報復されないからだと言うのだ。まるで論理が破綻している。そもそも自分が問題の元凶なのに、自分が生み出した問題への対応を指差して問題そのものが存在しないと言っていたからだ。

オフレコで話していた時のワインスタインは、二つのパラレルワールドにいるようだった。自分が悪いことをしたと認めはするが、女の子の卒業アルバムに失礼な言葉を書き込んだとか、職場で同僚を変な目で見つめたとか、そういった昔のことを持ち出して自分の行動を説明しようとする。僕はそのたびに、何人もの女性がレイプの告発をしていることを持ち出すと、ワインスタインはびっくりした声を出す。あまりにショックを受けて、細かい事実確認に考えが及ばないと言うのだ。その言葉はあながち嘘ではなさそうだった。

のちにワインスタインの弁護チームにアドバイザーが加わり、正式な回答が返ってきて、それが記事の中に引用された。彼らの戦略は、告発のひとつひとつには反論せず、

「合意なき性行為はなかった」とまとめて否定することだった。それがワインスタインの偽らざる気持ちだったのだろう。ワインスタインはこれまでも性的な行為がなかったとは言わなかった。ただし、それらは合意の上のことで、何年も経ってから最近の風潮のせいで誤解されて受け止められているだけだと言い張っていた。

ワインスタインは、記事に登場する女性の人格を延々と攻撃し続けた。「ハーヴェイ、ちょっと聞きたいんだが」。レムニックが我慢できなくなって、途中で真剣に遮ったこともある。「それが君の行動にどう関係するのかね?」。逆に、具体的な事実について、ワインスタインはあまり争おうとはしなかった。ただ覚えていないだけのこともあった。僕の記事に入っていない告発について詳しく話しはじめたこともある。僕たちが挙げた名前を勘違いして、名前のよく似た他の人を思い出したらしい。

警察の囮捜査の録音テープの話になるといつも、ワインスタインはコピーが残っていたことに苛立ち、カンカンになって怒った。「地方検事局が破壊したテープのコピーがあるのか?」ありえないという調子で聞いてくる。「破壊された、あの録音テープが?」。のちに、バンス率いる地方検事局の広報担当者は証拠を破棄することに合意などしていないと言っていた。だが、ワインスタインは破棄されたものだと信じきっていた。あとでホフマイスターが電話してきて、地方検事局がテープを破棄すると約束したことを公式に認めている。ワインスタインはその約束が破られたことを非常に懸念しているとホフマイスターは言った。「警察か、地方検事局か、どちらかと合意していたんです。誰が合意したのかはわかりませんが。警察が持っている録音テープを破棄するという約束を、我々の法律事務所と結んでいました」とホフマイスターは言った。NBCとも約束を交わしたんだとワインスタインは何度も言い張っていた。「NBCはカンカンだぞ」折を見てはそう言っていた。僕がNBCにいる時に撮影した映像をどうするつもりだと聞いてくる。もし映像を使ったら僕に法的措置を取るとNBCが約束したと言う。電話会議でこの話が持ち上がると、レムニックは黙って聞いたあとに一蹴した。「NBCは関係ない。NBCの件はもう――持ち出しても無駄だ」

＊

電話会議が長引くと、ワインスタインは癇癪を起こしたり脅したりするようになった。「エミリーは秘密保持契約に署名してる」ネスターの話だ。「気をつけた方がいいぞ。あの娘は俺のお気に入りなんだ」。困った弁護団が割り込んできて、慌ててワインスタインの言葉にかぶせるように話しはじめたが、無駄だった。「あれは可愛くて優しい子だ」ワインスタインはまだ話し続ける。「嫌な思いはさせたくない」。ニューヨーカー誌を訴えると脅したり、記事が出る前に事実確認メモを世間にリークするぞと脅したりもした。「気をつけるんだな」と何度も繰り返す。「お前ら、気をつけた方がいいぞ」

ワインスタインを止められず、どうしようもなくなったホフマイスターら弁護士がいきなり電話を切ったこともあった。「聞こえませんが」突然電話が切れたあと、レムニックがそう言った。

「ワインスタインに喋らせたくなかったのね」とフォーリー＝メンデルソン。

「ああ、弁護士としちゃああするしかないな。当然」ありえないというように首を振りながら、ベルトーニがそう漏らした。「そのために大金を払ってるんだから。電話を切ってもらうために」

数分後また電話がつながると、レムニックが聞いた。「サリーかい？　弁護士が電話を切ったのかな？」

「あら、そこにいる？」ホフマイスターが聞く。

「もちろん、いるさ」レムニックが答えた。

ワインスタインが具体的に反論したことについては、その点を記事に入れた。話し合いが終わる頃には、ワインスタインの癇癪も少し収まって、諦めが声に滲んだ。何度かは、僕たちが公正だと認め、自分に「非がある」とも言っていた。

＊

一〇月一〇日、午前一時にフォーリー＝メンデルソンが最終稿を回し、午前五時に最後の見直しがはじまった。キムとマッキントッシュが細かい点を確認し、始業時間までに残りの編集部全員の承認が出た。ニューヨーカー誌のウェブサイトを率いる、元ニューヨーク・タイムズ紙の有名編集者マイケル・ルオがウェブ用記事の詳細を最終確認する。僕が出社した時にはオフィスは静まり返っていて、キラキラとした日の光が差し込んでいた。マルチメディア担当編集者のモニカ・レイシックが机の前に立ち、ウェブ掲載の開始ボタンを押そうとしていると、フォーリー＝メンデルソンとほかの数人が寄って来たので、僕は写真を撮ろうと脇に寄った。喜び勇んだ写真ではなく、ありのままの記録を残したかったからだが、レムニックがやめろと言った。「うちはやらない」

と言って、みんなを追い払い、それぞれの席に戻らせた。

ウェブに記事が上がったあと、僕はふらふらと窓際まで行ってハドソン川を眺めた。まだボーっとして何の実感も湧かなかった。頭の中でペギー・リーの「火事ってこんなもんだったの？」という歌声が流れる。あの女性たちが話してよかったと思ってくれていることを願った。僕はどうなるんだろう？　この記事が終わればニューヨーカー誌の仕事はなくなるし、テレビの道はもう閉ざされた。窓に映った僕の目の下のくま越しに、キラキラと輝く水平線が見える。ハドソン川の上には報道ヘリが飛んでいた。

携帯が鳴り、また続けて着信音がする。最寄りのコンピュータに駆け寄って、ブラウザを開いた。メールの受信箱も、ツイッターもフェイスブックも、ポン、ポン、ポン、と着信音が鳴り続けている。メッセージが次から次に流れ込んできて、画面がどんどん下に切り替わって行った。

報道記者からのお祝いの言葉も届きはじめた。この事件を長いあいだ必死に追い続けたニューヨーク・タイムズ紙のカンターとトゥーイーからも、メッセージが届いた。記者の中にはこの件を追いかけて脅迫を受けたという人もいた。ワインスタインについて深刻な記事を書いたある雑誌記者は、彼自身と家族を脅迫するようなメールや留守電を受け取ったと言い、その留守電を僕に聞かせてくれた。この件でＦＢＩにも相談したと言う。それでも彼は記事を掲載した。

だが、僕が受け取ったメッセージの大半は見知らぬ人からで、その人たちにもまた表に出すべき話があった。女性もいれば男性もいた。性的暴行の体験を語る人もいれば、ほかの犯罪や腐敗の経験を語る人もいた。どの話も、権力の濫用や、政府、メディア、法曹界といった既存体制による隠蔽がかかわっていた。

その日、僕が以前に話を聞いたトゥデイの元プロデューサーで、今はシリウスXMにいるメリッサ・ロナーからもメッセージが入っているのを危うく見逃すところだった。「あなたの周りにもハーヴェイがいる」と彼女は書いていた。

43章　隠し立て

「新しい契約を結べるぞ」その日、ノア・オッペンハイムが言ってきた。こないだまで僕はNBCの中でお荷物だった。今はNBCを出たらお荷物になってしまう。記事が出てから一時間もしないうちにノアから電話があった。「うまくいってよかったな！　上出来、上出来！」話を続ける。「わかってるだろ、ナイトリーニュースも、MSも」——傘下のケーブル局MSNBCのことだ——「みんなこっちに連絡してきて『どうしたらローナンを捕まえられる？　うちの番組に出て話してもらえるかな？』って聞いてるぞ」。NBCの肩書きで出演していいとオッペンハイムは言う。

「でも、NBCの偉い人やあなたが困るようなことを聞かれたらと思って、ちょっと心配なんです。ハーヴェイは裏話を吹聴してますし、NBCとのいきさつを種に僕を脅かしてましたから」そうオッペンハイムに言った。「NBCでの経緯を聞かれたら、隠し立てしたくないんです」

オッペンハイムとコーンブラウは裏で動いていた。複数の報道記者が電話をくれて、二人がこの事件のいきさつをほうぼうで自分たちに都合よく触れ回っていると教えてくれた。気が重くなった僕は、ニューヨーカー誌の広報責任者のラーベとジョナサンにこうした電話に対応してもらうことにした。オッペンハイムと電話で話していると、CNNのジェイク・タッパーがこんなツイートをあげていた。「メディアの隠蔽といえば、NBC記者のローナン・ファローがなぜニューヨーカーから記事を出したのか考えてみるといい(注1)」。それからまもなく、タッパーは番組でNBC内部の人間の言葉を読み上げた。「NBCの情報提供者がデイリー・ビースト誌に語ったところによると、『ローナンがはじめにNBCに持ち込んだワインスタイン報道は社内基準に満たなかったので、調査を進めなかった。最終的に報道された記事にはまったく及ばないものだった(注2)。報道前提《オンレコ》で話してくれる告発者も実名の被害者もひとりとしていなかった。ニューヨーカー誌の記事はNBCニュースに持ち込まれたものとは極端に異なっていた』とのことです」。タッパーは眉をしかめてこう言った。「真っ赤な嘘に聞こえますね」

放送中にこのことを聞かれたら嘘はつけないとオッペンハイムに言うと、彼は神経質に笑った。「あぁ、でもさ、なんて言うかな、君の方からその話をしなければいいだろ、君から騒ぎ立てるつもりはなさそうだし」

「ないですよ」と答えた。「僕はただ正直に、ずっとそうでしたけど、あの女性たちの話が陰に隠れることがないようにしたいだけです」

オッペンハイムは今すぐNBCのスタジオに来てナイトリーニュースの撮影に応じてほしいと言う。NBCの悪いイメージを払拭するために僕を使おうとしているのはわかった。それでも、女性たちの告発は全国ネットのNBCで放送するだけの価値がある。それに、本心を言えば、僕はNBCの仕事を取り戻したかったのだ。この記事のいきさつについて黙っていたとしても、嘘をついているわけじゃないと自分に言い聞かせた。

数時間後、また携帯が鳴った。「ローナン、マット・ラウアーだ。素晴らしい記事だね。もう何百人からもお祝いのメッセージを受け取ってるだろうが、私からもおめでとうと言わせてもらうよ」

*

オッペンハイムとの取り決めを守るのは難しい綱渡りだった。ほかの局ではNBCについての質問をかわして、女性たちの話に戻るように仕向けた。NBCの番組に出るときには、僕の肩書きはコロコロと変わっていた。寄稿者だったり、記者だったり、報道担当だったりそうでなかったり、いずれにしろ慌てて取ってつけたという感じだった。

その午後、ナイトリーニュースの撮影のためにスタジオに到着すると、同僚たちが暗い顔をして寄ってきた。警察番のプロデューサーは悔しそうに声を震わせながら、もしわかっていたら是非手を貸したかったのに、いったいどうなってるのかまったく理解できないと僕に話しかける。ある記者からは、「私自身が性的虐待の被害者だけど、まるでメディア界のローマ教皇庁で働いているような気分。性犯罪を隠蔽することをいとわない組織ってこと」とメッセージがきた。そういう話をしてくれたのは、僕の知る限り最高の報道記者たちで、NBCニュースにいることをいつも誇らしく思わせてくれる人たちだった。どの記者も、この局が掲げる真実と透明性の理想を実現するために必死に働いていた。「この建物の中で報道を大切に思っている人たちは、今回の件にすごく腹を立てていた」調査報道部門の別の人間はあとでそう語っていた。「この傷はなかなか癒《い》えないな」

マクヒューと僕が苦労して調べ上げたことを自分たちで放送できず、別の記者から目玉ニュースとして取材を受けるのは妙な気分だった。しかも、その放送にはハリスとウィーナーが僕の原稿から削除した部分も含まれていた。たとえば、ワインスタインの大勢の部下たちが不適切行為を見たという証言もそうだ。「新たな告発がハリウッドに波紋を呼んでいます。警察の張り込み中にワインスタインと告発者のあいだで交わされた会話の録音テープが浮上しました」。その夜、レスター・ホルトが厳かにニュースを読み上げた。「NBCのアン・トンプソン記者が取材しました」。ホルトの「テープが浮上」したという言葉も変だった。これまでずっとどこにその録音テープがあったのか誰も語ろうとしない。ノア・オッペンハイムの部屋に五カ月も置きっぱなしだったなんて言えないから。

＊

数時間後、僕は以前に自分の番組でゲストを迎えていた控え室で、隅っこに置いてある小さな画面越しにレイチェル・マドウが話しはじめるのを見ていた。マドウは二〇分にわたって、このところの一連の有名人による性的虐待やハラスメントのニュースを振り返り、マスコミの責任逃れを批判していた。ビル・コスビーのレイプ事件からフォックスニュースでの性的嫌がらせまでの報道を振り返り、トランプ大統領のアクセス・ハリウッド録画テープをめぐる炎上話にも触れた。「あのテープは一年前のちょうどこの週に表に出たんです」と意味ありげに強調する。

ワインスタインの話題になると、マドウはほかのみんなと同じように、例の録音テープに時間を割いた。マドウの後ろのスクリーンに「いつものことだ」というワインスタインの言葉が映る。これほど長いあいだ表に出なかったのはなぜかとマドウは問いかけた。「こうした告発を知る人は多かったのに、誰も何もしなかった」と語る。「大企業がこのような告発を隠蔽することに手を貸してきたという事実」に世の中の人たちがようやく気づきはじめた、と言っていた。

僕は板挟みになって、ヘトヘトだった。オッペンハイムは僕の目の前に「クビを撤回する」というニンジンをぶら下げていた。その作戦が効いていたのだ。あれほどのことがあっても、僕はまだNBCニュースのキャスターになりたかったし報道記者の仕事に未練があった。今はテレビでもツイッターでも注目されていたけれど、この騒ぎが終わったらどうなるかわからずに不安だった。だが、僕の目の前に座ったマドウは彼女らしく細心の計算で会話を進め、僕が内心感じていた「この会社にい続けていいのだろうか」という疑問をつついてきた。

　セットの中のマドウはいつものように黒い上着を着て濃い目のマスカラを塗っていた。少し前のめりになって僕に同情を見せながら同時に厳しく迫ってきた。「この事件をずっと追いかけていたんですよね」と言う。(注3)「調査をはじめた時はNBCニュースに所属してましたよね。でも結局、ニューヨーカーに記事を出した──そのことについて話してもらえます？　すごく興味があるので」。僕が話をそらすと、マドウは僕をじっと見据えてこう言った。「ローナン、この件についてもうひとつふたつ聞きたいことがあるの。後半は違う話題に移る予定だったけど、私の独断でここにいてもらうことにします」。CMのあとメディアの共謀と隠蔽に話題を戻し、マドウはこう聞いてきた。「どうしてNBCニュースじゃなくてニューヨーカーでこの件を報道することになったんですか？」

　僕は射抜くようなマドウの視線と頭に降り注ぐ明るい照明を感じた。あらかじめマドウがあれほど警告を発していたのに、僕は答えを準備していなかった。「細かいことはNBCと経営陣に聞いてもらわないとわかりませんが」と前置きして、「この件に関しては、これまでもたくさんの報道機関で取り扱おうとはされてきたものの、大きな圧力がかかってきたとは言えるでしょう。今回、どのような圧力が報道機関にかかってきたのかということが、改めてニュースとして取り上げられたってことですよね」。僕個人もまた訴えると脅かされたことを説明した。ニューヨーク・タイムズ紙もまた脅かされていた。ほかの人たちがどんな脅しを受けていたかはわからないが、圧力がかかっていたことは確かだと言った。

「NBCによると、あなたが、というか、報道できるようなものは何もなかったと言ってますが。NBCに持ち込んだ時点ではまだ材料がなかったとね」。オッペンハイムとコーンブラウは、僕がこの件をNBCに持ち込んだが結局何も摑めず、自分の意思でよそに持って行ったという筋書きに仕立てようとしていた。マドウが人差し指を机に押し付けた。眉が上がって、ピカピカの机に映った逆さの眉が下向きに見える。その顔は本当かしらと言いたげだった。「でも、ニューヨーカーに持ち込んだ時には報道できる状態だったんですよね、明らかに」

僕はオッペンハイムに、質問ははぐらかすけれど、嘘はつけないとはっきり言っていた。「ニューヨーカーの入り口をくぐった時点で、この特ダネは報道できる状態でしたし、もっと早くに報道されるべきでした。ニューヨーカーはもちろんすぐに認めてくれました」そう話した。「報道できる状態ではなかったというのは間違いです。NBCにいる時にすでに報道できる状態だったことについては、複数の裏付けがありましたた」NBCと仲違いしないつもりだったのにその約束は流れ去り、僕のこの場所での将来も消えていくのがわかった。マドウが憐れみの目で僕を見る。「この事件の裏話は、特に報道の経緯についてはなかなか話しにくいのはわかるし、あなた自身が話題になるのは避けたいはずですよね」マドウはそう言った。

「その点は大切です」僕は答えた。「記事に出てくれた女性たちは、ものすごい勇気を振り絞って告発してくれたんです。恐怖に打ち勝って話をしてくれたし、もう一度トラウマを体験してまで話をしてくれたのは、ほかの女性たちを守りたかったからです。だから僕を話題にすべきじゃないし、素晴らしい仕事をしたジョディ・カンターを話題にすべきじゃなくて……とても大変なことをしてくれた女性たちのために、僕たちが役に立たなくちゃならないし、世の中の人たちがあの女性たちの声に耳を傾け、その話に集中してくれたらと思います」

セットから降りた途端に涙が溢れ出した。

44章　嘘の上塗り

放送が終わるとすぐ、マドウに電話がかかってきた。電話を耳に当ててセットの中を行ったり来たりしているが、遠くからでもグリフィンの張り上げた声が聞こえてきた。僕にもオッペンハイムから電話があった。「あー、これからは元NBC記者とか、まあそんな感じですかね」僕は冗談でごまかそうとした。「レイチェル・マドウの行動に俺は責任持てない。それに、俺としてはだな、わかってると思うが」オッペンハイムが言葉を切って言い直す。「まあ、起きたことは仕方ない。こうしたらどうだ。いずれにしろ炎上してることはわかるだろ」

オッペンハイムの声は不安げだった。公式に、僕の記事にはNBCで報道できる材料は何ひとつなかったと、もっと強くはっきりした声明を出せと上に言われたらしい。僕に口裏を合わせてくれとオッペンハイムは言ってきた。

以前にオッペンハイムの部屋で交わした口論にまた逆戻りだ。ただし以前は、なぜこの記事を報道できないかを説いていたのに、今になってそもそもそんなことは言っていないという話になっていた。

ワインスタインと話したかとオッペンハイムに聞くと、「話すわけないだろ!」と言う。

「ノア、以前にハーヴェイがウディ・アレンと仕事をしていたという記事を僕に見せながら、『ハーヴェイがそう言ってる』と言いましたよね」。オッペンハイムに念を押す。するとオッペンハイムは唸り、言葉を変え、情けなさそうな声を出した。「ハーヴェイが一度だけ電話をかけてきたんだ!」

僕とオッペンハイムは何時間も電話で話し続けることになった。途中でマーク・コーンブラウが入ってきて、僕に妥協案に合意しろと迫った。僕の記事は法律と倫理面の基準には通ったが「NBC内部の」基準に満たなかったという、まったくわけのわからない不条理な筋書きだった。頭が痛くなった。あとで知ったのだが、コーンブラウは昔からスキャンダルのもみ消しをやってきた人物だった。二〇〇七年に、当時大統領候補だったジョン・エドワーズの広報責任者として、エドワーズが選挙対策動画撮影者のリエル・ハンターとのあいだに子供をもうけたという報道をもみ消そうと何ヵ月も画策していた。コーンブラウはエドワーズに父親ではないことを誓う宣誓証言に署名させようとした。エドワーズが断ったので、「コーンブラウはその時に本当のことを知った」とハンターはのちに書いている。(注1) だがそれでもコーンブラウは選挙参謀としてその後最後まで一カ月間留まり、みえみえの嘘を信じるふりをして、噂をおおやけに否定し続けた。のちにエドワーズが選挙資金規制法違反で訴えられ浮気の隠蔽が問題にされたとき、検察官はコーンブラウが公判前尋問でこの件を隠蔽したとして批判した。コーンブラウは検察官の質問の仕方が悪かったのだとしらばっくれていた。(注2) エドワーズは結局、一件については無罪となり、別の件では審理無効を言い渡された。

僕はそうしたことを何も知らなかった。ただ、重役を怒らせて将来をダメにしたくなかっただけだ。でも、嘘の声明に加担できないと言った。そのかわりにマドウのような質問がきたらはぐらかすと約束した。

話の途中で電池が切れた。ちょうどオッペンハイムが怒鳴っている途中で切れてしまった。僕はまだマドウの番組のあとそのまま控え室にいた。モバイルチャージャーを借りてケーブルにつないだ。充電を待っていると、まだ家に帰っていなかった有名キャスターが控え室に入ってきて、なにげなく話しかけてきた。

「ノアはくそ野郎。アンディもくそ野郎。どっちもここにいちゃいけない人間」

「この一件のほかに何かあるんですか？」僕は聞いた。

「個人的に知ってることが三つある」

「アクセス・ハリウッドのテープと、今回の事件と……」僕が先にそう切り出した。

「もうひとつ別の件。ここにいる人材に関係すること」

僕は目を見開いた。その時携帯が生き返り、オッペンハイムからの電話が入ってきた。

＊

メインスタジオの照明の下で、マット・ラウアーは僕にキラキラした眼差しを向け、今回の件について彼らに都合のいい紹介をしてみせた。(注3)「もう長いこと、NBCニュースとニューヨーカーの両方でこの事件を追いかけてきましたよね。被害にあった女優さんたちを突き止めて、告発を記事にすることに合意してもらうのは、さぞかし大変で時間のかかる作業だったと思います」。そんな夢みたいなNBCニュースとニューヨーカー誌の協力などない。取材をはじめて最初の数日で、報道を前提に話してくれる女性は見つかっていた。あとでラウアーの録画を見直すと、僕はここでキュッと眉をあげていた。その日のラウアーは落ち着きがなく、どこかおかしかった。職場の性的嫌がらせと報復行為の複雑さについて僕が話しているあいだ、ラウアーは椅子の中で腰を動かし、急いでワインスタインの弁護士のホフマイスターのコメントを読み上げた。ラウアーが席を移すと、完璧な仕立ての紺の背広に照明が当たった。

数時間後、オッペンハイムは「疑いを晴らし」、「誤解を解く」ために、調査報道部門のプロデューサーと記者たちを集めた。NBCには報道できる材料がなかったとオッペンハイムがみんなの前でまた言うので、マクヒューは黙っていられなかった。「ちょっといいですか、ノア」と口を挟む。「違うと思います」。オッペンハイムは驚いて声も出ない。記者たちが次々と質問を投げかけ、険悪な雰囲気になった。どうしてあの音声だけでも流さなかったのか？　もしもっと材料が必要なら、マクヒューと僕はどうして調査を許されなかったのか？　オッペンハイムの答えに誰も納得していなかった。「材料が充分でなかったとしても、『全面的に支えるから、もっと掘り進めてくれ』と言うのが、報道機関の責任じゃないか？」あるベテラン記者はそう詰め寄った。「そんな言い訳じゃ私は納得できないし、ここにいるみんなも同じだと思う」

翌朝、マクヒューの携帯にオッペンハイムのアシスタントから電話が入った。「ノアが会いたいそうです」。マクヒューが「報道局全員の前で」――オッペンハイムは嫌そうに言った――打ち明けた懸念に応えたい、と言う。「ハーヴェイ・ワインスタインの弁護士が七カ月もずっと電話でうるさく言ってきたのに、俺は一度も『やめろ』とは言わなかったじゃないか」オッペンハイムはそう言った。

「私は調査を止めろと命じられましたけど」とマクヒュー。「ローナンも私も、NBCがこの件を報道しない方向に持っていこうとしてるなと感じました」

「そもそも調査をはじめさせたのは俺だ！」オッペンハイムは冷静さを失って、頭に血が上っていた。「それなのに、今じゃみんなに責められてる」と言う。「強姦魔の片棒を担いだみたいに指をさされてるんだ、ひどいじゃないか！　MSNBCでローナンの番組が打ち切りになったあと拾ってやったのは俺だ。今回の件も、そもそもやろうと言いはじめたのは俺だし――」

「別にあなたを責めてるわけじゃありません」マクヒューが静かに言った。

だが、オッペンハイムは傷ついていた。特に、デビッド・レムニックがあっさりと質問に答えていたのが気に障っていた（「ローナンがここにやってきた瞬間に記事にしようと決めたんですね？」ＣＢＳの記者がレムニックにそう聞くと、「ああ、その通り」とレムニックは答えた）(注4)。

「デビッド・レムニックはケン・オーレッタの記事を没にしたんだぞ！」オッペンハイムはマクヒューに怒鳴った。「ローナンが来るまで、この一六年も何もしなかったくせに。自分のところの記事を揉み消して、何年も何年も放っておいたのに、今さら『俺がローナンに調査を続けさせてやった』なんてよく善人ヅラができたもんだな」。だが実際、僕に調査を続けさせてくれたのはレムニックだ。オッペンハイムじゃない。オッペンハイムとのミーティングは「気が狂いそうだった」とマクヒューは言っていた。オッペンハイムが内輪の誰かに口裏を合わせてもらいたがっていたのは明らかだった。逆らえばマクヒューが失うものは大きい。目の前で吠えているのは上司の上司だ。マクヒューは僕と違って有名ではなくファンがいるわけでもない。ＮＢＣが彼の食い扶持《ぶち》を断とうと思えば簡単にできるし、誰かが彼を気にかけてくれるわけでもない。マクヒューには娘が四人いて、契約の更新が近づいていた。

オッペンハイムと会ったあと、マクヒューは自分の将来がこの件に懸かっていることをひしひしと感じ、上からの圧力にあとどのくらい抵抗し続けられるだろうと不安になった。

＊

ワインスタイン報道の波紋は大きく、巻き込まれたのはＮＢＣの経営陣だけではなかった。

ニューヨーク・タイムズ紙の記事が出てから、ニューヨーカー誌の記事が出るまでのあいだの週末に、多くの政治家が説教臭いコメントを出すなかで、ヒラリー・クリントンは沈黙を貫いていた。ワインスタインのもとで「トーク」という雑誌を編集していたティナ・ブラウンは、二〇〇八年の大統領選でクリントン陣営の幹部らにワインスタインの悪行について警告していたとマスコミに漏らした。(注5) 作家であり俳優でもあるレナ・ダナムは、二〇一六年の大統領選のとき、クリントンの部下に、ワインスタインに頼ってイベントを主催し選挙資金集めを行うのはリスクが高いと伝えていた。「ハーヴェイは強姦魔で、いつかはそれが明るみに出ることをわかっておいてほしい」広報スタッフにもそう伝えたし、他のスタッフにも警告したと言う。(注6)

クリントンは五日後にやっとコメントを出し、「ショックでぞっとしている」と言った。(注7) 僕は、以前にこの件が心配だと言っていたクリントンの広報担当者のニック・メリルに再び連絡を取った。僕の外交政策の本で、クリントン以外のすべての元国務長官にはインタビューできたことを伝え、クリントンだけがなぜインタビューを断ったのかを僕なりの解釈で話した。すると結局、クリントンとの電話インタビューが慌ててお膳立てされたのだった。

ウディ・アレンは記事が出る前の月に電話でワインスタインに同情を伝えていたし、今回もまたおおやけに同情すると言っていた。「誰も私には教えてくれなかったし、恐ろしい話を真剣に伝えてくれもしなかった」と語った。「でも私に教えてくれるはずはないんだ。そもそもそんな話に興味がないからね。映画作りのことしか頭にないから」。それからこう続けた。「ハーヴェイ・ワインスタインの一件は関係者全員にとってすごく悲しいことだ。あのかわいそうな女性たちにも悲劇だし、ハーヴェイの人生があんなにめちゃくちゃになったのも悲しいね」のちに批判を受けたアレンは、ワインスタインが「悲しい、病んだ男」だという意味だと言い訳していた。いずれにしろ、大切なのは「職場の女性にウィンクしただけで突然弁護士を雇わなければならなくなるような、魔女狩りみたいな雰囲気」を作らないことだと言っていた。(注8)

　僕と話した時に告発を知って心から驚いていたメリル・ストリープは、そのままのことを繰り返した。ストリープも批判を受けたが、その大半は的外れなものだった。極右アーティストがロサンゼルスのあちこちにストリープとワインスタインが肩寄せ合っているポスターを貼った。(注9)ポスターの中のストリープの目に赤い帯がかかり「彼女は知っていた」の文字が白抜きで描かれていた。ストリープは広報担当者を通して声明を出した（ストリープの広報担当者はウディ・アレンと同じレスリー・ダートで、定期的に姉のディランの信用を貶める工作を行っていた人物だった。ハリウッドでは信用も金で買える）。「ひとつ、はっきりさせておきたいことがあります。全員が知っていたわけではありません」(注10)ストリープはそう言っていた。「もし全員が知っていたとしたら、調査報道記者や真面目な報道機関が何十年もこの話を放っておくはずがありません」。ストリープが知らなかったことは確かだと思う。でも、メディアを信頼しすぎていることもまた確かだ。メディアは以前にもこの話を表に出そうと試みはしたが、事実を知りながら長いこと目を背けていた。

45章　バスローブ

ワインスタインを告発した女性たちもさまざまな反応を見せていた。痛みを感じた人もいれば、舞い上がっている人もいた。だが、肩の荷が下りたと全員が言っていた。数カ月のあいだ気持ちが揺れ動いていたマッゴーワンも、僕に感謝してくれた。「メラメラと燃えるような刃で斬ってくれたわね。死ぬほど感動したわ」と書きよこしてくれた。「私たちみんなに力を与えてくれた。あなたこそ、勇敢な人間よ」マッゴーワンもまた激しくなるワインスタインの攻撃に応戦し、弁護士費用は膨れ上がったと言っていた。「あなたが私に腹を立てても仕方ないと思ってる。でも自分を守ることが先決だった」とマッゴーワンは説明していた。「ハーダーとブルームが陰で糸を引いて、私を震え上がらせてたの」

マッゴーワンはそのあいだずっと孤独だった。周りに人を寄せ付けなかったが、新しく友達になったダイアナ・フィリップは例外だった。ダイアナ・フィリップこそ、ワインスタインのミーティングで「アナ」と呼ばれた人物だ。僕の記事が出たその日、フィリップはマッゴーワンにこんなメッセージを送っていた。

元気？

この数日間ずっとあなたのことを考えてたわ。すごいことになってるわね。信じられない。

どうしてる、大丈夫？　ホッとしてるだろうし、すごくストレスもあるわよね。きっとたくさんメッセージがきてることと思うけど、みんなの言葉が支えになりますように。

あなたはすごく勇敢だし、そんなあなたが誇らしいわ。それを伝えたかっただけ。

もうすぐメールでポールを紹介するわね。ポールと会って仕事の話ができますように。

愛を込めて（注1）

その頃には複数の情報提供者から、怪しい人から連絡がきたと聞いていた。ロンドンでワインスタインと示談を交わした元アシスタントのゼルダ・パーキンスがやっと僕に返事をくれた。最初はワインスタインのもとにいた当時のことを語るのを法律で禁じられていると言っていたが、そのうちに示談の経緯をすべて教えてくれた。そのパーキンスが、普通の調査報道らしくない問い合わせを受けたと言う。その記者の名前は、ガーディアン紙のセス・フリードマンだった。

＊

アナベラ・シオラも記事が出た日にお祝いの言葉を送ってくれた。「ワインスタインを世間に晒しただけでなく、女性たちが経験した痛みとずっとこれからも抱えていく痛みを伝えてくれた。本当に素晴らしい仕事だわ」

シオラはそう書いていた。彼女に電話を返すと、自分もまだ痛みを抱えたまま生きている女性のひとりだと話しはじめた。僕がはじめて電話をかけたとき、シオラは居間の窓からイーストリバーをじっと見つめて、言葉に詰まった。「あの時は、『ずっと待ち続けた瞬間がやっときた』と思った。でも、パニックになったの。震えが止まらなくなった」とシオラは言った。「そしてすぐに電話を切りたくなったの」[注2]

本当は、もう二〇年以上もワインスタインのことを話せずに苦しんでいたと言う。ずっと恐怖に怯えて暮らしてきた。今でもベッドの脇に野球のバットを置いて寝る。ワインスタインは力ずくでシオラを犯し、その後何年にもわたって性的嫌がらせを繰り返していた。

シオラは一九九〇年代のはじめにワインスタインの制作した『ロマンスに部屋貸します』に主演し、「ミラマックスの身内」に取り込まれた。上映会やイベントや夕食会が毎日のように続き、ワインスタインの業界人脈の外で生きていくことなど想像できなくなっていた。ある日、ニューヨークでの夕食会のあと、「ハーヴェイもそこにいて、私は立ち上がって帰ろうとしたの。そしたら、ハーヴェイが『じゃあ送っていくよ』って言った。前にも送ってもらったことはあったから、別に変だとも思わなかった。ただ送ってもらうだけだと思ってた」。ワインスタインは車に乗ったままシオラにさよならを言い、シオラは自分の部屋に帰った。数分後、ひとりで寝る準備をしていると、ノックの音が聞こえた。「それほど遅い時間じゃなかった」とシオラは言う。「真夜中ってわけじゃなかったから、ドアをちょっと開けて誰だか見たの。そしたら、彼がドアをバンと押し開けた」シオラはそこで口ごもった。話そうと思っても声が出ないようだった。ワインスタインは「自分の部屋みたいに、中にズカズカと入ってきた。まるで自分が部屋の持ち主みたいにね。そしてシャツのボタンを外しはじめた。だから、彼が何をするつもりかはわかった。私はバスローブ姿だった。中にほとんど何も着てなかった」。ワインスタインは部屋を歩きまわった。誰かいないかと調べているようだった。

グティエレスの張り込みの録音を聞いて、「記憶が蘇《よみがえ》った」とシオラは言っていた。ワインスタインは同じ手口でシオラをベッドルームに追い詰めた。「さあ、来いよ。早くやろうぜ。何やってんだ、こっち来い」ワインスタインがシオラを脅かした。シオラはきっぱりとした態度を見せようとした。「ありえない。出て行って。お願い。部屋から出て」そうワインスタインに懇願《こんがん》した。

「彼が私をベッドに押し倒して、上に乗ってきた」。シオラはもがいた。「蹴ったり叫んだりした」。だがワインスタインは彼女の両手を頭の上で押さえつけ、無理やり挿入した。「私の足とバスローブに射精した」。そのバスローブは家族に代々伝わる手作り品で、イタリアにいる親戚からもらった刺繍《ししゅう》入りの白い木綿のローブだった。「彼が『完璧なタイミングだな』と言って、『これは君へのプレゼントだ』って」。シオラは言葉を止めた。呼吸が早まり、なんとか声を絞り出そうとしている。「それから私に口でしようとした。もがいたけど、もう力が残ってなかった」。そして身体が激しく痙攣《けいれん》しはじめたと言う。「それで、おそらく彼は退散したんだと思う。発作か何かに見えたんでしょうね」

その後、この事件をニューヨーカー誌で記事にした時には、正確性を優先した客観的な表現しかできなかった。シオラが語ってくれた力ずくのレイプの暗い真実の醜さを伝えるものではなかった。喉の奥でくぐもった声。さめざめとしたすすり泣きの中に噴き出す記憶。アナベラ・シオラが苦しげに紡ぐ話は、一度聞いたら永遠に頭に刻まれ、いつまでたってもそこに残っていた。

＊

レイプから何週間も何カ月も経ってからも、シオラは誰にも話せなかった。警察にも行けなかった。「被害にあったほとんどの女性たちと同じで、私も自分を恥じていた」とシオラは言う。「抵抗した。本当に戦った。でもなんでドアを開けたんだろうって。あんな時間にドアを開けるなんて。恥じてたの。罪悪感でいっぱいだった。自分がしくじったと思ったわ」シオラは落ち込み、痩せていった。事件を知らない父親がシオラの健康を心配し、助けを求めるように強く勧めたので、シオラはセラピストに会いに行った。でも「セラピストにも話せなかった。悲惨でしょ」と言う。

ほかの多くの女性と同様、シオラもまたワインスタインが報復したと感じていた。事件のあとすぐに生活に影響が出たと言う。「一九九二年から一九九五年まで働けなかった」とシオラは語った。「気難しい女優だとか、あれこれ噂を聞いたとか言われて、ずっと使ってもらえなかった。ハーヴェイの仕業だと思ったわ」シオラが最初に事件を打ち明けた友人のひとりで女優のロージー・ペレスは、僕にこう語っていた。「あんなに売れてたのにいきなり変になって身を隠すようにしてた。おかしいと思ってた。あれほど才能があって、引っ張りだこで、ヒットを連発してた女優が突然使ってもらえなくなるなんて。成功すべき女優がしぼんでいくのを見るのは辛かった」

数年後、シオラがまた働きはじめると、ふたたびワインスタインが彼女を追いかけるようになった。一九九五年、シオラは『謀殺』の撮影でロンドンに滞在していた。『謀殺』はワインスタイン映画ではない。だが、ワインスタインは留守電を残しはじめ、彼女のいるホテルに来いと命令してきた。なぜ居場所がわかったんだろうと不思議だった。ある晩、彼女のいるホテルの部屋にいきなりワインスタインがやってきてドアを叩きはじめた。「それからしばらく、夜眠れなかった。映画みたいに、ドアの前に家具を積み上げた」とシオラは語った。

それから二年が経ち、シオラはクライムサスペンス映画の『コップランド』に腐敗警官の妻のリズ・ランドーンという役で出演した。オーディションを受けた時には、これがミラマックス映画だとは知らず、出演交渉の時にはじめてワインスタイン・カンパニーが関わっていることを知った。一九九七年五月、映画の公開直前にシオラはカンヌ国際映画祭に参加した。オテル・ドゥ・キャップ・エデン・ロックにチェックインすると、ミラマックスの社員からワインスタインの部屋が隣だと教えられた。「心が沈んだわ」とシオラ。ある朝早く、まだ寝ているところにノックの音がした。へとへとに疲れ切っていたシオラは、ヘアメイクの約束を忘れていたのかと勘違いしてドアを開けた。「下着姿のハーヴェイが、片手にベビーオイルを持って、もう片手に映画のテープを持ってそこにいたの」。シオラは走ってワインスタインから離れた。「彼が素早く近づいてきたから、私はそこら中のボタンを押しまくってルームサービスとベルボーイを呼んだ。誰かが来てくれるまでずっとボタンを押し続けてた」。ホテルの従業員がやってきたのでワインスタインは逃げた。

シオラは少しずつ近しい人たちに打ち明けるようになった。友人のペレスはロンドンでワインスタインがやったことを知り合いから聞いて、シオラに何があったのかと問いかけた。するとシオラは以前に自分の部屋で暴行されたことをペレスに打ち明け、幼い頃に親戚から暴行を受けていたペレスは泣き出した。「こう言ったの。『あぁ、アナベラ、警察に行かないと』そしたら彼女が『行けるわけないじゃない。彼に潰される』」

ペレスは自分が暴行されたことをおおやけに告発したときの体験をシオラに話して聞かせ、シオラにも訴え出るべきだと強く勧めた。「私も長いあいだ溺れそうになりながら、水の中でもがいてた。それじゃへとへとになるばかりよ。話すことが命綱になるかもしれない。その命綱を掴んで水の中から抜け出して。彼女にそう言ったの」とペレスは語ってくれた。「水が全部引くわけじゃない。でもおおやけに話したことで、海が水たまりになって、そこに橋がかかった。いつかあなたもきっとそこにたどりつけるはず」

シオラが報道前提《オンレコ》に話してくれると決心したので、僕はレムニックに追加の材料があると伝えた。レムニックは、ロイター通信とニューヨーク・タイムズ紙で長年戦争報道を担当してきたベテランのデビッド・ロードをもうひとりの編集担当としてつけてくれた。昔タリバンに誘拐されたこともあるロードは天使のような優しい顔立ちで、悪意や嘘とは無縁に見えた。

＊

その年の一〇月、ロードとフォーリー＝メンデルソンが編集を担当してくれた僕の記事が掲載された。それは、事件をおおやけにするかどうかの決断に直面した女性たちそれぞれの複雑な苦悩について描いた記事だった。シオラの話も、女優のダリル・ハンナの話もこの記事に入れた。ハンナもまたワインスタインの被害者だった。二〇〇〇年代のはじめ、カンヌ国際映画祭の最中に、ワインスタインはハンナのホテルの部屋のドアをどんどんと叩き続け、ハンナは窓から外に抜け出してメイク係の部屋で一夜を過ごした。次の晩もワインスタインがまた部屋に入ろうとしたので、ドアの前に家具を置いてバリケードにした。数年後、ミラマックスが配給する『キル ビル：Vol 2』のお披露目でローマにいたとき、ワインスタインが勝手に部屋に入ってきた。「鍵を持ってたの」とハンナは言う。「居間を抜けて寝室に入ってきた。荒れ狂った牛みたいにね。もしあの時メイク係の男性が部屋にいなかったら、大変なことになってたのは間違いないわ。本当に恐ろしかった」。ワインスタインは突然部屋に入ってきたことを言い訳するように、パーティーがあるから下に降りてこいとハンナに命令した。ハンナが降りていくと、誰もいなかった。ワインスタインがそこにいて、「お前のオッパイは本物か?」と聞き、触らせろと言う。「いやだと言ったわ」。すると、「チラッと見せるくらいいいだろ」と迫ってくる。「だから、『失せな』って言ってやった」。翌朝ミラマックスのプライベートジェットはハンナを置いてけぼりにして飛び去った。

シオラとハンナはどちらも、女性を黙らせている圧力について語っていた。ハンナは事件の直後から、聞いてくれる人には誰にでも話していた。「でも無視された」と言う。「有名な女優であろうが、二〇歳でも四〇歳でも、警察に行こうが行くまいが、関係ないの。誰にも信じてもらえない。信じてもらえないどころか、バカにされ批判され責められるのよ」

シオラは逆に、多くのレイプ被害者が抱えるのと同じ理由で長いあいだ話すことを恐れていた。トラウマによる心の傷。報復の恐れ。性的暴行の被害者に対する世間の烙印。「レストランに行っても、イベントに出席しても、自分に起きたことをみんなが知ってる。私を見て、あのことを思うの。私はすごく奥手な性格で、こんなことをおおやけに話すのが一番苦手なのに」

だが、シオラが黙っていたのには、別の特殊な事情があった。ワインスタインがメディアを支配していたため、誰を信用していいのかわからなかったのだ。「ハーヴェイがどれほどの力を持っているかは昔から知っていたし、多くの報道記者やゴシップコラムニストを金で動かせることもわかってた」とシオラは言っていた。

証明はできなくても、ワインスタインが自分を監視し、尾け回し、手下を送り込んで探らせているとシオラは確信していた。そんなことを言えば頭がおかしいと思われることもわかっていた。「あなたが怖かった。ハーヴェイの指図で私を探ってると思ったから。あなたと話してる時、偽物じゃないかと思って怖くなった」。以前に怪しげな人から連絡があったかと聞くと、心当たりがあると言う。イギリス人の記者から電話があり、それで動揺したらしい。「出まかせに聞こえたの。私が口を割るかどうかをハーヴェイが試してるんだと思って怖くなった」シオラは過去のショートメールを調べてくれた。すると八月にそのイギリス人記者から連絡があったことがわかった。僕にもその直前に同じ人物から連絡があった。「シオラさん、こんにちは。ロンドン在住の記者でセスという者です。少し電話でお話しすることはできませんか？　調査中の記事についてお助けいただきたいんです。一〇分もかかりませんから……お時間をいただけるとありがたいんですが」

46章　なりすまし

セス・フリードマンはさまざまな顔を持つ人物だ。(注1)背は低く、ギョロ目にヒゲモジャで、髪はいつもボサボサだった。以前にロンドンで証券マンとして働いたあと、イスラエルに行って二〇〇〇年代に一五ヵ月ほどイスラエル国防軍――IDF――の戦闘部隊に従軍した。のちに、自分が働いていた金融機関がガスの卸売価格を操作していることをガーディアン紙に内部告発し、そのことでクビになった。彼の記事はとりとめのないふざけた調子が特徴で、ところどころに薬物を常用しているらしき記述が混じっていた。二〇一三年には『死んだ猫が跳ねる』(注2)という小説を出版している。ロンドンに住むコカイン中毒の金融マンが組織を追われてイスラエル国防軍に入隊し、ガーディアン紙の記者を装ったスパイと犯罪の世界に飲み込まれていく話だ。フリードマンの文章はまるでガイ・リッチー映画のギャングの会話そのものだった。「最高のモヒートってのは、一つまみのコカインと同じ。わかるか？ ラム、ライム、砂糖、ミント、――うまそうだろ。貧乏人のコカインさ。ガツンとハイになれるぜ」

二〇一七年一〇月のおわり、僕はシオラと話したあとでフリードマンに電話を折り返し、話したいと伝えた。緊急の用件だと留守電に残す。すぐにワッツアップで連続メッセージが届いた。「大成功おめでとう。ずっと成り行きに注目してたんだ」。イギリスの新聞の調査に協力して何本か記事を出そうとしていると言う。あとになってから、彼がマッゴーワンやそのほかの告発者と話した会話の録音をガーディアン紙の日曜版のオブザーバー紙に渡し、そのインタビューをもとにした記事が出たと説明していた。その記事にはフリードマンの名前はなく、誰がどんな目的でインタビューをおこなったかは書かれていなかった。(注3)

フリードマンは真実を表に出したいと純粋に思ったから録音を差し出したと言ってい

た。僕の調査にも協力したいと言う。それからすぐに「ターゲット一覧」と題した書類のスクリーンショットを送ってくれた。その画像は、全部で一〇〇人近い人名リストの一部だった。ワインスタインの元社員、ワインスタインを追いかけている記者、そして何よりワインスタインを告発した女性たち。ローズ・マッゴーワン、ゼルダ・パーキンス、アナベラ・シオラといった被害者の名前がそこにあった。僕の情報提供者の多くもそのリストに名前があり、そのうちの数人は自分が監視されたり尾行されているのではないかという不安を漏らしていた。重要なターゲットは赤字になっている。これはルベルとドイル・チェンバースがまとめたものと同じリストだ。ターゲットと交わした最近の会話もそれぞれに付け加えられていた。

メッセージのやりとりをはじめてから数時間後に、僕はフリードマンと電話で話していた。最初、フリードマンは報道人としてこの事件に興味があるだけだと繰り返していた。「昨年の一一月に何事かが起きるとこっそり教えてもらったんだ。ハーヴェイ・ワインスタインの件を追いかけてる人たちがいるってね。その当時はただ、ハリウッドについて、映画業界で生きることについての記事を書こうと思ってた」

だが、しばらく話していると、ワインスタインの告発者を「追いかけている人たち」についてもっと細かいことがわかってきた。はじめのうち、フリードマンはその謎の集団を「彼ら」と呼んでいた。「昔から彼らを知ってたけど、今回とは全然違った仕事でね」話しているうちに「彼ら」が「俺たち」に変わった。「最初は俺たちも、普通の仕事だと思ってたんだ。映画業界のドン同士の縄張り争いみたいなもんかと思ってた」とフリードマンは言う。最初に受け取った調査書は、ワインスタインの仕事のライバルをつぶさに探ったもので、アムファーの理事も調査の対象になっていた。だが、監視の標的がマッゴーワンやパーキンスやディックスになると、まずいと思いはじめたと言う。「途中で性的暴行に関わる話だとわかってきた。俺たちは手を引いた。とんでもないと思ったんだ。どうやったらこの件から抜けられる？　ワインスタインから雇われてるのに」

ワインスタインのためにセス・フリードマンを雇ったのは誰なのか、僕は理解できなかった。「ワインスタインが私立探偵を雇ってるってこと？　それとも他の記者と一緒に働いてるってこと？」そう聞いてみる。

「ああ、最初の方、そうそう」フリードマンはなかなかはっきりと言おうとしない。「俺はイスラエル軍にいた」と続けた。「イスラエル諜報部に知り合いがたくさんいる。そこまで言えば、誰のことかわかるだろ？」

僕はもう一度聞いてみた。「その集団の中のひとりでも二人でも名前を教えてもらえるかな？　それかその組織の名前を教えてもらえる？」

そこでフリードマンはやっと口にした。「ブラックキューブ」

＊

僕や読者の皆さんが「私立探偵」と聞けば、呑んだくれの元警官がオンボロの事務所で働いてる姿を思い浮かべるかもしれない。だが、金持ちの企業や個人にとっての「私立探偵」はまったく違う。昔から私立探偵を雇う金持ちは多かった。一九七〇年代に元検察官のジュールズ・クロールは自分の名前のついた事務所を設立し、元警官やFBI捜査官や分析員を雇って弁護士事務所や銀行にサービスを提供した。クロールの事務所は大繁盛し、この形をそっくりそのまま真似た探偵事務所が次々と生まれ出た。二〇〇〇年代にはイスラエルがこの手の事務所の温床になる。徴兵制、極度の秘密主義、スパイ組織モサドの成果から、イスラエルは訓練された工作員の宝庫になっていた。[注4]こうしたイスラエル企業は、これまでとは違う企業スパイの手法を売り込みはじめた。その手法のひとつが「なりすまし」、つまり工作員が別人を装ってターゲットに近づくことだ。

ブラックキューブのお得意の手法がこの「なりすまし」だった。ブラックキューブは二〇一〇年にダン・ゾレラとアビ・ヤヌスが立ち上げた事務所で、ワインスタインの弁護士たちとメールで連絡を取り合っていたのがこのヤヌスだった。ふたりともイスラエルの秘密諜報機関出身で[注5]ブラックキューブは設立当初からイスラエル軍や諜報組織の上層部と深い関わりがあった。伝説的な元モサド長官のメイール・ダガンは二〇一六年に亡くなるまでブラックキューブの相談役を務めていた。ダガンはある大物に、「あなた専用のモサド工作員を見つけてあげますよ」と言ってブラックキューブのサービスを売り込んだ。[注6]

ブラックキューブの工作員の数は一〇〇人を超え、三〇カ国語を操るまでに拡大した。[注7]ロンドンとパリに事務所を構え、本部をテルアビブの中心にあるガラス張りの高層ビルに移し、広大なスペースを借りて社名のない漆黒の扉を構えた。入り口を入るとさらに何の名前もない扉が続き、ほとんどの扉には指紋認証機が付いていた。受付の家具も壁にかかった絵画も、社名の黒い立方体《ブラックキューブ》を思い起こさせる装飾が施されていた。個室に入ると工作員がなりすましを極めていることがよくわかる。ある机にはいくつも小分けの穴があり、二〇台もの携帯が並んでいる。それぞれが別人格用で電話番号も違っていた。社員は全員、定期的に嘘発見器にかけられて、マスコミに情報を漏らしていないかを調べられる。用務員さえ嘘発見器にかけられていた。

ブラックキューブとイスラエル国家諜報部とのあいだには線引きがある。ある裁判資料によると、民間企業であるブラックキューブだけが「大企業や政府機関にサービスを提供できる」ことになっている。(注8) ワインスタインにブラックキューブを勧めたのは元イスラエル首相のエフード・バラックだった。

*

僕はテルアビブの誰彼かまわず電話やメールで問い合わせをかけたので、秘密主義を誇りとするブラックキューブの中でも噂になり、上層部も僕が嗅ぎ回っていることを知るようになった。エイド・ミンコフスキーというフリーランスの広報担当者を通して、ブラックキューブは公式に一切の関わりを否定してきた。いつも電話でおべんちゃらを使い、僕を褒めあげるのがミンコフスキーのやり方だった。「妻があなたの写真を見たんですよ。あなたの大ファンで、ニューヨークに行きたがってます。だから、心配になってビザを取り上げました」と言う。

「お上手ですね。さすが」と僕。

「それが仕事ですから」

だが、情報を漏らしてくれる人たちもいた。ブラックキューブの工作に詳しい二人の男性が、匿名を条件に話してくれたのだ。もうひとりの編集者のロードがテルアビブとの時差に合わせて早朝に出勤し、僕と一緒に電話で話を聞いてくれた。はじめはふたりとも口裏を合わせて、すべてを否定した。ブラックキューブはワインスタインのためにインターネット上で調査をおこなっただけで、工作員が告発女性や記者と接触したことは一度もないと言う。「誰かに近づいたことなんてありませんよ」二人ともイスラエル訛りで、上司らしい声の低い方がそう言った。「チームメンバーにも確かめましたが、あなたが書かれている人たちには誰も、接触してないですね。アナベラ・シオラ、ソフィー・ディックス、ローズ・マッゴーワン……」。ベン・ウォレスも僕も尾けられていたのではないかと聞いてみた。「我々は普通、記者を狙ったりしませんよ」。声の高い部下らしき男が、「誓って」そんなことはしていないと言う。「タルムード派ですからね！」と声を張り上げる。「絶対にやってませんから！」。電話での二人の話はあまり役には立たなかったが、面白かった。

二人は、ブラックキューブが告発者や記者を尾け回していたとの噂を打ち消せるような内部資料を送ると約束した。「今日、書類を送ります」と低い声の方が言う。「使い捨てアカウントか、こっちのサーバーのひとつを使いますから。どちらにするか考えます」

電話を切ってから三〇分後、プロトンメールから匿名の暗号メールが添付書類とともに届いた。数時間後、さらにZメールアカウントから書類が添付された別のメールが届いた。複数のアカウントから送ってくるとは賢いな、と僕は思った。「こんにちは、友だちの友だちへ」最初のメールにはそう書かれていた。「HWとBCに関わる新たな情報を添付します。よろしく。謎の管理人より(注9)」

そのプロトンメールのアカウント名は「スリーパー1973」だった。

47章 漏洩

スリーパーからのメールに添付されていたのは、ワインスタインのためにブラックキューブがおこなったすべての仕事の記録だった。最初の契約は二〇一六年一〇月二八日に結ばれ、そのあとにいくつかの契約が結ばれている。ワインスタインが料金にゴネたあと、二〇一七年七月一一日に改定された契約もあった。最後の契約では、一一月の終わりまでサービスを継続することになっていた(注1)。そこには次のような文言があった。

このプロジェクトの主な目的：

a）ニューヨークの一流紙が追いかけている、クライアントに関する新しい記事（以降、「その記事」とする）の掲載を完全に差し止める助けになるような情報を提供する

b）クライアントの害となるような情報を含む、現在執筆中の書籍（以降「例の書籍」とする）の内容をさらに収集する

ブラックキューブは「アメリカおよびその他の必要な国々で活動する諜報専門家の集団による」サービスを約束していた。その集団にはプロジェクトマネジャー、情報分析家、言語のプロ、ソーシャルメディアで偽人格を作る「アバター工作」の専門家、そして「豊富な経験を持つ人脈工作のプロ」が含まれると書かれていた。また、ブラックキューブは「クライアントの要求に従って、調査報道記者」を雇うことに合意し、四万ドルを支払ってその記者がひと月につき一〇回のインタビューを四カ月にわたっておこなうことになっていた。「その記者によるインタビューの結果を即座にクライアントに知らせる」ことをブラックキューブは約束していた。

それに加えて、「アナという名前の専任工作員をつけ、クライアントとその弁護士の指示に従って今後四カ月間ニューヨークとロサンゼルスを拠点にフルタイムで活動する」とも書いていた。

添付された請求書には目玉の飛び出そうな金額が載っていた。合計すると一三〇万ドルにものぼる。契約書の署名は、ブラックキューブ社長のアビ・ヤヌス博士とボイーズ・シラー弁護士事務所となっていた。僕はアッと驚いた。ボイーズ・シラーはニューヨーク・タイムズ紙の弁護士事務所でもある。でも目の前の署名はあの有名な弁護士のものだ。青いインクで書かれたいかにも上品な筆記体の文字。その契約書は、ニューヨ

ーク・タイムズ紙の報道を止め、マッゴーワンの自伝の内容を手にいれることを約束するものだった。

＊

ブラックキューブは法を平気で破ることで有名だと民間の諜報機関にいる人たちから聞いていた。二〇一六年にはルーマニアで検察官を脅かしメールに不法侵入したとして、二人のブラックキューブ工作員が逮捕された(注2)。のちにその二人は起訴され、執行猶予を言い渡されている。ブラックキューブの工作に直接関わったある人物は、法を犯さずに彼らの仕事をやるのは不可能だと語っていた。ブラックキューブは世界中で弁護士が正当と認めた手法しか使わず、法律は破っていないと強調している。もし自分が尾けられていると思ったらどうしたらいいか、とブラックキューブのライバル会社の社長に聞いてみた。すると、「逃げるんだな」と言われた。工作員たちとの会話が核心に近づき緊張が高まってくると、僕は暗くなってから外を出歩くのを避け、ニューヨーカー誌のオフィスに何日か寝泊まりした。

＊

スリーパーから契約書が届いて数時間もしないうちに、僕はデビッド・ボイーズを電話で捕まえた。この時から数日にわたって彼と話をすることになった。はじめはボイーズも報道を前提に話をするかどうか迷っていた。無料弁護《プロボノ》の仕事でいそがしく、ベネズエラで投獄されたアメリカ人の若者を助けるために交渉していると言う。それに、誤解されるかもしれないと心配もしていた。『ミッション・インポッシブル』の何作目かで悪者が言うセリフのようだがね、いろいろと複雑なんだ」ボイーズはメールにそう書いていた。ボイーズがそのセリフを使ったことに、僕は頭を捻った。あのセリフは三作目に出てくる。味方だったはずのビリー・クラダップが、血だらけのトム・クルーズの前に腰を下ろすシーンだ。クライマックス前のヒーローにはありがちだが、この時点でクルーズは椅子に縛り付けられている。そのクルーズの前で、自分がなぜ悪者のために働かなくちゃならなくなったのかを、クラダップが説明する。「複雑なんだ」と。(注3)自分の正体を暴かれることを、クラダップは心配している。「ほかにあれを見た人はいるのか？」。悪者と自分をつなぐ証拠を見た人がほかにいるかと訊きながら、すでに台本を読み終えて自分がもう終わりだと知っているように、彼は周りを見回していた。

ボイーズは結局、記事にすることを前提に話してくれることになった。「振り返ると、自分たちが選ばず指示もできない工作員と契約を結んで金を支払うべきではなかった。しかしあの時はクライアントにとって妥当なことに思えたんだ。だが、考えが足りなかったし、私のミスだ。あの時は判断を誤った」記者を尾け回し脅かしたのは問題だったとも言っていた。「記者に圧力をかけるのは良くないと思う。もしそんなことがあったとしたら、不適切だった」。それから、個人的な後悔らしき言葉を口にした。「思い返すと、二〇一五年には私もいろいろと知らされていたし、何か手を打つべきだった」。それはちょうどネスターとグティエレスの告発が出た頃の話だ。「二〇一五年以降に何が起きたかは知らないが、もし事件が起きていたとしたら私にもいくらか責任がある。それに、もしもっと早くに手を打っていれば、ワインスタイン氏のためにもなったはずだ」

ボイーズがさっさとすべてを認めたのはさすがだと思う。アナと呼ばれる工作員を雇っていたことも、元ガーディアン紙記者のフリードマンを雇っていたことも認めた。ブラックキューブとの署名入り契約書をメールで見せると、「どちらも私の署名だ」とあっさり返事があった。すぐに懺悔できるところが彼の品格だと思った。

＊

翌朝、編集者のロードのオフィスで、ブラックキューブの工作に詳しい例の二人とまた電話で話した。僕は資料を送ってくれたことに礼を言った。二人とも嬉しそうに、自分たちの送った書類を見れば、プライバシーに立ち入るような監視などおこなっていないことがわかるはずだと自信満々に答えた。「誰かになりすましてあの女性たちに近づいたりしてない」低い声の方がまたそう言った。「誰かになりすまして記者に近づいたりもしてないんで」

二人がやってないと言うまさにその工作を証明する契約書があるじゃないかと僕が訊ねると、二人はわけがわからないようだった。「そんな契約は結んでない。ないない。一〇〇パーセントないね」高い声の方が口を挟む。

僕とロードは顔を見合わせた。「今目の前にあるんですが。ブラックキューブのレターヘッドとアビの署名がありますよ」そう返す。「あなた方が送ってくれた書類です」「あなた方って、どこの『あなた方』だ？」低い声の方が、心配そうに恐る恐る聞いてきた。

「昨日送ってくれた中にあった書類のことですよ。二番目に送ってくれたZメールの方じゃなくて、スリーパーからの最初のメールです」

二人が黙り込む。

「使い捨てメールは送ってない」と低い声。「こっちから送ったのはZメールだけだ」

ハッとして鳥肌が立った。二人は確かに匿名アカウントからブラックキューブの書類を送ると僕たちに約束していた。まったく同じタイミングで別の人間が二人の言い分を覆すような壊滅的な証拠を漏らしたなんてことがあり得るのだろうか？　だが、書類の送り主は別々だとしか考えられない。どうやらスパイ同士の仲間割れが起きているらしい。

その書類の送り主が誰かを二人に考えさせないように僕は慌てて話を逸らし、ボイーズたちがその書類を本物と認めたことを二人に告げた。「本物だと確認できました」と僕が言うと、低い声の方がパニクった調子でこう答えた。「誰が送ったのか知らないが、調べてみる」それから、何とか自分を落ち着けて、低い声がこう言った。「友好的にやろう、な」。友好的でないとしたらどうなるんだろう、と僕は心の中でつぶやいた。

電話のあと急いで例の謎のアカウントにメールを送った。「送ってくれた文書が本物だと証明するような情報をいただけますか？　否定している関係者がいるんですが」すぐに返事がきた。「もちろん、否定するのは当然だが、すべて本物だ。アナという女性工作員を送り込んでローズの本の中身を手に入れようとしていた。別人になりすましてね」(注4)

メールにはまた別の書類が添付されていた。この契約をめぐるさまざまなやりとりの記録や関連情報だ。しばらくあとにはこれらの情報もまた真実だと証明された。

僕は椅子の背にもたれ、口に手を当てて考えた。

「スリーパー、君はいったい誰なんだ？」

48章　ストーカー

「その男の正体を突き止めないと」。ロードも、ニューヨーカー誌のほかのみんなもせっついてくる。全員があれこれと想像を巡らせた。「ウディ・アレンに関係あるかも」僕はそうメールに書いた。一九七三年に公開された『スリーパー』はウディ・アレンの映画だったからだ。「なかなか気が利いてるじゃないか」。どうやらユーモアのわかる相手らしい。

だが、スリーパーの身元につながる情報を得ようとして、僕がいくら暗号化された電話で話してほしいとか、実際に会ってほしいとか頼んでもだめだった。「編集者が心配しているのは無理もないが、身元は怖くて明かせない。近頃はオンラインのどんなやりとりも監視されている……私に害が及ばない保証はない」スリーパーはそう書いてきた。「ＮＳＯについてはそちらもご存知のはずだ。余計なリスクは取りたくない」。ＮＳＯグループとはイスラエルのサイバースパイ企業で、ペガサスというソフトウェアを使って携帯を乗っ取り、データを盗むことで知られていた。世界の至るところで反体制分子や記者がこのソフトウェアの攻撃にあっていた。

それでもスリーパーは暗号化されたメールで情報を送り続けてくれ、どれもかならず裏が取れた。マッゴーワンにアナという工作員に心当たりはないかと訊ねてみると、ここ数カ月限られた信用できる人としか会ってないのでまったく思い当たらないと言う。そこでスリーパーにヒントをくれと頼んでみた。すると秒で返事が返ってきた。「アナの本名はステラ・ペンだ。写真を添付する。ローズの自伝の一二五ページ分を手に入れ、ハーヴェイに直接その内容を話したと言っている（ボイーズとブラックキューブの契約にもあるとおりだ）」

メールには三枚の写真が添付されていた。彫りの深いブロンド女性で、頬骨は高くわし鼻だ。

僕はタクシーに乗っていて、ウェストサイド・ハイウェイからちょうど降りるところだった。マッゴーワンとベン・ウォレスにその写真を送った。

「どうしよう」マッゴーワンから返事がきた。「ルーベン・キャピタル。ダイアナ・フィリップよ。あり得ない」

ウォレスもすぐに思い出した。「そう、この女だ」と返事がくる。「いったい誰なんだ？」

＊

ブラックキューブの工作は見つかってはいけないことになっている。だがたまに、工作員が足跡を残しすぎてしまうこともある。二〇一七年の春、——ちょうどトランプ政権とその支持者たちが二〇一五年のイラン核合意を反故《ほご》にしようと動いていた時——有力な核合意の擁護派に奇妙な問い合わせが続いた。(注1)全米民主国際研究所の元幹部でオバマ政権で外交政策アドバイザーを務めたコーリン・カールの妻であるレベッカ・カールは、ルーベン・キャピタル・パートナーズのアドリアナ・ガブリロと名乗る女性からメールを受け取った。教育に関するプロジェクトを立ち上げるので、カールの娘が通っている学校について会って話したいと繰り返し頼んでくる。「誰かに付け狙われているのではないか」と心配になったカールは、途中から返事を返さなくなった。

元国務省幹部で別のオバマの外交政策アドバイザーだったベン・ローズの妻のアン・ノリスもまた、ロンドンにあるシェル・プロダクションという映画制作会社のエバ・ノバックと名乗る女性からメールを受け取った。「『大統領の陰謀』と『ザ・ホワイトハウス』を掛け合わせたような」映画について相談に乗ってほしいと言う。国際的な政治紛争の危機に直面した政府要人を描いた作品で、「敵国との核交渉」の場面もあると言っていた。ノバックの依頼を「変だ」と思ったノリスは、はなから返事をしなかった。

のちにフリードマンがふたたび僕に情報を漏らし、この工作を裏付ける文書を集める手助けをしてくれた。ブラックキューブはオバマ政権幹部を尾け回し、汚点を探し、イランのロビイストと手を組んで賄賂を受け取っているというデタラメをでっちあげ、ひとりについては不倫をしているという噂を流した。

これだけではない。二〇一七年の夏、ヨーロッパの大物ソフトウェア企業経営者のコンサルタントでダイアナ・イリックと名乗るロンドンの女性が、損害保険会社のアムトラスト・ファイナンシャル・サービスを批判する人々に会いたいと電話をかけてくるようになった。批判者たちから失言を引き出し、それを利用しようとしていたらしい(注2)。その後まもなく、ロンドンの人材会社シーザー・アンド・カンパニーのマヤ・ラザロフ(注3)と名乗る女性が、カナダの資産運用会社ウェスト・フェイス・キャピタルの従業員に同じような電話をかけはじめた(注4)。

女性の偽名にはそれぞれソーシャルメディアのアカウントが紐づいていて、ミーティングの写真が上がっていた。そこに写っていたのは、金髪で高い頬骨のあのお馴染みの顔だった。

また同じ疑問が頭に浮かぶ。

アナ、アドリアナ、エバ、ダイアナ、マヤ。

君はいったい誰なんだ?

＊

ステラ・ペン・ペチャナックは二つの世界のあいだに生まれ、どこにも属さなかった。「私はボスニア系イスラム教徒で夫はセルビア系正統派ユダヤ教徒です」ステラの母はそう言った。「娘の信仰はわかりません」。子供時代の写真はまだ金髪でなく髪も目も暗い色だった。サラエボ近郊の、瓦礫《がれき》が積み上げられデコボコの車が置き去りにされた、朽ち果てた街で育った。紛争が悪化したのはそのあとだ。

すべてが灰と血になるのをペチャナックは見た。セルビア人対ボスニア人の戦争がはじまったのだ。サラエボにはバリケードが築かれ、区画ごとに非常線が張られた。戦争中、貧困と飢えは悩みのうちに入らなかった。食べ物が何もないと、母親は草を摘んできてスープにした。ペチャナックは頭が良かったが、教育はほとんど受けられなかった。屋上から狙撃手が人々を狙い、街を歩くこともできない。ゲルニカのような世界だった。半年ほどは、地下のクローゼットほどの狭い部屋に家族全員で閉じこもった。爆撃がはじまると、ペチャナックの両親は怪我をした人たちを部屋に入れてあげ、薄っぺらいマットレスの上にみんなで雑魚寝した。「女の人がひとりそこで死んだ」肩をすくめながら、ペチャナックはのちにそう語った。その爆撃のあと、部屋へと降りる階段は血だまりになっていた。「ホースで水を撒いて、入り口の血を洗い流した。よく覚えてる。その時七歳だった」

　ワインスタイン事件の一〇年前、当時二〇代のはじめだったペチャナックと母はサラエボに戻った。ボスニア戦争とペチャナック一家の逃避行を描いたドキュメンタリー映画の撮影のためだ(注5)。ペチャナックの母は街を歩きながら、血だまりを思い出し、声をあげて泣いた。ペチャナック自身は撮影に気が進まないようだった。画面の隅っこをうろついて、ガムを噛んだりタバコを吸ったりしながら、不機嫌にカメラを睨みつけていた。

　だが、崩れそうなビルの入り口にブスッとした顔で立っていたペチャナックに向かって、辛い出来事があった場所に戻ってくるのはどんな気持ちかと最後に監督が聞いてみた。ペチャナックがまた肩をすくめる。「母がこんな体験をしなくちゃならなかったなんて、ムカつく。でも私はもう長いこと何とも思ってない」

第二次世界大戦中、ペチャナックの祖母はユダヤ人を匿《かくま》っていた。その祖母は、イスラム教徒には珍しく、イスラエルから「正義の異邦人」の称号を授かった。サラエボの空爆がはじまると、恩義を感じたユダヤ教の家族がペチャナック一家を救い出してくれた。一家はエルサレムに移住し、イスラム教からユダヤ教に改宗した。まだ幼かったステラ・ペチャナックはここで新しい人格と文化を手に入れた。「彼女はイスラエル生まれのユダヤ人とは違って、心の底から国に忠誠を感じてはいない」彼女と親しいある人物はそう語った。「いつもどこかで、自分はよそ者だと思っている」

一八歳になったペチャナックはイスラエル空軍に入隊する。除隊後は、ニッサン・ナティーブ演劇学校に入った。彼女はハリウッドに憧れていた。だが舞台やミュージックビデオで何度かちょい役をもらっただけだった。「どのオーディションでも、訛りがあると言われたし、変わってると思われた」とペチャナックは言う。

ブラックキューブの仕事は渡りに舟だった。工作員たちは心理作戦、つまりターゲットの心を操るプロだ。彼らは優れた俳優と同じで、身体で感情を伝え、相手の嘘や弱みを浮き彫りにできる。彼らは他人の心を読むことに長け、他人の嘘や弱みを自分のためにうまく利用する。それらしい服装をして、カメラ付き時計や録音機能付きペンといったスパイ映画顔負けの小道具も使う（注6）。「彼女がブラックキューブで働くことにしたのは、役柄になりきれるからよ」ペチャナックをよく知る人物はそう語っていた。

＊

スリーパーから受け取った証拠を例の二人組に見せると、さすがに否定しなかった。ボイーズと同じで、契約書に書かれた記者がフリードマンであることを認め、彼がブラックキューブお抱えのタレコミ屋であることを認めた。ペチャナックがマッゴーワンの人生に深く関わるためにどんな工作をおこなったのかも詳しく教えてくれた。マッゴーワンは簡単に落とせる相手だった。「彼女はすぐに心を許した」低い声が言う。「二人はとても親しくなった。今頃ショックを受けてるだろうな」。マッゴーワンは、自分の周りの人たち全員がワインスタインと密かに結びついているんじゃないかという気になる、とペチャナックに語っていた。彼女自身の弁護士さえも疑ってかかっていた。それなのに、「こっちのことは疑わなかった」。

　僕が知り得たことをマッゴーワンに打ち明けると、彼女は絶句した。「『ガス燈』って映画みたい。全員がずっと私に嘘をついてたのね」。のちにこうも語っていた。「鏡張りのお化け屋敷の中に住んでたのね」(注7)

49章　真空

ブラックキューブだけではない。彼らの情報が次の情報につながり、まもなくダムは決壊して私設スパイたちの暗い地下世界から次々と秘密が漏れ出してきた。良心ある反抗分子が自分たちのスパイ組織について僕に情報を漏らしてくれた。しかも、こうしたスパイ組織のトップがライバル会社の秘密を次々と暴露した。僕の記事にライバル会社の悪行も盛り込ませて、自分たちへの批判をかわしたかったのだろう。

ワインスタインが、危機管理コンサルタントのクロール社と、その会長のダン・カーソンと長年親しくしてきたことが、文書や情報提供者の証言でわかってきた。ワインスタインの元社員は、二〇一〇年代のはじめに、ワインスタインを訴えた運転手を「池の底に沈めることもできる」とカーソンが電話で言ったことを覚えていた。もちろん冗談だろうとは思ったが、その言葉が頭から離れなかった。クロール社は長年ワインスタインを手助けし、記者に妨害工作をおこなってきた。亡くなった記者のデビッド・カーが疑っていた通り、ワインスタインはクロール社にカーの汚点を探らせていた。「HWの報復を恐れて、カーは性的虐待の告発を記事にしなかった」(注1)。ワインスタインの私設スパイがまとめた報告書にはそう書かれていた。

二〇一六年と二〇一七年、クロール社とカーソンはふたたびワインスタインにぴったりとくっついて仕事をしていた。二〇一六年一〇月、カーソンは、マッゴーワンが性的暴行を受けたとされる何年もあとにワインスタインと一緒に収まっている写真を一枚、ワインスタインに送っている。(注2)ワインスタインの刑事弁護士ブレア・バークは、マッゴーワンがワインスタインと嬉しそうに話している写真を見て「値千金」だとメールに書いた。(注3)ウォレスがワインスタインへの告発を調査する中、クロールはウォレスとニューヨーク・マガジン誌編集者のアダム・モスの汚点を探した。「アダム・モスの汚点は今のところ見つかっていない（民事事件／名誉毀損事件はなく、法廷記録も、差し押さえ判決などもない）」とカーソンはメールに書いている。(注4) ウォレスが過去に書いた記事への批評(注5)や、彼の著作に対してイギリスで起こされた民事訴訟の詳しい内容(注6)もまた、ワインスタインに送られた。イギリスでの訴訟は法廷外で和解に持ち込まれていた。

ジャック・パラディーノとサンドラ・サザーランドが立ち上げたPSOPSという調査会社も、記者や告発者の汚点を探す手助けをしていた。PSOPSが作ったマッゴーワンの報告書は章分けがされていて、「彼女の嘘／誇張／矛盾」、「偽善」、「彼女に不利な証言をしてくれそうな性格証人リスト」といった章題がそれぞれについていた。(注7)「過去の恋人」の章もあった。パラディーノはモスの詳細な調査結果もワインスタインに送り、「我々の調査ではモスを個人攻撃できるいい材料は見つかっていない」と書いていた。(注8) PSOPSはウォレスの元妻も探っていた。「反撃の材料になる可能性があるかもしれないので」という理由だ。(注9) 僕とニューヨーク・タイムズ紙のジョディ・カンターの情報提供者についても探られ、報告書が送られていた（調査報告の中にはつまらない材料もあった。ある報告書には、「カンターはローナン・ファローのツイッターをフォローしていない」と書かれている。(注10) よほど書くネタに困ったのだろう）。

ワインスタインはK2インテリジェンスという調査会社も使っていた。K2はジュールズ・クロールが、自分の名前のついたクロール社を二〇〇〇年代に売却したあとに立ち上げた探偵社だ。グティエレスの調査にK2を雇ったのは、ワインスタインの弁護士であるエルカン・アブラモウィッツだった。K2はイタリアの私立探偵を雇ってグティエレスの過去のセックスがらみの噂——ベルルスコーニが開いた乱交パーティーに参加したことや、売春婦だったという噂——を探っていた。以前に地方検事局で働いていたK2の元社員と現社員たちがこぞって、検察官にグティエレスの過去の噂を電話で吹き込んだ。ワインスタインの弁護士軍団も、検事たちとの対面の会合で私立探偵が探ってきた報告書を見せた。地方検事局のスタッフがのちに高給とりの調査会社の社員になるのは珍しくなく、こうした「持ちつ持たれつ」の関係からしょっちゅうお互いに連絡を取り合っていたとK2の社員は語っている。バンス地方検事の広報担当者によると、被告弁護人とのこうした情報交換は通常の手続きだと言う。金と人脈のある人たちにとってはもちろん、これはいつものことだった。

＊

僕たちの追跡調査で明らかになったのは、ワインスタインが報道機関を動かして告発者の信用を貶める活動をおこなっていたということだ。ワインスタインの通信記録を見ると、ナショナル・エンクワイヤラー紙のディラン・ハワードと手を結んでいたことは確かだ。二〇一六年一二月、ハワードはターゲットの一覧をワインスタインに送り、「それぞれに対して次の一手を話し合おう」と伝えていた。（注11）ワインスタインが礼を言うと、ハワードはマッゴーワンの信用を貶めるような証言を映画プロデューサーのエリザベス・アベランから得るために工作していると告げた。アベランの元夫で子供たちの父親でもあるロバート・ロドリゲスは、アベランを捨ててローズ・マッゴーワンと関係を持っていた。アベランがマッゴーワンを恨んでいるに違いないとワインスタインは考えていた。

ハワードはワインスタインから頼まれた仕事を、ナショナル・エンクワイヤラー紙がいつも使っているコールマン・レイナーというパパラッチ写真撮影会社に依頼することもあった。アベランの件は、エンクワイヤラー紙やほかのゴシップ誌にもあれこれと雑多な記事を書いていたイギリス人記者に探らせた。

僕が電話をかけると、アベランはその時のことをよく覚えていた。イギリス人記者が「何度もしつこく電話をかけてきて」、周囲の親しい人たちにも連絡してきたと言う。アベランは「子供に接触しようとするのではないかと心配して」とうとう電話を返した。

すべてオフレコにしてほしいとアベランは言い切り、記者もそれでいいと言った。当時、記者はカリフォルニアにいて、会話を録音するには双方の同意が法的に必要とされていたが、記者は黙って会話を録音した。その冬、ワインスタインとハワードは録音の件で興奮し、喜び勇んでメールを交わしていた。「ものすごいネタを手に入れた……アベランがローズをクソミソにけなしてる(注12)」とハワードが書き送ると、ワインスタインはこう返した。「最高だな。俺の指図だってわからないところが特にいい(注13)」。絶対にワインスタインが裏にいるとはわからないし、最初から最後まですべて録音済みだとハワードは請け合った。

僕は、掃除機の音が近くで鳴り響くニューヨーカー誌のオフィスに夜遅くまで居残って、こうした大量のメールに目を通していた。だが、これが氷山の一角だったことがわかったのはしばらくあとになってからだ。ナショナル・エンクワイヤラー紙は秘密を抱えた権力者のためにありとあらゆる工作をおこなっていた。

＊

ワインスタインのために働いてきた協力者軍団についての記事が表に出そうになると、名指しされた組織は焦りはじめた。数日もしないうちに、ディラン・ハワードはおべんちゃらと脅しの混じった感情をぶつけてきた。「用心した方がいいぞ」ワインスタインと同じことを言っていた。ハワードの弁護士のジャッド・バースタインからは、僕の記事がデタラメな中傷で名誉毀損に当たるという文書が送られてきた。それがうまくいかないと、ハワードは怒りはじめた。社員二人に「ヤツの尻尾を掴んでやる」と言っていた。

ブラックキューブお抱えのロンドンの弁護士事務所もまた、僕たちがブラックキューブの文書や情報を公開するようなことがあれば「適切な措置を講じる」と脅しをかけてきた。(注14)ブラックキューブの社内では、アビ・ヤヌス博士がワインスタインに関する調査資料をすべて破棄することも考えていた。「このプロジェクトに関して我々の手元にある文書と情報のすべてを破棄できたらいいのだが」あるメールにはそう書いていた。(注15)その後、ヤヌス博士は弁護士を通して、ニューヨーカー誌の記事の差し止めを求めて強く迫ってきた。

だが僕たちは記事を発表し、ものすごい反響を得た。ニュース番組の司会者たちは口を揃えて信じられないと言っていた。金持ちの権力者がこれほど大掛かりに人々を脅迫し、監視し、秘密を隠しおおせるなんて、とんでもないことだ。

＊

僕を尾行していたオストロフスキーも、この記事にすぐに気づいた。ブラックキューブのターゲット一覧とそこにあった記者の名前を見て、夏に自分がやっていた仕事を思い返した。僕の記事をハイキンに送り、読んだかと聞いてみた。ハイキンから、あとでゆっくり話そうと返事がきた。数日後、二人でいつもの張り込みをしていた時、オストロフスキーはもう一度聞いてみた。するとハイキンはイラついた様子で、話を逸らそうとした。だが最後にこう言った。「これで雇い主が誰かわかっただろ」

しばらく経ってから、オストロフスキーはもう一度ハイキンに確かめてみた。二人はヨットでニュージャージー州のサンディフックの北の沖合にいた。海は冷たく、真夜中であたりは静まり返っている。セーリングはハイキンの趣味だった。ハイキンはセーリング愛好家のためのソーシャルメディアアカウントを運営しているほどだった。二人はアトランティック・ハイランズの海辺のレストランで食事をしたあと、ニューヨークに戻るところだった。オストロフスキーはいいチャンスだと思い、もう一度ブラックキューブの件を持ち出すことにした。

ハイキンはオストロフスキーの目をじっと見つめてこう言った。「俺にとっちゃ、これは善行なんだ。イスラエルのためにいいことをしてる」。オストロフスキーはハイキンを睨み返した。あの仕事は善行じゃないし、イスラエルのためじゃない。

「怖いけど、面白いしワクワクする仕事だな」オストロフスキーはハイキンに合わせるふりをしてそう言った。

「怖がらなくちゃならないのは俺の方だ。俺の免許でワインスタインの仕事を請け負ってるんだから」とハイキンは言う。だが急いで付け加えた。「でも全部合法だ。違法なことはしてないぞ」。その声はビクついているようだった。

＊

記事の掲載が近づくと、ブラックキューブの工作に詳しい二人組は、僕に例の契約書やそのほかの文書を送ってきた情報提供者の身元を、必死で割り出そうとした。「何もかも調べた。関係者にすべて当たって、盗まれたものはないか探ってみた」低い声の方がそう言った。もう一度関係者を嘘発見器にかけて犯人を必ず訴えてやると言う。「工作員がそんな自殺行為をやるとは思えん」高い声の方が口を出す。

「あなたに危険が及ばないといいのですが」僕はスリーパーにそう書いた。「あなたを守るためにできることは何でもしますから」

いつものように秒速で返事がきた。「お気遣いありがとう。今のところ、大丈夫」

記事が出る直前にもう一度だけ、スリーパーに身元を聞いてみた。情報源を知ることは、調査報道に関わる人間にとって大切なのだと書いた。スリーパーは、あの文書がどこからきたのかがわかるヒントをひとつくれた。そして秘密を守るためにあることをしてくれと僕に頼んだ。

そこにはスリーパーがなぜ情報をくれたかも書かれていた。「ブラックキューブの内部にいる者として、悪どいやり方で違法に情報を手にいれることに嫌気がさした」、と言う。「しかも今は、ワインスタインが性的暴行の加害者だとわかった。女性として、加担したことに恥じている」

僕は息を飲んだ。髪の毛が逆立つような感覚に襲われながら、そこに書かれていることの意味を理解しようとした。スリーパーについて僕が言えるのはここまでだ。彼女は大きなリスクを負って、これほどのことを暴露してくれた。スリーパーは女性で、これ以上我慢ができなかったのだ。

「一〇〇パーセント裏の取れない情報はあなたには流さない」最後にくれたいくつかのメールに、彼女はそう書いていた。「私は情報業界にいる。スパイ活動と終わりなき工作の世界よ。いつかお話しできるといいわね。私の関わったプロジェクトのこと……聞いたら仰天するわよ(注16)」

50章 プレイメイト

ディラン・ハワードとエンクワイヤラー紙についての報道は、新たな調査の方向性を切り開くきっかけになった。エンクワイヤラー紙の発行元であるアメリカン・メディア社内外の関係者が次々に僕に電話をしてきて、エンクワイヤラー紙が隠蔽工作に手を貸したのはワインスタインだけではないと教えてくれた。

その年の一一月の終わりに、弁護士のキャロル・ヘラーからメールがきた。二〇一六年の秋にウォール・ストリート・ジャーナル紙が報道したプレイボーイモデルの記事についてさらに材料があるという。ドナルド・トランプとの不倫話の独占権をAMIが買い入れたが、報道しなかったというのだ。プレイメイト・オブ・ザ・イヤーに輝いた謎の女性はカレン・マクドゥーガルという名前で、いまも「心底怖がっている」とヘラーは言う。その謎の女性や周辺の人たちに例の独占契約について話をしてもらえれば、AMIがどんな取引をおこなっているのかを暴けるし、口封じのために秘密保持契約を結ぶという習慣がハリウッドだけでなく政治の世界でもまかり通っていることを表に出せるかもしれないと思った。

その月の終わりに、僕はマクドゥーガルと電話で話した。AMIとの契約によって「ほかのマスコミと話すことができなくなった」と彼女は言っていた。もし話せばAMIは民事調停に持ち込んで損害賠償を請求できることになっている。マクドゥーガルは食べていくのがやっとの生活だった。AMIから訴えられたら破産しかねない。「ひとことでも口を開いたら、厄介なことになりそう」と僕に言っていた。トランプについては「名前を口にするのも怖い」と言う。(注1)だが、AMIが彼女に結ばせた契約書やその経緯に関わった人たちの話といった証拠を僕が集めてくると、彼女は少しずつ口を開きはじめた。

＊

マクドゥーガルはミシガン州の田舎町で育ち、モデルになる前は幼稚園の先生として働いていた。トランプに出会ったのはプレイボーイ誌の創設者が住んでいた邸宅で開かれた水着パーティーだった。その年、二〇〇六年の六月に、トランプはリアリティ番組「アプレンティス」の撮影でこの邸宅にいたのだ。「こっちにおいで」。コルセットに尻尾を付けたバニーガール姿のモデルを何人かトランプが呼び寄せる。「わー、美人だね」。カメラマンがまるで野生の生き物を撮るようにモデルに寄ったり離れたりする。モデルの胸元はあたかも絶滅危惧種のようだった。この時、トランプはスロベニア人モデルのメラニア・クナウスと結婚してまだ二年も経っていなかった。息子のバロンが生まれたのはほんの数カ月前だ。だが新しい家族のことなど、トランプはまったく気にしていないようだった。マクドゥーガルに「まとわりつき」、綺麗だ綺麗だと連呼する。電話番号も聞かれた。二人は頻繁に電話で話すようになり、まもなくビバリーヒルズホテルの中にある離れの個室で夕食を共にした。「何時間かおしゃべりして――それから『燃え上がった』。裸になって、セックスした」。僕がのちに手に入れたマクドゥーガルのメモには、そう書かれていた。マクドゥーガルが服を着て立ち去ろうとすると、トランプはお金を差し出した。「彼を見て（悲しかった）、いらないって言った。そんな女じゃないってね」それ以来、マクドゥーガルは「トランプがロスに来るたびに（彼はしょっちゅう来ていた）会いにいったわ」

不倫が続いているあいだ、トランプはマクドゥーガルを国中あちこちのイベントに呼びつけていたが、旅行費用をトランプが払っていることは隠していた。「足がつかないようにしてた」とマクドゥーガルはメモに残している。「飛行機とホテルの予約と支払いは私が済ませ、あとでトランプからその分のお金をもらった」。トランプは家族にもマクドゥーガルを紹介し、自分の所有する不動産も見せて回った。トランプタワーで、トランプはメラニアの寝室を指差して、別々に寝ていると教えてくれた。「彼女はひとりが好きなんだ」とトランプは言っていた。

二〇〇七年四月、九カ月付き合ったあと、マクドゥーガルはトランプと別れた。トランプの家族のことをより深く知るようになって、罪悪感が湧いたのだ。それに、中西部で礼儀正しく育ったマクドゥーガルは、トランプの言動が気に障るようになったからだ。トランプは自分とそれほど歳の変わらないマクドゥーガルの母を「あのよぼよぼオバハン」と呼んだこともあった。ミス・ユニバースに向かうリムジンの中でペニスの大きさについて卑猥な言葉を並べ、マクドゥーガルの女友達にセックスの経験や好みをしつこく訊ね、「小さいチンポ」か「大きいチンポ」か、「黒いチンポ」が好きかと聞いていた。

*

不倫話をマスコミに売ったらいいとはじめにマクドゥーガルに持ちかけたのは、友達のジョニー・クロフォードだ。二〇一六年、大統領選のトランプ報道を見ながら、クロフォードはマクドゥーガルにこう切り出した。「あのさ、あいつと身体の関係があったんなら、カネになるかもな」。クロフォードがせっつくので、マクドゥーガルはトランプとの不倫話について書いてみた。だがはじめはおおやけにするつもりはなかった。だが、元プレイボーイモデルで友達のキャリー・スティーブンスがソーシャルメディアにマクドゥーガルの不倫話を書きはじめた。マクドゥーガルは誰かが話す前に自分が話した方がいいと思い立った。

クロフォードは、大物ポルノ女優ジェナ・ジェイムソンの元夫のジェイ・グルディナに連絡を取り、グルディナの手を借りて不倫ネタを売ろうと考えた。グルディナはまず、ラテンアメリカ人政治工作員のＪＪ・レンドーンとマクドゥーガルを引き合わせようとした。レンドーンはソーシャルメディアで偽のトランプファンサイトを作り、政敵のメールアカウントに侵入した（注2）という噂があったが、その頃にはその噂を否定していた。レンドーンが興味を示さないので、グルディナは、スキャンダルをマスコミに売っていた（注3）こともある弁護士のキース・Ｍ・デビッドソンに声をかけた。デビッドソンはＡＭＩに連絡を取った。するとペッカーとハワードが、トランプの弁護士だったマイケル・コーエンに知らせた。すぐにトランプがペッカーに電話をかけ、助けを求めた（注4）。

マクドゥーガルがハワードに会ったのは二〇一六年六月だ。ハワードはカネを提示した。最初は一万ドルだったが、トランプが共和党大統領候補に決まると金額は跳ね上がった。二〇一六年八月五日、マクドゥーガルは自身の回想録の出版契約に署名し、「その当時の既婚男性との関係」についての話をＡＭＩが独占的に所有することに合意した。その既婚男性がドナルド・トランプであることを、仲介者のデビッドソンははっきりさせていた。ＡＭＩは独占権と引き換えに一五万ドルを支払った。契約に関わった男性三人――デビッドソン、クロフォード、グルディナ――は、契約金の四五パーセントを手数料として抜き、マクドゥーガルの手に渡ったのは八万二五〇〇ドルだった。契約書に署名した日、マクドゥーガルはデビッドソンにメールを書き、自分が何に合意したのかよくわからないし、記者の質問にどう答えたらいいかもわからないと伝えている。「否定しておけば大丈夫」デビッドソンはそう返事をした。(注5)「とにかく署名して、終わらせないと」と押し切られた。「署名した私がばかだった」マクドゥーガルは僕にそう言った。「でもあの時は自分の行動がどんな結果につながるかを理解できていなかったの」

二〇一六年の選挙日当日、有権者が投票所に向かう中、ハワードとAMIの法律顧問はマクドゥーガルと彼女の弁護士と電話で話して、今後マクドゥーガルの仕事を後押しすることを約束し、インタビューをお膳立てするため広報担当者を紹介してくれた。(注6)それがあのマシュー・ヒルチックだ。ヒルチックはイヴァンカ・トランプの広報担当者で、ワインスタインに頼まれて僕に電話をかけてきた人物だった。結局ヒルチックの出番はなかった。記者たちがマクドゥーガルに取材しようとするとAMIがすぐに対応したからだ。二〇一七年五月、デビッド・ペッカーの記事を書いていたニューヨーカー誌のジェフリー・トゥービンが、マクドゥーガルに、AMIとトランプとの関係についてコメントを求めた。別の広報担当者がついていたハワードは、メールのタイトルに「これを送れ」と大文字で書いて、マクドゥーガルに模範解答を転送した。(注7)二〇一七年八月、ペッカーはマクドゥーガルをニューヨークに呼び寄せて昼食をとりながら、彼女がおとなしくしてくれたことに礼を言った。

*

二〇一七年のおわりから二〇一八年のはじめにかけて僕たちがこの記事を書き進めて

いるあいだ、AMIはマクドゥーガルに契約を守らせようと必死に働きかけていた。一月三〇日、AMIの法律顧問は「マクドゥーガルの契約延長」との件名でメールを送り(注8)、マクドゥーガルが食いつきやすいように契約の改定と雑誌の表紙撮影を提案していた。

だが結局、マクドゥーガルは恐れに打ち勝ってはじめて実名で不倫について話すことに同意し、その記事は二月に発表された。もう何年も前にマクドゥーガルは信仰に目覚め、他人の役に立つような行動をしたいと心から思うようになっていた。「ひとりでも声を上げればかならず、ほかの女性が見習ってくれる」とマクドゥーガルは語っていた。不倫について黙っていたのは同意の上の関係だったからだが、彼女が口を開くことで、社会に広く深くはびこっている、スキャンダルを葬り去るシステムを暴く手助けができる。より深刻な行為や、犯罪でさえ隠蔽するために、こうしたシステムが使われることさえあったのだ。

ホワイトハウスはこの記事を「単なるフェイクニュース」と呼んだ(注9)。AMIの法律顧問も、「間違った誹謗中傷」で、僕が「マクドゥーガルとその弁護士と共謀してAMIからさらにカネをゆすり取ろうとしている」と書いていた。ハワードはおおやけにニューヨーカー誌を攻撃し、脅しをかけてきた。AMIは、マクドゥーガルの話は信用できなかったので記事にしなかったと言い張っていた。AMIは、エンクワイヤラー紙の厳格な報道基準に合わなかったのだ、と。

51章　吸血生物チュパカブラ

　AMIの記事を出したときにはすでに、僕たちはもうひとつ別の材料も手に入れていた。AMIはトランプがらみの記事が表に出ないよう以前から工作に関わっていて、マクドゥーガルの一件はその中のひとつに過ぎないと証明できるかもしれない。ディラン・ハワードの友達や仕事仲間が僕に電話をかけてきて、一九八〇年代の終わりにトランプと元家政婦とのあいだに子供が生まれていた証拠を握っているとハワードが自慢していたと言うのだ。ハワードは「酔っ払ったりハイになったりするとたまに口を滑らせた。カネを出してネタを買い、表に出さないようにする。誰かを守るためにね。そう言ってた」お仲間のひとりがそう教えてくれた。『ああ、ところで、未来の大統領に隠し子がいる』なんて聞いたら絶対忘れないよ」

　二〇一八年二月、僕はデビッド・レムニックのオフィスに腰を下ろして、隠し子の噂について話した。「君がこの件を調査してるって知れたら、世間はどう思うかな?」レムニックが思案顔でそう言った。そして二人で声を出して笑った。僕自身が隠し子だという噂が昔からあったからだ。

トランプの隠し子の噂が本当だという証拠はない。だがその春に出てきた大量の文書や情報提供者から、ＡＭＩがその疑わしい噂の出版権を買い、そのネタが表に出ないよう工作したことは明らかだった。

＊

トランプタワーのドアマンだったディノ・サジュディンは、隠し子ネタをＡＭＩに持ちかけた（注1）。隠し子とその母親とされる二人の名前も明かしていた。二〇一五年のおわりのことだ。ナショナル・エンクワイヤラー紙の記者が数週間にわたってこのネタを追いかけた。エンクワイヤラー紙は二人の私立探偵を雇い入れた。ダノ・ハンクスとマイケル・マンキューソだ。ハンクスはその一家の記録をたどり、かつて刑事だったマンキューソはサジュディンを嘘発見器にかけた。記者たちの中にはサジュディンを信用できないという人もいた（のちに、サジュディンの元妻は彼をとんでもない嘘つきだと言っていた。「チュパカブラを見たとか。雪男も見たってね」（注2））。それでも、サジュディンは嘘発見器テストに通って、トランプの幹部社員や警備主任のマシュー・カラマリから隠し子の話を聞いたと証言した。

それからデビッド・ペッカーは突然記者にこのネタを追いかけるなと命令した。二〇一五年一一月、サジュディンはこの話の独占出版権と引き換えに三万ドルを受け取る契約を結ぶ。その後すぐにペンシルバニアのマクドナルドでＡＭＩの記者と会ったサジュディンは、追加の修正条項にも署名した。ＡＭＩの許可なくサジュディンが情報を漏らした場合には一〇〇万ドルの罰金を科すという内容だ。記者はサジュディンに、カネを受け取れるよと伝えた。サジュディンは嬉しそうに、「いいクリスマスになりそうだ」と言っていた。

トランプの弁護士だったマイケル・コーエンは、のちにマクドゥーガルの話が出たときと同じように、このときも事の成り行きを細かく監視していた。「トランプを守るために手を貸したのは間違いない」AMIの元社員はそう語っていた。「はっきりしてる」

＊

のちに、隠し子の噂を追いかける記者が出てくると、エンクワイヤラー紙は彼らを阻止しようと動いた。二〇一七年の夏、AP通信のジェフ・ホロウィッツとジェイク・ピアソンが隠し子の噂を調査し、詳細な記事にまとめた。掲載が近づくとハワードは強力な弁護チームを固めてAPを訴えると脅してきた。七月にはAMIの強い求めで、AP通信編集長のサリー・バズビーとAP法律顧問がハワードたちと会合を持った。ハワードが雇った弁護団はワインスタインと同じボイーズ・シラーの弁護士とラニー・デイビスだった。

翌月、バズビーは隠し子の記事を掲載しないと社内に発表した。「経営陣による社内での詳細な議論を経て、今回の記事は今の時点でAPの厳格な情報入手基準に見合うものではないと判断しました」バズビーはそう言って決定を擁護した。APの記者たち数人は、情報源の裏は取れていたと感じ、ショックを隠せなかった。ホロウィッツは何日間か職場に姿を見せず、上司に説得されてやっと戻ってきた。(注3) それからほぼ一年、隠し子の記事は死んだままになっていた。

＊

だが翌春になって、流れが変わりはじめた。エンクワイヤラー紙に近い人たちから話が漏れてきた。二〇一八年三月のはじめには、サジュディンが二〇一五年の終わりに署名した契約書の修正条項のコピーを見せてもいいという人が現れた。僕は、ロサンゼルスにあるさびれ果てたアラブ料理店でその情報提供者と会い、その文書を表に出すことのメリットを何時間も力説した。その夜、僕は文書のコピーを手にして、ウェストハリウッドにあるジョナサンの家に帰った。

「そなた、忘れておったのではあるまいな」僕が夜遅く家に帰ると、ジョナサンが演劇調にわざとらしく言った。

「あーゴメン。わかってる。忘れてないけど」いつものセリフだ。

「今日一緒に夜ごはん食べようって言ってたじゃん」

「ゴメン。仕事が長引いて」

「昨日もだったよね」。それで口喧嘩になる。いつまでこんなことを続けていけるんだろうと思った。僕は心ここにあらずで、ヘトヘトになってふてくされてる。ジョナサンが寝室に退散したあと、僕は宅配の食べ物を受け取るために外に出た。通りの向こうで、青白い顔に無精髭を生やしべっとりとした黒髪を撫で付けた三〇代くらいの男性が、車の横に立ってこっちをじっと見ていた。僕はまたしても、見張られているようで不安な気持ちになった。

＊

物心ついてからずっとマスコミの好奇の目にさらされてきた僕は、誰かの人生に土足で踏み込むのは嫌だった。だが、噂の渦中にある人の意思を尊重するには、その人たちに言いたいことがあるかを聞かなければいけないとも思った。そこで、三月の半ばにペンシルバニアの田舎町にあるサジュディンの家のドアを叩いた。「タダで話してやるもんか」サジュディンはそう言って、僕の鼻先でドアをピシャリと閉めた。噂の隠し子とされた本人——もちろん、もう今は子供ではないのだが——にもメールを送ったり電話をかけたりしたが、返事はなかった。その月の終わりに、現住所と思われるカリフォルニアのベイエリアも訪ねてみた。僕が見つけたのは家族のひとりだけで、「お話しすることはありません」と断られた。本人の職場も探し当てた。隠し子と噂された人は、遺伝子検査会社で働いていた（本当の話だ）。

僕は最後にクイーンズにある一家の実家を訪ねた。小さく古ぼけた家で、羽目板が貼ってある。外の四角い草の上に聖母マリアの小さな像があった。何度目かに立ち寄ったとき、おそらくトランプの愛人だとされた家政婦の夫らしき中年男性を見かけた。僕が近づこうとすると、その男性は手を上げた。「女房はあんたとも誰とも話さないから」と言う。口調は棒読みのように平坦で、ラテンアメリカの訛りがある。噂は嘘だと言う。エンクワイヤラー紙の一件は迷惑でしかない。「あの男に金を払う必要なんてなかったのに。父親は俺だから」

「わかりました」と僕は言って、申し訳なさそうな顔をした。もし何か言いたいことがあれば、その機会を提供したいと申し出た。マスコミにまとわりつかれるのがどれほど嫌かはよくわかっていると僕は言った。

男は頷いた。「ああ、そうだな。あんた、ファローだろ」

「ええ」

「わかってるよ」

今度は男の方が、可哀想にとでも言いたげに僕を見た。

＊

四月のはじめまでには、裏を取れた。AMIの元社員と現社員六人から証言を得て、AMIが契約を結んだ頃のメールやメッセージも集め、サジュディンが署名した修正条項も手に入れた。マクドゥーガルの時と同じで、ホワイトハウスは不倫を否定し、「AMIに問い合わせてください」と付け加えた。AMIとホワイトハウスが法律すれすれのところで手を結んでいることを暴いた記事に対して、当のAMIに聞いてくれというのはおかしな話だ。

今回の記事の事実確認を担当してくれた、中西部出身で童顔のショーン・ラベリーが詳細をまとめてハワードに送った。三〇分もしないうちに、AMIのウェブサイトであるレイダー・オンラインで、すべてを認めるような文章が上がった。[注4]「ニューヨーカー誌のローナン・ファローが我が社の揚げ足を取ろうとしている。今回も、エンクワイヤラー紙がトランプ大統領についてのスキャンダルらしき話をもみ消したことが国家安全保障への脅威だと勘違いしているようだ」

そのすぐあと、ハワードからメールがきた。マクドゥーガルの時と同じで、また純粋な報道を目的とした行為だと訴えトランプとの裏取引は否定した。「名門ニューヨーカー誌に泥を塗ることになるぞ」レムニック宛てにハワードはそう書いていた。「我々の報道への（私と、おそらく私の笑顔への？）ローナンの病的な執着は御社を危険にさらしている」そして、僕についてこう付け加えた。「あいつはエンクワイヤラーの格好のネタになるぞ」(注5)。（ディラン・ハワードは斜体が大好きだった）。

レイダー・オンラインにハワードの告白らしき文章が載ったことで、AP通信もあわてて以前の記事を引っ張り出した。APは昔の原稿を書き直してオンラインに掲載し(注6)、僕たちはその夜ニューヨーカー誌に独自記事を掲載した。

*

もちろん、AMIがトランプのためにおこなった工作のすべてがうまくいったわけではない。僕もあとになって知った一件がある。トランプの部下たちと緊密に連携しながら、AMIはこの一件を追いかけた。二〇一六年のはじめ、ひとりの匿名女性——最初の法的文書には「ケイティ・ジョンソン」とされ、次の文書には「匿名女性」とだけ書かれていた——がトランプを訴えた。原告の訴えによると、モデルの仕事をはじめようと一三歳でニューヨークにやってきたばかりの時、ジェフリー・エプスタインのパーティーにお金をもらって参加することになった。ジェフリー・エプスタインは大金持ちの投資家で、パーティーにはトランプもいた。そこで身の毛もよだつような恐ろしい性的暴行にあったと言う(注7)。原告ともうひとりの少女はトランプとエプスタインとのセックスを強要され、トランプから「残酷な性的暴行」を受けたと訴状にはある。またトランプは原告とその家族を力で脅かして、口を封じようとした。しかも、トランプもエプスタインも少女らが性的合意年齢に達していないことを知っていた。

この話には、大まかな真実も含まれている。エプスタインとドナルド・トランプは親しい間柄だった。(注8)「ジェフとは一五年来の付き合いだ。すごくいい奴だ」二〇〇二年にトランプはそう言っている。「一緒にいると楽しめる。オレと同じくらい美人に目がないんだ。まあ、若い子ばっかりだけどな。それは見りゃわかるけど。ジェフリーは遊び好きってことだ」。マイアミ・ヘラルド紙の記者ジュリー・ブラウンはのちに、エプスタインが未成年を性的に虐待していたという公然の秘密について詳細な記事を書いている。(注9)二〇一九年、連邦捜査員がエプスタインを人身売買の罪で逮捕し、これまでエプスタインの隠れ蓑になっていた司法取引は無効となった。トランプ政権の労働長官を務めるアレクサンダー・アコスタが検察官だった時代に、エプスタインに甘い司法取引を与えていたのだ。この取引が批判され、アコスタはその後辞任した。エプスタインはまもなく獄中で首を吊っているところを発見された。明らかに自殺と見られた。

サジュディンが売り込んだ隠し子の噂と同じで、匿名女性によるレイプの訴えにも確固とした証拠はなかった。カリフォルニアで起こされた最初の訴えは手続き上の不備で無効となり、ニューヨークで再度提起され、またしても取り下げられた。トーク番組「ジェリー・スプリンガー・ショー」の元プロデューサーで、疑わしい有名人のスキャンダルをたびたび取り上げていたノーム・ルバウがこの訴訟のまとめ役になり、マスコミ対応の仲介を務めた。(注10)原告の少女にはなかなか連絡が取れなかった。弁護士でさえ、彼女がどこにいるのかわからないこともあったと語っていた。少女本人に連絡を取れた記者はほとんどいなかった。記者のエミリー・シューゲルマンは、少女の弁護士がスカイプやフェイスタイムでのインタビューをお膳立てしてくれたが何度もキャンセルされ、結局電話でほんの少し話せただけだったと言う。電話のあとでシューゲルマンもほかの記者たちと同じように、この話もその中心にいる謎の女性も怪しいと思った。(注11)告発女性が脅かされて身を隠した可能性はある。だが、もしかしたら周囲にそそのかされて作り話をでっち上げたのかもしれない。

いずれにしろ、この事件でのAMIの役割は表に出ていない。AMIの社員数人とトランプの幹部社員ひとりによると、当時トランプとしょっちゅう話していたペッカーがこの告発を知ったのは、訴えが起こされた直後だった。ハワードがすぐ、トランプの個人弁護士だったコーエンに電話をかけ、レイプを訴え出た女性を追跡して何か手を打てるか調べると約束した。この件で「ディランとコーエンはひっきりなしに電話で話していた」とAMIの社員は言っている。「これにかかりきりだった」と。コーエンが事態を注視する中で、ハワードは最初の訴状にあった住所にAMIの記者を向かわせた。だが、カリフォルニア州のトウェンティナイン・パームスという寂れた砂漠の街で記者が見つけたのは、差し押さえにあった空家だった。近所の人は昨年の秋から誰もそこに住んでいないと言っていた。

この話を買う機会は訪れなかった。だが、訴えが起こされたころ、まだこの件に触れるメディアが少なかった時から、AMIは告発をこき下ろすような記事を何本か出していた。(注12)ある記事の見出しには、トランプがこの訴訟を「とんでもない」と言い、別の人が「でっち上げ」と呼んだと書いていた。

二〇一六年のおわりに、その同じ匿名女性が新しい弁護士を雇ってレイプを告発するという話が持ち上がった。新しい弁護士は、女性の擁護者として有名な人物で、ハワードがのちに「長年の友人」と呼んだリサ・ブルームだ。ブルームが弁護を引き受けたと聞いたハワードは、ブルームに手を引くよう忠告した。結局、予定されていた女性の記者会見は中止され、訴訟も取り下げられた。

＊

ほかのマスコミ各社の記事も、AMIとトランプが持ちつ持たれつの関係にあることを示していた。マクドゥーガルの調査をはじめてすぐに、ストーミー・ダニエルズというポルノ女優が秘密保持契約を結びトランプとの関係を口外しないと約束していたとの噂を耳にした。僕がマクドゥーガルと話をはじめて二カ月後に、マイケル・コーエンが直接お膳立てしてダニエルズが本当に秘密保持契約に署名していたことをウォール・ストリート・ジャーナル紙が報じた。(注13)ただし、ウォール・ストリート・ジャーナル紙の記事になかったのは、ダニエルズの弁護士であるキース・デビッドソンがマクドゥーガルの元弁護士で、まずはハワードにダニエルズの話を売り込んでいたことだ。ダニエルズの件は見送ると、ハワードはデビッドソンに伝えた。ペッカーはトランプのために手を広げすぎて、悪事がばれることをだんだん心配しはじめていたからだ。それでも、ハワードはデビッドソンにマイケル・コーエンに直接掛け合うよう勧め、コーエンは幽霊会社を通じて口封じのために一三万ドルを支払った。契約には偽名が使われていた。ダニエルズは「ペギー・ピーターソン」とされ、トランプは「デビッド・デニソン」とされた。

「貧乏くじを引かされたのは誰だと思う？」あとになって僕と話してくれたデビッドソンがそう聞いてきた。「本物のデビッド・デニソンさ。俺の高校時代のホッケー仲間だ。カンカンになって怒ってた」

大統領選挙中にAMIがトランプのネタを買い入れて葬ったことに、法律的にも政治的にも疑惑が持ち上がった。サジュディンとマクドゥーガルの件に加え、ダニエルズや匿名のレイプ告発者の件のように、コーエンが直接に関わった契約もあった。トランプはそうした支払いを選挙中の財務報告に含めていなかった。

僕たちの報道のあと、非営利の政府監視組織や左派系の政治活動団体が、ダニエルズとマクドゥーガルへの金銭の支払いが選挙資金規制法に違反していないかどうかを捜査するよう司法省や政府倫理局、連邦選挙委員会に正式に訴えを起こした(注14)。

法律専門家は選挙資金規制法に抵触した可能性はあると言っていた。選挙戦の最中だったことは、AMIにトランプ陣営を助ける意図があった状況証拠にはなる。AMIがコーエンと連絡を取っていたことはさらに裏付けになる。ただし、メディア企業は選挙資金規制法の除外を受ける場合が多々ある。とはいえ、今回は、メディア企業が報道目的ではなく権力者の広報を助ける目的で金銭を支払っていたとしたら、除外されないかもしれないと専門家は言っていた。

＊

僕が話したAMIの社員は例外なく、トランプに肩入れしたことでこの職場も仕事も歪んだと言っていた。「ペッカーの許可がなければ、トランプについてひとことも書けなかった」と言うのは元上級編集者のジェリー・ジョージだ。ペッカーが目に見える見返りを受けていたと教えてくれた社員も何人かいた。トランプの取り巻きがペッカーにAMIに資金提供してくれそうな人を紹介していたと言う。二〇一七年の夏、ペッカーは大統領執務室を訪れ、ホワイトハウスの中で、サウジアラビアとの取引仲介者として知られるフランス人ビジネスマンと食事をした。(注15) 二カ月後、そのビジネスマンとペッカーは、サウジアラビアのモハメド・ビン・サルマン王子に面会している。

AMIにとって何より大きな見返りは、トランプをゆすれるネタを集めていつでも脅しをかけられるようになったことだ。ハワードはテレビの仕事を断ったと友達に自慢していた。今の立場にいて、権力者のスキャンダルを握っていられた方が、伝統的な報道の仕事よりはるかに力を持てるからだ。「普通なら、トランプが上に立ってると思うでしょ。でも実際に力があったのはペッカーの方。スキャンダルを表に出すも出さないもペッカーの胸先三寸だから。死体がどこに埋められてるかを知ってるのはペッカーなの」AMIのベテラン記者のマキシン・ページは僕にそう語っていた。「この国の支配者を、彼らが操れるとしたら大変なことよね」

AMIとトランプの関係は、メディアが独立した監視機関であることをやめて権力者の遊び仲間になってしまった極端な例だ。だがAMIにとってこれは馴染みの縄張りとも言えた。AMIはこれまでにも長年にわたってさまざまなスキャンダルをもみ消してきた。アーノルド・シュワルツェネッガー、シルベスター・スタローン、タイガー・ウッズ、マーク・ウォールバーグ、他にも数えればきりがない。「これまでも、絶対に報道しないことがわかったうえで、ネタを買い入れてきた」と編集者のジェリー・ジョージは言っている。

もみ消しのためにネタを買い入れることを、AMIの社員たちはみんな口を揃えて同じ言葉で表した。タブロイド業界では昔から使われてきた言葉だ。「捕えて殺す《キャッチ・アンド・キル》」

PART V 決裂

52章　共犯者

ディラン・ハワードは執念深い性質《たち》だ。ハワードと働いたことのある一〇人が口を揃えてそう言っていた。のちにAP通信の取材に答えた元社員たちは、ハワードが「報道局でセックス相手のことをあけすけに話してきかせ、女性社員の性生活についてあれこれと詮索し、ポルノっぽい画像や映像を見せたり聞かせたりしていた」（注1）と言っている。二〇一二年、女性社員の訴えに応えてAMIは社外コンサルタントを雇って内部調査を開始した。だが調査の結果、「深刻な」ハラスメントはなかったと発表があった。女性たちから苦情が寄せられ、中にはフェイスブックページに社員の女性器を上げようとしたという苦情もあったことを法律顧問が認めている。AMIのベテラン記者のマキシン・ページは何人もの女性のために苦情を申し立てたと言う。元記者のリズ・クローキンはハワードから嫌がらせを受けたことを、ハラスメントの件を調査していた外部コンサルタントに伝えたところ、ハワードに報復されたと言っていた。大切な仕事から外され、つまらない仕事だけを任されるようになったのだ。ハワードはすべての訴えを否定し、苦情を申し出た女性たちはみな「恨みを持つ」社員だと切り捨てた。ハワードは以前にAMIからゴシップサイトのセレバズに転職し、そこでも性的嫌がらせと報復をおこなっていたことが人事調査で判明していた。その調査結果が出る前にハワードはセレバズを辞め、ずうずうしくもAMIに出戻ってきていた。

僕の記事が出た後、ハワードは怒り狂っていたと部下の何人かが教えてくれた。僕を「仕留めてやる」と言っていたと二人の社員から聞いた。僕への仕返しなんてあまりに見え見えだしバカらしいとハワードに忠告した社員もいた。だがハワードは譲らなかった。

ほんの短いあいだだったけれど、僕の名前がたびたびナショナル・エンクワイヤラー紙の紙面を飾った。見出しはいつもすべて芸のない大文字のサンセリフ書体で、僕は輝かしい大悪党の称号を与えられていた。例のトランプタワーのドアマンの記事が出た数日後、僕がおそらく会ったこともない叔父へのコメントをAMIが求めてきた。ワインスタインが法的な脅しをかけるために僕に送りつけてきた手紙の中で触れていた、あの叔父の件だ。「ローナン・ファローの叔父であるジョン・チャールズ・ビラーズ＝ファローは一〇歳の少年二人への性的虐待で有罪となっていたことを、ナショナル・エンクワイヤラー紙は報道するつもりである」と知らせてきた。（注2）その直後、僕のもとに「ペニス写真」を送ってくれと頼みこむメッセージが続々と届きはじめた。僕が返事を返さずにいると、エンクワイヤラー紙は僕がコメントを断ったと記事にした。僕がかわいくない返事を返すと、それもまた記事になった。僕と、AMIに批判的な記事を書いていた別の記者がブラジル人セックスパーティーに参加していたという根も葉もない話をハワードがでっち上げ、僕にコメントを求めてきたこともあった（そんな楽しい人生だったらよかったのに）。

ハワードとその部下たちはあちこちに電話やメールで攻撃を仕掛けていた。いつもの手口だ。連絡を受けた方にもまたお馴染みの作戦があった。問い合わせに応え、ハワードの機嫌を取り、見返りを手に入れる。ハワードが狙っていたもうひとりの記者は業界に通じた弁護士を通してひそかにエンクワイヤラー紙と話し合い、AMIがその記者の名前を出さないように取り決めを結んだ。だが、その記者はAMIについてその時に調査記事を書いていたわけではなかった。僕はちょうどAMIを調査している最中だった。敵対的な調査対象の脅しに屈することはできない。それこそ、一年前にワインスタインの記事が危うく抹殺されそうになった原因だ。僕は何も手を打たず、ただ報道を続けた。

電話やメールでの攻撃はハワードの工作の中では手の込んでいない方だった。ハワードは、コールマン・レイナー配下の業者を雇って、ロサンゼルスにいるジョナサンを見張らせていた。これはワインスタインが秘密の録音をとっていた時と同じ手口だ。ハワードは社員に、「ローナンの恋人を尾行してやる」と息巻いていたらしい。しかもそれから、「奴に尾行をつけたぞ。どこに行くか突き止めてやるからな」と言っていた。ハワードは、この社員の言葉は嘘だと言っていた。結局、ジョナサンの日常は退屈すぎて、尾行についた業者は諦めたと元社員は教えてくれた。

「僕って面白いと思うけどな」尾行の顛末《てんまつ》を話すと、ジョナサンはそう言った。「すんごく面白い人間なのに！　脱出ゲームもやったんだよ」

＊

その頃になると、ＡＭＩへの風当たりもだんだん厳しくなっていた。ウォール・ストリート・ジャーナル紙を含むマスコミ数社が、選挙戦の最中にＡＭＩがトランプを助けるよう手を回していた件を嗅ぎ回っていた。マスコミの報道をきっかけに、法執行機関も動き出した。二〇一八年四月、ＦＢＩ捜査官がコーエンのホテルと事務所をガサ入れし、マクドゥーガルへの支払い記録や、コーエンとペッカーとハワードのあいだで交わされた通信記録を捜索した。(注3)ＡＭＩはそれまで僕の記事のすべてを否定し、ネタを「捕えて殺す《キャッチ・アンド・キル》」なんて考え方自体がバカバカしく、材料を買い入れたのは報道目的だったと訴えていた。だが、ほんの数カ月後、彼らは選挙資金規制法違反など一連の犯罪行為による訴追を逃れるために、すべてを認めた。ペッカーは選挙戦の序盤でコーエンともうひとりの選挙参謀に会ったと認めた。「ペッカーは、トランプの女性関係のスキャンダルをもみ消す手助けをすると申し出た。選挙でトランプが有利になるように、スキャンダルになりそうなネタを探してそれを買い入れ封印すると約束していた」(注4)不起訴合意文書にはそう書かれている。ペッカーとハワードはスキャンダルを手に入れ、葬った。

その目的は大統領選に横槍を入れることだった。

AMIは、検事局との合意の条件として、三年間「どんな犯罪も犯さないこと」を約束した。それなのに、一年もしないうちに、エンクワイヤラー紙はその約束を破ったかどうかを問われることになる。アマゾンの創業者でCEOのジェフ・ベゾスの浮気ネタを、ハワードは全社をあげて追いかけていた。これまでもハワードは猥褻な写真を探し回っていたが、今回はお望みのものを手に入れた（ベゾスの妻と愛人を除けば、この地球上でハワードほどベゾスのペニスに執着していた人間はいなかったと思う）。お決まりの手順が繰り返された。AMIはベゾスにスキャンダルを出すと脅して言うことを聞かせようとした。ベゾスは攻撃に出る。「結構です、ペッカーさん」ベゾスはペッカーへの書簡を公開した。「ゆすりたかりに応じるより、たとえ個人的な犠牲を払い恥ずかしい思いをしたとしても、AMIが私に送りつけてきたものをそのまま公開することに決めました」(注5)

二〇一九年のはじめ、ハワードが不起訴合意に違反したかどうかを連邦検事が探り、AMIが負債で首が回らなくなる中で、(注6)エンクワイヤラー紙とその兄弟メディアのグローブ紙およびナショナル・エグザミナー紙は二束三文で売り払われることになった。買い手はジェイムス・コーエンだ。コーエンの父はハドソン・ニュースグループの創業者で、最近では芸術作品のコレクターとして知られ、娘の成人式に一〇〇万ドルも使ったことで話題になった人物だ。(注7)買収資金の出し手が本当にコーエンかどうか、舞台裏で糸を引く人物がいるのかどうか、疑いの声は上がっていた。ニューヨーク・ポスト紙は

「他人の不幸は蜜の味」とばかりにこの噂を嬉々として報じていた。ＡＭＩに近い情報筋は「すべてが出来レースだ」と言っていた。[注8]

＊

ハワードの戦友ハーヴェイ・ワインスタインにも包囲網が迫っていた。ニューヨーク・タイムズ紙とニューヨーカー誌の記事が出て数カ月のあいだに、新たに数十人の女性がワインスタインを性的嫌がらせと性暴力で訴えた。告発者の数は三〇人にのぼり、その後六〇人になり、八〇人を超えた。[注9]カノーサなど一部の女性は訴訟を起こした。ロンドン、ロサンゼルス、ニューヨークの警察も動き出した。ニューヨーカーに記事が出た翌日、ニューヨーク市警で未解決事件を担当するケリ・トンプソン刑事はルシア・エバンズを探し当てようと東海岸一帯を訪問しはじめた。以前にグティエレスの囮捜査を指揮していたのが、このトンプソン刑事だった。そしてルシア・エバンズは二〇〇四年にワインスタインの事務所で性的暴行を受けたと僕に語っていた。トンプソン刑事はエバンズを見つけ出し、もし正式に告発してくれたらワインスタインを牢屋に入れる手助けになると伝えた。だが、エバンズはまだ怖がっていた。刑事訴訟に一役買うとなれば自分も痛手を負う。刑事たちもそれは認めていた。ワインスタインの弁護士はかならず汚い手を使ってくる。なりふり構わず攻撃してくるだろう。「今回みたいな、人生の大きな決断を下すときには、誰でも自己防衛本能が働くものだと思う」とエバンズは語っていた。「これが自分にどんな意味があるの？　人生や家族や友人にどんな影響があるの？」。眠れぬ夜を数カ月も過ごしたあと、エバンズはワインスタインを正式に告発することにした。

二〇一八年五月二五日の早朝、黒いワゴン車がニューヨーク市警第一分署の入り口に到着した。カメラのフラッシュが焚かれるなか、トンプソンとニック・ディガウディオ刑事がワゴン車の前でハーヴェイ・ワインスタインを迎え入れ、分署の中に連れていった。ワインスタインは警察に向かうにあたって、黒のブレザーと水色のVネックセーターという大学教授っぽい身なりで固めていた。片腕にハリウッドとブロードウェイについての本を何冊か抱えている。分署の中に消えていったワインスタインは、レイプと強制わいせつの罪で収監されることになっていた。その後、建物の外に出てきたワインスタインの手には手錠がかけられ、本は消えていた。

ワインスタインは新しい弁護士のベンジャミン・ブラフマンと私立探偵のハーマン・ワイスバーグを連れていた。ワイスバーグはニューヨーク市警の元刑事で、彼が経営するセージ警備保障も元モサドを看板にしたイスラエルのスパイ企業と同じで、警察で培《つちか》った手腕を売りにしていた。ワイスバーグがワインスタインのチームに入ったのは僕の記事が出る前年の秋で、しばらくのあいだマッゴーワン叩きに一役買っていた。あるときは、ワインスタインと一緒に僕たちの会合にやってきて、マッゴーワンが麻薬所持の疑いで警察の聴取を受けたという、まだ表に出ていない情報を握っていると切り出した。「この話を漏らしてもいいんだぞ」ワインスタインは嬉しそうにそう言った。(注10)ワイスバーグの元同僚は彼を「獲物に噛み付いて離さない猟犬《ブラッドハウンド》」と呼んでいた。ワイスバーグは目撃者を探し出し尋問するプロだった。

ワインスタインはその日、一〇〇万ドルの保釈金を支払って釈放された。その姿は大々的に報道された。足首に監視装置を付けられたワインスタインは、ニューヨークとコネチカットの自宅のあいだを移動することは許可されていた。それから数カ月のあいだに、ニューヨーク市警が担当するワインスタイン事件の被害者は二人から三人に増え、「略奪的な性的暴行」の罪が加えられた。追加された被害者はミミ・ハレイという元アシスタントで、二〇〇六年にワインスタインの自宅で性的暴行を受けたと訴えていた。[注11]しかし、ワインスタインも攻勢を強め、告発女性や証言者たちをますます付け狙うようになっていった。

弁護士のブラフマンは、ハレイが暴行を受けたとされるあとにワインスタインに親しげなメッセージを送り[注12]、会いたいと言ってきたことをマスコミや検事に怒りを込めて訴えた。そしてワイスバーグがあちこちを嗅ぎまわり、刑事のディガウディオの信用を損ねるような証拠を手に入れた。ルシア・エバンズ事件の周辺証人が、ディガウディオに新しい情報を提供したのに隠蔽されたと告発したのだ。ディガウディオは否定したが、ブラフマンには告発だけで十分だった。[注13]ブラフマンはマスコミに怒りをぶちまけ、警察と検察がワインスタインを陥れようと陰謀を巡らせていると責めた。ディガウディオは捜査から外された。ルシア・エバンズの訴えは取り下げられた。「どちらも正しいのかもしれない」検察局の知人は僕にそう言った。「被害者の言葉を信じていても、訴えを取り下げたほうが有罪を確保する助けになることもある。手続き上の問題でほかの事件で不利にならないようにね」

ブラフマンは、エバンズの訴えが取り下げられたことは、綿密な私的調査のおかげだと自慢した。「ワインスタイン事件で私があげた成果があるとすれば、それはハーマンが手腕を発揮してくれたおかげです」(注14) ブラフマンは、ワイスバーグが「検察側の重要証人数名について、秘密を暴く」手助けをしてくれたと説明していた。(注15)

ワインスタイン事件の公判がはじまると、裁判所の前に抗議者が集まった。「被害者に正義を」「告発者の声を聞け」と書かれたプラカードが掲げられた。ローズ・マッゴーワンもロザンナ・アークエットもそこにいた。「ここを動かないわよ」とアークエットは言った。裁判ではハレイと元女優のジェシカ・マンも、証人として自分の身に起きたことを語った。アナベラ・シオラも僕に語ってくれた恐ろしい体験を陪審員の前で話した。ロージー・ペレスはシオラの告発を裏付ける証人として証言台に立った。ボイーズ・シラー法律事務所のパートナー弁護士はブラックキューブとの契約について証言し、スリーパーが漏らした情報を公判で明らかにした。

ワインスタインの弁護団は次々と入れ替わった。ブラフマンが辞めたあと、シカゴに本拠を置くドナ・ロトゥーノが弁護を引き継いた。ロトゥーノは公判中、「そんな状況に自分を置いたりしないので」これまで性的な嫌がらせなど一度も受けたことはないと言い放った。だが、その言葉だけでは足りなかった。ワインスタインはレイプを含む性犯罪で有罪を言い渡された。

ワインスタインの弁護団は情状酌量《じょうじょうしゃくりょう》を請い、これまでの慈善活動を訴え、すでに罰を受けていると主張した。判事に向けた書簡には、「二〇一七年一〇月にニューヨーカーの記事が出て以来、ワインスタイン氏の人生は破壊されました」と書いていた。しかし、判決は最高刑に近い二三年の懲役だった。アンブラ・グティエレスはその日法廷にいた。「彼が私の人生を破壊したとき、私は二三歳だった。同じ数字ね」。矯正局がワインスタインの身柄を引き取り、ライカーズ島の施設に一時収容した。ワインスタインはそこで胸の痛みを訴えたが、新たな住処となるウェンデ矯正刑務所に送られた。ウェンデ刑務所はバッファローの東にある重犯罪者向け厳重警備施設で、ワインスタインの故郷からそれほど遠くない場所にあった。

ワインスタインをスーツ姿の男たちがたびたび訪ねてきた。もっぱら弁護士か私立探偵ばかりらしい。(注18) 大物映画プロデューサーは今や犯罪者となり、堕ちるところまで落ちぶれてもまだ、手下に支払う金はあった。ワインスタインのような男たちにはいつも、スパイ軍団が取り巻いている。ハーヴェイ・ワインスタインに残ったのはそれだけだった。

53章　アクシオム

それはトランプの隠し子の記事が出たあとの夏だった。ブラックキューブがワインス

タインのために おこなっていた工作の詳細を知るきっかけが、僕の目の前に転がってきた。その日、暑くて息が詰まりそうな地下鉄の車両に乗り込んだとき、携帯が鳴った。発信者は「アクシオム」と表示されていた。その直後にメッセージを受信した。「あんたと直接サシで話したい。傷のつかないフライパンについて。俺はたまに料理もするが黒い塗料にビクビクするんだ」

ついこのあいだ、僕はソーシャルメディアに「ブラックキューブ」というメーカーのフライパンの写真を上げたばかりだった。「傷防止機能付き。ニセ人格と幽霊会社を使って情報を引き出す可能性あり」と書き込んだ（アンブラ・グティエレスは「ハハハ」と短いコメントをつけていた）。

地下鉄がトンネルに入るところで、僕は返事を返した。「あなたが誰だかもう少し教えていただけますか？」

「監視の仕事をしている、とだけ言っておくよ」と返ってきた。もっと教えてほしいと頼むと、「誰にも知られずに会った方がいい。尾行されていないことを確かめてから」と返事がきた。

数日後、僕は劇場街の人混みをかき分けながら歩いていた。グティエレスから録音を受け取ったあのブラジル料理店でアクシオムと会うことになったのだ。僕は時間通りにレストランに着いて二人用のテーブルを頼み、席に座った。専用アプリを使って暗号化された電話が入った。また「アクシオム」からだ。

「注文するな」男の声が言う。

僕は周りを見回した。誰もいない。

「バックパックを持って水色のシャツと暗い色のジーンズを穿いているな」と男が続けた。店を出てゆっくりと歩き続けろと言われた。

「ひと気のない方向に歩け」

僕は後ろを見た。

「キョロキョロするな」声にイライラが混じる。「俺は半ブロックほど離れてついて行く。交差点で一分から一分三〇秒ほど立ち止まれ。同じ人間がうろついてないかを確認する」

男に回り道を指示され、僕はヘルズ・キッチンに着いてもう一度あたりを確認しようとした。「キョロつくな。自然に歩け。人混みと反対方向だ。そうそう、その調子」。男は地下にあるペルー料理店に入れと指示した。そこなら携帯の電波が通じない。「奥のテーブルを頼んでくれ。一番奥な」

僕は言われた通りにした。一〇分後、男が目の前に座った。髪は暗い色でウェーブがかかっているが、頭頂部だけ少し薄くなりかけている。声には強いウクライナ訛りがあった。

「ちょっとばかりあんたに関わりがあってな」それがイゴール・オストロフスキーだった。テーブルの上で携帯電話をこちらに滑らせる。携帯画面の写真をめくってみろと仕草で僕に伝える。そこには僕のアパートの周り、玄関、外に立っている管理人の姿が写っていた。日産の車の写真もある。中には男が二人。日に焼けて小太りのオストロフスキーと、青白くて禿げて眼光の鋭いハイキンだ。

どちらもニューヨークで認可を受けた私立探偵事務所に雇われているとオストロフスキーが言う。「だが、手に入れた情報や報告書にはブラックキューブの名前が載る」

「どうして僕に漏らしてるんですか？」と聞いてみた。

請負調査員の仕事のほとんどはいつも同じだ。浮気の調査、養育権争いで相手の汚点を探ることで、「倫理的にはどうかわからないが、違法じゃない」。でもブラックキューブの仕事は違った。僕を追跡し、尾行しながら僕の携帯を通して居場所を探していた。そういえば、スパムメールを受信したことを思い出した。天気予報もそうだし、ワールド・トレード・センターで連続受信した政治アンケートもそうだ。どちらもブラックキューブとつながっているかどうかはわからなかったが、僕がアンケートを受け取ったのとほぼ同じ時間にオストロフスキーたちは僕の居場所を正確に摑んでいた。「違法かもしれんと恐れてる」オストロフスキーはそう言った。僕を監視するために使った工作には問題があるとオストロフスキーは思ったのだ。しかもターゲットは僕だけではなかった。ブラックキューブはほかの人たちも監視させていた。オストロフスキーはその理由が知りたかったのだ。

オストロフスキーは僕に監視対象の人名リストと尾行の日時を読みあげてくれた。あちこちの高級ホテルのレストランで、ブラックキューブから雇われた私立探偵が、工作員とサイバー犯罪の専門家と見られるターゲットとのミーティングを監視していた。法律すれすれの手段で携帯に不法侵入し監視をおこなっている探偵も複数いた。スリーパーが心配していた、イスラエルのスパイウェア企業NSOグループが開発したペガサスも使われていた。

オストロフスキーは、自分が手に入れた情報は限られているが「すべて自分の痕跡が残るような仕組みになっている」と言う。自分自身も監視されているかもしれないと心配していた。今日もレストランに入る前に周囲一帯の電波をチェックしたと言う。

僕もだんだんと周りに気をつけるようになっていた。僕から少し離れて仕事仲間に付いてきてもらい、レストランを見張ってもらうことにした。僕が見張りを頼んだのは、細くて小柄な韓国系アメリカ人のユージン・リーで、イスラエルのスパイにはほど遠いが、僕が尾けられていたら教えてくれることになっていた。

僕はオストロフスキーの一〇分あとに別々に店を出た。安全な場所まで離れたところで、リーが電話をくれた。僕とオストロフスキーを尾けてきた男がいたらしい。少し後ろからレストランまでついていきて、僕たちがレストランに入ったあと入り口で一時間以上もうろついていた。

＊

この世の中に確かなものなど何もない。ただし、死と税金とニューヨーク南部地区検察による捜査は別だ。スパイ組織について書いた僕の記事が二〇一七年終わりに出たあと、ニューヨーク南部地区の連邦検事がブラックキューブに探りを入れはじめ、サイバー犯罪班が正式に捜査を開始した。(注1) まもなく、ハーヴェイ・ワインスタインとAMIも調べていた検察が僕に接触してきた。記者としてではなく、証人として僕に会いたがっていた。

南部地区検察から僕に電話やメッセージが入りはじめたのは、二〇一八年二月にマクドゥーガルの記事が出た数日後からだ。その後数カ月にわたって連絡は続いた。南部地区の検察官から直接の問い合わせもあったし、元検察官のプリート・バララなどの仲介者を通じた連絡もあった。彼らは僕にも、ニューヨーカー誌の法律顧問のベルトーニにも連絡を入れてきた。

捜査当局で働いているロースクール時代の同級生も何度か連絡をくれて、久しぶりに会って話そうと誘われた。オストロフスキーとはじめて会ってからほどなく、ワールド・トレード・センター近くの小さなレストランで待ち合わせ、暑さの中で僕は急いで夕食に向かった。

僕が汗だくでよれよれになってバーの椅子に座っていると、その同級生の声がした。

「やあ」

僕は携帯から顔を上げた。完璧な歯並びが目の前に光っている。カタログのモデル並みのイケメンだ。しかも、名前がまた俳優みたいで、一九五〇年代に最も信頼された医師と同じ名前だった。

彼が顔を近づける。目も眩《くら》みそうなまぶしい笑顔。「久しぶり！」

僕は気後れしてしまう。「忙しかったんだ」

「そりゃそうだよな」

彼が飲み物を注文し、僕たちはテーブルについた。

夕食は楽しかった。「誰それはどうしてる」みたいな話で盛り上がった。自分がどれほど引きこもっていたかをあらためて思い出した。こんなことでもなければ、まったく人に会うこともなかったはずだ。

結婚したんだ、と彼が言う。

「どう？」

彼が肩をすくめる。「複雑。そっちは？」

「うまくいってるよ。よくしてもらってるし」一瞬沈黙が流れる。この一年、ジョナサンとはいろいろあった。

「でも複雑？」と彼が聞く。

「長距離恋愛って難しいよね」

彼の目つきに同情が混じった。「仕事、大変そうだね」

「今は少し楽になった。そっちも大変じゃない？」

彼が前のめりになる。世界一素敵な笑顔を浮かべている。カタログモデルだって、こんな風には笑えない。「もっと楽になってもいいんじゃないか？」小さなテーブル越しに彼の息を感じた。「何もかもひとりで抱え込まなくても」

彼が目の前のナイフに指を沿わせて、少しだけ位置を直す。

「もしかして――」

「話してくれよ」

「あ」

「証人として。情報提供者は明かさなくていいから」

僕は身体を引いて、まっすぐに座り直した。「でもそれは保証できないだろ」

「でも、被害者なら話すべきだよ」と彼が言う。

仕事とは別に僕のことを考えて言ってくれてるんだろうとは思った。それでも、仕事と私生活は切り離せない。レストランを出て別れるとき、ハグを交わしながら彼が少し名残惜しそうに言葉をつないだ。「もし少しでも気が変わったら、電話して」そう言って、肩越しに歯磨きの宣伝のようなあの眩しい笑顔を見せて、夜の中に消えていった。

ベルトーニと僕はどうしたらいいかをじっくり話しあった。報道機関が警察や検察に手を貸すことには、つねに危うさがつきまとう。調査報道記者がやむをえず警察に通報することはある。たとえば、誰かに今にも身体的な害が及びそうな場合はそうだ。だが今回は、それほど簡単ではない。僕が犯罪の被害者だったことは間違いない。僕は携帯で違法に居場所を追跡され、偽記者が僕から情報を引き出すために動いていた。とはいえ、検察官と差し向かいで質問に答え、もしかしたら情報提供者や秘密の話を追及されかねない状況に自分を追い込むほどに、僕自身やそれ以外の人に危険が迫っていたかと言われると、自信はない。オストロフスキーも含めて、情報提供者を守ることが僕にとっては一番大切なはずだ。それに、僕のことだけではない。捜査当局と少しでも話せばニューヨーカー誌にとって危険な前例を作ることになると、ベルトーニは危惧していた。この記事で捜査当局に協力すれば、もし政府の内部告発者についての問い合わせがあったら、簡単に断れなくなるかもしれなかった。

54章　ペガサス

　オストロフスキーは、はじめは上司の名前を教えてくれなかった。だが、ヒントはいたる所に転がっていた。僕に見せてくれた写真には、日産のナンバープレートがバッチリ写っていた。自動車の持ち主を割り出し、名前を検索すると、広告動画が見つかった。(注1)

「私は現場主義。動ける男です」ハゲ頭の男がロシア訛りで話していた。「私の名前はローマン・ハイキン。インフォタクティック・グループの創業者です」

　軽快なテクノ音楽が流れる。カメラの丸いシャッターの画像の上には「最高のハイテク監視装置」とタイトルがついている。ハイキンはジェームズ・ボンドかイーサン・ハントよろしく、標的に狙いを定めるようなポーズを取っている。安っぽくて笑えた。インフォタクティックは小さな事務所で、ほかに本業のあるフリーランスを数人雇っているだけだった。それでも、ハイキンは大風呂敷を広げ、携帯の追跡から財務記録の入手までできると見栄を切り、この一年のあいだブラックキューブの仕事を請け負ってきた。

　動画の中のハイキンは真剣に自分の頭の良さを訴えていた。「文字がやっと読めるようになった幼い頃、お気に入りの本を完璧に暗記して、両親を驚かせていました。大好きだったのは『シャーロック・ホームズ』です」

オストロフスキーはインフォタクティックがブラックキューブから請け負った工作の中身を僕に渡してくれていた。教えられた場所に僕が行くこともあれば、目立たない同僚に行ってもらって僕が遠くから様子を見張ることもあった。工作はいつも同じパターンだった。別人になりすましたブラックキューブの工作員が高級ホテルでサイバー犯罪とテクノロジーの専門家に会っていた。

オストロフスキーと僕もときどき顔を合わせた。うす暗い隠れ家的レストランで待ち合わせ、すぐにそこを出て迷路のような脇道を歩きながらブツ切れの会話を交わした。ある時はホテルのロビーの暗い隅っこに座って三〇分ほど話したかと思うと、いきなりオストロフスキーが姿を消して心配しながら戻ってきて、すぐにここを出ようと言う。近くに座っていた二人の男が僕たちを尾行していたのではないかと疑っていた。二人はプロっぽかった。またこちらをジロジロと見ていた。僕たちはタクシーを拾い、また別のタクシーに乗り換えた。ウェストサイドハイウェイでタクシーを停めさせ、道の脇に停車しているあいだに尾行がないか、速度を緩める車がないかを見張った。一年前の僕ならそこまでやらなくてもと思っていたはずだ。

＊

二〇一八年の残りもずっと、イスラエルのスパイ組織の世界について僕は調査報道を続け、その過程でブラックキューブとも連絡を取り続けた。ブラックキューブの広報を担当していた愛想のいいフリーランス広報マンのエイド・ミンコフスキーが窓口になっていた。「ローナン、坊や。俺を捨てないでくれよ」僕が電話をかけるとミンコフスキーはそんな風に返してくる。僕の問い合わせには答えず、はぐらかすように返事を書いてきた。二〇一九年一月、ニューヨークの彼の行きつけの店で一杯飲む約束を取り付けた。

その約束の数時間前にオストロフスキーから電話があった。ブラックキューブに命じられてハイキンとインフォタクティックが、相手に知られずに会話を録音できるペンを見つけたと言う。ハイキンたちが見つけたスパイペンの写真がオストロフスキーから送られてきた。黒の鏡面仕上げで、銀の留め金が付いている。もし知らなければ録音器だとは絶対気づかないが、ペン筒についた小さな金属の輪の位置が一本一本違っていて、誰のペンかを特定できる機能もついていた。

ミンコフスキーと待ち合わせたのはヘルズ・キッチンにあるワインバーだった。僕が着いたときには謎の微笑みを浮かべて奥のソファーでくつろいでいた。ミンコフスキーはカクテルを注文し、いつものようにおべっか攻撃をかました。それから僕の質問をメモしたいと言う。上着のポケットから銀の留め金のついた黒いペンを取り出した。

「奇遇だな。僕もそのペンを持ってるよ」

ミンコフスキーのにやけ顔が崩れた。「特別なペンなんだ」とミンコフスキーが声を出す。「ミンコフスキー工業製だ」

録音してるのかと僕は聞いた。ミンコフスキーが辛そうな顔をする。ミンコフスキーはもちろん、ブラックキューブの創立者のゾレラにすべてのミーティングを報告していた。定期的に嘘発見器にもかけられる。だが、こう言った。「ローナン、神に誓って録音なんてしない」

その後も、例のペンには何の仕掛けもなく、ほかに同じものもないとミンコフスキーは言い続けた。そこで、その晩店を出ながら、僕はオストロフスキーにメッセージを送った。「あのペンが誰に届けられたかわかる？」すると何枚も連続写真が届いた。写真に写っていたのはミンコフスキーで、僕と会う直前に街角に立ってあのスパイペンを受け取っていた。

＊

その数日後、同じスパイペンがブラックキューブの工作に使われた。マイケル・ランベールと名乗る、白いひげを綺麗に手入れした中年男性が、ジョン・スコット・レイルトンと昼食を取るために腰を下ろした。レイルトンは権力監視機関シチズンラボの研究者だ。ランベールはパリに本拠を置く農業テクノロジー企業ＣＰＷコンサルティングで働いていて、スコット・レイルトンの博士論文のテーマについて話が聞きたいと言ってきた。研究テーマはカメラ搭載の凧《たこ》を飛ばして地図を作ることで、この研究に非常に興味があると言う。

だが、食事が運ばれてくると、ランベールは違うことを話しはじめた。(注2)国家による報道記者へのプライバシー侵害と監視活動を追跡する市民団体シチズンラボがＮＳＯグループについて、最近こんな報告をしたのだという。ジャマル・カショギ記者がサウジアラビアの工作員に電気ノコギリでバラバラにされる少し前に、NSOグループの〈ペガサス〉というソフトウェアがカショギ記者の友人の携帯に入れられていた(注3)というのだ。NSOグループは自社のソフトウェアがカショギ記者の追跡に利用されたことを否定したものの、サウジアラビア政府にスパイウェアを販売したかどうかの質問には答えなかった。ランベールはシチズンラボによるNSOグループの調査について知りたがった。イスラエル企業を狙うのは何か「人種的な理由」があるのかと聞いてくる。ランベールはスコット・レイルトンに、ホロコーストをどう思うかとしつこく訊ねた。その話の最中にランベールは銀の留め金のついた黒いペンを取り出した。ペン筒には金属製の小さな輪がかかっている。目の前のメモ帳の上にペンを置き、ペン先をレイルトンに向けた。

それはいつもの手口だった。ステラ・ペン・ペチャナックもまた、ウェスト・フェイス・キャピタルの社員やアムトラスト・ファイナンシャル・サービスの批判者に同じ手口を使ってユダヤ人差別的な発言を引き出していた(注4)。だが今回のターゲットは一枚上手だった。ランベールの口実を疑ったレイルトンは録音器を身につけて食事に臨んでいた。最初からすべてを録音していたのだ。

それはある意味でスパイ対スパイの戦いだった。しかも、どちらの側も応援の人員に様子を見張らせていた。レイルトンの味方についたAP記者のラファエル・サターが撮影機器を持って登場し、ランベールに質問しはじめる。ランベールの化けの皮は剝《は》がされた。近くのテーブルでオストロフスキーが見張り、この様子を写真に撮る。そこにいたハイキンは出て行って、顔を真っ赤にしながら電話をかけはじめた。「こっちの人間がやられた！　ロビーにすぐ来い。脱出させないと」

ランベールと名乗ったブラックキューブの工作員は通用口から外に出た。オストロフスキーがその男と荷物を車に乗せて、尾行を巻こうと走り回った。車の中でその工作員は気が狂ったように電話をかけまくり、ニューヨークを出発する一番早い航空便を予約しようとした。男の荷物についた名札は「アルモグ」で住所はイスラエルだった。これが男の本名だ。アーロン・アルモグ＝アスリンはイスラエルの警備隊を退役した人物で、ブラックキューブの一連の工作に関わっていたことが、あとで明らかになった。[注5]

ブラックキューブとＮＳＯグループはのちに、シチズンラボを陥れるような工作への一切の関与を否定した。だが、その数カ月のあいだにオストロフスキーが僕に語ってくれたミーティングの場にはほぼいつもアルモグ＝アスリンがいた。彼が狙ったのはＮＳＯグループの批判者や、ＮＳＯのスパイウェアが記者の追跡に使われたと主張する人たちだった。

＊

工作が潰されたことでブラックキューブは激怒した。この件を知っていた人間は全員ただちに嘘発見器にかけられることになった。オストロフスキーは、バレるのは時間の問題だとハラハラして電話をかけてきた。白状したいと言う。記者に情報を提供するだけでなく、当局に訴え出たいという意味だ。外国政府と深く結びついたスパイ組織がアメリカ国内でおこなっているスパイ工作について、オストロフスキーは知っていた。一度ＦＢＩに連絡してみたが、自分を信じてくれない捜査員のあいだをたらい回しにされ、電話を切られてしまった。法執行機関に知り合いはいないかと僕に聞いてきた。僕はベルトーニに電話した。ベルトーニは検察官との直接の接触は最小限にとどめておいた方がいいとまた力説した。それでも、当局への連絡方法を情報提供者に知らせるだけなら、何の問題もないと言ってくれた。

例のロースクール時代の同級生とまた金融街の別のレストランで待ち合わせた。この時が、事件について彼と話した最後になった。僕は雨の中をびしょ濡れになってレストランに着いた。彼はこざっぱりしていてまったく濡れてない。あの完璧な笑顔を輝かせて飲み物を注文した。

「考えてみた方がいい」彼はまたそう言った。テーブルに置かれた彼の手は僕の手に触れそうなくらいに近い。「全部ひとりで背負いこまなくていいんだよ」

もしひとりで抱え込まないとしたらどんな感じだろうと想像してみた。それから、自分の手をほんの少しだけ引っ込めた。僕は話せないけれど、話してくれそうな情報提供者はいると伝えた。信頼できる連絡先を教えてほしいと僕は頼んだ。

それからまもなく、僕はニューヨーク南部地区検察局の連絡先をオストロフスキーに送った。オストロフスキーは弁護士を雇った。僕が相談した内部告発専門弁護士のジョン・タイだ。それから、証人として協力する手続きをはじめた。

55章　内部崩壊

ワインスタインの記事が出た翌月、NBCニュースはスキャンダルに見舞われた。二〇一七年一一月の終わり、トゥデイの人気キャスターのサバンナ・ガスリーが、マット・ラウアーが前夜付けで解雇されたことを発表した。ガスリーは黒地に花柄のワンピース姿で、朝の番組でのお葬式ムードにぴったりだった。「この二日のあいだに職場での不適切な性的行為について、ある社員から詳しい告発が寄せられました」。ガスリーは「胸が張り裂けそう」だと言い、ラウアーを「本当に近しい親友」と呼び、彼は「多くの人に愛されていた」と強調した。

ガスリーは、「経営陣もラウアーの件にショックを受けている」というアンディ・ラックの声明を読み上げた。「ラウアーがNBCニュースに在籍した二〇年あまりではじめて、彼の行動への苦情が匿名社員から寄せられた」と言う。NBCはこの筋書きを素早くマスコミ全体に何度も流した。

番組のあと、オッペンハイムは調査報道部門のスタッフを四階の会議室に集めた。匿名社員から寄せられたラウアーの振る舞いは「許されないもの」だが、職業上の倫理に抵触するものであって犯罪ではないと言う。「この仕事場の中でも不適切な行動があった。マット・ラウアーはもちろん大物だ。力の差は明らかだ」。とはいえ、匿名社員の告発を聞いた局員からは、『犯罪』や『暴行』といった言葉は出なかったと報告を受けている」ことを強調した。その後すぐに、NBCの広報チームが同じ筋書きをマスコミにばら撒きはじめた。ピープル誌はNBCの協力のもと、ホーダ・コットがラウアーの後任になるという記事を表紙で報じた。見出しは「ホーダとサバンナ、傷心のふたり」。NBCはこの表向きの筋書きをますます強く打ち出してきた。「複数の情報源によれば、NBC社内の雇用規定に違反した不倫関係が解雇理由だと言われている」と記事には書かれていた。(注1)「当初、ラウアーが性的暴行で告発されたという情報があったが、のちに不適切な性的行為の問題だとわかった」。ゴシップサイトのページ・シックスはそう報じた。(注2)この時NBCと連絡を取ったメディア各社は、NBCはこの件は不倫だという印象を変えようとはしなかったと言っている。

オッペンハイムも、NBCは二日前に匿名の社員から申し立てを受けるまでラウアーへの苦情にはまったく気づいていなかったとラックが言ったとおりに繰り返した。この筋書きを変だと思う記者たちもいた。バラエティ誌とニューヨーク・タイムズ紙は、もう何週間も前からNBC社内の多数の人たちに話を聞き、ラウアーが性的な不適切行為を繰り返していると告発する記事を準備していた。NBCの中でもずっと前からラウアーへの苦情を耳にしている人も多かった。オッペンハイムのミーティングでマクヒューはまた声をあげた。「この月曜より以前に、マットについてはみんないろんな噂を聞いてましたよね……それは確かです。月曜より以前に、NBCはマットに対する性的不適切行為の訴えに気づいていたんですか？」

「知らなかった」とオッペンハイムが答える。「以前に遡って調べてみたが、声明にあるように、この二〇年間ラウアーに対する社内からの告発はなかった。もしあれば、しかるべき場所に記録があるはずだが、見当たらなかった」。もってまわった言い回しだ。つまり、人事部には正式な記録はないということだ。そういえば、ワインスタインも自社のファイルには「正式な」性的不適切行為の告発記録はないと必死に訴えていた。フォックスニュースのビル・オライリーも同じだ。だが聞きたいのはそこではない。マクヒューは正式な記録があるかと質問したのではなく、NBCが「気づいていたか」と聞いたのだ。この点について、オッペンハイムははっきりしなかった。「誰でもニューヨーク・ポストを見たり、スーパーのレジに並んでる時にナショナル・エンクワイヤラーを見たりはする。でもそんなのはとんでもないデマだと一方が言えば、どうしようもない」

確かにそうだ。二〇一七年と二〇一八年を通してエンクワイヤラー紙がラウアーに並々ならぬ関心を持っていたことは、AMI社員の証言と社内記録からのちに明らかになっている。AMI内で交わされたあるメールには、ラウアー解雇のきっかけになった匿名の告発女性の履歴書まで添付されていた。

それからまもなくグリーンバーグがマクヒューを部屋に呼び出して、マクヒューがマスコミに何か話しているかを確かめようとした。マクヒューは、NBC社内の問題と、それがワインスタインの報道に与えた影響を知るにつけ、胸クソが悪くなってきたと話した。「みんなそう言ってる。NBCの上層部が――」マクヒューが言葉を切った。

「マット・ラウアーのスキャンダルを隠蔽しようとしてたってことか」グリーンバーグが続ける。

「そう」マクヒューが答えた。

「上は本当にマット・ラウアーの問題に気づいてたと思うか?」グリーンバーグが聞いた。

マクヒューはグリーンバーグの目を見て言った。「ああ、間違いない」

＊

それから数カ月のあいだ、NBCの中の誰もラウアーがやっていたことを知らなかったという筋書きが外部に向けて太鼓のように鳴り響いていた。二〇一八年五月、NBCユニバーサルは社内調査の最終結果を発表した。「NBCニュースまたはトゥデイの上層部、局人事部そのほか報道部門の経営的立場にある人間が、二〇一七年一一月二七日以前にラウアーの職場での行為について苦情を受けたという証拠は見つからなかった」(注3)。内部報告書にはそう書かれていた。社内からもマスコミからも独立した第三者調査を求める声が上がっていたが、NBCは応じなかった(注4)。外部弁護士が調査結果を見直したが、調査の指揮を全面的に執ったのは、法律顧問のステファニー・フランコを含むキム・ハリスのチームだった。内部調査の結果が発表された日、オッペンハイムとハリスはふたたび調査報道部門のスタッフを集めて緊急会議を開いた。集まった記者たちから、疑問が噴き出した。マクヒューもまたそこにいた。「これまでに、マットについて情報を提供した社員にNBCが金を払って秘密保持契約を結んだことがありましたか?」マクヒューが聞いた。ハリスが一瞬押し黙った。「ええっと。ありません」と答えた。

この「六、七年のあいだに」ハラスメントに関連して社員と示談を結んだことはあったかとマクヒューが聞いた。ハリスがまた言葉に詰まる。「私の知る限りではありません」やっとそう口にした。

その会議の中で、第三者調査を求める記者たちの声にハリスはだんだんとイラつきを隠せなくなった様子がうかがえた。「結論は同じでも、外部の声が入れば、それだけ早く批判が消えるんじゃないですか」女性記者がそう言った。「すごくもどかしい」するとハリスは、「それなら、マスコミが騒ぎ立てるのをやめてくれたら話題にならなくなるはずです」と返した。

全員が黙り込む。そして別の調査報道記者が口を開いた。「でも、我々がマスコミなんですよ」

＊

ほかの報道各社は、はじめから、NBCが何も知らなかったというオッペンハイムやハリスの言い分に反する記事を書いていた。NBCがラウアーの解雇を発表して数時間もしないうちに、バラエティ誌は「ラウアーの振る舞いについて数名の女性がNBCの上層部に苦情を訴えたが、トゥデイがもたらす広告収入を前に経営陣は聞く耳を持たなかった」と断言した。ラウアーへの苦情は公然の秘密だったとバラエティは書いていた。（注5）

ラウアーはある女性社員に大人のおもちゃを送り、彼女を相手にそのおもちゃを使いたいとまで書き送っていた。番組のコマーシャルのあいだに、スタジオで三人の名を挙げて「セックスしたいか、結婚したいか、殺したいか」を選ばせる遊びをしていた。同じようにセックスをネタにしたおふざけの映像も残っていた。二〇〇六年にラウアーがメレディス・ビエラに「そのまましゃがんでて。いい眺めだから」と言っている記録もあった(注6)。二〇〇八年フライヤーズクラブで開かれたラウアーを祝う会で、ケイティー・クーリックがデビッド・レターマン式のトップ10リストを披露したが、その中にはラウアーとアン・カリーのセックスネタもあった。当時NBCユニバーサルのトップだったジェフ・ザッカーは、ラウアーが「悪いことをしてお仕置きのため」妻からソファで寝かされていると言って笑いを取った。「アプレンティス」の司会を務めていたドナルド・トランプもその場にいた。「あいつの仕事はテレビに出て、部下とセックスすること」MSNBCのジョー・スカーボローは放送中にそう漏らした。「しかも、この話は扉の裏で囁《ささや》かれてるなんてもんじゃない。山頂から大声でその話が聞こえてきたのに、みんな笑ってたんだ(注7)」

トゥデイの若いスタッフの数人は、ラウアーが職場の中であからさまに自分の尻を追いかけていたと語った。元制作助手のアディー・コリンズは、まだ二四歳だった二〇〇〇年にラウアーがまるでストーカーのように激しく誘いをかけてきたと言う。コリンズは、ラウアーが送りつけてきたメールや番組進行管理に使っていたソフトウェアに残されたラウアーの言葉など、多くの記録を今でも保管していた。「君を見てるとムラムラするな……今日は一段と輝いてる！ 仕事に身が入らないよ」(注8)そんなメッセージがしょっちゅう送られてきた。ラウアーの絶大な力を考えると、彼の頼みを断れなかったとコリンズは言う。ラウアーは控え室や男子用トイレにコリンズを呼び出して、いやらしい行為を強要していた。コリンズは合意したものの、気分は最低で、仕事を失うのではないかと恐れ、報復を怖がっていた。証明はできないが、ラウアーのせいで昇進のチャンスを失ったとコリンズは感じていた。

合意はなかったと訴える女性もいた。二〇〇一年にラウアーは自分の個室に彼女を呼びつけ、本社重役室に備え付けの机の下のボタンを押して扉を閉めた。ラウアーはズボンを下ろし、彼女を椅子に向けて屈ませてセックスに及んだが、彼女はどうすることもできなかった。(注9)そしてその場で気絶した。ラウアーのアシスタントが彼女を看護師のところに連れて行った。

二〇一八年のあいだに僕はラウアーと仕事をした女性たちから七件の性的不適切行為について知ることができた。その女性たちの大半は、文書や当時そのことを打ち明けた人によって訴えを裏付けることができた。職場の仲間に話した女性も数人いて、NBCはこのことを知っていたはずだと言う。

＊

調べていくうちに、告発女性たちが同じような顛末《てんまつ》を辿っていることに僕は気づきはじめた。二〇一一年または二〇一二年以降――ハラスメントの問題で社員と示談を結んだことはないとハリスが言っていた期間、NBCは社内のハラスメントまたは差別を訴えた少なくとも七人の女性と秘密保持契約を結んでいた。この契約は女性たちに訴訟の権利も放棄させていた。ほとんどの場合、女性たちは多額の支払いを受け取っていた。その金額が通常の退職金に比べて段違いに高かったことは、契約に関わった人たちから明らかにされている。ハリスはハラスメントでの示談は知る限りないと言っていたが、それは契約書の表面上の文言に頼った言い訳のようだった。女性たちへの支払いは、NBCを辞める際の「退職手当の増額」とされていた。しかし、NBC側も含めて交渉に関わった人たちは、退職手当というのは隠れ蓑で、実際には女性たちを黙らせるための契約だったと言っている。

秘密保持契約を結んだ女性の中には、ラウアーとは関わりがなく、NBC上層部の男性を告発していた人もいた。ハリスが示談はなかったと言った期間のうち最初の数年間に、二人の重役から性的嫌がらせを受けたとする女性二人と秘密保持契約が結ばれていた。告発を受けた重役二人はその後NBCを辞めていた。「あの二人が辞めさせられた理由は、社内ではみんな知っていた」と言うのは、その二人の辞任に深く関わったNBC経営陣のひとりだ。NBCは二〇一七年にも性的嫌がらせでコルボを告発した女性と秘密保持契約を結んでいた。コルボはデイトラインのプロデューサーで、ワインスタイン報道の見直しを監督していたあの人物だ。

そのほかの女性たちとNBCが結んだ合意を見れば、ラウアーに対する告発をNBCがまったく知らなかったという言い訳は疑わしい。

＊

テレビで顔の知られたある女性も、二〇一二年に秘密保持契約を結んだ。ラウアーともうひとりの重役から性的な誘いと取れるメッセージを同僚に見せたところ、NBCが秘密保持契約を迫ってきたと言う。もうひとりの重役はその後会社を辞めた。ラウアーもその重役も、番組中にマイクのスイッチが入ったままでその女性についてわいせつな話をしていたと証言する人たちもいる。「まるで自分が、彼らの目の前に吊り下げられた肉の塊になったようだった。毎日石になったつもりで仕事場に向かったわ。そして家に帰って泣いていた」。誘いを断ると、仕事が減った。「お仕置きだった」と彼女は言う。「キャリアを潰された」。正式な申し立てはしないことにした。NBCの人事が動いてくれるとは思えず、キャリアがさらに傷つくことを恐れたからだ。だが仕事仲間には事情を打ち明け、辞める準備をはじめた。

彼女が辞めるにあたってNBCが提示した条件は破格だった。代理人から、「こんなことは今まではじめてだ。秘密保持契約に署名しろと言っている。君は何か大きな秘密を握ってるに違いないな」。その代理人も、当時のやり取りを覚えていた。僕もあとでその契約を見せてもらったが、訴訟の権利を放棄するのが合意の条件だった。NBCユニバーサルについての否定的な発言も禁じられた。ただし、「本物の調査報道で必要な場合を除く」とされた。契約はNBCニュースのレターヘッドに印刷され、その女性と嫌がらせをした重役が署名していた。

＊

二〇一三年、NBCは別の女性とも秘密保持契約を結んでいる。その女性は、ラウアーから社内で深刻な性的嫌がらせを受けたと周囲に打ち明けていた。ラウアーが解雇されてから数カ月後、グリニッジ・ビレッジのイタリアンレストランで僕はアン・カリーと待ち合わせた。カリーは以前にラウアーと一緒に司会を務めていた女性ジャーナリストだ。彼女は心配そうに眉間に皺を寄せ、僕の隣のバースツールに腰掛けた。カリーのいた当時から、職場の女性がラウアーから言葉による嫌がらせを受けていたことはよく知られていた。二〇一〇年のある日、ある女性社員が空いた部屋にアンを引き入れて、ラウアーがズボンを下ろして迫ってきたと告白し、その場で泣き崩れた。「自分の目の前で女性が痛みに震えて崩壊していくようだった」とカリーは言う。

僕はのちにその女性が誰だったかを知った。トゥデイのプロデューサーだったメリッサ・ロナーだ。僕が彼女から話を聞いたのは、NBCを辞めてラジオ局に移った後だった。カリーの前で崩れ落ちる前夜、ロナーとラウアーは本社で仕事のイベントに出席していた。ロナーはラウアーから、イベントを抜け出してラウアーのオフィスに来てくれと頼まれた。仕事の話があるのだろうとロナーは思った。オフィスに入るとラウアーはドアを閉めた。

ロナーは何だろうと思いながら、立ったまま「何かお話ですか」と聞いた。ラウアーはソファに腰を下ろすようロナーに言い、世間話をはじめた。さっきみたいな仕事のカクテルパーティーがすごく苦手なんだと言う。それから、ラウアーがズボンのチャックを下ろして勃起したペニスを晒して見せた。

ロナーは夫と別居してはいたものの、まだ離婚はしていなかった。バンコクの貧民街に生まれたロナーは、必死に働いて当時の地位まで上っていた。ラウアーが迫ってきたとき、ロナーはこわばった笑みを浮かべ、「みんなやってるけど」自分は仕事場でいちゃつくなんて気分になれない、と冗談めかして遠回しに断った。

ラウアーは、自分に気があるのはわかっていると言う。さっきロナーが冗談めかして言ったことに触れ、君は激しいのが好きなのはわかってる、これが「君にははじめての体験になるな」と言った。しばらくするとラウアーは怒り出して、「メリッサ、じらしてるつもりなのか。よくないな。そっちから色目を使ってきたくせに」。

ラウアーに近い人によると、ロナーの話には食い違いがあり、冗談っぽくいやらしい仕草はしたかもしれないが、ズボンを下ろしたり迫ったりはしていないとラウアーは反論していた。だがロナーは見るからに取り乱し、翌日には何があったかを事細かに打ち明け、そのあともずっと一貫して同じ話を繰り返していた。カリーともうひとりの司会者に、ラウアーが自分のキャリアをめちゃくちゃにするのはわかっているから、自分の名前を出さないでほしいと頼み込んだ。それでも、カリーは二人の重役にラウアーをどうにかしないといけないと伝えた。「ラウアーは問題だと伝えたわ。女性問題があるってね。ラウアーをきちんと見張ってないとだめだと言ったの」。だが、カリーの知る限り、その後何も起きなかった。

ロナーはそれからひどい目にあったと同僚に語っていた。ラウアーは何週間もロナーと口をきかなかった。クビになるかもしれないと思い、ロナーはほかの仕事を探しはじめた。だが、CNNが雇ってくれることになると、不思議なことが起きた。NBCの重役数人がそれぞれロナーを部屋に呼んで同じことを言ったのだ。ラウアーがロナーを引き止めろとせがんでいると言う。「お前さんとあいつのあいだに何があるか知らんが、こっちとしては彼にいい気分でいてもらわないといけないからな」重役のひとりはそう言った。

ロナーはNBCに残った。数年後契約期間の終わりがきて、結局クビになった。解雇の理由は教えてもらえなかった。弁護士に相談したが、辞めるのを延期したせいで性的嫌がらせの訴えはもう時効で無理だと言われた。NBCを辞めるとき、代理人から珍しいことがあったと連絡を受けた。NBCは通常通りの守秘義務および誹謗中傷防止事項に加えて、権利放棄への署名と引き換えに六桁の金額を提示してきたのだ。「こんなのはじめてだ」と代理人は言った。「死体のありかを知ってるんだな」。ロナーは、NBCが金を支払ったのは自分がマスコミに口を開かないようにするためだと思った。

ロナーは裏方の人間だったのに、タブロイド紙に彼女の名前が出て、働きづらい人間だと批判された。ラウアーの誘いに乗らなかったから言いがかりをつけられたことは間違いないとロナーは友達に打ち明けていた。

僕がロナーにNBCについて聞いたとき、話せないと言われた。NBCはロナーへの支払いはラウアーに対する苦情とは無関係だとしていた。だが、NBCには何かしら心当たりがあったようだ。二〇一八年にデイリー・ビースト誌のラクラン・カートライト記者が、NBCが性的嫌がらせの被害者と常習的に示談を結んでいることを記事にしようとしたとき、NBCユニバーサルで雇用法務を担当するステファニー・フランコがロナーの弁護士に連絡を取り、秘密保持契約を結んでいることと、それに強制力があることを重ねて伝えた。のちに、NBCの法務部はフランコが電話をしたのはロナーの弁護士から問い合わせがあったからだと言い、秘密保持を強制しないので自由に話していいとする通知を出した。

女性たちとの示談はその後も続いた。二〇一七年、トゥデイの制作チームの上級メンバーで、一年前にセットで泣いていたのを僕が見かけた女性も、秘密保持契約に署名するかわりに七桁の支払いを受け取っていた。示談にまつわるやりとりを見直してみると、口を閉じておくことが絶対の条件でそれがなければ成り立たないことを弁護士は強調していた。NBCでの彼女の契約期間が終わりに近づいた時点で、ハラスメントと差別があったことを訴えていたが、NBCは支払いと特定の訴えは無関係だと主張していた。彼女もラウアーともうひとりの重役から性的嫌がらせを受けたと訴えていたが、その時はNBCに証拠は出していなかった。ラウアーが残した留守電や彼女に送りつけてきたメッセージを僕は見せてもらった。彼女から肩透かしを食らったラウアーは、報復のため局内で彼女の悪い噂を流したと彼女は同僚に語っていた。

56章　乾杯

ラウアー解雇のきっかけになった訴えも、いつもと同じ道をたどることになった。金と引き換えに、秘密保持契約が結ばれた。ブルック・ネビルズとはじめて話した時、この話を表沙汰にすることはないだろうと彼女自身も思っていたはずだ。ネビルズこそラウアーを告発した匿名社員で、NBCもマスコミもラウアーとの関係を合意に基づく不倫としていた。土砂降りの雨の中、僕はニューヨークにあるネビルズの部屋を訪れた。ネビルズは僕の肩越しにあたりを見回し、僕を中に入れてから鍵を閉めた。「ビクビクしながら生きてるの」と言う。「あなたのスパイの記事を読んだあとで、もっと恐ろしくなった。相手の力を知ってるから。それにあの人たちがやってきた汚いことも」ネビルズは三〇代はじめになっていたが、まだどこか純粋な子供のようなところがあった。「のっぽで口下手でペチャパイなの」笑いながら言う。部屋はアートと本で埋め尽くされている。村上春樹の小説みたいに、ネコがそこら中にいる。その朝、六匹のうちの一匹を腎臓障害で亡くしたばかりだった。

だがその口調は何の感情もこもっていなかった。これまでに辛いことが多すぎたのだろう。この二年のあいだに、ネビルズは自殺を試みていた。PTSDで入院し、酒浸りになり、その状態から何とか抜け出した。六キロも痩せ、一ヵ月間に二一回も医者に行った。「大切だったものをすべて失ったわ。仕事も。夢も」

ネビルズはミズーリ州チェスターフィールドの郊外で育った。小学校の成績表には、よく話し、よく笑い、鋭いユーモア感覚がある子供だと書かれていた。父親はベトナムで戦った海軍兵で、マーケティングで博士号を取り、国防総省の民間請負業者になった。母親はTWAの客室乗務員だったが、僕と会う一年ちょっと前に心臓発作で亡くなっていた。「ただ、世界がもっとよくなってほしいと願ってるような」純粋な人だったとネビルズは言う。

ジャーナリストになりたいと思ったのは中学生の頃で、ヘミングウェイがカンザスシティ・スター紙の記者だったと知った時だった。「報道の道に進んだのは、真実に価値があると信じてたから。普通の人々の物語が大切だと思ったからよ」。ネビルズが眉をしかめる。雨が窓を叩いていた。「自分たちは善人だと思ってた」。ジョンズ・ホプキンス大学を卒業すると、いくつかの新聞でインターンを務めた。そして二〇〇八年に憧れの仕事を手にいれる。NBCページという、NBCの人材育成プログラムに合格した。その後数年のあいだに、局の案内係から、特ダネの調査や大スターの手配をできるまでに昇進していった。

＊

ネビルズは順調に仕事を続け、二〇一四年にはメレディス・ビエラの下で働いていた。

ビエラはネビルズの憧れの人で、彼女のようになりたいと思っていた。ビエラは二〇一四年オリンピックの司会者のひとりに決まり、ネビルズもビエラと共にロシアの海岸沿いのリゾート地ソチに向かった。ある長い一日の終わりに二人は宿泊先の高級ホテルのバーに立ち寄った。ネビルズとビエラはマティーニを飲みながら笑い合い、噂話に花を咲かせた。ラウアーがふらりとバーに入ってきて知った顔がいないかと見回したのはもうかなり遅い時間で、おそらく深夜になっていた。「昔から彼を怖がってました。職場では威圧的なので。あの時あんなに浮かれてなかったら……」。ネビルズは言葉に詰まった。でも、その時の二人は浮かれ気分だった。しかもかなり飲んでいた。ネビルズは隣の席を手でポンポンと叩いて、ラウアーを招き入れた。

ネビルズの隣に座ったラウアーはマティーニをちらりと見てこう言った。「冷たいウォッカが飲みたいな」。ラウアーがベルーガウォッカを注文する。ネビルズは六杯飲んだ。「ナ・ズドロービエ！」ラウアーが声を上げる。健康に乾杯、という意味だ。ラウアーがiPhoneを取り出して写真を撮りはじめたので、楽しんでいたネビルズは少し心配になった。ラウアーはよく、仕事後のスタッフが羽目を外した写真を面白がって放送で流すことがあった。そうしたいたずらはトゥデイの伝統でもあり、それを率先してやっていたのがラウアーだった。ネビルズは酔っ払っていて、写真で自分がへべれけに見えるのではないかと心配だった。

バーを出たあと、ラウアーは自分の部屋に戻り、女性たちは上層階の自分たちの部屋に向かう途中で、ビエラがニヤリとしてラウアーの通行許可証を取り出して見せた。これがないと試合会場に入れない。ビエラとラウアーは姉と弟のようにいつもからかいあっていた。通行許可証も昔からのいたずら合戦の延長だった。二人はラウアーに電話をかけ、クスクスと笑いながら、何か探し物はないかと聞いた。するとラウアーがネビルズに、君の通行許可証はどこにあるか知ってるかと聞く。ラウアーが持っていたのだ。

ネビルズは通行許可証を取り戻しにラウアーの部屋に行った。ラウアーの部屋は黒海が一望できる巨大なスイートルームだ。その時はまだ、ラウアーは仕事のままの服装で、通行許可証についてたわいもないやりとりを交わしただけだった。「マシュー・トッド・ラウアー」と浮き出しの紺色文字が入った高級そうな便箋《びんせん》があるのに気がついて、名前の下に「サイテー」といたずら書きでもしようかと一瞬考えてやめた。自分のような下っ端にとって、ラウアーは時によそよそしく近寄りがたい存在だった。ネビルズは一三歳の時からラウアーをテレビで見ていた。なれなれしくできないと思っていた。

ネビルズは上階に戻り、ビエラにおやすみを言い、ラウアーにもおやすみなさいのメッセージを送った。ビエラとネビルズが酔っ払いすぎてなかなかドアに鍵を差し込めなかったと冗談まじりに付け加えた。数分後、ネビルズが歯を磨いていると、仕事用のブラックベリーが鳴った。ラウアーの仕事用のメールアドレスから、部屋に来てくれとメッセージが入っていた。バーでへべれけになっていた写真を消してくれるなら行くと返事をした。ラウアーが、制限時間は一〇分と言ってきた。のちに、ラウアーに近い人から、ネビルズが写真の心配を持ち出したのはただの口実で、彼女の返事はやる気満々という意味だとラウアーは受け取ったと聞いた。ネビルズにしてみると、ラウアーを誘うなど考えられなかった。その晩ビエラと一緒にラウアーと楽しい時間を過ごした延長で、遊び心のあるメッセージを送ったつもりだった。あとになって、夜にひとりで男性の部屋に行ったのは考えが浅かったと思った。その時は酔っていたし、深く考えもせず、ラウアーがただ親切にしてくれているとしか思わず、これまでの経験から疑う理由もなかった。「それまではいつも小さな妹のように接してくれてたんです」とネビルズは言った。「部屋にも何度も行きました」ラウアーの部屋に下りていく前に、特に身支度もしなかった。仕事着のままで、ユニクロのダボッとしたジーンズと、安物の大きめセーターと、NBCスタッフみんなに配られたナイキのソチオリンピックジャンパーを着ていた。もう何週間もすね毛も剃っていない。すぐに上に戻るつもりだった。

それから何年も経った。ネビルズは自分のアパートの部屋で泣くまいとしたが、結局涙を抑えきれなかった。「PTSDのセラピーに通ってるの。毎週違うことを思い出して気が狂いそうになる。たった一度の出来事で人生を棒に振ったことが腹立たしい」

ネビルズがラウアーの部屋にきた時、ラウアーはTシャツとパンツ姿だった。ネビルズをドアに押し付けてキスをしはじめ、ネビルズは自分がどれほど酔っ払っているかに気がついた。部屋がぐるぐる回りはじめる。「吐きそうになった」とネビルズ。「どうしよう、マット・ラウアーに吐いてしまったらどうしようとずっと思ってた」ダボダボの服と処理していないすね毛が急に恥ずかしくなった。

すぐにラウアーはネビルズをベッドに押し倒し、うつ伏せにして、アナルセックスは好きかと聞いた。何度か断ったし、「そんなのいや」とも言った。ネビルズがいやだと言っている最中に、ラウアーが「やった」。潤滑ゼリーも使わなかった。死ぬほど痛かった。「すごい痛みだった。これって普通なの?ってずっと考えていた」。途中からいやとも言わなくなって、枕に顔を埋めて静かに泣いた。

終わったあと、ラウアーはよかったかと聞いた。

「ええ」と機械的に返事をした。屈辱と痛みを感じていた。酔っ払った写真を消させてほしいと頼むと、ラウアーは携帯を渡してネビルズに写真を消させた。

「メレディスに何か言った?」ラウアーが聞く。

「いいえ」とネビルズ。

「やめとけ」ラウアーが言う。それがアドバイスなのか警告なのか、ネビルズにはわからなかった。

部屋に戻って食べ物を吐いた。ズボンを脱いで、そのままベッドに倒れ込んだ。起きた時にはあたりが血だらけになっていた。下着がぐっしょりと濡れてシーツの下まで血が染みていた。「歩くのも痛かったし、座るのも痛かった」。仕事用の端末で出血について検索するのもはばかられた。あとでネビルズは恐ろしくなって性感染症の検査を受けた。五年も付き合っている恋人はどう思うだろう? 出血は何日も続いた。

のちにラウアーは声明を出し、こう言っている。「お互いにオーラルセックスもしたし、普通のセックスもアナルセックスもした」。合意がなかったというネビルズの告発は「すべて間違っており、事実にも常識にも反する」と主張した。事件の前とあとのやりとりをラウアーがどう解釈していたとしても、ソチで起きたことは合意の上ではないとネビルズは言う。「酔っていて合意できる状態ではなかった。それに何度もアナルセックスはいやだと言った」

ラウアーは翌日、ネビルズがメールも電話もよこさないことを冗談のネタにしてメールを送ってきた。ネビルズは問題ないと伝えた。ラウアーを怒らせたかもしれないとビクビクし、ソチの残りの滞在中にラウアーがネビルズを無視しているようだったことでますます心配になった。何とか勇気を振り絞ってラウアーに電話をすると、ニューヨークに戻って話をしようと言われた。

ニューヨークに戻ってから、アッパーイーストサイドにあるラウアーの豪華なマンションに二度呼ばれて性行為をし、さらにラウアーのオフィスで複数回性行為があった。ラウアーに近い筋は、ネビルズの方から連絡してきたことも何度かあると強調している。僕が話をした多くの女性たちもそうだったが、ネビルズもまた、自分を暴行した男性とその後複数回性行為をおこなったことは認めている。「何よりもそのことで自分を責めてる」とネビルズは言う。「性行為は完全に取引だった。人としての関係はなかった」。当時の友達に、罠にはまったまま抜けられない気分だとネビルズは打ち明けていた。ラウアーの絶大な力を考えると、いやとは言えなかった。自分も、当時の恋人の弟も、ラウアーの下で働いていたからだ。ソチで暴行を受けた直後の何週間か、ネビルズはラウアーに自分は大丈夫だしむしろセックスに乗り気なように思わせようとした。自分自身にもそう言い聞かせようと頑張った。ラウアーとのその後のやりとりが親しげで積極的に見えるだろうことはネビルズも認めている。

だが本心は、ラウアーからキャリアを壊されるのではないかと恐れ、ビクビクしながら生きていた。ラウアーとの性行為を恥じて悶《もだ》え苦しみ、結局恋人とも別れた。やっとのことで数カ月はラウアーを避けて過ごすことができた。だがそのうち仕事でやむなくラウアーのところに行かなければならなくなった。二〇一四年の九月、ビエラが司会を務めるトークショーのセットに仲間の写真を飾ることになった。ネビルは、ラウアーの部屋に写真を取りに来るよう、ラウアーのアシスタントを通して指示された。ネビルズは朝の九時半に、トゥデイの収録スタジオの隣にある、僕とラウアーもたまに会って話していたラウアー専用の控え室に向かった。ラウアーは、サバンナ・ガスリーから贈られた電子アルバムを指差した。アルバムは窓際のかなり奥に立て掛けてあった。「そこにある」とラウアーが言う。ネビルズは窓枠のところで腰を曲げて手を伸ばした。電子アルバムをめくって、その中の数枚を自分のアドレスに転送していると、ラウアーがネビルズのお尻を鷲掴みにして指を入れてきた。ただ与えられた仕事をしようとしていただけなのに、とネビルズは僕に語った。「感覚を閉じるしかなかった。嫌と言えないのは自分のせいだと思ってた」ネビルズはアザができやすい。ラウアーが無理やりこじ開けた太ももの両側に濃い紫のアザが残った。その朝編集室にいた、ネビルズが付き合いはじめたばかりのプロデューサーのところに泣きながら走って行って、起きたことを話した。

その一一月、ネビルズはNBCを辞めることになった元恋人のために、仲間からのサヨナラ動画を作ってあげることになった。社員が辞める時にはよく、はなむけのために仲間たちがサヨナラ動画を作って贈っていた。ラウアーにも動画を頼んだところ、ネビルズ自身がラウアーのオフィスに来て撮影するよう命じられた。ネビルズが行ってみると、ラウアーはしゃぶれと言う。「気が狂いそうになった。最悪の気分だったわ。親切心から申し出ただけなのに、マットにフェラチオしないとサヨナラ動画を撮らせてもらえなかった。目の前が真っ暗になった」ネビルズはラウアーに訊ねた。「どうしてこんなことをやらせるの?」。ラウアーが答えた。「だって楽しいから」

そのあと性的な接触は止まった。一カ月後、ネビルズはうつ状態に苦しみ、ラウアーにどう思われているのかを恐れ、彼がニューヨークにいるかどうかをメールで訊ねた。ラウアーからは「いない」と返事がきた。

ネビルズはラウアーのことを「そこら中の人に」話したと言う。親しい友達にも話した。NBCの同僚にも上司にも話した。僕が報道した女性たちの多くと同じように、ネビルズもまた相手によっては詳細を省いて部分的な話しかしなかった。だが、彼女の話に食い違いはなかったし、ことの深刻さをはっきりと伝えていた。社内異動で制作会社のピーコック・プロダクションのプロデューサーになったときも、新しい上司のひとりにラウアーの件を報告した。もしことが表沙汰になったら自分がお荷物になると感じ、上司に前もって伝えておいた方がいいと思ったからだ。ラウアーの件はみんなが知っていた。

それから数年は何も起きなかった。NBC社内でハラスメントの告発が続いていることも、それをお金やほかの手段で隠蔽していることも、ネビルズは知らなかった。かつてコルボを告発した女性がピーコック・プロダクションの重役の地位を与えられた前例があったことも知らなかった。

＊

「あなたがワインスタインへの告発を記事にしなければ、私も絶対に口を開いてなかった」ネビルズはそう言った。「あなたの記事の中に自分を見たの。ニューヨーカー誌の誌面で自分の人生の最悪の部分を見せられて、人生が変わった」。ワインスタイン報道が過熱してくると、仕事仲間たちがネビルズにラウアーのことを聞きはじめた。仲間と飲んでいるとき、トゥデイの制作陣のひとりから、ネビルズは随分と変わったと言われた。小学校の成績表に書かれていた、自信にあふれ堂々とした以前のネビルズは影を潜めていた。昇進も断った。ラウアーとのことが表沙汰になるかもしれないと恐れ、目立つ立場に立てなくなった。酒の量も増えた。それまでは長続きしていた恋愛も続かなくなり、コロコロと相手が変わった。

自分が変わったと指摘したトゥデイの仲間に、ネビルズはすべてを打ち明けた。「あなたのせいじゃない」泣きながらその人が言ってくれた。「それにね、あなただけじゃないの」。そのトゥデイの仲間もまた、ラウアーと何かがあり、その後仕事がうまくいかなくなっていた。ビエラに話した方がいい、とその仲間に言われた。ネビルズはビエラの自宅を訪ねて、いちからすべてを話した。「マットね。そうでしょ」。ネビルズが口を開くか開かないかのうちに、ビエラはそう聞いた。「考えてたの。あなたにそんなことができるのはマットしかいないもの」ビエラはうろたえていた。ビエラはネビルズを守れなかった自分を責め、被害者がもっといることを恐れた。「私がNBCに雇い入れた女性もたくさんいる」ビエラが言う。ネビルズはただ謝り続けた。

ビエラもネビルズも、NBCが稼ぎ頭を守るためならどんなことでもやるとわかっていた。それでもネビルズは、ほかの女性を守るために自分が何かをしなければならないと思った。もし行動を起こすなら、NBCの人事部に正式に告発した方がいいとビエラは言った。そうした経緯で、二〇一七年の一一月、ネビルズは弁護士を雇い、NBCユニバーサル側からきた二人の女性の向かいに弁護士と座って、すべてを話した。

ネビルズは名前を伏せることを要求し、NBCは匿名を約束した。ネビルズは何ひとつ隠さずに話した。ソチの一件のあとに連絡を取り合っていたことも明らかにしたが、恋愛関係ではなかったこともはっきりと語った。暴行を受けた時の様子を事細かく話し、酔いすぎて合意できる状態になく、アナルセックスはいやだと何度もラウアーに訴えたことも話した。その頃ネビルズはまだトラウマ治療をはじめたばかりで、その日は「レイプ」という言葉は使わなかった。だが、あいまいな話し方はしなかった。弁護士のアリ・ウィルケンフェルドは話を一旦止めて、合意がなかったことをもう一度強調した。

NBC側の代表者のひとりがわかりましたと答えた。のちにNBCはこの点について正式な結論は出ていないと語った。NBCユニバーサルの法律顧問のステファニー・フランコが、ネビルズとのミーティングの席にいた。フランコは、以前ロナーの弁護士に秘密保持契約の強制力を改めて伝えてきた、あの弁護士だ。

数日後、職場にいたネビルズは、ラックとオッペンハイムがラウアーの件は「犯罪」でも「暴行」でもないと強調していることを知った。ネビルズは席を立ち、最寄りのトイレに行き、吐いた。NBCの広報チームの言い分を鵜呑みにして、マスコミがラウアーの一件を「不倫」と報じはじめると、ネビルズはますます落ち込んでいった。ネビルズの弁護士の事務所には怒りの手紙が山のように送られてきた。「既婚男性の前で股を開くなど、恥知らず」と非難する手紙もあった。

職場は針のむしろになった。ラウアーの一件を話し合うミーティングにほかの社員と一緒に参加しなければならなかった。ラウアーに忠実な社員は告発への疑いを口にし、ネビルズを断罪した。デイトラインのスタッフミーティングでは、レスター・ホルトが疑わしげに「罪に対して罰が重すぎないか？」と聞いた。まもなく、廊下でネビルズとすれ違う社員が、目を逸らすようになった。この一件を「不倫」と片付ける記事が出ると、当時の恋人は急にそっぽを向き、「よくあんなことができたな」と言った。NBCの上層部はネビルズを悪者にした。「私はレイプされた。NBCは嘘をついてる」ネビルズは友達にそう話した。

NBCはネビルズの身元を隠すための努力はほとんどしてくれなかった。事件が起きたのはソチだとラックが発表したために、ラウアーと一緒にソチに行った数人の女性に的は絞られた。広報チームの一員は、同僚との会話の中でネビルズの名前を出した。あとになって、コーンブラウが広報チームにネビルズの名前を出すなと注意した、と事情に詳しい情報筋は語っていた。ネビルズの弁護士ウィルケンフェルドは、NBCがネビルズの身元を暴露したとおおやけに非難した。「NBCは自分たちが何をしているかをはっきりと自覚していたし、止めようとしなかった」と言う(注1)。

ネビルズは当初、お金を要求しなかった。ほかの女性たちのために行動したかったし、大好きな仕事を続けたかった。だがこの事件とネビルズに世間の注目が集まると、NBCは一年分の給与と引き換えに退職と秘密保持契約への署名を打診してきた。ネビルズは自分の評判が傷つけられたと感じていた。愛する仕事も辞めなければならず、これから別の場所で雇ってもらえる望みもない。ネビルズはNBCを訴えると言い、それから長く辛い交渉がはじまった。情報筋によると、NBC側の弁護士が、ネビルズのうつは母親の死が原因で性的暴行の訴えとは無関係だと主張した。ネビルズの弁護士は、NBCが心理療法の記録を証拠として求めるかも知れないと恐れ、セラピストに母親の死の悲しみについて話さないよう指示した。のちに、NBCはネビルズを脅かしたり、母親の死について触れたりしていないと否定していた。二〇一八年に入っても交渉は続き、ネビルズは病気を理由に休職した。その後結局、PTSDによるストレスとアルコール濫用《らんよう》で入院することになった。

最終的には、NBCが問題を終わりにしたがった。ネビルズに多額の示談金を提示した――最後には沈黙と引き換えに七桁の金額を支払うことになった。NBCはネビルズが読み上げる声明も準備した。「ほかの夢を追いかけるためにNBCを辞めますが、NBCにはよくしてもらいましたし、性的嫌がらせに対するNBCニュースの対処は他社のお手本となるものです」と書かれていた。契約書には当初、ネビルズがほかの告発者と話すことを禁じる条項があったが、ネビルズは拒否した。NBCは最初にそのような条項を押し付けたことを否定している。

グティエレスやほかの多くの女性たちの時と同じで、弁護士たちは外堀を固め、ネビルズに示談を受け入れるように強く勧めてきた。コムキャストにとって、七桁の支払いは誤差の範囲内だ。ネビルズにとっては生きるか死ぬかの問題だった。仕事の夢を諦め、評判を傷つけられたネビルズはどうしようもなかった。NBCはあちこちに手を回し、ネビルズだけでなく、弁護士や近しい人たちにも圧力をかけて、NBCについて話す権利を放棄させたのだった。

57章　急展開

告発されたのはラウアーだけではなかった。ワインスタインの記事が出たその日、NBCでは上層部の男たちに対する告発が相次いだ。ニューヨーカー誌にワインスタインの第一弾の記事が出てまもなく、MSNBCとNBCニュースで最も力のある政治評論家だったマーク・ハルペリンがクビになった。(注1)五人の女性が職場で性的嫌がらせと暴行を受けたとCNNに話したからだった。ハルペリンは女性の身体を摑んだり、自分の局部を見せたり、勃起した部分を女性の身体に押し付けたりしたと言う。訴えは一〇年以上前のABC時代に遡っていた。

その数日後、トゥディで有名人の出演交渉を担当し、ラウアーの右腕だったマット・ジマーマンが二人の部下と関係を持ったとしてクビになった(注2)。ラウアーの一件が表沙汰になってから一ヵ月もしないうちに、MSNBCの大物司会者クリス・マシューズに言葉による嫌がらせを受けたと訴えたプロデューサー補が一九九九年にNBCから四万ドルの支払いを受けていたとマスコミ数社が報じた(注3)。

ニュースはさらに続いた。ワインスタイン報道に関わっていたデビッド・コルボに対する告発者にも多額の支払いがなされていた。さらにショッキングな、僕を動揺させた告発もあった。三人の女性が何年も前にトム・ブロコウからしつこく言い寄られたと訴えたのだ(注4)。性的暴行の訴えではない。だがその当時、女性たちはまだ若く仕事をはじめたばかりで、ブロコウは絶頂期にあった。そのブロコウが女性たちに迫り、彼女たちを怖がらせたと言う(注5)。ブロコウはカンカンになり、傷つき、すべてを否定した(注6)。

NBCニュース局内の権力者の中で、ワインスタイン報道を葬ることに反対していたのはブロコウだけだった。局の上層部に自分がどう抵抗したかをブロコウは僕に話してくれた。ワインスタインの件を葬れば「NBCを傷つけることになる」とブロコウはメールに書いていた(注7)。だが、どちらも真実なのかもしれない。難しい報道を原理原則に従って守り抜くジャーナリストのブロコウも、かつてはマスコミ文化の一員として女性に居心地の悪い思いをさせたり身の危険を感じさせたことがあったのかもしれない。国民的大スターなら多少のことを大目にみる環境を生み出したのかもしれない。

NBC社内には上層部がハラスメントをしても許される雰囲気があったと僕に話してくれる社員の数は、現社員も元社員も含めて六人、一二人、そして数十人にのぼった。長年示談で済ませてきたことが、そうした行いを許してしまったと言う社員もいた。アンディ・ラックが上に立つようになってますます問題が悪化したと言う人もいた。一九九〇年代にはじめてラックがNBCニュースの社長になったとき、「突然社風が変わり、高圧的な振る舞いが許されるようになった。性的な嫌がらせであれ、言葉の暴力であれ、許される雰囲気が生まれた」ブロコウを最初に告発したリンダ・ベスターは言う。「主に女性を蔑んだり、貶めたりするような言葉が使われるようになった。アンディ・ラックの下でそんな環境が生まれた。それまでと対照的だったわ」

僕が話した社員は全員、こうした告発と示談が常習化していたことが、NBCの報道の中身にも影響したと口を揃えていた。それがアンディ・ラック流のやり方だったとベスターは言う。「女性についての記事はボツにされた。それが日常茶飯事だった」と語っていた。

*

NBCは集中放火を浴びていた。NBC局内で性的嫌がらせが横行していたことを、二〇一八年中ずっと、ワシントン・ポスト紙(注8)やエスクァイア誌(注9)やデイリー・ビースト誌(注10)が記事にした。アン・カリーがNBCの上層部にラウアーの性的嫌がらせについて警告していたという記事をワシントン・ポスト紙が準備していた時、NBCユニバーサルの法律顧問のステファニー・フランコからカリーに電話があった。フランコは、ネビルズのミーティングに同席していたあのNBCの弁護士だ。フランコはカリーがマスコミに何を漏らしたかを知りたがった。「私を脅かすための電話だった」とカリーは言う。「私はそう感じた」。局内の性的嫌がらせを解決することが目的ではなく、口封じが目的だと思ったカリーは、語気を強めた。「女性たちを守らなくちゃならないはずよ」そうフランコに言った。「それがあなたの仕事でしょう。あの男から女性たちが守られるようにしっかり手を打つべきよ」

「上がやらせてくれたら、そうするけど」とフランコが言った。(注11) のちにラウアーの一件の内部報告書には、フランコがカリーにかけた電話は調査の一環と書かれていた。カリーによると、フランコは報告書には一切触れなかったし職場での性的嫌がらせについて何の質問もしなかったと言っている。

話が漏れ出すことをNBCが未然に防ごうと工作していたようだと言う元社員や現社員もいた。NBCはフリーランスの記者を雇って、局内の女性たちに電話をかけさせ、ハラスメントについて問い合わせていたこともあった。その記者から連絡を受けた女性のひとりは、「隠蔽工作」だと僕にメールを送ってきた。

＊

NBCでの性的嫌がらせとラウアーに対する告発を、以前から誰よりも根ほり葉ほり調べていたのがナショナル・エンクワイヤラー紙だ。ナショナル・エンクワイヤラー紙は過去何年にもわたってラウアーの告発者を追いかけていた。二〇〇六年、アディー・

コリンズがウェスト・バージニアの地方局でキャスターを務めていた時、帰宅するとエンクワイヤラー紙の記者が張り込んでいて、コリンズに近づきラウアーについてあれこれ質問してきた。ラウアーが解雇されると、エンクワイヤラー紙はまだ表に名前の出ていなかったネビルズを狙ってきた。僕がのちに手に入れたAMIのメールに添付されていた告発女性の履歴書は、ネビルズのものだった。ネビルズが公式に訴えを出したあと、エンクワイヤラー紙はネビルズの同僚に電話をかけ、その後ネビルズ本人にも連絡してきた。

二〇一八年五月、オッペンハイムとハリスが、上層部に不信感を募らせていた調査報道チームを集めてラウアーの内部調査について説明した。そのミーティングのあと、調査報道チームで尊敬されていたジャーナリストのウィリアム・アーキンが頭を抱えて僕に電話をかけてきた。ラウアーに近い筋と別のNBC社内の人間から、ワインスタインがラウアーのスキャンダルを知っていて暴露することもできるとNBCに伝えてきたことを聞いたと言う。AMIの情報提供者二人からも、僕は同じことを聞いていた。NBCはそんな脅しはなかったと否定している。

だが、僕たちがワインスタインを追いかけていたあいだ、ラウアーに対する告発と、NBCが嫌がらせを受けた女性たちに常習的に秘密保持契約を結ばせていたことが暴露される可能性があったことは確かだ。世間に知られたくないことを抱えていたNBCが、弁護士や仲介者を通したワインスタインの脅しと誘惑に屈しやすい状況にあったことも確かだ。ワインスタインがラックやグリフィンやオッペンハイムやロバーツやメイヤーに電話をかけていたことも、NBCは当初隠していた。NBCが女性たちに秘密保持契約を結ばせ、その後も口封じの脅しをかけていたことで、ワインスタインの示談を表沙汰にすることは法的に許されないという彼の主張が通りやすくなっていたとも考えられる。しかも、ワインスタインがAMIのディラン・ハワードと手を組んだことで、NBCの秘密が暴露される危険があった。エンクワイヤラー紙はラウアーのファイルを取り出し、NBCの社員に次々と電話をかけてラウアーについて聞き、記事を出しはじめていた。ラウアーはNBCの企業価値そのものだった。エンクワイヤラー紙の記事は、そのラウアーの未来、つまりNBCの未来を脅かすものだった。

58章　洗浄工作

リッチ・マクヒューもまた、その年のあいだずっと、ワインスタイン報道の余波に悩まされていた。オッペンハイムとの話し合いで、マクヒューがNBCの作った筋書きに合わせることを拒否すると、オッペンハイムはカッとなってマクヒューを罵った。この先どうなるのだろう、とマクヒューは思わずにいられなかった。報道部門のミーティングでもマクヒューは声を上げ続けていたので、「上に目をつけられた」と言う。人事部門から電話がかかってくるようになり、昇給を提示された。オッペンハイムと話し合ったあとだったので、会社の筋書きに乗ることが条件だと感じた。その一方で、もうすぐ契約が切れることも会社側から念を押された。

「俺は無名だから」アッパーウェストサイドの僕のアパートに近い食堂の隅っこに座って、マクヒューが言う。「あることないこと言われるかもしれん。仕事ができないようにされるかも」

「子供たちのために一番いいようにした方がいい」僕は言った。

マクヒューが首を振る。「できるかどうかわからん」。家族を養うより大切なこともあった。マクヒューは良心に逆らえなかった。これから娘たちが生きていく世界を憂い、そのことを一番に考えていた。

結局、マクヒューはカネを受け取らないことにした。「奴らがみんなに嘘をついている中で、じっと座っていなくちゃならなかった」とマクヒューは言う。「奥歯を嚙み締めて口を閉じた。でもやっぱりできなかった」

ワインスタインの報道から手を引けと命令されてから一年後、マクヒューはNBCを辞めた。そしてニューヨーク・タイムズ紙のインタビューに答えて、「NBCの最上層部によって」ワインスタインの記事が抹殺され、事件について電話を受けることも禁じられたが、NBCは事実を曲げて嘘をついたと語った。(注1)

＊

マーク・コーンブラウとNBCニュースの広報部は頭から湯気を出して怒った。第三者調査を求める声にラックは背き、マスコミに自己調査の結果を公表した。僕はニューヨーカー誌のガラス張りのオフィスに座ってラックの声明を読んだが、どう解釈していいのかわからなかった。のちにNBCはこの声明について事実確認を行っていないと認めている。声明から数時間もしないうちに、名指しされた情報提供者の多くが発表の内容に反することをおおやけにしはじめた。

「ファローは、話してもいいという被害者または目撃者をひとりも確保できていなかった」声明には何度もそう書いてあった(注2)。これは間違っている。NBCにおけるこの記事の調査過程のどの時点においても証言者はいた。「アンブラはずっと実名を出すことにも録音を使うことにも合意していた。私は顔を出さずにインタビューを録画していた」ラックの声明が出た直後に、ネスターは激怒してマスコミにそう書き送った。「ローズ・マッゴーワンが抜けることになって、記事が日の目を見ないかもしれないと気づいて、ファローと話し合い、顔を出していないインタビュー映像に私の名前をつけるか、必要なら顔を出して撮り直してもいいと申し出た。それなのに、NBCは興味を示さなかった」(注3)。グティエレスも付け加えた。「私はローナンがNBCを辞める前も後も、同じようにインタビューに答えていました。私についてはすべてに利用許可を与えていました」(注4)。ローズ・マッゴーワンはメーガン・ケリーの番組に声明を送り、何カ月にもわたって報道を前提に話していたと再び強調した。

ラックの声明には、情報提供者の信用を貶め葬ろうとする意図がありありと見えた。ワインスタインがミーティングを餌に罠を仕掛けていたというアビー・エックスの証言について、「彼女の話はただの疑念でしかない」と切り捨てた。それに対してエックスも声明を発表し、NBCの言い分は本当ではないと訴えた。「事実と異なります」とエックスは書いた。「ハーヴェイはこの私に、何度もあのようなミーティングに参加してくれと頼み、私は断りました。ただし、私はこの目で目撃していますし、私自身も身体的にも言葉の上でも直接彼から虐待を受けています。ローナンは私の証言のすべてをカメラに収めています」。ラックの声明には、マーケティング担当重役のデニス・ライスはワインスタインについて話していた訳ではなく、ファローによる切り取り方は誤解を招くと書かれていた。実際には、ライスがワインスタインから報復を受けた場合に言い訳ができるように文章が構成されていたし、ライスは自分の言葉の使われ方を了解していた。「誤解を招くような切り取り方はしていない(注5)。カメラの前で語ったことがワインスタインの記事に使われることはもちろんわかっていた」とライスはマスコミに語っていた。ニューヨーカー誌はのちに特に問題なくライスの言葉をそのまま記事に引用していた。

ラックの声明は「紛らわしく、間違っている」とエックスは書き(注6)、情報提供者への相談もなく外部に名前を晒して攻撃するNBCのやり方に当惑していると言った。「たとえ名指しはしなくても情報提供者をマスコミに漏らし、発言の全体像を正直に描かずに声明を出すことは、正直で率直な報道とは真逆の行為に思える」

ラックの声明には、これまでの大本営発表とは食い違う点があった。ラックとグリフィンとオッペンハイムにワインスタインから「何度も」電話やメールがあったとはじめて認めたのだ。ただし、ワインスタインとのやり取りについて、僕がのちに発見した記録や実際にその場にいた人たちの証言とはまったく違う描き方をしていた。ワインスタインに対するグリフィンの約束も、ワインスタインがオッペンハイムに最高級ウォッカを贈ったりして親しく交流していたことも、書かれていなかった。

NBCの調査報道記者の中には、調査中の報道記事にいちゃもんをつけるようなやり方に困惑している人たちもいた。僕が相談したテレビの報道記者の多くは、例の録音テープだけでも放送する価値があると言っていた。もちろん、マクヒューも僕もあの記事が完璧に出来上がっていたわけではないことに異論はないし、まだ充実させて完全なものを届けられる余地はあったし、実際にニューヨーカー誌では数週間でそうできた。だが問題は、僕たちが調査を止めろときつく命令されたことだ。ラックの声明は、グリーンバーグが僕にインタビューを中止しろと命令し、それをオッペンハイムの指示だと言っていたことにはひとことも触れていなかった。マクヒューが撤退しろと言われたことも、誰よりも先にオッペンハイムが紙媒体に記事を持ち込めと指示したことも、わざと省いていた。「そこは重要じゃない」僕たちの記事が材料不足だったとするNBCの言い分に対して、あるベテラン記者はオッペンハイムとグリーンバーグにそう声を上げた。「自分たちの調査を放送するつもりが局側にあるかないかは、記者にはわかる」そのベテラン記者はこうも言っていた。「ここだけの話だが、局内ではNBCの大失点だとみんなわかってる」

ラックの声明に、ほかのマスコミも同じように疑いの目を向けた。NBC自身の番組でも、メーガン・ケリーがNBCの自己報告に疑問を投げ、第三者調査を求める声に賛同した。だがそのケリーもまた、まもなくクビになった。人種差別と捉えられかねない発言をめぐって炎上が続き、NBCを追い出されることになったのだ。情報筋によると、ワインスタインとラウアーに焦点を当てていたケリーとの軋轢が高まっていたラックにとって、ケリーの解雇はむしろ好都合だったとも言われている。

*

ラックの声明は、NBCによるワインスタイン報道の歴史を書き換えようとする一連の手段のひとつにすぎなかった。NBCは、「ウィキペディア書き換え屋」のエド・サスマンを雇い入れ、ウィキペディア上のオッペンハイムとワインスタインとラウアーの記述を書き換えさせた。ラウアーの一件について、サスマンは「ほかの件とは種類が違う」(注7)と主張して修正を押し通した。サスマンはNBCに都合良く内容を書き換え、事実とは違う記述も混ぜ込んだ。ワインスタインの記事がニューヨーカー誌に持ち込まれてから出版されるまでの期間を、一カ月から「数カ月」に修正しようとした。そのうち、サスマンはワインスタイン報道をめぐるすべての記述を消去した。

「これまでに企業が自分の都合のいいように強引に話を歪曲するのを何度も見てきたが、今回のワインスタインの一件は自分が見た中で最も露骨で目に余るやり方だった」。あるベテランのウィキペディア編集者はそう不満を漏らしていた。だが、サスマンはほぼいつも力ずくで勝っていた。何度でも繰り返し変更を挿入し、ボランティアの編集者にはとても追いつけないほどしつこく書き換えを要求してきた。人脈とコネを使って都合のいい話を植え付け、その筋書きがいつまでもネット上に残るようにした。(注8)ウィキペディアのオッペンハイムのページからは、彼がワインスタイン報道を抹殺したという証拠が削除された。まるでワインスタイン報道など最初から存在しなかったような書かれ方だった。

59章 ブラックリスト

ニューヨーカー誌で第一弾の記事が出たあと、僕自身もマクヒューと同じような悩みを抱えることになった。以前にオッペンハイムとコーンブラウと言い合う中で、仕方なく約束してしまった言いつけを守って、NBCでのワインスタイン報道の経緯について聞かれると、僕はのらりくらりと答えを避けていた。CBSのスティーブン・コルベアの番組でそのことについて質問され、僕は自分に注目が集まるのは避けたいと言って話題を変えると、コルベアが目を細めて僕をじっと見つめた。「どうしてこの話がこれほど長いあいだ表に出なかったのかも、物語の一部ですよね」とコルベアが言う。「そしてあなた自身も、黙らされた経験者ですよね」

テレビのインタビューで僕があいまいな答えに終始していた時、姉のディランから電話がかかった。「あの人たちをかばってるのね」と言う。

「嘘は言ってない」僕は答えた。

「でも、省いてる。正直じゃないわ」

姉とのあいだがどうしようもなく気まずかった頃のことを思い出した。姉に口を閉じておけと言ってしまったあとの辛かった数年が頭に浮かぶ。病院から帰ってきた姉の部屋に入っていった時のこと。手首のリストカットの跡を隠すために姉が長袖を引っ張っていたこと。僕がもっと力になれればよかった、ごめんねと謝ったこと。

＊

その秋のあいだずっと、オッペンハイムは僕の鼻先に新しい契約をぶら下げ、局を上げて僕に打診してきた。「いくらでもふっかけていいぞ」とオッペンハイムは書いてきた。グリフィンは僕のエージェントに電話してきて、「ローナンがほしい。どうしたらいい?」と言ってきた。告発される前のブロコウも、テレビに出た僕を見てメールをよこし、「完璧な対応だった。今は未来を考えるんだ……」と言ってきた[注1]。電話でも、僕に戻ってくるよう説得してくれとＮＢＣに頼まれたと言っていた。「もちろん、破格の条件になるはずだが、考えてみてくれないか?　調査報道をするには今も最高の場所だぞ」。ＮＢＣは今回の件で何が悪かったのかを認め、調査報道への介入を防止するための新たな規則を設置する声明を出すことは間違いない、とブロコウは言っていた。僕はただ、自分の仕事を取り戻したかった。それにかつての黄金時代にＮＢＣニュースが体現していた価値観を信じていた。ワインスタイン報道を葬ったのはたまたまで、慢性的な病のしるしではないと自分に言い聞かせた。NBCの言い分を聞くと伝え、エージェントにもそう言った。

だが、マクヒューが口裏合わせを拒み、情報提供者からもNBCでの性的嫌がらせと示談が常態化していたことを聞くうち、NBCの言い分に乗ることはできないと思いはじめた。ワインスタインの記事が出てすぐから、僕のところにCBSでの一連の不適切行為について何人もから情報が寄せられていた。部下と関係を持ち、ほかの社員にも嫌がらせと暴行を繰り返す重役。金で口を封じるいつもの手口。隠蔽によって報道機関としての優先順位が歪んでしまったと多くの社員が口を揃えていた。結局、NBC社内に蔓延する訴えに口を閉じたまま、CBSのレズリー・ムーンベス会長やそのほかの重役への告発を報道することはできないと思った。

エージェントにはNBCとの交渉を止めてくれと伝えた。

するとあからさまな仕返しにあった。翌月、それまでAMIの記事が出るたびにMSNBCとNBCの番組に朝から晩まで出演していたのが突然、招かれなくなった。司会者たちがあわてて電話をかけてきて、ひとりは泣きそうになりながら、自分は反対したがグリフィンから直々に僕の出演を取りやめるよう命じられたと言っていた。NBCのある上層部から、ラックもみんなに命令を出したと聞いた。「ずるすぎる」と書いてきたキャスターもいる。「腹が立って仕方ない」と言っていた。その後また局の重役たちが僕に連絡してきて、僕の新しい本が出ると聞いたので、宣伝のために番組に呼んであげてもいいと言う。僕は長いこと先延ばしにしていた外交政策の本を何とか書き上げたばかりだった。ただし、過去をほじくらないと正式に約束してもらわないと出演させられないと言われた。僕はレイチェル・マドウに電話した。マドウは僕の話を聞き、自分の番組には誰も口出しできないと言った。そんなわけで、ワインスタインの記事が出て二年後に僕はマドウの番組に出たが、そのあとは二度とNBCからもMSNBCからもお呼びがかからなかった。しばらくしてからこの本を書き終えたあとに、NBCの訴訟部門が版元のアシェットに連絡をよこした。

＊

ノア・オッペンハイムと最後に話したのは、ワインスタイン報道の余波でてんやわんやしていた彼が、僕に電話をかけてきた時だ。オッペンハイムと話しながら、僕はチェルシーにある例の隠れ家の中をうろつき、ジョナサンが後ろでその会話を聞いていた。「俺ばっかりがやり玉にあげられてる」とオッペンハイムが言う。コーンブラウがメディア向けに出したいかにも嘘っぽい声明は炎上し、政治問題にもなっていた。数日前にフォックスニュースの人気キャスター、タッカー・カールソンは、オッペンハイムの顔写真を出して辞任を求めた。「はっきり言おう。NBCは嘘をついている」とカールソンが言う。「権力者たちはハーヴェイ・ワインスタインがやってきたことを知りながら、見て見ぬふりをしたばかりか積極的にワインスタインに味方して犠牲者に鞭打ってきた。そうした数多くの権力者の中でも一番ひどいのがNBCニュースだ(注2)」。カールソンはこの時とばかりに喜び勇んで、大手マスコミとハリウッドの左派とセクハラ男をすべて一度にふくろだたきにしていた。「報道機関の経営陣は嘘をついてはいけない」まるで自分は違うとでも言うように、カールソンは語っていた。

僕は電話を片手に部屋を歩きまわり、オッペンハイムは話し続けた。「今朝NBCグローバルの警備部門から電話があって、俺の自宅にパトカーをよこすって言われたんだ。ネットで殺人予告がいくつもきたから」。オッペンハイムは怖がるよりも怒っていた。「うちには小さな子供が三人もいて、警官がどうして家の前にいるのか不思議がってる」。それは大変だねと僕は言った。本当にそう思っていた。

「NBCが腰抜けだとか間違ってたとか思うのは勝手だし、君がそう思っても無理はないけど、個人がやり玉にあげられて俺のせいってことにされるのは不公平だし正しくないだろ」オッペンハイムは話し続けた。「悪者がいたとしても、俺じゃない」オッペンハイムは僕が話しているのも聞かずに声を荒げた。彼が窮地に陥ったのはみんなのせいで自分のせいではないと言っているように聞こえた。コーンブラウがマスコミに嘘の声明を出したのが批判の的になっていると記者たちから聞いたと伝えると、オッペンハイムが癇癪をおこした。「コーンブラウはアンディの手下だぞ！　本社の人間だ！　俺の部下じゃない！　俺は関係ない！」。そして、「俺はあいつに指図できないんだ。何とかしようとしたけど」と言った。僕を脅かしたことはないとオッペンハイムが言うので、スーザン・ウィーナーからはっきりとオッペンハイムの命令で調査を止められたと伝えた。すると、オッペンハイムがまた大声をあげた。「スーザン・ウィーナーはアンディの弁護士だ！　あいつらは俺の部下じゃない！」。関係者がのちに語ったことは、オッペンハイム本人の話と食い違っている。

「さっきからずっと自分は悪くないのにやり玉にあげられたと言ってますよね。なら誰のせいなんですか？」。僕はやっと切り出した。

「上だよ！ わかってる？ 俺には上司がいるんだ。俺ひとりでNBCニュースを背負ってるわけじゃない」。そう言ったあとで自分でもハッと気づいたようだった。「いいか、みんながあの決定に関わってた。キム・ハリスの思惑がどうとか、アンディの思惑がどうとか、俺の思惑がどうとか、勝手に憶測したけりゃすりゃいいさ。でもさ、つまるところがだな、組織として差し障りのないよう総合的に判断したってことだ」

オッペンハイムは僕の番組が打ち切りになったあとで僕を復帰させたのは自分だと二度も念を押した。数ヵ月もすれば笑いながら一緒に酒でも飲めるさと言う。オッペンハイムが僕にどうしてほしいのかよくわからなかった。だがそのうち、遠慮がちに口に出した。「頼むよ。もしそんなチャンスがあったらでいいんだけど、悪者は俺じゃないって君に言ってほしいんだ。そうしてもらえるとありがたい」

そういうことか、と思った。やっと最後に本音が出た。自分で責任を取りたくないばかりか、どこかの誰かに責任があると認めたわけだ。報道を止めたことは「組織として差し障りのない総合的な判断」だった。弁護士の言い分や脅しに屈したことも「組織として差し障りのない総合的な判断」だった。下を向き、口ごもり、肩をすくめたことも。複数の信頼できる告発を放置し、罪を認めた録音さえ無視したことも。あんな気休めのような言い訳が、誰の責任も問わない冷淡な言葉が、あれほどたくさんの場所であれほど多くの沈黙を強《し》いてきた。「組織として差し障りのない総合的な判断」がハーヴェイ・ワインスタインと彼のような男たちを守ってきた。それが弁護士事務所と広報会社と企業重役と産業の言い訳だった。そして、それが女性たちを飲み込んでいた。ノア・オッペンハイムは悪者ではないらしい。

＊

「近いうちにオッペンハイムと飲むってのはなさそうだな」しばらくあとになって、ジョナサンが真顔で言った。僕たちはロスにあるジョナサンの家にいて、午後の日差しが差し込んでいた。

「朝のテレビ番組はなしだね」そう答えた。来年いっぱいはCBSとNBCのネタを追いかけている自分が想像できた。

「僕が支えるから大丈夫だよ」とジョナサンが言う。「贅沢させてあげるから」まるでぬいぐるみを抱きしめるように、ジョナサンがぎゅっと僕を抱きしめた。僕は笑って彼の手の上に自分の手を置いた。長い一年だった。僕にとっても、僕たちにとっても。でも、僕たちは何とか踏ん張った。

しばらくして、これまでのことを本にまとめようと思った。ジョナサンに原稿を送るとき、最後のページに走り書きを添えた。「結婚しない？」。月でもいいし、この地上だっていい。ジョナサンは原稿を読んで、プロポーズの言葉を見つけ、こう言った。「いいよ」

＊

僕の記事が話題になったあとではじめて姉のディランと顔を合わせたとき、姉も僕を抱きしめてくれた。僕たちは姉が住む郊外の山小屋にいた。母と兄弟の何人かも近くに住んでいる。あたりはもう雪が積もっていた。めまぐるしい展開を見せた報道の嵐とは切り離された別世界だ。姉の二歳の娘は姉のおさがりのつなぎを着て、手を振りながら何かを欲しがって声を出した。姉は小さなおサルのマスコットのついたおしゃぶりを手渡し、娘がよちよちと歩くのを僕たちは見ていた。

姉と僕があのつなぎのパジャマを着ていた頃とそのあとの思い出を、僕は頭の中でパラパラとめくっていた。僕たちは学芸会の衣装を着てバスを待ちながら、誰にも触れることのできない魔法の王国を作っていた。二人でおもちゃの王様とドラゴンを置いていると、姉を呼ぶ大人の声がした。姉はビクッとして、身を震わせた。もし私の身に何か起きたら、助けてくれるかと姉が僕に聞く。僕はもちろん助けると約束した。

小さな娘が走り回る郊外の家で、姉は僕の報道を誇りに思うと言ってくれた。感謝しているとも。そして押し黙った。

「姉さんの記事はない」と僕が言う。姉が声を上げた時、子供の頃も、そして数年前にも、世の中はそっぽを向いたと姉は感じていた。

「そうね」と姉が答える。

だが時代は変わり、責任が問われるようになった。それでも、世に出る物語ひとつひとつの裏には、数え切れないほど多くの物語が埋もれている。姉はやり切れなさを抱えていた。責任を問えないほど力のある人たちに苦しめられてきた多くの女性たちと同じように、姉も怒っていた。そして彼女たちの物語が今、僕の受信箱を埋め尽くしていた。

どの業界でも相次いで、女性たちが声を上げはじめた。それからまもなく、姉もほかの女性たちに続いて、自分も怒っていると世界中に語る時がきた。テレビの撮影隊が郊外の山小屋にやってきて、手術室のように煌々と照明を焚《た》く。ニュースキャスターが手招きをし、姉は深呼吸して光の中に一歩を踏み出した。そして今回は、みんなが姉の話に耳を傾けていた。

*

ニューヨーカー誌のデビッド・レムニックの部屋に入っていった時にはもう、陽が翳りはじめていた。レムニックはパラパラと紙をめくっていた。「あ、それ」少し赤くなりながら僕は言った。「僕のです」。あとで取りに来るから印刷しておいてもらえないかと同僚に頼んでいた原稿だ。原稿というより、ただのメモ書きだった。レムニックのアシスタントが僕でなくレムニックに持っていったのだ。

「面白いじゃないか」とレムニックが言う。いたずらっぽく、ワケありな笑みを浮かべた。

ハドソン川を見下ろす大きな窓の側に二人で座った。次に何をしようかと考えていた僕に、レムニックはそれまでいろいろなアドバイスをくれていた。レムニックは僕を「テレビの人間」だと思っていた。テレビ画面で僕の顔を見すぎていたのかもしれない。確かに僕はテレビの人間だったのだろう。「この仕事を永遠に続けるつもりはないだろ?」。ニューヨーカー誌のオフィスをぐるりと見まわして、そう聞いた。でも続けたいと思っている自分に、僕は気がついた。

僕はレムニックが読んでいたメモを指差した。次の特ダネになりそうな一連の材料だ。性的暴行についての材料もいくつかあった。ニューヨーク州司法長官のエリック・シュナイダーマンについての調査も進んでいた。ニューヨーカー誌記者のジェーン・マイヤーと僕はその後四件の身体的虐待についての記事を発表し、シュナイダーマンは辞任に追いやられた。CBSへの調査もあった。レズリー・ムーンベス会長による性的暴行と嫌がらせの訴えは一二件にも膨れ上がり、ムーンベスもまた辞任した。フォーチュン五〇〇社の中で、性的嫌がらせの告発でトップが辞任するのははじめてのことだった。CBSの取締役会と報道局の人事も変わった。性的嫌がらせ以外の腐敗についても材料があった。メディア業界や政府における不正行為や隠蔽だ。すでに発表した記事もあるし、まだ発表していないものもある。

レムニックがもういちどメモに目を落とし、僕に手渡す。

「多すぎですか?」僕が聞いた。窓の外で空の色が変わっていく。

レムニックは僕を見た。「そうだな、まだできることがたくさんありそうだ」

＊

それからの数ヵ月、NBCでのハラスメントの訴えを記事にできるかどうか、僕はわからずにいた。局内ではすべてが落ち着くところに落ち着いていた。ウィキペディアの記述は削除されていた。自己調査は終わり、最終報告書が出されて一件落着となっていた。局の筋書きと違う告発者はカネで追い払われ、秘密保持契約に縛られて怯えていた。NBCニュースの男たちはブルック・ネビルズについても断定していた。ネビルズの一件は不倫であって、彼女は暴行は受けておらず、NBCは何も知らなかった、と。

だが、まだ続きがあった。二〇一九年のはじめに、僕はネビルズの部屋に戻り、所狭しと本が並ぶ居間に腰を下ろした。今回はニューヨーカー誌の事実確認担当のラベリーも一緒だった。午後の日差しが窓から差し込んでくる。白と黒と灰色の猫がネビルズを囲んでいた。その中には以前に亡くなった猫の代わりに、新しい子猫もいた。

亡くなった母親から送られた手紙を、ネビルズはパラパラとめくっていた。美しい筆記体で書かれた繊細な手紙は黄色くなりかけていたが、娘に対する母の愛がそこに溢れていた。「世界で一番愛する娘へ」と書き出していた。「扉がひとつ閉まると、別の扉が開くものよ」

ネビルズは口を閉ざさなかったことで、自分の人生を滅ぼしたと感じていた。だが、それは正しいことだったと確信するようになっていた。「前に口を閉ざした女性たちは、私の被害は彼女たちのせいだと思ってる。私の後に被害者がいたら、私のせいだと思うわ」もういちど、リスクを取ってもいいとネビルズは言った。自分の後にくる女性たちのために、もういちど彼女の物語を語ってくれると言う。

僕が帰り支度をしていると、ネビルズが僕の目を見て、NBCについてまた同じ答えを繰り返した。「私は、アンディ・ラック、ノア・オッペンハイム、そのほかのNBCニュースの社員を誹謗することを許されないってことを、伝えておく義務がある」

僕は頷いた。そう言ったネビルズの口元が緩み、笑顔が浮かぶのが見えた。

女性たちの勇気は、抑えつけても抑えつけられるものではない。そして人々の物語は、大切な物語は、真実の物語は、いつかかならず発掘され、決して抹殺されることはない。

エピローグ

ネビルズに取材をしてからまもなく、僕はアッパーウェストサイドのビストロでイゴール・オストロフスキーとまた食事をした。小さなテーブルの向かいに座ったオストロフスキーの後ろの窓越しに、陽が沈んでいく。オストロフスキーはぐったりして見えた。何日も寝ていないようだ。この数ヵ月、とんでもなく危ない橋を渡って僕に情報を漏らしてくれたのはいったいどうしてなのか、何がきっかけだったのかを聞いてみた。

「安心してニュースを読みたいんだよ。記者が頭に銃を突きつけられて、何を書くかを命令されてるなんて考えたくないからな」と言う。「俺は独裁者が報道を支配してる国から来たんだ。俺と妻と息子にチャンスを与えてくれたこの国でそんなことを許しちゃならん」

オストロフスキーはちょうど子供ができたばかりだった。第一世代のアメリカ国民だ。「俺たちが尾けてた記者たちの記事を俺は読んでた。あの人たちは正直で社会のためになる仕事をしてた。その人たちの仕事を攻撃するってことは、俺の国を攻撃するってことだ。俺の家を攻撃するってことだからな」

僕はオストロフスキーをしげしげと見た。夏のあいだじゅう僕を尾け回して報道を止めようとしていた男からこんな言葉が出てくるなんて、奇妙な感じだった。

オストロフスキーが嘘発見器を拒否すると、インフォタクティックからの仕事はこなくなった。そんなわけで自分の探偵社を開業した。オストロ探偵社だ。私立探偵を続けることにはかわりないが、社会のためになるような仕事も請け負いたいと言った。誇らしげで熱のこもった言葉で、本心からそう言っていたし、僕にその気持ちを知ってほしいと思っていることもわかった。シチズンラボのような組織を助けられるかもしれない。「これからはそういったことにもっと関わりたいんだ。社会を良くするようなことにね。悪い奴らを見つけて暴くことに手を貸したいしな」オストロフスキーは言った。「おい、立法府や行政府や司法府と同じくらい、報道機関は民主主義の一部なんだ。権力を見張ってくれないといかん。権力が報道を支配したり、都合のいいように利用して、人々が報道を信頼できなくなれば、市民の負けだ。そうなったら権力者のやりたい放題になっちまう」

オストロフスキーはニコニコしながら携帯の画像をめくって見せてくれた。出産のあとで顔を赤くして疲れた様子の母親。赤ちゃんを抱いて家に帰ってきた父親。家族のためにどれほどいい人間になれるかを思い浮かべているオストロフスキー。賢そうなキラリと光る目で新しい家族をいぶかしげに見つめる青っぽい灰色の猫。猫の名前は、スパイだった。

＊

「ハーヴェイ・ワインスタイン報道の最後の部分、つまり今語られている部分は、この記事がどんな経緯でやっと外に出たかってことですよね」照明の下、レイチェル・マドウがアクリルの机に前のめりになってそう言った。「この局の上層部が、あの手の男たちの責任逃れに加担してた可能性があるということ?」。あの手の男たちとはワインスタインとラウアーのことだ。「受け入れがたいことですよ。この局の問題です。NBCから外に出なければワインスタインの事件を報道できなかったなんて。それにほかにも、これに関連する重大な特ダネがありましたよね。アクセス・ハリウッドのテープとビリー・ブッシュの一件も、この局の外でしか報道できなかったんですから。ここで働いている現場の人間にとって今回のことは言葉にならないほどショックでした」

もう二〇一九年の終わりになっていた。NBC内で示談が常態化していたことや、NBCがワインスタイン事件を葬ったことを僕が詳しく記事にしてからも、NBCはすべてを否定していた。ワインスタインの件はまだ放送するほどのものでなかったと言っていた。女性たちとの示談はたまたまだとも言っていた。仲間うちにワインスタインの記事を葬ったことを何気なしに話していたNBCユニバーサルのCEOスティーブ・バークは、アンディ・ラックとノア・オッペンハイムをかばい、この本の出版まえにオッペンハイムとの契約を前倒しで更新したと言われる。

NBCの記者たちは改めて第三者調査を求めた。MSNBCのクリス・ヘイズはこの問題に鋭く切り込み、僕がNBCを出てからニューヨーカー誌で表に出るまでにほんの短い時間しか経っていなかったと指摘した。「権力におもねるのは簡単だ。もっともらしい言い訳はたくさん準備されてるから。もっと大きなネタがある、とかここで死んだら無駄死にになる、とかまだ報道できる段階にない、とかね。でもその簡単な道こそ、報道陣としてやらなくちゃならない仕事の敵なんだ」

その晩、マドウは番組の中でNBCの言い分を真っ向から否定した。「NBCが放送できるだけの充分な材料がないと考えていた当時にローナン・ファローが新しい調査を止めるよう命令されたかについて確認したところ、実際にNBCニュースが命令を下していたことがわかりました。それが真実です。調査を止めるように命令されていました」マドウは続けた。ラウアーの件をNBCが知っていたかどうかについて、またラウアーにまつわる秘密保持条項を法務部門が強制していたことについては、「いいですか、本社内でも、MSNBCでもNBCニュースの中でも、この調査が外部機関でなく内部で自分たちだけで行われたことについて、みんながショックを受けています。私たちの知る限り、独立した第三者調査は一度もおこなわれていませんよね」

その夜、NBCは一連の新たな声明を発表した。NBCはワインスタイン事件を報道しないと決断したことに「深く失望している」と言う。示談は存在せず、「NBCニュースの元社員の中に、退職合意書の中の秘密保持条項や誹謗中傷禁止条項が理由で性的嫌がらせの体験を開示できない人がいれば、NBCユニバーサルに連絡してくれれば、それらの義務を免除する」と言っていた。それはただのジェスチャーだった。最も深刻な被害を訴えた女性たちは、「義務の免除」を求めるのにどうしてNBCに連絡して交渉しなければならないのか、疑問だった。実際にNBCに連絡した女性もいた。ある人が、局から与えられた番号に電話をかけてみると、受付のアシスタントにつながって、相手は「こちらが何を話しているかまったくわかっていなかった」と言う。長々と説明していたら、法務部に電話を転送された。「まあ、わかってはいたけれど、その電話は留守電につながった。留守電のメッセージは、容量がいっぱいだからまた掛け直せってことだった。NBCユニバーサルとしちゃ、逃げ回ってかわしていれば、問題が消えてなくなると思ってるんでしょうね」

しかし、問題は消えてなくならなかった。ニューヨーク州司法長官事務所の捜査員がNBCの社員と元社員にハラスメントについての聞き込みをはじめた。僕がマドゥの番組に出た頃、NBCのデジタル部門の記者たちが組合を組織しはじめた。僕の本で明かされたNBCのやり方に抗議するのが目的のひとつだ。「この数週間のあいだに、NBCニュースによる職場での性的不適切行為への対応や、権力の座にある加害者についての不透明な報道の過程と手続きについて、深刻な疑問が持ち上がっている」。彼らは声明にそう書いていた。「独立した第三者による調査がスタッフから何度も要求されていたにもかかわらず、どちらの件についてもNBCは第三者調査を再三拒否してきた。NBCニュースにおける透明性の欠如と、権力者の調査報道を見過ごす傾向は、報道人としての我々の信用を傷つけるものである」。本社前には抗議者が集い、経営陣の退陣を求め、「NBCの被害者に正義を」と書かれたプラカードを振る人々の姿があった。数週間後、バークが予定より早く退任すると伝えられた。それからまもなくして、アンディ・ラックもいなくなった。

ワインスタインの記事とそのあとに続いた一連の報道は「この国のものすごく、ものすごく力のある男性たちがどんな風に女性を食い物にしているかを見せ、私たちの認識を変えてくれました」マドゥはそう言った。彼女の目線がちらりと脇にそれ、眩しい照明に照らされたスタジオのセットを眺めた。ここはNBC本社のあるロックフェラープラザで、コムキャストビルの一部だった。かつてはGEビルと呼ばれ、その前はRCAビルだった。「そして、彼らがあらゆる手を使い、強力な組織をも抱き込んで自分たちを守ろうとすることも、わかりました」

＊

その年の終わりから翌年にかけて、AMIは経費を削減し人員を削った。検察は引き続き、デビッド・ペッカーとディラン・ハワードが検察局との不起訴合意に違反している可能性を調査していた。ナショナル・エンクワイヤラー紙の売却が発表されて一年経ってもまだ、売却は完了していなかった。

ハワードは、自分に対する世間の風当たりにますますイライラを募らせていた。オーストラリア版の「60ミニッツ」の記者がAMIのロビーでハワードに声をかけると（「お友達のハーヴェイ・ワインスタインのためにあなたがおこなってきた仕事についてお話しできますか？」）、ハワードは不法侵入で番組を訴え、その後示談に応じた。その秋、ハワードが自分の本の出版記念パーティーを開くと――「リアル・ハウスワイフ」の出演者が何人か出席し、会場は「猥雑な場所」だったと記事に出ていた――、そこで別の記者がベゾス恐喝事件の余波について訊ね、ベゾスの恋人の弟が提起した訴訟についても（長い話になる）聞いた。ハワードはその記者の胸を突き飛ばした。「ベゾスのことなら、俺が話したいだけ話せるさ」。ハワードは前かがみになり、語気を強めた。

「俺は音声テープを持ってる。わかるか、音声テープだぞ」。ハワードは弁護士を雇い、その後数カ月にわたって書店を脅かし、僕の本を置かないよう圧力をかけた（アマゾンはオーストラリアでのこの本の販売を一時的に差し止め、のちに再開した。書店のオーナーたちは訴えると脅迫されたが無視したとAP通信に答えていた。「彼らが必死に差し止めようとしなければ、この本もあれほど注目を浴びなかったはずだ」この本が品切れになったある書店の主人はそう言っていた）。二〇二〇年のはじめ、ハワードがセレバズで同僚に性的な嫌がらせをしたことをハリウッド・レポーター誌が記事にしたとき、ハワードは皮肉なことにハリウッド・レポーター誌とワインスタインの関係を暴露してやると脅かした。

その後まもなく、ハワードはAMIを追い出された。「いち時代の終わりを祝うパーティーでもやりたいねって仲間内でメッセージを送りあった。あれは最悪の時代だった」あるAMIの記者はそう言っていた。

ペッカーとハワードは、まだ駆け出しのころ、どの見出しが売れてどれが売れなかったかをデータベースに記録していた。何度も使われた人気の見出しのひとつは「悲しき最後の日々」。ワインスタインやトランプと手を結んだ後のAMIは雰囲気が変わったという。その時代を、「悲しき最後の日々」と呼ぶ社員もいた。

＊

ハーヴェイ・ワインスタインが判決を受け身柄を引き渡されると、すぐに医師が検査にやってきた。「病が重すぎてここにいられない」まだ検査の最中にワインスタインはそう言った。「そんなことはないですよ」と医師が返した。ワインスタインは以前より痩せて、年を取り、背中が曲がっていた。裁判中には歩行器を使っていたが、今は車椅子に乗っていた。心臓病にも悩まされていた。だが、医師の目を見つめて、昔の横柄さを少しちらつかせ、こう言った。「大丈夫だ。控訴で外に出るからな。これまでは優秀な弁護士がついていた。今は最高の弁護士がついてる」

ワインスタインは残りの日々を塀の中で過ごすことになるだろう。塀の外では、ロサンゼルスやロンドンの捜査当局がワインスタインに対する容疑を固めようとしていた。塀の中で、ワインスタインは自分にも、聞いてくれる人なら誰にでも、まったく違う話をしていた。「ここから出た時に作る映画は『パルプ・フィクション』を超える傑作になるぞ」脚本を読みながらそう言った。ある日、刑務所の刑務官にワインスタインはメモを手渡した。「これをフロントに持って行ってもらえるかね？」とワインスタインが聞く。まるでペニンシュラホテルにでも滞在しているか、またいつか滞在できるとでも思っているようだった。

刑務官は答えた。「フロントって、何のことだ？」

謝辞

『キャッチ・アンド・キル』に書かれた内容は、ニューヨーカー誌の上席事実確認担当者であるショーン・ラベリーが徹底的に裏を取ったものだ。ラベリーは僕がニューヨーカー誌に掲載したその他の多くの調査報道についても事実確認を行っている。彼の安定した判断力と私生活をなげうった働きぶりがなければ、この本は出版に漕ぎ着けていなかった。無敵のリサーチャーであるノア・イブラヒムとリンゼイ・ゲルマンもこの仕事に長い時間を注ぎ込んでくれた。頭脳明晰で疲れ知らずのユージン・リーは調査チームを助け、僕が最悪に落ち込んでいる時に相談に乗ってくれ、ちょっとした見張りの仕事も引き受けてくれた。彼女は今も護身術を習うつもりらしい。

リトル・ブラウン・アンド・カンパニーは、延々と長引く報道と事実確認のプロセスを通してずっと、この本を支えてくれた。版元が嵐を乗り切る覚悟がなければ、困難な報道は表に出ない。本書の出版元のリーガン・アーサーとアシェット・ブック・グループのマイケル・ピエッシュに感謝する。すべての作家が夢に見る名編集者で戦友のバネッサ・モブリーは、この本を価値あるものにしてくれた。この本の伝えたいことを守ってくれたサブリナ・キャラハンとエリザベス・ギャリーガにもお礼を言いたい。プロダクション・エディターのマイク・ヌーンとコピーエディターのジャネット・バイルンにもたくさん力を借りた。天才デザイナーのグレッグ・クーリックは僕が後ろからあれこれ指示しても、快く協力してくれた。デイビス・ライト・トレメインのリズ・マクナマラとアシェットのキャロル・フェイン・ロスは法律面の事実確認でこの報道をさらに守ってくれた。そして、伝説の書籍エージェントで親友のリン・ネスビットは、長い旅になったワインスタイン報道とこの本の執筆のあいだずっと僕を信じて支えてくれた。

本書『キャッチ・アンド・キル』が、僕の憧れのジャーナリストたちへの賛辞になることを願っている。彼らの努力がなければ、権力者が責任を問われることはない。ワインスタイン報道を救ってくれ、次々と難しい調査を支え続けてくれた最高のニューヨーカー誌のチームに、毎日心から感謝している。

デビッド・レムニックにはどうお礼を言っていいかわからない。彼が僕とこの報道を守り続けてくれたことで、ジャーナリズムに対する僕の見方が変わり、人生も変わった。オプラ・ウィンフリーが（ジャーナリストの）ゲイル・キングをこう呼んでいるのは有名だ。「彼女は私の母親がわり。そして理想のお姉さん。誰もが欲しがる親友。彼女より善い人を私は知らない」。デビッド・レムニックは僕にとってそんな存在だ。レムニックの妻で優れたジャーナリストのエスター・フェインは、あり得ないくらい親切な人だ。エディターのディードル・フォーリー＝メンデルソンは、鉄壁の倫理観を持つ唯一無二の人材だ。彼女こそニューヨーカー誌の声であり、仕事と出張と赤ちゃんをお腹に抱えながら時間を捻り出して、この本がさらに正確になるようコメントをくれた。デビッド・ロードは恐れ知らずの助っ人だ。自分は天使なんかじゃないと彼は言っているが、僕は彼を天使だと思っている。ロードとマイケル・ルオはこの報道の大切な守護神でいてくれた。

ファビオ・ベルトーニは無敵の弁護士で、厄介な法律問題や脅しに、誠実さと常識で立ち向かってくれた。弁護士というやつは、すぐに「ダメ」と言うものだ。メディア業界の最高の弁護士は、注意深く公正に「イエス」を得るにはどうしたいいかを助言してくれる。ニューヨーカー誌の広報部長のナタリー・ラーベは、百戦錬磨の言論操作のプロ集団相手に、バリケードの前線に立って僕たちの記事を守ってくれた。ほかにも、事実確認部長のピーター・キャンビー、第一弾のワインスタイン記事で昼夜を問わず仕事に励んでくれたE・タミー・キム、ブラックキューブとAMIについて紐解いてくれたファーガス・マッキントッシュもまた、守護神の一員だ。またナタリー・ミードは続報を隅々までチェックしてくれた。全員が力を合わせて、この報道が詳細で正確で公平なものになるよう努力した。シニア・エディターのパム・マッカーシーとドロシー・ウィケンデンはずっと親切で寛容に接してくれた。ロジャー・エンジェルは、寛大にも僕に机を貸してくれた。もしかしたら本人は知らなかったかもしれないが。僕はニューヨーカー誌が大好きだ。ニューヨーカー誌の人たちも大好きだ。彼らのおかげで、僕はもっといいジャーナリストになろうと思える。

HBOのボスたち、リチャード・ペプラー、ケイシー・ブロイス、ナンシー・エイブラハム、リサ・ヘラーは、長期にわたる執筆休暇のあいだ、あらゆる場面で僕を支えてくれた。

この本に関連する土台を作ってくれた数多くの記者たちとメディアにもお礼を言いた

い。過去にワインスタインを追いかけたジャーナリストの方がた、僕に知見を分けてくれた人たちに心から感謝する。彼らは僕を知らなかったし情報を渡す義理もなかったのに、志を持ってそうしてくれた。そうした記者の中でもケン・オーレッタは別格で、彼の努力がなければワインスタイン報道の歴史は違ったものになっていたはずだ。ベン・ウォレスもまた気前よく情報を分けてくれた。ジャニス・ミンとマット・ベローニとキム・マスターズも助けてくれた。ニューヨーク・タイムズ紙のジョディ・カンターとミーガン・トゥーイーを心から尊敬する。二人の強烈な報道のおかげで孤独感が薄れたし、もっと速くタイプしなくちゃいけないと思うようにもなった。

AMIの一件に光を照らしてくれた、AP通信のジェフ・ホロウィッツとジェイク・ピアソン、ウォール・ストリート・ジャーナル紙のジョー・パラゾッロとマイケル・ロスフェルドに感謝している。「ウヴダ」のシャカー・アルターマン、ドキュメンタリー制作者のエラ・アルターマン、バニティ・フェア誌のアダム・シラルスキー、AP通信のラファエル・サッター、シチズンラボのジョン・スコット・レイルトン、ニューヨーカー誌の同僚アダム・エンタスはブラックキューブ報道を助けてくれた。

NBCに存在した性的虐待の告発について教えてくれた人たちにお礼を言いたい。バラエティ誌のラミン・セトーデーとエリザベス・ワグマイスター。ワシントン・ポスト紙のサラ・エリソン。デイリー・ビースト誌のラクラン・カートライト。彼らは繰り返される示談について粘り強く追いかけ続けた。

NBCの原則と将来を信じて重要な報道を追いかけ続けているジャーナリストとプロ

デューサーたちに感謝する。経営陣からの横槍が入る前、リッチ・マクヒューと仲間たちはワインスタイン報道をしっかりと支えてくれていた。アナ・シューター、トレイシー・コナー、ウィリアム・アーキン、シンシア・マクファデン、ステファニー・ゴスクその他、調査チームの多くの人々にお礼を言いたい。レイチェル・マドウは原理原則の守り神だ。プロデューサー補のフィービー・キュランは初期の調査に手を貸してくれた。リッチ・マクヒューはいつ何時でも、正しいことをしてくれた。それが彼自身にとって最悪のタイミングであっても正しいことを優先した。彼の猛烈な倫理観と気骨ある使命感がなければ、そして妻のダニーという正義感の塊がいなかったら、僕たちは道に迷っていたに違いない。リッチは英雄で、今もニュージャージーに住んでいる。

そして誰よりも、情報提供者に心から感謝している。倫理に反する行いや、時には違法な行いを内部告発し、世間に晒す人たちに、僕は心を揺り動かされる。「スリーパー」は勇気を持って嘘の壁を突き破り、欺瞞と脅しの犠牲者たちを助けた。イゴール・オストロフスキーはどの場面でも自分を守ることより倫理と愛国心を優先させた。彼は僕に情報を与えてくれ、この本に実名を出すことを許してくれた。その過程でオストロフスキーを助け、僕自身の身の安全を守ることについてアドバイスをくれたジョン・タイにも感謝する。良心に従って情報を分け与えてくれた、ミラマックスやワインスタイン・カンパニーやNBCニュースやAMIの多くの社員、そしてマンハッタン地方検事局、ニューヨーク市警、ニューヨーク南部地区検察の人々にもお礼を言いたい。その人たちのほとんどは、ここでは名を明かせない。アビー・エックス、デデ・ニッカーソン、デニス・ライス、アーウィン・レイターには本当にお世話になった。

辛く重要な真実を世の中に出すため、大きなリスクを背負ってくれた女性たちには感謝してもしきれない。ロザンナ・アークエットは恐れを乗り越えてワインスタイン報道の助けになり、この闘いに残って、次々に情報提供者に進み出るよう説得してくれた。ワインスタインの続報や、CBSについての調査、そしてまだ表にでていないほかの調査報道について、彼女は欠かせない存在になってくれた。

アンブラ・グティエレスは百年にひとりの勇敢な情報提供者だ。この本に書かれた彼女の話がそれを物語っている。エミリー・ネスターは僕の知る中で最も人の痛みがわかる地に足のついた人物だ。あの記事が固まる前から、彼女は断固として立場を変えなかった。彼女や他の情報提供者の信用を貶めようとする圧力が続く中でも、同じことを言い続けた。

その他にも僕と話してくれた多くの女性たちにお礼を言いたいが、すべてをここに挙げることはできない。だが、何人かはここに挙げておく。アリー・カノーサ、アナベラ・シオラ、アーシア・アルジェント、ブルック・ネビルズ、ダリル・ハンナ、エマ・ドゥ・コーヌ、ジェイン・ウォレス、ジェニファー・レアード、ジェシカ・バース、カレン・マクドゥーガル、ローレン・オコナー、ルシア・エバンス、メリッサ・ロナー、ミラ・ソルヴィーノ、ローズ・マッゴーワン、ロウェーナ・チュー、ソフィー・ディックス、そしてゼルダ・パーキンス。ありがとう。

最後に家族にお礼を言いたい。誹謗中傷と脅迫に負けず虐待のサバイバーに寄り添った母のおかげで、僕はいつもよりよき人間になろうと思える。姉のディランの勇気によって僕は前に進み続けられたし、それが底知れぬ暗闇を僕が理解する助けになった。しかも本書の挿絵まで書いてくれた。妹のクインシーの結婚式とワインスタイン報道の詰めが重なって、僕は結婚式に出席できなかった。でも妹は許してくれた。ごめんね、クインシー！

もうジョナサンにはこの本を捧げると書いたし、いたるところに彼の話は出てくる。これ以上目立たなくてもいいんじゃない？

5 Elizabeth Wagmeister and Ramin Setoodeh, "Tom Brokaw Accused of Sexual Harassment By Former NBC Anchor," Variety, April 26, 2018.
6 Marisa Guthrie, "Tom Brokaw Rips 'Sensational' Accuser Claims: I Was 'Ambushed and Then Perp Walked,' " Hollywood Reporter, April 27, 2018.
7 トム・ブロコウからローナン・ファローへの電子メール, January 11, 2018.
8 Sarah Ellison, "NBC News Faces Skepticism in Remedying In-House Sexual Harassment," Washington Post, April 26, 2018.
9 David Usborne, "The Peacock Patriarchy," Esquire, August 5, 2018.
10 Lachlan Cartwright and Maxwell Tani, "Accused Sexual Harassers Thrived Under NBC News Chief Andy Lack," Daily Beast, September 21, 2018.
11 Maxwell Tani, "Insiders Doubt NBC Did a Thorough Job on Its #MeToo Probe," Daily Beast, May 11, 2018.（のちにNBCニュースは、カリーへの連絡はラウアーに関する内部調査の一環だったと語った。デイリー・ビースト誌への反論として、NBCは次のように述べている。「アン・カリーによるワシントン・ポスト紙へのコメントを聞いてすぐに、それがラウアーの内部調査に関わることだと考えたため、内部調査チームにいたNBCユニバーサルの社内上席弁護士が直接アン・カリーに連絡を取り2018年4月25日に彼女と話をした」）

58章　洗浄工作

1 John Koblin, "Ronan Farrow's Ex-Producer Says NBC Impeded Weinstein Reporting," New York Times, August 30, 2018.
2 アンディ・ラックの社内メモ, "Facts on the NBC News Investigation of Harvey Weinstein," September 3, 2018.
3 Emily Nestor quoted in Abid Rahman, "Weinstein Accuser Emily Nestor Backs Ronan Farrow in Row with 'Shameful' NBC," Hollywood Reporter, September 3, 2018.
4 Ambra Battilana Gutierrez (@AmbraBattilana) on Twitter, September 4, 2018.
5 former senior Miramax executive quoted by Yashar Ali (@Yashar) on Twitter, September 4, 2018.
6 Abby Ex (@abbylynnex) on Twitter, September 4, 2018.
7 エド・サスマンはNBCニュースのウィキペディアページの修正を提案した, "Talk:NBC News," Wikipedia, February 14, 2018.
8 Ashley Feinberg, "Facebook, Axios and NBC Paid This Guy to Whitewash Wikipedia Pages," HuffPost, March 14, 2019.

59章　ブラックリスト

1 トム・ブロコウからローナン・ファローへの電子メール, October 13, 2017.
2 Tucker Carlson Tonight, Fox News, October 11, 2017.

3 Miles Kenyon,"Dubious Denials & Scripted Spin," Citizen Lab, April 1, 2019.
4 Ross Marowits, "West Face Accuses Israeli Intelligence Firm of Covertly Targeting Employees," Financial Post, November 29, 2017.
5 Raphael Satter and Aron Heller, "Court Filing Links Spy Exposed by AP to Israel's Black Cube," Associated Press, February 27, 2019.

55章　内部崩壊

1 Charlotte Triggs and Michele Corriston, "Hoda Kotb and Savannah Guthrie Are Today's New Anchor Team," People.com, January 2, 2018.
2 Emily Smith and Yaron Steinbuch, "Matt Lauer Allegedly Sexually Harassed Staffer During Olympics," Page Six, New York Post, November 29, 2017.
3 Claire Atkinson, "NBCUniversal Report Finds Managers Were Unaware of Matt Lauer's Sexual Misconduct," NBC News, May 9, 2018.
4 Maxwell Tani, "Insiders Doubt NBC Did a Thorough Job on Its #MeToo Probe," Daily Beast, May 11, 2018, and David Usborne, "The Peacock Patriarchy," Esquire, August 5, 2018.
5 Ramin Setoodeh and Elizabeth Wagmeister, "Matt Lauer Accused of Sexual Harassment by Multiple Women," Variety, November 29, 2017.
6 Matt Lauer quoted in David Usborne, "The Peacock Patriarchy," Esquire, August 5, 2018.
7 Joe Scarborough quoted in David Usborne, "The Peacock Patriarchy," Esquire, August 5, 2018.
8 Ramin Setoodeh, "Inside Matt Lauer's Secret Relationship with a 'Today' Production Assistant (EXCLUSIVE)," Variety, December 14, 2017.
9 Ellen Gabler, Jim Rutenberg, Michael M. Grynbaum and Rachel Abrams, "NBC Fires Matt Lauer, the Face of 'Today'," New York Times, November 29, 2017.

56章　乾杯

1 Ari Wilkenfeld quoted in Elizabeth Wagmeister, "Matt Lauer Accuser's Attorney Says NBC Has Failed His Client During 'Today' Interview," Variety, December 15, 2017.

57章　急展開

1 Oliver Darcy, "Five Women Accuse Journalist and 'Game Change' Co-Author Mark Halperin of Sexual Harassment," CNNMoney website, October 26, 2017.
2 Variety Staff, "NBC News Fires Talent Booker Following Harassment Claims," Variety, November 14, 2017.
3 Erin Nyren, "Female Staffer Who Accused Chris Matthews of Sexual Harassment Received Severance from NBC," Variety, December 17, 2017.
4 Emily Stewart, "Tom Brokaw Is Accused of Sexual Harassment. He Says He's Been'Ambushed,' " Vox, Updated May 1, 2018.

7 Edmund Lee, "National Enquirer to Be Sold to James Cohen, Heir to Hudson News Founder," New York Times, April 18, 2019.
8 Keith J. Kelly, "Where Did Jimmy Cohen Get the Money to Buy AMI's National Enquirer?," New York Post, May 14, 2019.
9 Brooks Barnes and Jan Ransom, "Harvey Weinstein Is Said to Reach $44 Million Deal to Settle Lawsuits," New York Times, May 23, 2019.
10 Lachlan Cartwright and Pervaiz Shallwani,"Weinstein's Secret Weapon Is a 'Bloodhound' NYPD Detective Turned Private Eye," Daily Beast, November 12, 2018.
11 Elizabeth Wagmeister, "Former Weinstein Production Assistant Shares Graphic Account of Sexual Assault," Variety, October 24, 2017.
12 Jan Ransom, "Weinstein Releases Emails Suggesting Long Relationship With Accuser," New York Times, August 3, 2018.
13 Tarpley Hitt and Pervaiz Shallwani,"Harvey Weinstein Bombshell: Detective Didn't Tell D.A. About Witness Who Said Sex-Assault Accuser Consented," Daily Beast, October 11, 2018.
14 Benjamin Brafman quoted in Lachlan Cartwright and Pervaiz Shallwani, "Weinstein's Secret Weapon Is a 'Bloodhound' NYPD Detective Turned Private Eye," Daily Beast, November 12, 2018.
15 Benjamin Brafman quoted in Lachlan Cartwright and Pervaiz Shallwani, "Weinstein's Secret Weapon Is a 'Bloodhound' NYPD Detective Turned Private Eye," Daily Beast, November 12, 2018.
16 Gene Maddaus, "Some Weinstein Accusers Balk at $30 Million Settlement," Variety, May 24, 2019, and Jan Ransom and Danielle Ivory, " 'Heartbroken': Weinstein Accusers Say $44 Million Settlement Lets Him Off the Hook," New York Times, May 24, 2019.
17 Mara Siegler and Oli Coleman, "Harvey Weinstein Spotted Meeting with PI in Grand Central Terminal," Page Six, New York Post, March 20, 2019.
18 Mara Siegler and Oli Coleman,"Harvey Weinstein Spotted Meeting with PI in Grand Central Terminal," Page Six, New York Post, March 20, 2019.

53章　アクシオム

1 Alan Feuer, "Federal Prosecutors Investigate Weinstein's Ties to Israeli Firm," New York Times, September 6, 2018.

54章　ペガサス

1 フェイスブックのインフォタクティック・グループページとYouTubeに投稿されたインフォタクティック・グループの広報ビデオ, March 3, 2018.
2 Raphael Satter, "APNewsBreak: Undercover Agents Target Cybersecurity Watchdog," Associated Press, January 26, 2019.

6 Jake Pearson and Jeff Horwitz, "$30,000 Rumor? Tabloid Paid For, Spiked, Salacious Trump Tip," Associated Press, April 12, 2018.
7 Katie Johnson v. Donald J.Trump and Jeffrey E. Epstein, Case 5:16-cv-00797-DMG-KS, United States District Court Central District of California, complaint filed on April 26, 2016 and Jane Doe v. Donald J. Trump and Jeffrey E. Epstein, Case 1:16-cv-04642, United States District Court Southern District of New York, complaint filed on June 20, 2016.
8 Landon Thomas Jr., "Jeffrey Epstein: International Moneyman of Mystery," New York, October 28, 2002.
9 Julie K. Brown, "How a Future Trump Cabinet Member Gave a Serial Sex Abuser the Deal of a Lifetime," Miami Herald, November 28, 2018.
10 Jon Swaine, "Rape Lawsuits Against Donald Trump Linked to Former TV Producer," Guardian, July 7, 2016.
11 Emily Shugerman, "I Talked to the Woman Accusing Donald Trump of Rape," Revelist, July 13, 2016.
12 "Trump Sued by Teen 'Sex Slave' for Alleged 'Rape' — Donald Blasts 'Disgusting' Suit", RadarOnline.com, April 28, 2016; and "Case Dismissed! Judge Trashes Bogus Donald Trump Rape Lawsuit," RadarOnline.com, May 2, 2016.
13 Michael Rothfeld and Joe Palazzolo, "Trump Lawyer Arranged $130,000 Payment for Adult-Film Star's Silence," Wall Street Journal, Updated January 12, 2018.
14 Greg Price, "McDougal Payment from American Media Was Trump Campaign Contribution, Watchdog Group Claims to FEC," Newsweek, February 19, 2018.
15 Jim Rutenberg, Kate Kelly, Jessica Silver-Greenberg, and Mike McIntire, "Wooing Saudi Business, Tabloid Mogul Had a Powerful Friend: Trump," New York Times, March 29, 2018.

52章　共犯者

1 Jake Pearson and Jeff Horwitz, "AP Exclusive: Top Gossip Editor Accused of Sexual Misconduct," Associated Press, December 5, 2017.
2 AMIからの電子メール, April 17, 2018.
3 Michael D. Shear, Matt Apuzzo, and Sharon LaFraniere,"Raids on Trump's Lawyer Sought Records of Payments to Women," New York Times, April 10, 2018.
4 Letter from the United States Attorney for the Southern District of New York to American Media Inc., September 20, 2018.
5 Jeff Bezos, "No Thank You, Mr. Pecker." Medium.com, February 7, 2019.
6 Devlin Barrett, Matt Zapotosky, and Cleve R.Wootson Jr., "Federal Prosecutors Reviewing Bezos's Extortion Claim Against National Enquirer, Sources Say," Washington Post, February 8, 2019.

cember 6, 2016.
14 ブラックキューブのイギリスの弁護士事務所からローナン・ファローへの電子メール, November 2, 2017.
15 アビ・ヤヌスからの電子メール, October 31, 2017.
16 スリーパー1973からローナン・ファローへの電子メール, November 2, 2017.

50章　プレイメイト

1 Karen McDougal quoted in Ronan Farrow, "Donald Trump, a Playboy Model, and a System for Concealing Infidelity," The New Yorker, February 16, 2018. この記事の内容は他の章でも触れられている。
2 Jordan Robertson, Michael Riley, and Andrew Willis, "How to Hack an Election," Bloomberg Businessweek, March 31, 2016.
3 Beth Reinhard and Emma Brown, "The Ex-Playmate and the Latin American Political Operative: An Untold Episode in the Push to Profit from an Alleged Affair with Trump," Washington Post, May 28, 2018.
4 Joe Palazzolo, Nicole Hong, Michael Rothfeld, Rebecca Davis O'Brien, and Rebecca Ballhaus, "Donald Trump Played Central Role in Hush Payoffs to Stormy Daniels and Karen McDougal," Wall Street Journal, November 9, 2018.
5 キース・デビッドソンからカレン・マクドゥーガルへの電子メール, August 5, 2016.
6 Cameron Joseph, "Enquirer Gave Trump's Alleged Mistress a Trump Family Associate to Run Her PR," Talking Points Memo, March 27, 2018.
7 ディラン・ハワードからカレン・マクドゥーガルへの電子メール, June 23, 2017.
8 AMIの法律顧問からの電子メール, January 30, 2018.
9 Ronan Farrow, "Donald Trump, a Playboy Model, and a System for Concealing Infidelity," The New Yorker, February 16, 2018.

51章　吸血生物チュパカブラ

1 Ronan Farrow, "The National Enquirer, a Trump Rumor, and Another Secret Payment to Buy Silence," The New Yorker, April 12, 2018. この記事の内容は他の章でも触れられている。
2 Nikki Benfatto quoted in Edgar Sandoval and Rich Schapiro, "Ex-Wife of Former Trump Building Doorman Who Claimed the President Has a Love Child Says He's a Liar," New York Daily News, April 12, 2018.
3 Michael Calderone, "How a Trump 'Love Child' Rumor Roiled the Media," Politico, April 12, 2018.
4 "Prez Love Child Shocker! Ex-Trump Worker Peddling Rumor Donald Has Illegitimate Child," RadarOnline.com, April 11, 2018.
5 ディラン・ハワードからデビッド・レムニックへの電子メール, April 11, 2018.

Wall Street Journal, August 29, 2017.
3 Mark Maremont, Jacquie McNish and Rob Copeland, "Former Israeli Actress Alleged to Be Operative for Corporate-Investigation Firm," Wall Street Journal, November 16, 2017.
4 Matthew Goldstein and William K. Rashbaum,"Deception and Ruses Fill the Toolkit of Investigators Used by Weinstein," New York Times, November 15, 2017.
5 The Woman from Sarajevo (2007, dir. Ella Alterman).
6 Yuval Hirshorn, "Inside Black Cube — the'Mossad' of the Business World," Forbes Israel, June 9, 2018.
7 Rose McGowan quoted in Ronan Farrow, "Harvey Weinstein's Army of Spies," The New Yorker, November 6, 2017.この記事の内容は他の章でも触れられている。

49章　真空

1 "Confidential memo to counsel, Re: Jodi Kantor/Ronan Farrow Twitter Contacts and Potential Sources," psops report, July 18, 2017.
2 ダン・カーソンからハーヴェイ・ワインスタインへの電子メール, October 22, 2016.
3 ブレア・バークからハーヴェイ・ワインスタインへの電子メール, October 23, 2016.
4 ダン・カーソンからハーヴェイ・ワインスタインへの電子メール, October 13, 2016.
5 ダン・カーソンからハーヴェイ・ワインスタインへの電子メール, October 13, 2016.
6 ダン・カーソンからハーヴェイ・ワインスタインへの電子メール, October 23, 2016.
7 "Confidential memo to counsel, Re: Weinstein Inquiry, Re: Rose Arianna McGowan," psops report, November 8, 2016.
8 "Confidential memo to counsel, Re: Weinstein Inquiry, Re: Adam Wender Moss," psops report, December 21, 2016.
9 "Confidential memo to counsel, Re: Weinstein Inquiry," psops report, November 11, 2016.
10 "Confidential memo to counsel, Re:Jodi Kantor/Ronan Farrow Twitter Contacts and Potential Sources," psops report, July 18, 2017.
11 ディラン・ハワードからハーヴェイ・ワインスタインへの電子メール, December 7, 2016.
12 ディラン・ハワードからハーヴェイ・ワインスタインへの電子メール, December 7, 2016.
13 ハーヴェイ・ワインスタインからディラン・ハワードへの電子メール, De-

vey Weinstein Following Sexual Harassment Allegations," Elle, October 9, 2017.

45章　バスローブ

1 ダイアナ・フィリップからローズ・マッゴーワンへの電子メール, October 10, 2017.
2 Annabella Sciorra quoted in Ronan Farrow, "Weighing the Costs of Speaking Out About Harvey Weinstein," The New Yorker, October 27, 2017. この記事の内容は他の章でも触れられている。

46章　なりすまし

1 Miriam Shaviv, "IDF Vet Turned Author Teases UK with Mossad Alter Ego," Times of Israel, February 8, 2013.
2 Seth Freedman, Dead Cat Bounce (United Kingdom, London: Cutting Edge Press, 2013), loc 17 of 3658, Kindle.
3 Mark Townsend, "Rose McGowan: 'Hollywood Blacklisted Me Because I Got Raped,'" Guardian, October 14, 2017.
4 Adam Entous and Ronan Farrow, "Private Mossad for Hire," The New Yorker, February 11, 2019.
5 Haaretz staff, "Ex-Mossad Chief Ephraim Halevy Joins Spy Firm Black Cube," Haaretz, November 11, 2018.
6 Adam Entous and Ronan Farrow, "Private Mossad for Hire," The New Yorker, February 11, 2019.
7 Yuval Hirshorn, "Inside Black Cube — the 'Mossad' of the Business World," Forbes Israel, June 9, 2018.
8 Hadas Magen, "Black Cube — a 'Mossad-style' Business Intelligence Co," Globes, April 2, 2017.
9 スリーパー1973からの電子メール, October 31, 2017.

47章　漏洩

1 ボイーズ・シラー・フレクスナー法律事務所とブラックキューブの契約, July 11, 2017.
2 Yuval Hirshorn, "Inside Black Cube — the 'Mossad' of the Business World," Forbes Israel, June 9, 2018.
3 デビッド・ボイーズからローナン・ファローへの電子メール, November 4, 2017.
4 スリーパー1973からローナン・ファローへの電子メール, November 1, 2017.

48章　ストーカー

1 Ronan Farrow,"Israeli Operatives Who Aided Harvey Weinstein Collected Information on Former Obama Administration Officials," The New Yorker, May 6, 2018.
2 Mark Maremont, "Mysterious Strangers Dog Controversial Insurer's Critics,"

Science Monitor, June 19, 2015.
4 Tara Lachapelle, "Comcast's Roberts, CEO for Life, Doesn't Have to Explain," Bloomberg, June 11, 2018.
5 Jeff Leeds, "Ex-Disney Exec Burke Knows His New Prey," Los Angeles Times, February 12, 2004.
6 Yashar Ali, "At NBC News, the Harvey Weinstein Scandal Barely Exists," HuffPost, October 6, 2017.
7 Dave Itzkoff, "'S.N.L' Prepped Jokes About Harvey Weinstein, Then Shelved Them," New York Times, October 8, 2017.

42章　説教

1 Megan Twohey and Johanna Barr, "Lisa Bloom, Lawyer Advising Harvey Weinstein, Resigns Amid Criticism From Board Members," New York Times, October 7, 2017.

43章　隠し立て

1 Jake Tapper (@jaketapper) on Twitter, October 10, 2017.
2 Lloyd Grove, "How NBC 'Killed' Ronan Farrow's Weinstein Exposé," Daily Beast, October 11, 2017.
3 The Rachel Maddow Show, October 10, 2017.

44章　嘘の上塗り

1 Rielle Hunter, What Really Happened: John Edwards, Our Daughter, and Me (Dallas, TX; BenBella Books, 2012), loc 139 of 3387, Kindle.
2 Joe Johns and Ted Metzger, "Aide Recalls Bizarre Conversation with Edwards Mistress," CNN, May 4, 2012.
3 The Today show with Matt Lauer, Hoda Kotb, and Savannah Guthrie, October 11, 2017.
4 David Remnick on CBS Sunday Morning, November 26, 2017.
5 Megan Twohey, Jodi Kantor, Susan Dominus, Jim Rutenberg, and Steve Eder, "Weinstein's Complicity Machine," New York Times, December 5, 2017.
6 Lena Dunham quoted in Megan Twohey, Jodi Kantor, Susan Dominus, Jim Rutenberg, and Steve Eder, "Weinstein's Complicity Machine," New York Times, December 5, 2017.
7 Jeremy Barr, "Hillary Clinton Says She's 'Shocked and Appalled' by Harvey Weinstein Claims," Hollywood Reporter, October 10, 2017.
8 "Harvey Weinstein a Sad, Sick Man —Woody Allen," BBC News, October 16, 2017.
9 Rory Carroll, "Rightwing Artist Put Up Meryl Streep 'She Knew' Posters as Revenge for Trump," Guardian, December 20, 2017.
10 Meryl Streep quoted in Emma Dibdin, "Meryl Streep Speaks Out Against Har-

2017.
2 Claire Forlani quoted in Ashley Lee, "Claire Forlani on Harvey Weinstein Encounters: 'I Escaped Five Times,' " Hollywood Reporter, October 12, 2017.
3 メリル・ストリープからローナン・ファローへの電子メール, September 28, 2017.
4 Amy Kaufman and Daniel Miller, "Six Women Accuse Filmmaker Brett Ratner of Sexual Harassment or Misconduct," Los Angeles Times, November 1, 2017.

38章　セレブ

1 ハーヴェイ・ワインスタインからディラン・ハワードへの電子メール, September 22, 2017.
2 Megan Twohey, "Tumult After AIDS Fund-Raiser Supports Harvey Weinstein Production," New York Times, September 23, 2017.

39章　核シェルター

1 ハーダー・ミレル＆エイブラムズからの書簡, October 2, 2017.
2 ハーヴェイ・ワインスタインのオフィスからディラン・ハワードへの電子メール, October 4, 2017.
3 ファビオ・ベルトーニからチャールズ・ハーダーへの電子メール, October 4, 2017.
4 Kim Masters and Chris Gardner, "Harvey Weinstein Lawyers Battling N.Y. Times, New Yorker Over Potentially Explosive Stories," Hollywood Reporter, October 4, 2017.
5 Brent Lang, Gene Maddaus and Ramin Setoodeh, "Harvey Weinstein Lawyers Up for Bombshell New York Times, New Yorker Stories," Variety, October 4, 2017.

40章　恐竜

1 Adam Ciralsky, " 'Harvey's Concern Was Who Did Him In': Inside Harvey Weinstein's Frantic Final Days," Vanity Fair, January 17, 2018.
2 Lisa Bloom (@LisaBloom) on Twitter, October 5, 2017.
3 Lisa Bloom quoted in Nicole Pelletiere,"Harvey Weinstein's Advisor, Lisa Bloom, Speaks Out: 'There Was Misconduct,'" ABC News, October 7, 2017.
4 ハーヴェイ・ワインスタインがニューヨーク・タイムズ紙に語った発言, October 5, 2017.

41章　戦闘開始

1 Shawn Tully, "How a Handful of Billionaires Kept Their Friend Harvey Weinstein in Power," Fortune, November 19, 2017.
2 ハーヴェイ・ワインスタインからブライアン・ロバーツへの電子メール, October 6, 2017.
3 Ellen Mayers, "How Comcast Founder Ralph Roberts Changed Cable," Christian

7 ロン・メイヤーからハーヴェイ・ワインスタインへの電子メール, September 27, 2017.
8 デビッド・グラッサーからハーヴェイ・ワインスタインへの電子メール, September 27, 2017.
9 デビッド・グラッサーからハーヴェイ・ワインスタインへの電子メール, September 27, 2017.
10 ロン・メイヤーからハーヴェイ・ワインスタインへの電子メール, October 2, 2017.
11 ハーヴェイ・ワインスタインとノア・オッペンハイムとの電子メールのやりとり, September 25, 2017.
12 ワッサースタインからスタッフへの電子メール, September 25, 2017. (オッペンハイムに近い情報筋は「もしワインスタインが超高級ウォッカを贈ってオッペンハイムが飲まなかったら、アシスタントがもう一度贈っていただろう」と言っている)

34章　手紙

1 ブライアン・ロードからハーヴェイ・ワインスタインへの電子メール, September 26, 2017.
2 ハーダー・ミレル＆エイブラムズからの書簡, September 29, 2017.

35章　ミミック

1 Peter Jackson quoted in Molly Redden, "Peter Jackson: I Blacklisted Ashley Judd and Mira Sorvino Under Pressure from Weinstein," Guardian, December 16, 2017.
2 Jodi Kantor, "Tarantino on Weinstein: 'I Knew Enough to Do More Than I Did,'" New York Times, October 19, 2017.
3 "Rosanna (Lisa) Arquette," Black Cube profile, 2017.
4 ハーヴェイ・ワインスタインからデビッド・グラッサーへの電子メール, September 27, 2017.
5 Megan Twohey, Jodi Kantor, Susan Dominus, Jim Rutenberg, and Steve Eder, "Weinstein's Complicity Machine," New York Times, December 5, 2017.

36章　狩人

1 Yohana Desta, "Asia Argento Accuser Jimmy Bennett Details Alleged Assault in Difficult First TV Interview," Vanity Fair, September 25, 2018.
2 Dino-Ray Ramos, "Asia Argento Claims Jimmy Bennett 'Sexually Attacked Her', Launches 'Phase Two' Of #MeToo Movement," Deadline, September 5, 2018.
3 Lisa O'Carroll, "Colin Firth Expresses Shame at Failing to Act on Weinstein Allegation," Guardian, October 13, 2017.

37章　アナ

1 Lauren O'Connor quoted in Jodi Kantor and Meghan Twohey, "Harvey Weinstein Paid Off Sexual Harassment Accusers for Decades," New York Times, October 5,

5 Noah Oppenheim, "The Postures of Punch Season," Harvard Crimson, October 9, 1998.

29章　ファカクタ

1 デビッド・レムニックからローナン・ファローへの電子メール, August 9, 2017.
2 ダイアナ・フィリップからジョン・クサルへの電子メール, August 11, 2017.

30章　飲料ボトル

1 Dorothy Rabinowitz, "Juanita Broaddrick Meets the Press," Wall Street Journal, Updated February 19, 1999.
2 David Corvo quoted in Lachlan Cartwright and Maxwell Tani, "Accused Sexual Harassers Thrived Under NBC News Chief Andy Lack," Daily Beast, September 21, 2018.
3 David Corvo quoted in Lachlan Cartwright and Maxwell Tani, "Accused Sexual Harassers Thrived Under NBC News Chief Andy Lack," Daily Beast, September 21, 2018.

31章　皆既日食

1 Lachlan Cartwright and Maxwell Tani, "Accused Sexual Harassers Thrived Under NBC News Chief Andy Lack," Daily Beast, September 21, 2018.
2 ノア・オッペンハイムからローナン・ファローへのショートメール, August 17, 2017.
3 ノア・オッペンハイムからローナン・ファローへのショートメール, August 21, 2017.

32章　ハリケーン

1 "NBC Gives Sleazy Lauer One More Chance," National Enquirer, December 19, 2016.
2 "Hey Matt, That's Not Your Wife!" National Enquirer, September 25, 2017.

33章　最高級ウォッカ

1 ハーヴェイ・ワインスタインからデビッド・ペッカーへの電子メール, September 28, 2017.
2 デビッド・ペッカーからハーヴェイ・ワインスタインへの電子メール, September 28, 2017.
3 ハーヴェイ・ワインスタインからデビッド・ペッカーへの電子メール, September 28, 2017.
4 デビッド・ペッカーからハーヴェイ・ワインスタインへの電子メール, September 28, 2017.
5 デボラ・ターネスからハーヴェイ・ワインスタインへの電子メール, September 20, 2017.
6 ハーヴェイ・ワインスタインからロン・メイヤーへの電子メール, September 27, 2017.

2 アビ・ヤヌスからクリストファー・ボイーズへの電子メール, June 12, 2017.
3 アビ・ヤヌスからクリストファー・ボイーズへの電子メール, June 18, 2017.
4 ブラックキューブのプロジェクトマネジャーからの電子メール, June 23, 2017.

18章　クイディッチ

1 リサ・ブルームからのショートメール, July 13, 2017.
2 "Confidential memo to counsel Re: Jodi Kantor/Ronan Farrow Twitter Contacts and Potential Sources," psops report, July 18, 2017.
3 "Cameraman that is working with Ronan Farrow: JB Rutagarama," Black Cube profile, 2017.

19章　スパイラル

1 Zelda Perkins quoted in Ronan Farrow, "Harvey Weinstein's Secret Settlements," The New Yorker, November 21, 2017. この記事の内容は他の章でも触れられている。
2 Peter Kafka, "Why Did Three Sites Pass on a Story About an Amazon Exec Before It Landed at The Information?," Recode, September 12, 2017.
3 ダイアナ・フィリップからローズ・マッゴーワンへの電子メール, July 24, 2017.

22章　日産パスファインダー

1 ダイアナ・フィリップからローナン・ファローへの電子メール, July 31, 2017.

23章　キャンディ

1 ヒラリー・クリントンからの手紙, July 20, 2017.

24章　一時停止

1 Yashar Ali, "Fox News Host Sent Unsolicited Lewd Text Messages To Colleagues, Sources Say," HuffPost, August 4, 2017.
2 Hollywood Reporter Staff, "Jay Z, Harvey Weinstein to Receive Inaugural Truthteller Award from L.A. Press Club," Hollywood Reporter, June 2, 2017.

26章　小僧

1 Jon Campbell, "Who Got Harvey Weinstein's Campaign Cash and Who Gave It Away," Democrat and Chronicle, October 9, 2017.
2 Emily Smith, "George Pataki Fetes His Daughter's New Book," Page Six, New York Post, March 9, 2016.

28章　板挟み

1 Noah Oppenheim, "Reading 'Clit Notes,' " Harvard Crimson, April 3, 1998.
2 Noah Oppenheim, "Transgender Absurd," Harvard Crimson, February 24, 1997.
3 Noah Oppenheim, "Remembering Harvard," Harvard Crimson, May 22, 2000.
4 Noah Oppenheim, "Considering 'Women's Issues' at Harvard," Harvard Crimson, December 17, 1999.

12章　笑い話

1 Jason Zengerle, "Charles Harder, the Lawyer Who Killed Gawker, Isn't Done Yet," GQ, November 17, 2016.

13章　大統領のイチモツ

1 Ken Auletta, "Beauty and the Beast," The New Yorker, December 8, 2002.
2 ダイアナ・フィリップからレイシー・リンチへの電子メール, July 31, 2017.
3 レイシー・リンチからローズ・マッゴーワンに転送されたダイアナ・フィリップからの電子メール, April 10, 2017.
4 サラ・ネスからハーヴェイ・ワインスタインへの電子メール, April 11, 2017.
5 Nora Gallagher, "Hart and Hart May Be Prime-Time Private Eyes but Jack & Sandra Are for Real," People Magazine, October 8, 1979.
6 Michael Isikoff, "Clinton Team Works to Deflect Allegations on Nominee's Private Life," Washington Post, July 26, 1992.
7 Jane Mayer, "Dept. of Snooping," The New Yorker, February 16, 1998.
8 Jack Palladino quoted in Seth Rosenfeld, "Watching the Detective," San Francisco Chronicle, January 31, 1999.

14章　ひよっこ

1 Manuel Roig-Franzia, "Lanny Davis, the Ultimate Clinton Loyalist, Is Now Michael Cohen's Lawyer. But Don't Call It Revenge," Washington Post, August 23, 2018.
2 Christina Wilkie, "Lanny Davis Wins Lobbying Fees Lawsuit Against Equatorial Guinea," HuffPost, August 27, 2013.
3 アビ・ヤヌスからクリストファー・ボイーズへの電子メール, April 24, 2017.
4 Phyllis Furman, "Proud as a Peacock," New York Daily News, March 1, 1998.
5 "The Peripatetic News Career of Andrew Lack," New York Times, June 9, 2015.
6 アビ・ヤヌスからクリストファー・ボイーズへの電子メール, May 5, 2017.

15章　妨害工作

1 "a great deal of information": セス・フリードマンからベンジャミン・ウォレスへの電子メール, February 8, 2017.

16章　ハーヴェイのおともだち

1 Anna Palmer, Jake Sherman, and Daniel Lippman, Politico Playbook, June 7, 2017.
2 アーウィン・レイターからエミリー・ネスターへのリンクトインメッセージ, December 30, 2014.
3 アーウィン・レイターからエミリー・ネスターへのリンクトインメッセージ, October 14, 2016.

17章　６６６

1 アビ・ヤヌスからクリストファー・ボイーズへの電子メール, June 6, 2017.

6 Ronan Farrow, "My Father, Woody Allen, and the Danger of Questions Unasked," Hollywood Reporter, May 11, 2016.

6章　手がかり

1 Richard Greenberg, "Desperation Up Close," Dateline NBC blog, updated January 23, 2004.
2 Jennifer Senior (@JenSeniorNY) on Twitter, March 30, 2015.
3 David Carr, "The Emperor Miramaximus," New York, December 3, 2001.

7章　ファントム

1 Bill Carter, "NBC News President Rouses the Network," New York Times, August 24, 2014.
2 Michael Phillips, " 'Brave': Rose McGowan's Memoir Details Cult Life, Weinstein Assault and Hollywood's Abuse of Women," Chicago Tribune, February 6, 2018.

8章　銃

1 Michael Schulman, "Shakeup at the Oscars," The New Yorker, February 19, 2017; and Jesse David Fox, "A Brief History of Harvey Weinstein's Oscar Campaign Tactics," Vulture, January 29, 2018.
2 Variety Staff, "Partners Get Chewed in UTA's Family Feud," Variety, January 15, 1995.
3 Gavin Polone,"Gavin Polone on Bill Cosby and Hollywood's Culture of Payoffs, Rape and Secrecy (Guest Column)," Hollywood Reporter, December 4, 2014.
4 Danika Fears and Maria Wiesner, "Model who accused Weinstein of molestation has sued before," Page Six, New York Post, March 31, 2015.

9章　ミニオンズ

1 the district attorney's office announced: James C. McKinley Jr., "Harvey Weinstein Won't Face Charges After Groping Report," New York Times, April 10, 2015.
2 Jay Cassano and David Sirota,"Manhattan DA Vance Took $10,000 From Head Of Law Firm On Trump Defense Team, Dropped Case," International Business Times, October 10, 2017.
3 David Sirota and Jay Cassano, "Harvey Weinstein's Lawyer Gave $10,000 To Manhattan DA After He Declined To File Sexual Assault Charges," International Business Times, October 5, 2017.

11章　弁護士リサ・ブルーム

1 Rebecca Dana, "Slyer Than Fox," New Republic, March 25, 2013.
2 リサ・ブルームからローナン・ファローへの電子メール, March 14, 2014.
3 Lisa Bloom on Ronan Farrow Daily, MSNBC, February 27, 2015.
4 Lisa Bloom on Ronan Farrow Daily, MSNBC, February 27, 2015.

7 “The Weinstein Company Partnering with American Media, Inc. to Produce Radar Online Talk Show,” My New York Eye, January 5, 2015.
8 Ramin Setoodeh, “Ashley Judd Reveals Sexual Harassment by Studio Mogul,” Variety, October 6, 2015.
9 ディラン・ハワードからハーヴェイ・ワインスタインへの電子メール, December 7, 2016.

4章 ボタン

1 Jared Hunt, “Today Show Host Left $65 in W.Va.,” Charleston Gazette-Mail, October 19, 2012.
2 Emily Smith, “NBC Pays for Matt Lauer's Helicopter Rides to Work,” Page Six, New York Post, September 3, 2014.
3 Ian Mohr, “Ronan Farrow Goes from Anchor's Desk to Cubicle,” Page Six, New York Post, December 14, 2016.
4 Noah Oppenheim quoted in Mike Fleming Jr., “Rising Star Jackie Screenwriter Noah Oppenheim Also Runs NBC's Today? How Did That Happen?,” Deadline, September 16, 2016.
5 “Oppenheim to Lauer: ‘There Is No Summer House,’ ” Today.com, October 16, 2007.
6 Noah Oppenheim quoted in Mike Fleming Jr., “Rising Star ‘Jackie’ Screenwriter Noah Oppenheim Also Runs NBC's ‘Today’? How Did That Happen?,” Deadline, September 16, 2016.
7 Noah Oppenheim quoted in Mike Fleming Jr.,“Rising Star ‘Jackie’ Screenwriter Noah Oppenheim Also Runs NBC's ‘Today’? How Did That Happen?,” Deadline, September 16, 2016.
8 Alex French and Maximillion Potter, “Nobody Is Going to Believe You,” the Atlantic, January 23, 2019.

5章 カンダハール

1 アビ・ヤヌスからクリストファー・ボイーズへの電子メール, November 25, 2016.
2 アビ・ヤヌスからクリストファー・ボイーズへの電子メール, November 28, 2016.
3 PJF Military Collection, Alamy.com stock photo, photo of Rose McGowan and U.S. Navy Petty Officer 2nd Class Jennifer L. Smolinski, an intelligence specialist with Naval Construction Regiment 22, at Kandahar Air Field, Afghanistan, March 29, 2010.
4 Rose McGowan, BRAVE (New York: HarperCollins, 2018), 154.
5 Andy Thibault, “How Straight-Shooting State's Attorney Frank Maco Got Mixed Up in the Woody-Mia Mess,” Connecticut Magazine, March 31, 1997.

6 Donna Gigliotti quoted in Ken Auletta, "Beauty and the Beast," The New Yorker, December 8, 2002.
7 Leena Kim, "A Night Out with NYC's Former Police Commissioner," Town & Country, October 30, 2016.
8 Ashley Lee, "Weinstein Co. Sets Exclusive Film and TV First-Look Deal with Jay Z," Hollywood Reporter, September 29, 2016.
9 Harvey Weinstein quoted in Zaid Jilani,"Harvey Weinstein Urged Clinton Campaign to Silence Sanders's Black Lives Matter Message," Intercept, October 7, 2016.
10 Ashley Lee, "Harvey Weinstein, Jordan Roth Set Star-Studded Broadway Fundraiser for Hillary Clinton," Hollywood Reporter, September 30, 2016.
11 Robert Viagas, "Highlights of Monday's All-Star Hillary Clinton Broadway Fundraiser," Playbill, October 18, 2016.
12 Stephen Galloway, "Harvey Weinstein, the Comeback Kid," Hollywood Reporter, September 19, 2016.
13 James B. Stewart, "David Boies Pleads Not Guilty," New York Times, September 21, 2018.
14 ハーヴェイ・ワインスタインからの電子メール, October 16, 2016.
15 ブラックキューブのウェブサイト, "What makes us unique," under "Cutting-Edge Analytical Skills."

3章　汚点

1 Joe Palazzolo, Michael Rothfeld and Lukas I. Alpert, "National Enquirer Shielded Donald Trump From Playboy Model's Affair Allegation," Wall Street Journal, November 4, 2016.
2 "Cedars Sinai Fires Six over Patient Privacy Breaches After Kardashian Gives Birth," Associated Press, July 13, 2013.
3 David Pecker quoted in Jeffrey Toobin, "The National Enquirer's Fervor for Trump," The New Yorker, June 26, 2017.
4 Maxwell Strachan, "David Pecker's DARKEST TRUMP SECRETS: A National Enquirer Insider Tells All!" HuffPost, August 24, 2018.
5 Jack Shafer, "Pravda on the Checkout Line," Politico Magazine, January/February 2017.
6 わいせつ露出、コカイン所持、車両窃盗（これは重罪となった）などで起訴されたレニー・ダイクストラは、「ディラン・ハワードはお前の大ファンだ。毎日お前の番組を聴いている」と書き送った。ダイクストラはハワードとジョーンズをメールの宛先に入れ、二人はミーティングを持つことを話し合った。レニー・ダイクストラからアレックス・ジョーンズに宛てた電子メール, October 10, 2015.

ソースノート

1章　トランプ動画

1 David A. Fahrenthold, "Trump Recorded Having Extremely Lewd Conversation About Women in 2005," Washington Post, October 8, 2016.
2 テレビ番組「アクセス・ハリウッド」でのビリー・ブッシュとドナルド・トランプの映像, 2005.
3 テレビ番組「アクセス・ハリウッド」でのビリー・ブッシュによるジェニファー・ロペスへのインタビュー, 2002.
4 Jack Shafer, "Why Did NBC News Sit on the Trump Tape for So Long?," Politico Magazine, October 10, 2016.
5 "NBC Planned to Use Trump Audio to Influence Debate, Election," TMZ, October 12, 2016.
6 Paul Farhi, "NBC Waited for Green Light from Lawyers Before Airing Trump Video," Washington Post, October 8, 2016.
7 "Get to Know Billy Bush — from Billy Himself, As His Parents Send Special Wishes," Today show, August 22, 2016.
8 "Here's How the Today show Addressed Billy Bush's Suspension On-Air," Entertainment Tonight, October 10, 2016.
9 Michael M. Grynbaum and John Koblin,"Gretchen Carlson of Fox News Files Harassment Suit Against Roger Ailes," New York Times, July 6, 2016.
10 Edward Helmore, "Anti-Trump Protests Continue Across US as 10,000 March in New York," Guardian, November 12, 2016.
11 Emanuella Grinberg, "These Tweets Show Why Women Don't Report Sexual Assault," CNN, October 13, 2016.
12 Rose McGowan quoted in Gene Maddaus,"Rose McGowan Says a Studio Executive Raped Her," Variety, October 14, 2016.

2章　誘い

1 Ronan Farrow, "From Aggressive Overtures to Sexual Assault: Harvey Weinstein's Accusers Tell Their Stories," The New Yorker, October 10, 2017.この記事の内容は他の章でも触れられている。
2 Catherine Shoard, "They Know Him as God, but You Can Call Him Harvey Weinstein," Guardian, February 23, 2012.
3 Ken Auletta, "Beauty and the Beast," The New Yorker, December 8, 2002.
4 Harvey Weinstein quoted in Margaret Sullivan, "At 18, Harvey Weinstein Penned Tales of an Aggressive Creep. It Sure Sounds Familiar Now," Washington Post, October 17, 2017.
5 Edward Jay Epstein, "The Great Illusionist," Slate, October 10, 2005.

訳者あとがき

二〇一七年一月二一日。トランプ大統領就任式の翌日、首都ワシントンDCはピンクの猫耳帽で埋め尽くされた。この日のウィメンズマーチに参加した人の数は五〇万人と言われる。ニューヨークでも女性の権利を求めて四〇万人が行進し、全米で三〇〇万人がこの集会に参加した。ウィメンズマーチはその後ロンドン、パリ、東京など世界各地に広がっていく。

選挙戦終盤、投票日まであと数週間に迫った二〇一六年十月、トランプが十一年前に芸能ゴシップ番組のロケバスの中で撮影した動画が浮上した。「金と権力さえあれば女のお〇〇こを鷲摑みにできる」と自慢げに語るトランプの声と、それに嬉々《きき》として合いの手を入れる番組司会者の姿が全米に公開されたのだ。だがそのトランプが大統領に就任した。とはいえ就任式翌日にウィメンズマーチに参加した人たちの動機はトランプへの怒りだけではなかった。金と権力にものを言わせて女性の尊厳をふみにじることを許すような社会システムそのものへの鬱積《うっせき》した怒りがここにきてふき出したのだった。

#MeTooを世界中に広めた記事

ハリウッドで神様と崇められる映画プロデューサーのハーヴェイ・ワインスタインが、

二〇年以上にわたって多くの女性に性的嫌がらせと暴行を働いてきたことをニューヨーク・タイムズ紙が暴露したのは二〇一七年十月五日のことだった。ローナン・ファローが本書のもとになる記事の第一弾をニューヨーカー誌に発表したのは、それからわずか五日後の十月十日である。ファローの記事にはニューヨーク・タイムズ紙が使わない言葉が使われていた。「レイプ」である。オンレコ（報道を前提）に話をしてくれた十三人のうち、三人がワインスタインに「レイプ」されたと証言し、その状況を生々しく語っていた。もう一つ、ファローは決定的な証拠を手に入れていた。それはワインスタインが嫌がるイタリア人モデルを脅し、ホテルの部屋に無理矢理連れ込もうとした際の音声テープである。そのテープの中でワインスタインは「いつものこと」だと言っていた。ワインスタインが性犯罪の常習者である確たる証拠がそこにあった。

ニューヨーク・タイムズ紙とニューヨーカー誌の一連の報道を受けて、ソーシャルメディア上で #MeToo のタグのもと、数多くの人々が性的被害の体験を打ち明けた。辱めを受け、そんな自分を責め、職場や学校や家庭を恐れ、トラウマに苦しんできた女性と男性の叫びが世界中にこだました。

一年近い調査の中で被害者に辛抱強く寄り添ってその声をすくいあげ、権力者の脅しと圧力に屈することなくワインスタイン報道を世に出したニューヨーク・タイムズ紙の二人の記者とローナン・ファローは二〇一八年のピューリッツァー賞を受賞する。二〇一七年末にタイム誌のパーソン・オブ・ザ・イヤーとして表紙を飾ったのは、勇気を持って声をあげた女性たちだった。

天才セレブ二世ローナン・ファロー

著者のローナン・ファローは女優ミア・ファローを母に持つセレブリティ二世である。父親は映画監督のウディ・アレン。一五歳で大学を卒業し、二一歳で名門イェール大学の法科大学院を卒業。ローズ奨学生に選ばれてオックスフォード大学でも学んだ。一〇代でユニセフの広報を担当し、その後国務省に勤務してアフガニスタンとパキスタンを担当する。国務省を辞めたあとは外交政策の本を執筆するかたわら、ケーブルテレビのMSNBCで自分の番組を持ち、その後全米ネットワーク局NBCの調査報道記者となった。NBCの朝の超人気番組である『トゥデイ』の報道コーナーを担当するようになって割り当てられたいくつかのネタのうちのひとつを調査するうち、ハリウッドの大物プロデューサーが長年にわたって常習的に女性に性的暴行を加え、組織ぐるみでそのことを隠蔽してきたことを突き止めた。

ローナン・ファローはそれまで親の七光りを避けて生きてきた。弁護士の資格を取り、国家に仕え、調査報道の仕事にやりがいを見出し、将来はニュースキャスターとしての道を目指していた。義姉のディランが父親のウディ・アレンを性的虐待で訴えたことについては、口を閉ざしてきた。そうして過去を封印してきたファローが皮肉にも、権力者による性的虐待を世間に問うことになったのである。

キャッチ・アンド・キルとは

長年にわたって女性たちを性的に搾取し続けてきたのはハーヴェイ・ワインスタインだけではない。不正を世に出すべき報道機関でも、政界でも、学術界でも、金と力で告発者の口を塞いできた。権力者を守りたい組織は示談金と引き換えに被害者に秘密保持契約を結ばせ、口を開けば損害賠償を求めると脅かしていた。告発者バッシングに加担したメディアも少なくない。ナショナル・エンクワイヤラー紙はハーヴェイ・ワインスタインと裏で手を結び、被害女性のありもしないスキャンダルをこれでもかと書き立てた。トランプ前大統領と関係のあったポルノ女優やモデルたちから「独占インタビュー」と称して不倫話を買い取り、闇に葬ったのもナショナル・エンクワイヤラー紙である。その際も、女性たちは秘密保持契約を結ばされ、他者に口を開けば多額の賠償金を求められるとされていた。こうした「スキャンダルを捕えて抹殺する」手法は「キャッチ・アンド・キル」と呼ばれ、一部のメディアの常套手段となっていた。

スパイたちの暗躍

ハーヴェイ・ワインスタインは、性的搾取を告発した女性たちの汚点を探り出すために世界的なスパイ組織を雇っていた。それがイスラエルの元モサドなどによって運営されるブラックキューブという諜報組織だ。盗聴、尾行はもちろんのこと、親切な第三者を装って被害女性に近づき、その人生に入り込み、汚点を探し出してはそれをネタに脅迫したり、メディアに暴露したりして、告発女性を繰り返し貶めていた。ワインスタイン事件を追いかけたジャーナリストたちもブラックキューブに狙われた。SNSを通じた不法侵入、位置情報の監視、親しい人たちへの粗探し。これまでにワインスタインの性的虐待を記事にしようとしたジャーナリストは監視され、身の危険を感じて途中で記事を諦めてきた。ローナン・ファローもまた、自宅を出て友達のアパートに身を寄せることになる。ワインスタイン報道を追いかけるジャーナリストたちは、まさに「命懸け」で調査を続けていたのである。

大手メディアの裏切り

ハーヴェイ・ワインスタインが女性たちを性的に搾取してきたことは、業界のほとんどの人が知っていた。それが二〇年以上にわたって封印されてきた背景には、大手メディア自身が加害者であるという弱みを抱えていたことがある。報道機関の中でもまた、権力の座にある人間たちが圧倒的な力によって部下の女性たちに性的な関係を迫り、不当な搾取を行ってきた。ローナン・ファローが働いていた全米ネットワーク局NBCもまた、過去に内部告発を行った女性たちの口を封じてきた歴史があった。ワインスタイン事件をテレビが報道せず、最終的に紙媒体に持ちこまざるを得なかった理由の一端もここにある。その意味で、本書は報道機関自身が事件の加害者となってしまった時に何が起きるかを描いた本でもある。

女性たちの勇気

とはいえ、ファローも繰り返し言っているように、この物語の主人公は声を上げた女性たちだ。キャリアが破壊される恐れ、家族や友人に白い目で見られることへの恐怖、繰り返しフラッシュバックする被害のトラウマ、メディアからの攻撃と弁護士や権力者から繰り返される脅迫と身体への危険。これまで社会は、被害者に対して「なぜ被害をすぐに訴えなかったのか」と非難してきた。だが、これらすべての危険を冒し、トラウマを克服して声を上げるのに長い年月がかかることは、少しの想像力と共感があれば誰しも理解できるはずだ。#MeToo は、そうやって抑圧され、非難され、脅迫され、声を奪われてきたすべての人たちの心からの叫びなのである。

「ジャーナリズムの使命は声なき人の声を代弁すること」だと言われる。ミーガン・トゥーイーとジョディ・カンターによるニューヨーク・タイムズ紙の記事とローナン・ファローによる一連の調査報道は、世界中の声なき人に声を与え、性的被害に対する社会の認識を変えた。ハーヴェイ・ワインスタインの報道後、ファローは続いてニューヨーク州司法長官による身体的虐待を暴き、司法長官は辞任に追い込まれた。もうひとつの全米ネットワーク局であるCBS会長もまた性的嫌がらせと暴行を告発されて辞任する。そしてNBCの朝の顔でファローの憧れだったマット・ラウアーもまた内部告発によってクビになり、メディアから消えた。政界と学術界でもまた、性的嫌がらせや暴行の告発によって多くの権力者が追放された。抑圧されてきたサバイバーたちの怒りと勇気が社会に変化をもたらしたのである。

本書はジャーナリズム史に残る調査報道の集大成であると同時に、「事実は小説より奇なり」を地で行くようなサスペンス・ドキュメンタリーでもある。また、複雑な過去を持つひとりの青年の成長の物語でもある。この骨太のノンフィクションを翻訳できたことは、私の誇りになった。チャンスを与えてくださった文藝春秋の衣川理花氏に心から感謝している。

二〇二二年　春

関　美和

解説

伊藤詩織

自分の仕事を遂行するために、遺書を書いた経験を持つ人はどのくらいいるだろう。アメリカのTV局で働いていた調査報道ジャーナリスト、ローナン・ファローは本書のテーマを取材中、「もし僕に何かがあった場合には、この情報をきちんと公開してもらうよう」と記し、取材データとともに銀行の貸金庫に預けたと綴っている。

二〇一七年に性暴力の歴史を世界的に動かした#MeToo運動は、本書に描かれるローナンの活躍、そして同時に同じテーマを取材していたニューヨーク・タイムズ紙の二人の女性記者による記事に端を発している（二〇一八年、ともにピュリッツァー賞を受賞）。

大物プロデューサー、ハーヴェイ・ワインスタインが若い女性たちを食い物にする行為は、ハリウッドでは悪名高いジョークとして語られるなど、周知の事実として長く見過ごされてきたことだった。本書のタイトルになっている「キャッチ・アンド・キル」とは、メディアが権力者のスキャンダルネタを、もみ消すために買い取る行為を指す。

そうしたメディアは、立場の弱い告発者のスキャンダルや根も葉もない中傷記事を流したりもする。ハーヴェイ・ワインスタインほどの大物になれば、告発を受理して捜査を行うはずの地方検事局を動かすこともできる。ワインスタインは数十年にわたり、直接的、間接的に、こうした悪夢のような告発潰しを繰り返してきたのだ。

本書でローナンは、このメインテーマだけでなく、その裏側で起きていたプライベートな出来事、家族との関係性や葛藤など、彼自身の人間的な部分も赤裸々に綴っている。そして取材が深まっていくにつれ、ローナンは加害者本人のみならず、自身の所属するテレビ局の上層部や元モサドの工作員に至るまで、ワインスタインが掌握している人脈からの攻撃を立て続けに受けることになる。

読み進めるたびに、人生をかけて取材を続けてくれたこと、事件をもみ消そうとする多くの勢力からの脅しに屈しないその姿勢にインスパイアされる。

その行動は仕事としての労働の域をはるかに超えて、自身の信念、正義など様々な覚悟がなければできないことだろう。ローナンの長期取材は、性暴力という個人の加害だけでなく、それを隠蔽し続けてきたメディアや社会のシステムに光を当てているのだ。

このテーマは私個人にとっても、決して遠いものではない。私自身が、性暴力の被害者でありながら、自分の事件の真実を追求するジャーナリストであった。今では笑い話だが、事件を取材している最中、私も彼の遺書にあるのと同じ言葉を書き記したことがあった。

ジャーナリストと取材対象者という、関係性上本来はタブーとされる一線を越えてまでも、自身で真実を追求しなければならなかった道のりは、ジャーナリズムへの希望を持っていたからこそ越えることができた。

しかし、被害当事者として、あるいはその家族や友人として生きていくことは、口でいうほど容易ではない。

本書にはローナンがワインスタイン側から、自身のプライベートな体験と取材テーマが重なるため、ジャーナリストとしてこのテーマに相応しくない、バイアスがあるのではないか、と批判を受けたことが記されている。

ローナンの父である映画監督、ウディ・アレンが、当時七歳だった養女（ローナンにとっては義姉）のディラン・ファローに対して行った性暴力によって、ディランはその後も長く苦しんできた経緯が、本書には描かれている。

近しい人が性暴力で苦しんできた、その姿を目の当たりにしているからこそ、彼はこの犯罪（そして犯罪とされてこなかったことも含め）にメスを入れることを諦めなかったのだ。性暴力は被害当事者だけでなく、その周囲にいる人々にも大きな影響を与える。家族の間に容赦無く溝を作り出す。友人だと信じていた近しい人を失うこともある。

実際ローナンは、過去に囚われてほしくないという思いで発した「どうして過去にこだわるの？」という言葉で、姉に沈黙を迫ってしまった自分に対する後悔の念を綴っている。

一方で、この長い取材期間中、著者にとって姉は大きな存在だったように感じる。彼女は要所で必要なアドバイスを彼に与えている。

家族の中で起きた性暴力とどう向き合ってきたのか、自分はどうありたいか、姉の言葉をどうしたらもっと聞けたのか、そんな葛藤が聞こえてくる。この本はある意味で、姉に対するラブレターでもあると思う。

私個人は、バイアスのない取材なんて存在しないと考えている。私たちは意識的であれ無意識的であれ、自らの判断で取材対象を選び、使う言葉を選ぶ作業を繰り返しながら取材を重ねていく。だからこそ、情報の受け取り手は、ただそのままを受け取るのではなく、そこにバイアスが存在する可能性を常に意識しながら、時に記者目線、時にインタビューに応じた当事者目線になってニュースと向き合うことが、様々な情報が溢れる今だからこそ、求められているのではないだろうか。

二〇二四年四月二十五日、この文章を書いている最中に、ハーヴェイ・ワインスタインの事件に新たな展開があった。ワインスタインに対し、二十三年の禁錮を言い渡した二〇二〇年の一審判決を、ニューヨーク州の最高裁判所が破棄したのだ（ワインスタインは二〇二二年にカリフォルニア州でも有罪となり、禁錮十六年を命じられている）。

このニューヨーク州での裁判では、約一〇〇名の被害者が名乗り出ていたが、結果的に起訴できたのは二名のケースだけだった。今回の最高裁による判決破棄は、現在のアメリカの司法で過去の性暴力を立証することがいかにむずかしいかを示している。本書で詳細に綴られているように、数えきれないほどの女性たちが証言しているのにもかかわらず、だ。

司法の下す判断は社会の規範を示すべきものだが、現実には、その時代の法律が切り取れる限りの「ある形」を示しているにすぎない。そしてそれは、司法の改善すべき点を浮き彫りにしてくれるのだ。実際にアメリカでは、性犯罪に関する公訴時効の期間が延長されるなど、#MeToo 運動の後にいくつかの法改正が行われた州もある。こうした動きは、アメリカ国外でも積極的に広がっている。スウェーデンでは「No means no」から一歩進み、「Only yes means yes」、つまり、「不同意」性交がレイプとされていたところから「積極的な同意」がなければレイプと見なされることになった。

本書に綴られた一連の報道が明るみに出てから今年で七年。いまでも #MeToo の声は世界各地にこだましている。日本では二〇二三年に、それまで報じられても大きな動きにはならなかった芸能界の大物・ジャニー喜多川による性暴力事件が、BBCの報道をきっかけに大きく動くことになった。

しかしこのケースは、一九九九年に週刊文春がジャニー喜多川の性的加害について報じたものを再度検証、そしてさらなる取材を重ねて世に問うたものであった。当時、ジャニー喜多川とジャニーズ事務所は、名誉棄損で文藝春秋側を訴えたが、性的加害（当時はセクハラと記されている）については最高裁まで争って文藝春秋が勝訴。にもかかわらず、他のメディアは後追い取材をするわけでもなく、ジャニーズ事務所に対して特別な対応もされず、結果として、その後も加害が終わることはなかった。

今回のBBC報道が大きな反響を呼んだのは、#MeToo により、世界的に性的暴力を許さない土壌が出来上がりつつあったことも後押ししているに違いない。

この事件は、大手芸能事務所の隠蔽行為、長期にわたるマスメディアの沈黙など、ワインスタインのケースとの類似点が多いが、日本でも加害者だけでなく、それを守ってきた周囲のシステムについて、もっと多くのことが報じられるべきであろう。

本書は、単なるジャーナリズムについての書籍ではない。多くの女性の痛ましい歴史と、それに立ち向かう真摯な言葉が詰まった未来へのメッセージなのだ。正義を追求するこの物語は、私たちは一人ではなく、共に立ち上がり、声を上げれば社会は変えられることを証明してくれている。

一歩進んで、また押し返されたとしても、ここに刻まれた言葉は一生消えることなく私たちの心に残り、確実に社会を変えたのだから。

この文庫版の刊行を通じて、より多くの人々が『キャッチ・アンド・キル』を手に取り、調査報道の重要性、権力や大企業という大きなシステムに屈しない著者の姿勢に触れることを願う。

（文中敬称略）

（ジャーナリスト）

単行本　二〇二一年四月　文藝春秋刊

ＤＴＰ制作　言語社

Catch and Kill;
Lies, Spies, and a Conspiracy to Protect Predators
by Ronan Farrow
Copyright © 2019 by Ronan Farrow
All rights reserved including the rights of reproduction
in whole or in part of any form.
Japanese translation rights arranged with
Janklow & Nesbit Associates
through Japan Uni Agency, Inc., Tokyo

本書の無断複写は著作権法上での例外を除き禁じられています。
また、私的使用以外のいかなる電子的複製行為も一切認められておりません。

文春文庫

キャッチ・アンド・キル

#MeToo《ミートゥー》を潰《つぶ》せ

定価はカバーに
表示してあります

2024年10月10日　第1刷

著　者　ローナン・ファロー
訳　者　関《せき》　美《み》和《わ》
発行者　大沼貴之
発行所　株式会社　文藝春秋

東京都千代田区紀尾井町 3-23　〒102-8008
ＴＥＬ　03・3265・1211㈹
文藝春秋ホームページ　https://www.bunshun.co.jp

落丁、乱丁本は、お手数ですが小社製作部宛お送り下さい。送料小社負担でお取替致します。

印刷・TOPPANクロレ　製本・加藤製本
Printed in Japan
ISBN978-4-16-792290-0

（　）内は解説者。品切の節はご容赦下さい。

ウォルター・アイザックソン（土方奈美 訳）
レオナルド・ダ・ヴィンチ（上下）
ルネサンスを代表する〝万能人〟レオナルド・ダ・ヴィンチは、なぜ不世出の天才たり得たのか？ 自筆ノート全7200枚を読み解き、その秘密に迫る決定的評伝！（ヤマザキマリ）
ア-13-1

英『エコノミスト』編集部（東江一紀・峯村利哉 訳）
2050年の世界
英『エコノミスト』誌は予測する
バブルは再来するか、エイズは克服できるか、SNSの爆発的な発展の行方は……グローバルエリート必読の「エコノミスト」誌が、20のジャンルで人類の未来を予測！（船橋洋一）
エ-9-1

ジリアン・テット（土方奈美 訳）
サイロ・エフェクト
高度専門化社会の罠
高度に専門化した現代社会、あらゆる組織には「サイロ＝たこつぼ」が必ずできる。壁を打ち破るためには文化人類学の研究成果が不可欠だ。画期的な組織閉塞打開論。（中尾茂夫）
テ-18-1

ジャック・ペレッティ（関 美和 訳）
世界を変えた14の密約
現金の消滅・熾烈な格差・買い替え強制の罠・薬漬け・AIに酷使される未来――英国の気鋭ジャーナリストが世界のタブーを徹底追及。目から鱗、恐ろしくスリリングな一冊。（佐藤 優）
ヘ-9-1

ポール・モーランド（渡会圭子 訳）
人口で語る世界史
人口を制する者が世界を制してきた。ロンドン大学・気鋭の人口学者が「人口の大変革期」に当たる直近200年を一般読者向けに書きおろし、各紙の書評で紹介された全く新しい教養書。（堀内 勉）
モ-5-1

ダライ・ラマ（山際素男 訳）
ダライ・ラマ自伝
ノーベル平和賞を受賞したチベットの指導者、第十四世ダライ・ラマが、観音菩薩の生れ変わりとしての生い立ちや、亡命生活などの波乱の半生を通して語る、たぐい稀な世界観と人間観。
ラ-6-1

マイケル・ルイス（渡会圭子・東江一紀 訳）
フラッシュ・ボーイズ
10億分の1秒の男たち
何故か株を買おうとすると値段が逃げ水のようにあがってしまう…。その陰には巨大詐欺と投資家を出し抜く超高速取引業者〝フラッシュ・ボーイズ〟の姿があった。（阿部重夫）
ル-5-3

（　）内は解説者。品切の節はご容赦下さい。

ジェニファー・ダウドナ　サミュエル・スターンバーグ（櫻井祐子　訳）
クリスパー　CRISPR
究極の遺伝子編集技術の発見
ゲノム情報を意のままに編集できる「CRISPR-Cas9」。人類は種の進化さえ操るに至った。この発見でノーベル賞を受賞した科学者自らが問う、科学の責任とは。（須田桃子）
タ-17-1

リチャード・ワイズマン（木村博江　訳）
その科学が成功を決める
ポジティブシンキング、イメージトレーニングなど巷に溢れる自己啓発メソッドは逆効果!?　科学的な実証を元にその真偽を検証。本当に役立つ方法を紹介した常識を覆す衝撃の書。
S-10-1

シーナ・アイエンガー（櫻井祐子　訳）
選択の科学
コロンビア大学ビジネススクール特別講義
社長は平社員よりなぜ長生きなのか。その秘密は自己裁量権にあった。二十年以上の実験と研究で選択の力を証明。NHK白熱教室で話題になった盲目の女性教授の研究。（養老孟司）
S-13-1

クリストファー・チャブリス　ダニエル・シモンズ（木村博江　訳）
錯覚の科学
「えひめ丸」を沈没させた潜水艦艦長は、なぜ〝見た〟はずの船を見落としたのか？　日常の錯覚が引き起こす記憶のウソや認知の歪みをハーバード大の俊才が徹底検証する。（成毛　眞）
S-14-1

ジュディ・ダットン（横山啓明　訳）
理系の子
高校生科学オリンピックの青春
世界の理系少年少女が集まる科学のオリンピック、国際学生科学フェア。そこに参加するのはどんな子供たちなのか？　感動の一冊。巻末に日本の「理系の子」と成毛眞氏の対談を収録。
S-15-1

トレヴァー・ノートン（赤根洋子　訳）
世にも奇妙な人体実験の歴史
性病、寄生虫、コレラ、ペスト、毒ガス、放射線……人類への脅威を克服するための医学の発展の裏で、科学者たちは己の肉体を犠牲に、勇敢すぎる人体実験を行い続けた。（仲野　徹）
S-19-1

エレーヌ・フォックス（森内　薫　訳）
脳科学は人格を変えられるか？
人生の成否を分けるカギは「楽観脳」と「悲観脳」。それは生まれついてのものか、環境で変えられるものか。欧州最大の脳科学研究所を主宰する著者が実験と調査で謎に迫る。（湯川英俊）
S-21-1

文春文庫　最新刊

烏の緑羽　阿部智里
貴公子・長束に忠誠を尽くす男の目的は…八咫烏シリーズ

ミカエルの鼓動　柚月裕子
少年の治療方針を巡る二人の天才心臓外科医の葛藤を描く

警視庁公安部・片野坂彰　伏蛇の闇網　濱嘉之
日本に巣食う中国公安「海外派出所」の闇を断ち切れ！

武士の流儀（十一）　稲葉稔
茶屋で出会った番士に悩みを打ち明けられた清兵衛は…

蔦屋　谷津矢車
'25年大河ドラマ主人公・蔦屋重三郎の型破りな半生

侠飯10　懐ウマ赤羽レトロ篇　福澤徹三
売れないライターの薫平は、ヤクザがらみのネタを探し…

鎌倉署・小笠原亜澄の事件簿　西御門の館　鳴神響一
水死した建築家の謎に亜澄と元哉の幼馴染コンビが挑む

幽霊作家と古物商　夜明けに見えた真相　彩藤アザミ
成仏できない幽霊作家の死の謎に迫る、シリーズ解決編

嫌われた監督　落合博満は中日をどう変えたのか　鈴木忠平
中日を常勝軍団へ導いた、孤高にして異端の名将の実像

警視庁科学捜査官　難事件に科学で挑んだ男の極秘ファイル　服藤恵三
オウム、和歌山カレー事件…科学捜査が突き止めた真実

キャッチ・アンド・キル　#MeTooを潰せ　ローナン・ファロー　関美和訳
米国の闇を暴き #MeToo を巻き起こしたピュリツァー賞受賞作

魔女の檻　ジェローム・ルブリ　坂田雪子　青木智美訳
次々起こる怪事件は魔女の呪いか？　仏産ミステリの衝撃作